Philipp Müller

Des Ritters Carl von Linne

Vollständiges Natursystem. Dritter Teil (Von den Amphibien)

Philipp Müller

Des Ritters Carl von Linne
Vollständiges Natursystem. Dritter Teil (Von den Amphibien)

ISBN/EAN: 9783337228866

Hergestellt in Europa, USA, Kanada, Australien, Japan

Cover: Foto ©Andreas Hilbeck / pixelio.de

Weitere Bücher finden Sie auf **www.hansebooks.com**

Des

Ritters Carl von Linne'

Königlich Schwedischen Leibarztes ꝛc. ꝛc.

vollständiges

Natursystem

nach der
zwölften lateinischen Ausgabe und nach Anleitung
des Holländischen Houttuynischen Werks

mit einer ausführlichen Erklärung

ausgefertiget

von

Philipp Ludwig Statius Müller

Prof. der Naturgeschichte zu Erlang und Mitglied der Röm. Kais.
Akademie der Naturforscher ꝛc.

Dritter Theil.
Von den Amphibien.

Nebst zwölf Kupfertafeln.

Mit Churfürstlicher Sächsischer Freyheit.

Nürnberg,
bey Gabriel Nicolaus Raspe. 1774.

Vorbericht.

Es ist bekannt, daß nicht jede Classe der Geschöpfe gleich zahlreich ist, wie aus des Ritters von Linne lateinischen Natursystem einem jeden sogleich in die Augen leuchten wird. Man hat sich also nicht zu wundern, daß dieser Theil die Stärke der vorigen Theile nicht erreichen können, da wir uns zum Gesetze gemacht haben, alle Weitschweiffigkeiten in der Beschreibung sorgfältig zu vermeiden.

Inzwi-

Vorbericht.

Inzwischen wird wohl niemand den Vorzug des gegenwärtigen Theils verkennen, der nur in Erwägung ziehet, wie glücklich der Ritter vor andern in dieser Classe gewesen. Eine Art der Thiere, mit deren Untersuchung sich noch so wenige Naturforscher eingelassen haben, und dafür den meisten Liebhabern gräuet, in eine solche schöne Ordnung gesetzt zu sehen, und dabey Beschreibungen zu lesen, davon vieles ganz neu und unbekannt war, solches muß allerdings gefallen. Auch wird es den Lesern keineswegs gleichgültig seyn, wenn wir ihnen die Versicherung geben, daß wir einen großen Vorrath von Originalien aus unserer Sammlung dabey zu Rathe gezogen, hin und wieder verschiedenes berichtiget, und den ohnehin schönen und gründlichen Nachrichten des Herrn Houttuins unsere eigene Beobachtungen beygefüget haben.

Was den wider die Richtigkeit der Kupfer von einigen ungegründeter Weise erregten

Ver-

Verdacht betrift; so können wir solchen nicht besser ablehnen, als wenn wir versichern, daß die meisten Abbildungen nach würklichen Originalien oder Originalzeichnungen, die übrigen aber aus dem vortreflichen Werke des Seba, mit Zuziehung des Gronovius, genommen sind, so wie auch in den folgenden Theilen keine andere als zuverläßige Figuren statt haben sollen, davon die meisten neu, und erst frisch nach ihren Originalien entworfen worden,

Ein ähnliches war schon in den vorigen Theilen beobachtet worden. Denn unter den vierfüßigen Thieren sowohl, als unter den Vögeln, kam eine große Menge Originalien vor, wozu das prächtige Cabinet des Durchlauchtigen Prinzen von Oranien, dann die schöne Thiergallerie der Universität Leiden, nicht minder die ausnehmende Sammlung des Herrn van der Meulen, und andeer rer großen Liebhaber in Amsterdam, wie auch der ungemeine kostbare Vorrath von Originalzeichnungen des Herrn Professor Bürmanns in Amsterdam, dem Herrn Houttuin, (der ohnehin in seiner Wahl sehr accurat ist,) den besten Stof dazu hergaben. Wie denn auch selbst der Ritter Linne, viele Beschreibungen aus diesen Quellen hergenommen.

Um aber nur einer einzigen Abbildung, die von vielen in Zweifel gezogen wird, zu gedenken, nämlich der Abbildung des Nilpferds, im ersten Theile pag. 457. Tab. XXVIII. wovon etliche glauben, daß sie unmöglich ächt seyn könne; so versichern wir, daß dieselbe, mit Vorbeylassung aller bisherigen Abbildungen, deswegen gewählet worden, weil sie die ächteste, und aus der oben erwähnten Sammlung des Herrn Professor Bürmanns, von Originalzeichnungen Afri-

canischer

canischer Thiere hergenommen ist. Denn
Geßners und Jonstons Abbildun-
gen sind, nach Brissons Urtheil, schlecht,
die vom Aldrovand, Columna und
Alpin ziemlich gut, wie auch diejenige, die
in der Flora Sinica befindlich ist, nur
daß die Füße daselbst unrichtig vorgestel-
let sind. Man hat also den Liebhabern
der Naturgeschichte auch die Bürman-
nische Zeichnung vor Augen legen, und
sich also befleißigen wollen, die Naturgeschichte, so viel möglich, in ein reines
Licht zu setzen. Wie wir aber in der Beschreibung dieses Thieres, pag. 460. einiger Verschiedenheiten gedacht haben, so
ist es ja wohl möglich, daß die Abbildungen anderer Schriftsteller auf diese Verschiedenheiten zielen, oder mit selbigen
besser überein kommen, und daß folglich
bey ihnen eine unschuldige Verwechslung,
der bisher noch nicht recht bekannten Arten statt habe.

Es

Vorbericht.

Es würde uns also ein leichtes seyn, mehrere in Zweifel gezogene Abbildungen zu rechtfertigen, wenn es unsere Absicht wäre, uns und unsere Leser jetzo damit weitläufig aufzuhalten.

Erlang, den 28. Januar, 1 7 7 4.

P. L. St. Müller.

Verzeich-

Verzeichniß
der Kupfertafeln.

A 5   fig. 4.

Verzeichniß

Tab. IV.

der Kupfertafeln.

Tab. VII.

Verzeichniß

Tab. X.

Tab. XII.

Verzeichniß der Kupfertafeln.

Allge-

Allgemeine
Einleitung

von dem

vielfachen Leben der Creaturen.

Da in diesem Theile von Amphibien ge-
handelt wird, denen sowohl die Luft
als das Wasser zum Leben dienlich ist,
bende Elemente aber weiter auf kein
anderes als mechanisches Leben würken; auch das
Leben dieser Geschöpfe ausserodentlich zähe ist, und
bey der gänzlichen Zerstückung in vielen noch eine
lange Zeit fortdauret: so wollen wir bey dieser Gelegenheit einige Gedanken von dem vielfachen Leben
der Creatur überhaupt, zur fernern Prüfung mittheilen, ob wir etwa dadurch ein mehreres Licht
über die Grenzen der drey Naturreiche ausbreiten,
oder doch wenigstens anderen dazu Gelegenheit geben mögten.

Wir

Wir hatten zwar schon im Jahre 1771. in einer, am 24. Junius zur feyerlichen Begehung des erfreulichen Geburtsfestes unserer durchlauchtigsten Landesmutter, gehaltenen akademischen Rede: de admiranda rerum creatarum vita, ejusque vario instinctu ac incomparabili pretio, Anlaß genommen, diese Materie nach Beschaffenheit des damaligen Zwecks und der damit verbundenen Kürze der Zeit in etwas zu berühren. (Siehe: Erlang gelehrte Nachrichten des Jahrs 1771. N. XXXIX. pag. 353) da aber der Gegenstand an und vor sich einer ausführlicheren Betrachtnng würdig ist, so wollen wir jetzo das Leben der Dinge nach seinem ganzen Umfauge in Erwegung ziehen.

Allge-
meine
Einlei-
tung.

So bald wir uns das Leben in dem weitläuftigsten Verstande vorstellen, denken wir uns nichts als eine Bewegung, ohne uns um die Beschaffenheit des Körpers, in welchem das Leben gesucht wird, zu bekümmern. Wenn wir aber sagen: die Pflanze lebt, oder das Thier lebt, (welches nichts anders als eine diesen beyden Creaturen besonders eigenthümliche Bewegung ist,) so verbinden wir mit der Idee des Lebens schon auch den Gedanken von der Structur und dem Bestandwesen des Körpers, und diese Verbindung der Ideen macht bereits den Begrif vom Leben undeutlich, da derselbe auf ge-

wissen

wissen Vorurtheilen beruhet, welche uns sogleich das
erste als ein vegetabilisches, und das andere als
ein animalisches Leben, mithin das Leben schon
unter einer bestimmten Gestalt vormahlen, ohne zu
bedenken, daß ein Leben auch ohne diese zweyerley
Körper, statt haben, ja daß das, was ein Thier
ist, ein vegetabilisches, und was ein Vegetabile
ist, ein animalisches Leben haben könne.

Um also den Begrif des Lebens ganz rein zu erhalten, haben wir uns vorerst um keinen bestimmten
Körper, es sey eine Pflanze oder Thier, zu bekümmern. Es ist unnöthig zu fragen, ob die lebendige Creatur angewachsen, oder frey, fasericht oder
muskulös ist, ob sie im Wasser oder in der Luft lebe, ob sie einem Baum oder einem Menschen ähnlich sey, oder welche Gestalt sie besitze?

Das Leben also, ist ohne Rücksicht auf vorerwehnte Bestimmungen nichts anders, als die
Bewegung, oder die Verwechselung des Orts,
welchem die Ruhe als ein Tod entgegen gesetzet
ist. Wir halten diesen ersten Satz schon für ausgemacht, da uns dünkt, daß er nicht kann umgestos-
sen werden, denn uns einen Gegenstand zu denken,
der sich weder im Ganzen, noch in seinen kleinsten,
und sogar für uns unsichtbaren Theilen, gar nicht
mehr bewegt, und doch leben soll, solches halten
wir für einen offenbahren Widerspruch.

*Allge-
meine
Einlei-
tung.*

*Das
Leben ist
die Be-
wegung.*

In so weit wir dann das Leben im allgemeinen Verstande für die Bewegung überhaupt annehmen, ohne jetzo noch die Art und die Regeln der Bewegung zu bestimmen, so sehen wir freylich an allen erschaffenen Dingen, daß sie leben, das ist, sich bewegen, und der Gedanke des Todes oder der Ruhe, findet nur in einer gewissen Bestimmung bey den Creaturen statt.

Es beweget sich nämlich unser ganzes Planeten Gerüste, der Sternhimmel, unser Erdball und alle elementarische Theile, aus welchen derselbe zusammen gesetzet ist. Es bewegen sich die Feuertheilchen von einem Orte zum andern, die Luft verdickt sich hier, und macht sich dorten dünne, die Wolken schweben, die Dünste steigen und fallen, die Wasser-Versammlungen rinnen, die Bergschwaden ziehen von einer Kluft zur andern, und wir treffen im genauesten Verstande die Natur nirgend in der Ruhe an. Sogar zeiget uns der feste Erdkörper allenthalben eine Bewegung ihrer Theile. -- Hier vermindert sich das Erdreich, dort wirft es neue Inseln auf und legt frische Landschaften an, hier senkt und stürzt sich eine Gegend, dort wallet aus den erschütterten Tiefen eine neue Oberfläche hervor, hier verwittert das eine Gestein, indem sich dort ein neuer Felsen bildet, und in den tiefsten Klüften schmaucht sich ein frisches Metall an, indem ein altes in anderen Gegenden zerstöhrt wird.

Was ist das Wachsen einer Pflanze, von dem
ersten Keim an bis zur Blüthe und zur gänzlichen
Reife, anders, als eine Bewegung aller ihrer
Theile; hier verdunsten etliche und verfliegen; dort
legen sich neue auf der Erde an. Ja sogar ein
Thier und ein Mensch beweget sich in allen Theilen
durch den Wachsthum, und wo sich einige Theilchen
verliehren, setzen sich immer wieder andere in größerer Anzahl feste.

Auch da, wo die Bewegung für unsern Augen scheinet stille zu stehen, gehet doch die Natur,
wo nicht einen so schnellen, dennoch einen langsamen
Gang. Selbst der Tod ist im engen Verstande
keine Ruhe, sondern ein Stillstand von einer gewissen Art der Bewegung und des Lebens, und eine
andere Art der Bewegung, die an die Stelle der
ersten tritt. Dieses bestättigen die Auflösungen,
die Gährungen, die Vermoderungen der Körper,
welche Theile sich fertig machen, auf eine andere
Art, den Gesetzen der Bewegung unterwürfig zu
seyn.

So bildet und knätet gleichsam die Natur aus
dem alten Stof neue Gestalten, und gebraucht die
nämlichen Ingredienzien, woraus schon hundert
Körper gebildet waren, um neue und andere Gegenstände hervor zu bringen, die wegen den veränderten Verhältnissen und Richtungen allen vorigen Bildungen nicht einmal gleichen, geschweige

b 2　　　　daß

daß sie einander ähnlich seyn sollten, außer daß sie von einerley Urstoffe gewürket sind.

Kraft dieser Bewegung also, die wir bey aller Materie wahrnehmen, sagen wir im ersten allgemeinen Verstande: daß alles lebe. Der Wurm lebt, weil er sich bewegt, und wenn er auch vor unsern Augen stille lieget, lebt er dennoch, so lange sich seine Säfte in ihm nach seiner Be- stimmung bewegen. Er wird nur todt gesagt, wenn diese Art der Bewegung aufhöret, obgleich sich seine Theile zur Verwesung auflösen, und sich nach einer andern Bestimmung zu bewegen ange- fangen haben. Die Thiere, die Vögel, und die Menschen leben, weil sie sich bewegen, und wenn sie auch äusserlich stille ruhen, so leben sie doch, so lange sich ihre Säfte, nach der ihnen eigenar- tigen Bestimmung bewegen. Man nennet aber diese Creaturen todt, so bald diese Art der Be- wegung aufhöret, und durch kein Mittel wieder in den nämlichen Gang gebracht werden kann. Alle diese Schlüsse haben auch bey dem ganzen Pflanzenreiche statt. Aller Leben ist also im allge- meinen Verstande die **Bewegung**, die Art der Bewegung aber macht auch eine besondere Art des Lebens aus, die gewiß so verschieden ist, als es verschiedene Creaturen giebet, daher auch jede Creatur auf eine eigene Weise ihr eigenes Le- ben hat.

Um

Um aber nun richtige Sätze von dem verschie=
denen Leben zu machen, so muß man nothwendig
auf die Verschiedenheit der Bewegung sehen: wenn
wir aber auch hierauf Acht geben; so würde es
uns doch wenig zur Erläuterung des Lebens dienen,
wenn wir nicht zugleich auch den Grund dieser
Bewegungen in Betrachtung ziehen wollten. Las=
set uns demnach sehen wie verschieden die Bewe=
gungen sind.

∗ ∗*∗ *∗*

Daß viele Millionen, ja ganz unzählige und man=
nichfaltige Bewegungen in der Welt vorhanden sind,
hat seine Richtigkeit, es sind aber diese nicht alle in ihrer
Art verschieden. Sie stimmen gröstentheils miteinander
überein, und würden im Grunde für einerley gehalten
werden, wenn wir nicht wahrnähmen, daß sich nicht
alle Bewegungen der Creaturen aus einerley Beweg=
ursache herleiten lassen. Wir treffen nämlich erstlich
solche Bewegungen an, die ihren Grund in andern vor=
hergehenden körperlichen Bewegungen haben. Zwey=
tens andere, deren Grund in dem Körper, welcher sich
beweget, selbsten beruhet, und endlich drittens solche,
deren Grund weder in dem Körper, noch in andern
vorhergegangenen körperlichen Bewegungen zu finden
ist, sondern nothwendig von einer ganz andern Ursa=
che herrühren müssen. Dieses sind die Hauptarten der
Bewegung, unter welchen sich alle übrige Bewe=
gungen in der ganzen Welt bringen lassen, und wenn

b 3 wir

Allge=
meine
Einlei=
tung.

Die Be=
wegung
ist einer=
ley.

wir diese drey Arten der Bewegung kennen, so werden wir auf die Verschiedenheit des Lebens aller Creaturen den richtigsten Schluß machen können.

Erste
Fourt
art der
Bewe-
gung.   Was also die erste Art der Bewegung betrift,
welche ihren Ursprung von andern vorhergehenden
Bewegungen hat, so beziehen wir dahin alle mechanische Bewegungen die in der ganzen Welt angetroffen werden. Jeder Stof, jeder Körper, er sey
einfach oder zusammengesetzt, ja jeder elementarische Theil, hat von Natur die Eigenschaft der Unthätigkeit an sich. Es würde also jedes Element,
jeder Theil eines größern Körpers, ja jedweder zusammengesetzte große Körper in einer vollkommenen
Ruhe liegen; wenn ihn nicht eine vorher würkende
Kraft in Bewegung setzte. Wie wird sich zum Beyspiele ein in der Ruhe liegender Ball in Bewegung setzen, wenn man ihn nicht anstößt. Diese anstossen-
de Kraft ist die vorhergehende Bewegung, welcher
nunmehr andere folgen, und worinnen jede Art der
folgenden Bewegungen ihren ersten Grund hat. Da
nun die Theilchen, die zusammen einen größern Körper ausmachen, einander berühren, so ist auch eine
Kette von aufeinander folgenden Bewegungen möglich, da immer eine aus der andern entsteht, und jede
ihren hinlänglichen Grund in der vorhergehenden hat.
Wir mögen nun in der Welt hinsehen wohin wir
wollen, so findet diese erste Art allenthalben statt.
Das Hin- und Herschwanken der Luft; das Herumzie-

hen

hen der Dünste; das Anlegen der mineralischen Stoffe, das Steigen der Säfte durch die Haarröhrchen in den Gewächsen; das Einkriechen des Wassers in die Wurzeln; das Ablegen irrdischer Theile in den Pflanzen; das Ausdünsten der überflüßigen Feuchtigkeit durch die Blätter; das Ein- und Ausathmen der Thiere; die wurmförmige Bewegung der Eingeweide; die unmerkliche Ausdünstung aus den feinsten Gefäßen der Haut; der Kreißlauf der Säfte des Bluts; alles dieses sind Bewegungen, die sich auf vorhergegangene Bewegungen gründen, und entstehen müssen, so bald die vorhergehende Bewegung vorhanden ist; aber unmöglich entstehen könnten, wenn es an den nöthigen vorhergehenden Bewegungen mangelte. Alle diese Bewegungen aber richten sich nach dem Verhältniß ihrer Triebfedern, sie sind den Gesetzen der Mechanik auf das genaueste unterworfen, und wir können ihre Grade der Geschwindigkeit, ihre Directionslinie, in welche ihre bewegende Kraft eingeschränkt ist, ihr Verhältniß gegen andere, und ihre Würkungen auf andere Körper, oder auf die Theile des nämlichen Körpers, ganz accurat berechnen.

Die zweyte Art der Bewegung ist von jener erstaunlich verschieden. Wir sehen nämlich bey jeder Bewegung der ersten Art niemals etwas mehr, als daß sie sich geradlinig fortpflanze, und endlich aufhöre, woferne sie nicht durch neue Triebfedern fortgesetzt, oder durch gegebene Bestimmungen in einen Kreißlauf geführt werde. Das aber ist ganz was besonderes, daß sich ein Körper von seinen ersten Meceulis an, durch die Bewegung zu einer bestimmten Structur, zur bestimmten Größe, und zu dem erforderlichen Bestandwesen bilde. Diese Art der Bewegung nehmen wir bey allen Pflanzen und Thieren wahr; sie muß ihren Grund in dem Körper, der sich bildet, selbsten haben, denn woferne der Grund in einer vorhergehenden Bewegung läge, so würde dieselbe einförmig und so lange fortdauern, als die Triebfeder oder ihre bewegende Kraft fortdauert. Nun bleibt zum Exempel die Triebfeder bey der mechanischen Bewegung in einem Garten, wo viele Gewächse stehen, zu einer gewissen Zeit für alle Gewächse die nämliche, und dennoch hört eine Pflanze auf zu wachsen, da die andere noch erst in ihren besten Kräften steht, die eine Pflanze steigt zu einer bestimmten Höhe und kommt nicht weiter, da eine andere weit über alle hinaus ragt. Das nämliche findet auch in dem Thierreiche statt. Warum wird nun eine Roßmarinpflanze nicht so groß wie eine Eiche, oder eine Maus so groß wie ein Elephant? Warum sieht die Peterfilie ganz anders aus als eine Aloe, und ein Fisch ganz anders, als eine Eidechse? da die mechanische Bewegung bey allen diesen verschiedenen Körpern doch nach einerley mechanischen Gesetzen von statten gehet, und der Druck der Luft, das Einführen der Säfte, das Ablegen gewisser Theilchen, das Ausführen des

Ueber-

Ueberflüßigen, und dergleichen mehr, sowohl
bey dem einen als bey den andern statt findet.
Gewißlich es lieget hier eine Bewegung, die von
der mechanischen weit unterschieden ist, und auch
nicht einmal durch mechanische Triebfedern erre-
get werden kann, zum Grunde, und dieser Grund
ist in solchen Körper selbst zu finden, an welchen
wir diese bewundernswürdige Erscheinung wahrnehmen. Denn ein solcher Körper steiget gleichsam
aus sich selbst empor, und bildet sich, von der ersten Molecula an, zu dem, was er werden soll,
wozu denn die erste Art der Bewegung nur als
eine Dienerin hilft, daß diese zweyte Art der
Bewegung von statten gehen könne. Allein sind
diese zweyerley verschiedene Bewegungen nur die
einzigen, die wir wahrnehmen? Keineswegs! Wir
finden noch eine dritte Art, die weit merkwür-
diger ist.

Es giebt nämlich in etlichen Körpern eine
Bewegung, wovon der Grund nicht nur in keiner
mechanischen Triebfeder zu finden ist, sondern derselben sogar zu widersprechen scheinet. Ja da nicht
einmal eine körperliche Ursache kann angegeben werden, und die dahero von ganz etwas andern herrühren muß. Zum Exempel, nach den mechanischen Gesetzen soll ein in Bewegung gebrachter
Körper bis zur Ermüdung geradlinig fortgehen,
oder, wenn er durch keinen andern Körper gehem-

Allgemeine Einleitung.

Dritte Hauptart der Bewegung.

met

met wird, sich doch durch körperliche Einschränkungen zu einer andern Richtung bestimmen lassen.
Allein der Hund gehet geradlinig fort, keine körperliche Ursache setzt seinen Körper herum, und
doch sehen wir, daß er sich schwenkt und wieder
zurückkommt, oder einen andern Weg läuft. Diese
ganz unerwartete Bewegung stammt ursprünglich
gewiß von keiner mechanischen Triebfeder her,
denn das wäre den Gesetzen der Mechanik zuwider;
auch von keiner körperlichen Ursache in seinem
Körper, sonst müßte er allezeit das nämliche thun.
Mithin ist diese Bewegung von einer ganz andern
Ursache herzuleiten. Zu dieser Art nun gehören
unzählige Handlungen der Thiere und der Menschen,
die wir mit einem Worte: freye Handlungen,
oder freye Bewegungen zu nennen pflegen, und
die schlechterdings aus keinem Mechanismus,
auch nicht aus einem Organismus, entstehen
können, obgleich hier beyde vorige Arten der Bewegung hinzu kommen, damit diese letztere von
statten gehe; denn diese dritte Art nimmt die zwey
vorigen Arten eigenmächtig zu Hülfe, wie sich die
zweyte der erstern bedienet.

Dieses sind die drey Hauptarten der Bewegung, und alle Bewegungen, die wir sehen, lassen
sich unter selbige einschränken, und aus ihren
Gründen erklären. Wenn nun die Bewegung,
(wie wir oben gesaget haben,) das Leben der

Creatur

Creatur ist, so ist auch in der That nur dreyerley Leben: als das mechanische, das organische, und das beseelte.

Kaum werden einige Leser diese drey Benennungen wahrnehmen, so wird ihnen die bekannte
Eintheilung der drey Reiche der Natur einfallen,
und dieses nicht ohne Grund. Vielleicht aber
werden sie das erste Leben dem Mineralreiche, das
zweyte, dem vegetabilischen Reiche, und das dritte,
dem animalischen Reiche zuschreiben, und nunmehro sogleich (nach alten Vorurtheilen) alles, was
sie vorher vor einen Stein angesehen haben, in die
erste, was bey ihnen eine Pflanze war, in die
andere, und was sie ein Thier nannten, in die
letzte Classe setzen. Allein dieses wäre wider unsere Absicht, denn es können in jedem Körper
diese dreyerley Arten der Bewegung statt haben,
wenigstens ist die Möglichkeit da, und fasset keinen
Widerspruch in sich, auch finden wir bey der schö-
pfenden Allmacht keine Schranken, daß sie nicht
nach Willkühr alle diese Arten des Lebens in jedem
Körper, (wir mögen ihn mineralisch, vegetabilisch,
animalisch, oder wie wir sonst wollen, nennen,)
legen könnte. Wem dieses fremd vorkommt, dem
halten wir das alte und neue Lehrgebäude von
Stein-Pflanzen und Pflanzen-Thieren vor.

Es

Es ist also noch kein zureichender Begrif. Es kommt hier zufoderst auf genauere Bestimmungen an, was wir einen Stein, oder Pflanze, oder Thier nennen wollen? und wenn dieses fest gesetzt ist, so beruhet es auf einer Untersuchung eines jeden Körpers, ob und welche Eigenschaften er von denenjenigen an sich habe, die man den dreyen Reichen bestimmt hatte? Alsdann werden wir erst die Grenzen der drey Reiche aus einander setzen, zugleich aber auch sehen können, wie sie in einer Kette in einander laufen.

Soll aber dieses geschehen, so ist es nicht genug, den Unterschied der Bewegungen, oder ihrer drey Hauptarten, zu kennen, sondern wir müssen auch von ihren Bewegursachen und der Beschaffenheit ihrer Triebfedern unterrichtet seyn. Denn da aus obigen erhellet, daß jede Art ihre besondere Triebfeder habe, und daß die Bewegursache der einen Art unmöglich auch die Triebfeder der andern Art seyn könne; so wird in dem Unterschied der Bewegursachen, auch der wesentliche Unterschied des Lebens liegen, und dieser Unterschied wird zuverläßig entscheiden, welcher Körper zu diesem oder jenem Reiche gezählet werden müsse.

Instinct des Lebens.

Wir wollen aber diese Bewegursachen den Instinct des Lebens nennen, und da wir also jedem Leben einen besondern Instinct zuschreiben,

so

so wollen wir sie hier zum voraus, der Deutlichkeit halber, namhaft machen. Es sind nämlich die- se drey:

> Das Gewicht, als der Instinct des me-
> chanischen Lebens.

> Ein bestimmtes reitzbares Organum, als
> der Instinct des Organischen, und

> Ein Geist, als der Instinct des beseelten
> Lebens.

Wir werden hier hoffentlich nicht nöthig haben, zu erinnern, daß diese dreyerley Instincte sowohl, als die Körper, in welchen sie wohnen, ihr Daseyn und ihre Würkung nur allein demjenigen Wesen zu danken haben, welches alles durch seine Allmacht her- vorgebracht hat. Wir schreiten also gerade zur Sache selbst, zumal da wir hernach von dem Ursprun- ge dieser Instincte das nothwendigste zu sagen wil- lens sind.

$$* \;\; ** \;\; *$$
$$** \;\; * \;\; **$$

Der Instinct des mechanischen Lebens soll also seyn: das Gewicht (Pondus). Wir verste- hen aber unter dem Gewichte eine körperliche Kraft, die auf andere Körper wirket, um ihre Ruhe zu stöh- ren. Woferne diese Kraft in der Schwere bestehet, so ist es ein eigentliches Gewicht, bestehet sie aber im Druck, in der Schnellkraft, oder in der anziehenden

Kraft,

Kraft, (Ponderis analogum) die alle nach Beschaffenheit der Umstände das nämliche ausrichten, und die Stelle eines Gewichtes vertreten, so wie ein angehängtes Bley, oder eine Feder, oder ein Zug und Ausdehnung der Luft, eines sowohl als das andere, ein Rad zu drehen im Stande ist. Jedoch dürfen wir einen bey dem Gewichte oder bey besagter Kraft erforderlichen Umstand keineswegs aus der Acht lassen, diesen nämlich, daß alle Kraft die Schwere des zu bewegenden Körpers, oder sein Vermögen Widerstand zu thun, oder den Grad der Trägheit und Unthätigkeit verhältnißmäßig überwiegen müssen: denn dieser Umstand verändert die Gestalt der mechanischen Bewegung nach der besondern Lage, nach dem Bau, und nach dem Endzweck einer jeden Maschine. Ja hierinne steckt die einzige Ursache, warum weniger Gold als Kupfer in der Welt ist, warum es nicht so viel Diamanten als Agate giebt, warum ein Fisch nicht in der Luft, ein Mensch nicht im Wasser, ein Vogel nicht in der Erde, ein Amphibium aber in der Luft und im Wasser zugleich leben können, ja warum eine Aloe wohl in Ost- und Westindien, nicht aber in Norwegen in freyer Luft wächst, oder warum die eine Pflanze im Wasser, eine andere aber ganz trocken stehen muß.

Vielleicht haben wir jetzo schon zuviel gesagt, da wir die Gesetze der Mechanik, und die körperli-

che

che Kraft des Gewichts noch nicht einmal auf die drey Reiche zugeeignet haben; allein die Sache wird uns gleich klar werden, wenn wir nur folgende Wür- kungen des Gewichts in Erwegung ziehen.

Was vermag nicht die Schwere oder Leichtig- keit der Luft auf die Creaturen, die den Eroboden be- wohnen? Wie große Veränderungen bringt eine schnelle Abwechslung der Witterung zuwege? Was richtet nicht eine allzustrenge Kälte, oder große Hitze bey Pflanzen und Thieren aus? Sind sie nicht alle im Stande durch einen allzuschweren Druck, oder allzu- starke Spannung einen Stillstand oder unmäßigen Umlauf der Säfte, eine Gerinnung oder Entbin- dung, ja den Tod selbst nach sich zu ziehen? Die Luft, gehörig temperirt, mit mäßigen Feuer und Wassertheilen angefüllt, nach Verhältniß des me- chanischen Baues der darinn lebenden Creaturen ge- hörig verdickt oder verdünnet, und übrigens mit ihren fruchtbaren Theilen geschwängert, ist ja das allge- meine Druckwerk, welches die mineralischen Dün- ste zum anlegen, gar kochen und bilden der Metalle und ihrer Ingredienzen zwingt: den ohne dieser wür- de kein Zug, kein Steigen und Fallen, keine Gäh- rung ja keine Auflösung mineralischer Stoffe und Schwaden statt haben. Ja das unterirrdische Feuer scheint zu nichts andern zu dienen, als um das allgemeine Druckwerk der Luft in Absicht auf die Schwere bald hie zu erleichtern, bald dort zu ver-

verdicken, und den Ruhepunct des Gewichts in seinem Stande zu verändern; denn die Luft verhält sich in und bey dem mannichfaltigen Herumziehen mineralisch geschwängerter Dünste nicht anders, als das Gewicht, welches eine Maschine nach ihren Gesetzen und Einschränkungen bewegt. Sie führt die Theilchen hin, die hier einen festen Körper auflösen, und sich dort wiederum zur Bildung eines andern Steins oder Metalls anlegen müssen. Sie ist es, welche den Wachsthum der Pflanzen befördert oder hemmt, je nachdem ihre innere Beschaffenheit oder das Clima der Structur, den Pflanzen angemessen ist, oder je nachdem sie Gelegenheit hat den Eintrag fruchtbarer Theile zu befördern, die Säfte durch Haarröhrchen hinauf zu ziehen, und durch Schweißlöcher wieder heraus zu lassen. Sie ist es, welche dem Blute der Thiere durch die Lungen eine abwechselnde Bewegung geben, und diese hydraulische Maschinen im Gange erhalten muß, wenigstens wo die Luft, dieses druckende Gewicht, dieser körperliche Instinct des mechanischen Lebens mangelt, da muß in den Gebürgen alles still liegen und kein Metall mehr wachsen, da müssen alle Gewächse vergehen und alle Thiere ersticken. Ihre sämtliche Bewegung hört auf, und der ruhende oder todte Körper bleibt am längsten in seinem Zustande, wenn er in einem Orte aufgehoben wird, wo dieser Instinct des Lebens mangelt. Dahingegen muß Metall, Pflanze und Thier kränkeln, wenn

die

die Luft nicht nach ihrer Beschaffenheit verhältnißmäßig eingerichtet, mit den nöthigen und dienli-
chen Ingredienzen geschwängert, und zu seiner Zeit
gehörig abgewechselt wird.

Aus diesem Grunde sehen wir Feuer und
Wasser als Mittel an, die Luft zu binden oder zu
treiben, das ist: der Triebfeder des mechanischen
Lebens ein anderes Verhältniß zu geben, damit
die Bewegung, die sie hervor bringen soll, mit
der Structur eines gewissen Körpers übereinstim-
me. Also muß der Fisch darum im Wasser seyn,
weil die freye Einathmung der Luft in ihm Wir-
kungen hervor bringen würde, die mit seinem
Baue nicht harmonirte, und so weiter.

Es ist demnach ausgemacht, daß das Gewicht
der Instinct des mechanischen Lebens sey, daß alle
Körper, welche den Gegenstand der Naturgeschichte
ausmachen, ein jeder nach seiner Art, dieses mechanische Leben haben, und ohne diesen nicht einmal
gebildet, vielweniger unterhalten werden können;
ja daß, wenn dieser Instinct mangelt, und wenn
die einmal bestimmte Bewegung ganz aufhört,
der Tod unvermeidlich und augenblicklich da ist,
welcher natürlicherweise nicht mehr zu heben ist,
es wäre denn, daß die zum Leben gehörige Theile
des Körpers noch in statu quo wären, und die

Linne III. Theil.   c   alte

alte Bewegung, wie man bey ertrunkenen Personen sieht, wieder in Gang gebracht werden könnte.

** ** **

Instinct
des or-
gani-
schen Le-
bens.

Wir haben oben gesagt, daß es auch ein
organisches Leben gebe, daß dieses Leben in
dem Vermögen bestehe, den Körper aus einem
in ihm selbst befindlichen körperlichen Bewegungs-
grunde, von der ersten Molecula an, zu einer bestimmten Structur zu bilden, und daß diese Bewegung nicht durch den Instinct des mechanischen
Lebens hervorgebracht werden könne, sondern seinen
eigenen und besondern Instinct haben müsse.
Dieser soll demnach, oben angezeigtermassen, in
nichts andern, als in einem bestimmten reizbaren
Organum bestehen, davon wir jetzt mit mehrern
zu handeln haben.

Daß wir uns des Ausdrucks eines Organi
bedienen, geschieht deswegen, weil wir schon mit
diesem Worte einen Gedanken verbinden, der unserer Absicht mehr gemäß ist, als wenn wir das
deutsche Wort Werkzeug gebrauchen wollten.
Es soll zwar hier auch nichts anders als ein Werkzeug seyn, aber doch von einer bestimmtern Art,
und daß wir es kurz sagen, so verstehen wir darunter die ersten und einzigen elementarischen
Stoffe oder Molecula, welche die erste An-

lage

lage eines jeden gebildeten oder noch zu bil-
denden Körpers sind.

Daß jede Pflanze und jedes Thier einen Anfang habe, und daß dieser Anfang von einem undenklich kleinen Stoffe entspringe, solches bedarf
wohl keines Beweises. Man untersuche nur ein
Samenkorn und ein weibliches Ey, und forsche
nach, wie wenig aus beyden zur Bildung des künf-
tigen Körpers gehöre, so wird man finden, daß
das meiste vom Samen und vom Ey nur die Ein-
hüllung (Involucrum und Vehiculum) ausmache, worinn der kleine Punct oder die Molecula bis zur Entwicklung verwahrt liegt. Von diesem Puncte hebt sich die Bildung des ganzen Körpers an, nicht durch eine bloße Aufhäufung der
Masse, wie in dem Steinreiche, sondern durch An-
einandersetzung anderer organischen Puncte, die in
Gefässe eingehüllet werden. Hier findet also of-
fenbar eine Bewegung statt, welche diese Theilchen erst zusammen führt, und diese Bewegung ist
ist allerdings mechanisch: denn die Absonderung des
Samens und des Eyes, die Hinzuführung des Blü-
tenstaubes und des männlichen Samens, ist abermals mechanisch. Aber woher kommt die
Bildung zur bestimmten Figur? dieses kann
keine bloß mechanische Würkung thun, es muß ein
anderer Instinct solches verrichten, welchen wir
ein bestimmtes reizbares Oeganum nennen.

Es

Es heißt mit Recht ein Organum, weil es ein Werkzeug ist, das eine gewiſſe Verrichtung zu einem beſondern Zwecke ausübet. Es muß reizbar ſeyn, weil ſonſt aus ſelbigem organiſchen Puncte keine Würkung zur Bildung heraus kommen könnte. Es muß endlich beſtimmt, das iſt, von beſtimmter Geſtalt und Art ſeyn, weil ſonſt nicht ſo viele Geſchlechter und Arten der Thiere ſeyn, ſondern dieſelben vielmehr alle einander gleich ſeyn würden.

Nun können wir zwar die Natur und Geſtalt dieſes organiſchen Puncts nicht beſtimmen, denn unſere Vergrößerungsgläſer reichen noch nicht ſo weit; daß aber können wir richtig ſchlieſſen, daß derſelbe doch immer noch ein zuſammengeſetzter Körper ſeyn müſſe, welcher eine eigene Figur hat, ob es gleich nicht nöthig iſt, daß ſie alsdann ſchon der Pflanze oder dem Thiere, welches daraus werden ſoll, ähnlich ſey. Denn wir ſehen in einem Apfelkerne keinen Apfelbaum, und im unausgebrüteten Hühnereye keinen Hahn, auch in einem weiblichen Eye keinen Menſchen in Mignatur liegen. Es iſt genug, wenn die Figur dieſes organiſchen Puncts auch nur einen ſehr einfachen Zug hat, aber der Punct muß nothwendig reizbar ſeyn; und dieſes veranlaßt vorher eine genaue Unterſuchung der Reizbarkeit (Irritabilitas) anzuſtellen, ehe wir weitere Schlüſſe machen können.

Die

Die Reizbarkeit ist ganz was anderes, als die Empfindung, (Sensibilitas) ob man gleich bey empfindlichen Körpern eins fürs andere zu nehmen pflegt. Denn die Empfindung erfordert schon ein Vermögen, sich den Reiz vorzustellen; und dieses Vermögen müssen wir bey einem blossen Körper nicht suchen, denn das wäre ein Widerspruch. Die Reizbarkeit aber ist eine Eigenschaft gewisser Körper, auf eine Berührung sich zusammen zu ziehen, und wiederum verhältnißmäßig zurücke zu würken. Diese Eigenschaft aber setzt zweyerley in dem Körper voraus, daß er sich nämlich erstlich zusammen biegen und wieder dehnen lasse, und zweytens, daß er vermöge seiner Structur, und vermöge dem Wesen seiner Bestandtheilchen, eine eigene Schnellkraft habe, oder, mit einem Wort, daß er elastisch sey, und also diese Bewegung von selbst, ohne weitere Triebfeder machen könne.

Wenn nun ein solcher organischer Punct in dem weiblichen Eye vorhanden ist, so ist es wohl höchst wahrscheinlich, daß auch eine ähnliche elastische Molecula mit dem männlichen Saamen oder mit dessen Hauche, oder in den Blumen mit dem andern Staube, zu diesem Puncte, nach mechanischen Gesetzen, hingeführt werde, so bald diese sich aber berühren, entsteht der Reiz, und so bald derselbe

c 3

selbe

selbe da ist, so bald übt jedes Organum aus eigenen Kräften seine Elasticität oder Schnellkraft
aus.   Die mechanische Bewegung führt sie sodann
wiederum zusammen, und sie würken abermals und
vielmals aufeinander zurücke.   Während diesen
wiederhohlten Würkungen hüllen sie sich allmählig
in Gefässe oder Behälter ein, die sich durch die
mechanische Bewegung des mütterlichen Gebluts,
oder bey den Pflanzen des Nectars, aus den abge-
sonderten Säften um sie herum anlegen, und da
dieses geschieht, treten immer neue Moleculä oder
elastische Körperchen hinzu, welche nach und nach
eine Kette von organischen Puncten ausmachen,
um die sich jedesmal der aus den andern Säften
angelegte Behälter, darinn sie gleichsam eingeker-
kert sind, vergrößert, verlängert, und solche Richtungen und Figuren bekommt, als die Schnellkraft
und der bestimmte Lauf dieser organisirten Körperchen erlaubt.   Da nun die Richtung der Reizbarkeit auf den eigenartigen Bau dieser Körperchen
beruht, so entsteht schon eine Anlage zu einer Structur, die künftig werden soll, und wann sich diese
Anlage aus einer unbegreiflichen Kleinigkeit zu einer, unter dem Vergrößerungsglase endlich sichtbar gewordenen Größe geschwungen hat, so entdecken wir erst den Ort der Bewegung, und nennen
dieses nunmehr schon in seiner Art groß gewordene
Orga-

Organum, den ersten hüpfenden Punct, (punctum soliens). Wenigstens sehen wir von der Zeit an, daß sich nach und nach mehrere Masse und mit selbiger eine deutlichere Structur ansetze, bis diese ihre völlige Bildung erhalten hat. Und solches ist, nach unserm Bedünken, ein organisches Leben, welches zwar durch das mechanische Leben veranlaßt, in den Gang gebracht und unterstützt wird, ja ohne selbigen gar nicht seyn kann; aber keineswegs von dem mechanischen Instincte, sondern vielmehr von dem besondern organischen Instincte herstammt. Eine solche Organisation nun setzt sich nach ähnlichen Gesetzen durch den ganzen Körper bis zur völligen Größe durch, und bleibt organisch, so lange die Pflanze, oder das Thier, oder der Mensch, das mechanische Leben beybehält, denn ohne diese zweyerley Leben können wir uns gar keinen Gegenstand in dem vegetabilischen und animalischen Reiche denken.

Es ist also wahrscheinlich, daß in den schwankenden väterlichen und mütterlichen Säften ihrer ganzen Körper solche organische Körperchen abgesondert werden, die vielleicht an der Zahl zu Millionen anwachsen, und in der Art, nach den verschiedenen Absonderungsgefässen verschieden gebildet sind, die sodann bey der Befruchtung in reicher Anzahl zusammen kommen, sich daselbst in verschiedenen Richtungen aneinander setzen und einander reizen,

zen, ferner in diesen verschiedenen Richtungen mit Gefäßen umhüllet werden, bis das Gehirn, das Nervensystem, das Herz, und dann ferner durch immer neu hinzukommende organische Theilchen, alles übrige gebildet, abermals eingehüllet, und so zur gehörigen Stärke und Wachsthum bearbeitet werde, zumal da sich jeden Augenblick die Masse, und mit der Masse auch die Beweg- und Schnellkraft vermehrt.

Eben diese Reizbarkeit vermehrt sich hernach verhältnißmäßig durch den ganzen Körper, je, nachdem sich die kettenweise aufeinander gehäuften organischen Körperchen vermehrt haben, so daß zuletzt der ganze Körper durch die Ausbreitung dieser organischen, und in ihren bestimmten Bau der Nerven eingeschlossenen Theilchen reizbar, und ein großes zusammengesetztes Organum wird, welche Eigenschaft des organischen Lebens alsdann zugleich mit dem mechanischen Leben die Triebfeder wird, woraus sich das Schlagen des Herzens und der Adern, das Ein- und Ausathmen der Luft, die wurmförmige Bewegung der Eingeweide, der Trieb zum Essen und Trinken, das Ein- und Niederschlucken und Verdauen der Speisen, das Zucken der Glieder, das Dehnen und Einkrämpfen, das Herumwerfen der Gelenke und des ganzen Körpers, wie auch alle bey den Pflanzen bisher beobachtete Reizbarkeiten und Bewegungen erklären lassen.

Aus

Aus diesem Grunde nennen wir dieses Leben welches ein **Organum** zum Instinct hat, auch ein vegetabilisches Leben, und eignen solches, mit dem mechanischen, nur dem Pflanzen und Thiereiche zu. (Doch um ein Thier zu seyn, wird noch ein drittes Leben erfordert, welches den Pflanzen nicht zugeeignet werden kann. Denn so lange ein Körper, ob er gleich thierisch aussieht, kein anderes, als die zwey abgehandelten Arten des Lebens hat, so lange können wir ihn nicht in die Classe der Thiere setzen, denn er ist weiter nichts, als ein organisirter Körper ohne Seele, dergleichen auch alle Pflanzen, jede nach ihrer besondern Art sind, indem auch die Pflanzen auf ihre Weise essen und trinken, schlaffen und wachen, sich untereinander begatten und gewisse Grade der Reizbarkeit zeigen. Lasset uns daher jetzt auch das dritte oder beseelte Leben genauer untersuchen.

Allgemeine Einleitung.

⁕⁂   ⁕⁂   ⁕

Daß würkliche Thiere Handlungen vornehmen, und Bewegungen anstellen, die sich nicht aus dem Instincte des mechanischen und organischen Lebens erklären lassen, ist schon oben gesagt. Es müssen also diese Bewegungen eine andere Treibfeder, als Gewicht und Elasticität haben. Diese Treibfeder soll ein Geist seyn, und die Bewegung die ein solcher

c 5   Geist

Geist in dem Körper hervor bringt, soll ein beseeltes
Leben heissen.

Wenn nun dasjenige, was im ersten Thei-
le in der allgemeinen Einleitung pag. 1. bis 6. und
in der besondern Einleitung des nämlichen Theils
pag. 23. bis 28. sodann auch von der Generation pag.
78. bis 82. gesagt worden, vorausgesetzt, und näher durchdacht ist, so wird sich dasjenige, was wir
jetzt zu erörtern gedenken, besser beurtheilen lassen.

Es wohnt nämlich in einem würklich thierischen
Körper, denn alle scheinbare Thiere, sind eben nicht
das, wofür man sie ansieht, ein Wesen, welches
von dem Körper verschieden ist, dennoch aber den
größten Theil des Körpers in seiner Gewalt hat,
und Dinge vornehmen kann, die kein Gewicht und
kein Organum vor sich allein anfangen können; und
dieses Wesen ist ein Geist, welcher unter dem Namen Seele bekannt ist, und das Vermögen hat, dem
Instincte der zwey andern Arten des Lebens, nämlich dem Gewichte und der Schnellkraft, gewissermas-
sen nach eigener und unkörperlicher Willkühr, Einhalt
zu thun, oder ihre Kräfte ungewöhnlich zu verdop-
peln, oder ihre Würkungen nach solchen Endzwecken zu
lenken, die durch bloß mechanische und organische
Regeln unmöglich zu erreichen sind.

a.) Was

Allge-
meine
Einlei-
tung.

1.) Was ist denn nun ein Geist? 2.) Welcher Geist kommt in diesen oder jenen Körper? 3.) Wie und wann kommt er in denselben? 4.) Wo hält er sich auf? 5.) Wie würket er auf und durch den Körper? 6.) Woran erkennt man das Daseyn einer Seele? 7.) Wann und warum verläßt er den Körper? 8.) Wo kommt er endlich hin? Wenn wir auf alle diese Fragen allezeit antworten wollen: wir wissen es nicht; so kommen wir wohl, so lange die Welt steht, in unserer Erkenntniß schwerlich weiter. Es giebt aber doch ein Gedanke den andern, und wer einmal einen Gedanken äussert, findet leicht einen klügern Naturforscher, der ihn verbessert. Wir wollen also die Begriffe, die wir uns von diesen dunkeln Sachen machen, entwerfen, und die Verbesserung oder gänzliche Verwerfung derselben, denen überlassen, die weiter sehen können, als wir.

1.) Was ist also ein Geist? Weit entfernt, um von denjenigen Sätzen abzugehen, welche die größten Weltweisen unserer Zeiten in Absicht auf die Geisterwelt bestimmt haben, pflichten wir vielmehr solchen bey, und bauen unsere Meinung auf diesen Grund. Es ist also der Geist ein einfaches, unkörperliches mit Verstand und Willen begabtes Wesen, daß sich seiner selbst bewust, und durch den allmächtigen Willen des Schöpfers hervorgebracht ist. Wie nun aber die wesentlichen Eigenschaften des Geistes

ihre

ihre Einschränkungen in Absicht auf die Grade des Verstandes und des Willens leiden ; so giebt es auch Geisterarten, nach Maaßgabe des größern oder kleinern Umfangs ihrer wesentlichen Eigenschaften ; und dieses Verhältniß halten wir für das richtige Kennzeichen ihrer Art, ob wir gleich nicht im Stande sind, die Grade dieses Verhältnißes allezeit bey einem jeden Geiste zu wissen, vielweniger zu bestimmen. Denn sollen Verstand und Willen wesentliche Eigenschaften seyn, und sind die Grade derselben, welches niemand läugnen wird, verschieden, so sind auch die Geister verschieden. Und was ist wohl aus der ganzen Haushaltung aller erschaffenen Dinge mit mehrerer Wahrscheinlichkeit zu schliessen, als dieses, daß es, da es in der Körperwelt so sehr viele Ordnungen, Geschlechter und Arten giebt, je nachdem der Raum, welchen sie bewohnen sollen, groß ist, denn der Schöpfer hat alles verhältnißmäßig eingerichtet, daß es, sagen wir, alsdann in der Geisterwelt unzählige Ordnungen und Arten der Geister geben müsse, weil der Umfang, den sie gegen unsern Erdball und allen Planeten bewohnen können, unermäßlich geräumig ist, die Geister selbst aber im eigentlichen Verstande keinen Platz nach Körperart einnehmen, und auch dergleichen nicht nöthig haben, um ihre Nahrungsmittel zu bauen, da die Grenzen ihres Verstandes den einzigen Umfang ihres Nahrungsmagazins ausmachen, das das sie allenthalben mit sich führen.

Ver-

Vermuthlich wird man uns hier einwenden:
daß ein Geist, ein Geist, und der eine so gut,
wie der andere sey; daß man aber weniger Seelenkräfte bey einem als bey den andern antreffe, komme
daher, weil des einen Geistes organischer Körper,
durch welchen doch die Ideen in den Geist gebracht
werden, nicht so gut als des andern organisiret sey.
Hierauf müssen wir zuerst läugnen, daß alle Geister in Körpern wohnen; und zweytens können wir
nicht zugeben, daß sich der Verstand allein nach dem
einschränken solle, was einem Geiste, der in einem
Körper wohnet, durch die organischen Werkzeuge der Sinne mitgetheilt wird; und endlich können wir nicht glauben, daß der Geist, der in
dem Menschen wohnet, mit dem Geiste eines andern Thiers dem Wesen nach einerley Rang und einerley Fähigkeit, ohne Rücksicht auf den Körper,
besitzen solle.

Vermuthlich wird nun die Frage an uns erge-
hen: Welchen Unterschied wir uns denn zwischen den
Geistern vorstellen? und was wir unter ihren Ordnungen und Arten verstehen? Wohlan! Wir wollen
es hier entwerfen, nicht in der Absicht, die Geister zu claßificiren, dieses wäre für einen Naturforscher, der mit den Körpern nicht einmal fertig werden
kann, zu verwegen, sondern nur um unsere, an sich
dunkle Meinung, ein wenig faßlich vorzustellen.

I. Ord-

I. Ordnung. Geister, die gar keinen Körper nöthig haben, um in der Reihe der
Creaturen den größten Verstand den
sie besitzen, auszuüben, jedoch fähig sind,
in bestimmten Fällen zu besondern
Endzwecken einen Körper anzunehmen. Seraphim, Cherubim, En-
gel, 2c.

II. Ordnung. Geister, die in einem subtilen Körper wohnen, die aber nicht
mit demselben eine Sache ausmachen, jedoch in einen organisirten Körper zur Uebung ihres Verstandes an-
gewiesen sind. Die Seelen der
Menschen.

III. Ordnung. Geister, die allezeit in einem subtilen Körper wohnen, und mit
solchen verbunden sind, deren Körper
aber nicht so vollkommen organisirt
sind. Seelen der Thiere.

Erste Art, mit fünf Sinnen. Affen, Vögel, Fische, 2c.

Zweyte Art, mit vier Sinnen. Die ohne
Augen sind.

Drit-

Dritte Art, mit drey Sinnen. Die ohne Augen und Ohren sind.

Vierte Art, mit zwey Sinnen. Die ohne Augen, Ohren und Geruch sind.

Fünfte Art, mit einem Werkzeuge des Sinnes. Wurm, ꝛc.

Vielleicht haben wir jetzo schon zuviel gesagt. Wir überlassen daher die Sache einem andern, der sich besser auf die Geister versteht, und wollen jetzo weiter nichts gesagt haben, als daß die Geister in ihren Vollkommenheiten verschieden sind; daß diese Verschiedenheit auch eine Verschiedenheit ihres Wesens ausmache, und daß endlich der geringe oder größere Grad ihrer Vollkommenheiten mit den Vollkommenheiten ihres Körpers, den sie etwa bewohnen müssen, in gleichem Verhältniß stehe. Hierdurch kommen wir dann zur folgenden Frage:

2.) Welcher Geist kommt in diesen oder jenen Körper? Die Antwort wird kurz seyn: Ein jeder Geist kommt in denjenigen Körper, mit dem er, in Absicht auf die Vollkommenheiten, in gleichem Verhältniß stehet. Keine Affenfenseele kommt in einen Wurm, keine Vogelseele in einen Fisch, keine Menschenseele in ein Thier, kein englischer oder cherubinischer Geist in einen Menschen, und so weiter. Denn ein geringer Geist würde in keinen edlen Körper, und kein edler Geist in einem geringen Körper zurechte kommen; auch würde es wider das weise Verfahren der allweisen göttlichen Haushaltung streiten, ein edles Wesen in eine für dasselbe unschickliche und viel zu niedrige Verfassung zu setzen, worinn ihm alle, seinem Wesen anerschaffene Vollkommenheiten nicht im geringsten nützten; und woferne ein niedriger unfähiger Geist in dem besten organisirten Körper wohnete, so wäre es eine Verschwendung einer köstlichen Structur, die niemals recht könnte gebraucht werden; solches aber ist ebenfalls wider alle Ordnung, die wir doch sonst in der ganzen Natur wahrnehmen.

3.) Aber, wie und wann kommt der Geist in seinen Körper? Da wir hier nur von denjenigen Geistern reden, die Menschen und Thiere beseelen sollen, so eignen wir beyden einen subtilen Körper zu, jedoch mit dem Unterschiede, daß des Menschen Seele den seinigen nur bewohne, und eben nicht mit ihm zu einem Wesen ver-

verbunden sey, die Seele eines Thieres hingegen
mit seiner Molecula ein Wesen ausmache; bey=
derley subtile Körper aber sind unzerstöhrliche
Moleculä, die seit der Schöpfung in der Natur
vorhanden sind, und nach vielen Welzungen zu
demjenigen organischen Körper kommen, in wel=
chem sie, als in der Mutter, durch Beyhülfe des
mechanischen und organischen Instincts, (nicht oh=
ne die hierzu erforderliche, und vor uns unbegreif=
liche Allmacht des Schöpfers) ihr beseeltes Le=
ben in der ersten Entwicklung anfangen, fortse=
tzen, und endlich vollenden, um zu einer zweyten
Entwicklung zubereitet zu werden.

Wer dieser Hypothese nicht beytreten kann,
wähle sich eine andere; wer sie bewiesen haben
will, fordert von uns zu viel; und wer mehr
wissen will, denke der Sache selbsten nach. Wir
befriedigen uns einstweilen mit der Meynung, daß
gleich bey der Befruchtung eine jede, vor jeden
thierischen Körper besonders erschaffene Seele,
mit ihrem subtilen Körper zugegen sey, und augen=
blicklich die erste Moleculam einnehme, nicht aber
durch selbige eher würken könne, als bis der gan=
ze organische und mechanische Bau geferti=
get, besonders aber das Nervensystem gebildet

Linne III. Theil.   d   ist,

ift, und ſo bald dann ihre Wůrkung angeht, ſo bald iſt auch das animaliſche Leben da.

4.) Es iſt ganz natůrlich, daß wir jetzo die Frage thun: Wo ſich denn die Seele in dem Körper aufhalte? Soll die Seele den ganzen Körper regieren, ſo muß ſie ſich daſelbſt aufhalten, wo ſie im Stande iſt, mit ihrem ſubtilen Körper in die feinſten Organa zu wůrken, und dieſe Wůrkung durch eine Kette von organi-ſchen Körperchen nach allen Theilen des Leibes fortzuſetzen. Wo läſſet ſich aber dieſer Ort na-tůrlicher denken, als in dem Sammelplatze aller Nerven, im Gehirne, den man das Commune ſen-ſorium nennet? Das ſubtile körperliche Weſen, durch welches die Seele wůrket, mag vielleicht ein der electriſchen oder auch magnetiſchen Mate-rie nicht ganz unähnliches Weſen ſeyn, durch welches ſie ihre Handlungen mit einer ganz er-ſtaunlichen Fertigkeit fortſetzet. Hieraus müſte alſo wohl folgen, das alle diejenige Körper, die kein Commune ſenſorium haben, mithin kein Gehirn, keinen Kopf, oder etwas, das dem ähn-lich iſt, beſitzen, daß, ſagen wir, ſelbige auch kei-ne Seele und kein animaliſches beſeeltes Leben ha-ben könne.

5.) **Wie**

5.) Wie würket denn die Seele in
den Körper? Wir haben oben gesagt, daß die
Seelen verschieden sind, sowohl nach den Graden ihres
Vermögens als ihrer Seelenkräfte, und daß, da
ihre Kräfte zu ihrem Wesen mit gehören, auch
diese Verschiedenheit ihren wesentlichen Unterschied
mache. Wir haben ferner gesagt, daß sie in einem subtilen Körper wohnen, der entweder nur
ihr Haus ist, wie bey Menschen, oder ihr unzer-
trennlicher Leib.

Dieser subtile Körper ist ihnen also das
nächste. Alle ihre Fähigkeiten, anerschaffene Ideen,
und allgemeine Begriffe, sie mögen nach der wesentlichen Beschaffenheit einer jeden Seele klar
oder dunkel seyn, müssen sich wohl zunächst und
am ersten in diesen ihren subtilen Körper spiegeln,
und durch ihre Bewegung abdrucken, so wie (um
ein sehr grobes Gleichniß zu geben) ein Mensch
der an allen Seiten Augen hätte, in einem Zimmer oder Amphitheatro, alle an dessen Wänden
befindliche Gemählde von allen möglichen Creaturen, Prospecten, Thieren, einzelnen Handlungen, großen zusammen gesetzten Begebenhei-
ten, und dergleichen, auf einmal vor sich sehen
würde.

D 2   Nun

Nun sind zunächst an diesem subtilen Körper die Werkzeuge der Sinne, oder es schliessen allenthalben die organischen Moleculá an, die sich in einer Kette zu allen Werkzeugen und durch den ganzen Körper ausbreiten, bewegt sich also die Seele mit ihrer Kraft auf eines dieser in ihren subtilen Körper um sich habenden Bilder, das ist auf einen undenklich kleinen Punct, so erschüttert dieser Theil die anschliessende organische Moleculam, und vielleicht auch etliche benachbarte Bilder und Moleculas, welche sodann weiter diejenige Kette der Körperchen, die sich in den Nerven durch den thierischen Leib nach einem gewissen Glkde ausbreiten, in Bewegung setzen.

Geschiehet nun dieses, so ist eine freye Handlung der Seele da, die ihren Ursprung von innen heraus nimmt. Falls aber eine äusserliche Sache durch die Sinne in den thierischen Körper hinein fällt, so wird auch eine Bewegung durch die nämliche Kette der organischen Körperchen nach innen zu fortgesetzt, bis sie an den subtilen Körper der Seele, das ist, an die Bilderwand kömmt, und daselbst eine Veränderung hervor bringt, die sogleich von der innwohnenden Seele wahrgenommen wird. Es ist unmöglich,

daß

daß die Seele diese Veränderung wahrnehmen kön=
ne, ohne nach ihrer Art hierüber in eine Bewe=
gung zu gerathen, welche sie bestimmt, auf die=
se Bilder in der Maase zurück zu würken, als
mit ihrem Willen oder Abscheu überein kömmt.
Zugleich aber erhellet auch hieraus, daß in der
Seele nichts anders vorgehen kann, als wozu
das Wesen der Seele fähig ist. Eine gemeine
thierische Seele kann also keine klaren und deutli=
chen Begriffe über wichtige Sachen haben, denn
ihr denkendes Wesen ist schon von eingeschränkter
Art. Dem zufolge kann sie auch durch ihre Be=
wegung in ihrem subtilen Körper keine solche weit=
läuftige und erhabene Gemählde machen; und
wenn diese mangeln, so ist sie auch nicht im
Stande auf Handlungen zu würken, welche erha=
bene Gegenstände erfordern: ja es können erha=
bene Gegenstände von aussen keine Bilder in ih=
nen erregen oder erschüttern, weil in ihren Spie=
gel schon die Puncte der Ideen und Vorstellungen
mangeln, die erschüttert werden müßten. Auch ist
es sogar um deßwillen nicht möglich, weil ihr
Körper schlechterdings nicht darnach gebauet ist,
solche äusserliche Gegenstände von aussen einzulassen.
Auch hat derselbe nicht darnach gebauet werden
können, weil zu jedem thierischen Körper eine ei=

gene

gene Seele bestimmt ist, die mit selbigem in gleichem Verhältniße steht. Daher versteht der Hund
nichts, wenn man ihm von gelehrten Sachen,
oder von Krieg und Frieden, oder von Naturali-
en vorredet, und er kann es niemalen lernen zu verstehen.

6.) Woran aber erkennet man das Daseyn
einer Seele, um zu beurtheilen, ob ein gewisser
Körper eine bloße Maschine, oder vielmehr
ein beseelter Leib sey? Keine Seele ist ohne
dem Vermögen, sich ihrer bewußt zu seyn. Die
nächste Eigenschaft die an dieser folget, ist das
Bewußtseyn anderer Dinge. Die dritte ist der
Trieb sich zu erhalten. Die vierte endlich, Maaßregeln zur Erhaltung sein selbst, willkührlich zu
ergreifen. Alle fernere edlere Eigenschaften gehören nicht für alle Seelen, sondern kommen nur
einigen Geisterarten insbesondere zu. Diejenigen
aber, die bey allen Seelen gemeinschaftlich angetroffen werden, sind doch nicht bey jedem Indivi-
duo von gleicher Stärke. Denn es giebt Seelen
die weder zum Zorn noch zum Vergnügen, weder
zur Freude noch zur Traurigkeit, und also lediglich nur zur Gleichgültigkeit aufgelegt sind.

Wer

Wer also das Daseyn einer Seele in einem gewissen Cörper suchen will, muß freye Handlungen in demselben erkennen, die nicht bloß mechanisch oder organisch sind, und diese Handlungen lassen sich am leichtesten aus dem Triebe, sich selbst zu erhalten, schliessen.

Nun sollten wir zwar hier der Ordnung nach auf eine Untersuchung kommen müssen, welche Körper unter den sogenannten Thieren Seelen haben oder nicht? Allein dieses erfordert eine weitläuftige Abhandlung, die vorjezo nicht zu unserm Zwecke dienet, und welche wir daher bis zu einer andern Gelegenheit versparen. Doch können wir nicht umhin, anzumerken, daß uns von den Liebhabern der Vergrösserungsgläser viele kleine Körper in das Thierreich eingeschoben worden, die nicht einmal Seelen haben, und daher vor nichts anders, als organisirte Körperchen zu halten sind, welche uur allein ein mechanisches, und wenn es hoch kommt, auch ein organisches Leben führen.

7.) Wann, und warum verläßt die Seele den Körper? Es sind Ursachen vorhanden, warum der Schöpfer die Seele in einen Kör-

d 4

per eingeschlossen hat.   Diese Ursachen haben ihren
Endzweck erreicht, wann der Schöpfer die Zerstöh-
rung des Körpers zuläst.   So bald aber der Körper
zerstöhrt wird, höret auch die Gemeinschaft auf,
denn die organischen Körperchen lösen sich von einander ab, die mechanische Bewegung ändert sich in
andere Richtungen, und vielleicht verliehren die feinsten Kügelchen ihre Schnellkraft.   Die Seele also
wird entbunden, und dringet mit ihren subtilen Körper durch die aufgelösten Theile hin, gleichwie eine
mangnetische Materie durch das Gehirn dringt, wo
sie denn nach vielen Welzungen sich zu der Geisterwelt gesellet.   So lange also die Kette nicht zerris-
sen, und die organischen Theilchen nicht getrennt
sind; obgleich eine Erstickung oder Ohnmacht,
oder sonstiger Zufall den äusserlichen Mechanis-
mum, ja so gar auch den Organismum auf einige
Zeit hemmet; so lange ist die völlige Scheidung
nicht geschehen, und wenn anders die Theilchen in
ihren natürlichen und guten Zustande bleiben, halten wir die Widerherstellung des beseelten Lebens
für möglich.

Es ist aber auch möglich, daß ein Geist,
der allzugewohnten irdischen Bilder und körperlichen
Empfindungen überdrüßig wird, und selbst ein
Ver-

Verlangen zur Freyheit trägt; diese ihr aber selbst
zu verschaffen, und gleich einem Züchtling, vor der
Zeit der ordentlichen Entlassung, aus dem Körper, durch welche gewaltsame Mittel es auch sey,
zu entflüchten, solches ist eine Empörung wider
den Schöpfer und die Natur.

8.) Wo kommt die Seele endlich hin?
Wir sagten oben, sie geselle sich zur Geisterwelt.
Nun wissen wir zwar, daß die Zernichtung der
Dinge eben so, als die Schöpfung und Hervor-
bringung derselben, in der Hand eines allmächtigen
Wesens, und in der Macht eines unendlichen Geistes stehe. Ist es aber deswegen eine Folge,
daß sie würklich werden zernichtet werden? und
streitet es nicht wider die Uebereinstimmung (ana-
logia) der ganzen göttlichen Haußhaltung? Warum sind sie denn in eine Probzeit gebracht? Warum haben sie sich in der Unvollkommenheit entwickelt? Zwar sind wir von den edlen Seelen der
Menschen schon eines bessern belehrt; aber sollen
wir denn allen Geistern, die niedriger sind, als
unser Geist, eine folgende nähere Entwicklung
und Bestimmung absprechen? Und warum? Weil
wir etwa neidisch sind, daß wir den Geistern der
Thiere keine zweyte Entwicklung, die ihrer Art
angemessen ist, verstatten wollen? Wird denn eine schöpfende Allmacht bey der großen Verände-

rung

rung, die der ganzen Welt bevorsteht, (denn diese Welt ist doch nur eine Entwicklung zu dem, was sie künftig werden soll,) unsere Geister zu rathe zie-hen, ob wir es erlauben, daß auch die Geister der Thiere zu etwas bestimmt werden sollen? Be-weise doch jemand zuvor, ob wohl der subtile See-lenkörper, ja obwohl einmal die ersten organischen Moleculä der gröbern Körper nach den Naturge-setzen zerstörbar sind.

Dieser Satz ist nicht einmal erweißlich, wie viel weniger der andere, der nothwendig darauf folgen müste: daß nämlich Gott sie durch seine All-macht ewig zerstören werde. Man erlaube uns dann zu sagen, daß alle Geister und alle Urstoffe in der Hand der Allmacht bleiben, um nach ihrer er-sten Entwicklung dazu gebraucht zu werden, wozu sie tüchtig erfunden sind. Und was kann dann ge-wisser seyn, als daß das künftige Schicksal der Crea-tur, und besonders des edlen Geistes, von demjeni-gen Verhalten abhangen werde, welches sie, nach Maaßgabe ihrer Kräfte und Verfassung, in der ersten Entwicklung gezeiget haben.

** ** **

Dieses wäre nun ein kurzer Begrif von dem Leben des Thierreichs; mehr wollen wir jetzo nicht von dem

In-

Inſtincte des beſeelten Lebens ſagen, da wir ſchon andere Gelegenheiten überkommen werden, das, was noch fehlt, hinlänglich auszuführen.

Aus allem was hier abgehandelt worden, wird nun ſo viel erhellen, daß alles lebe. Das Mineralreich hat nur ein einfaches und zwar mechaniſches Leben, obgleich der Ausdruck ungewöhnlich, und daher uneigentlich iſt. Das Pflanzenreich hat ein gedoppeltes Leben, nämlich ein Mechaniſches und Organiſches, denn in ſoweit ihre Bewegung aus dem Inſtincte des Gewichts (oder etwas, das dem ähnlich iſt) entſteht, iſt jede Pflanze zugleich eine Maſchine. Das Thierreich hingegen hat ein dreyfaches Leben, nämlich ein Mechaniſches, Organiſches und Beſeeltes.

In Abſicht auf das erſte iſt jedes Thier, auch der Menſch, eine Maſchine von auſſerordentlich künſtlichen und wunderbaren Bau. In Abſicht auf das zweyte hat ein Thier alles mit den Pflanzen gemein, und iſt würklich eine herumlaufende Maſchine und Pflanze. In Abſicht auf das dritte aber iſt es auch zugleich ein Thier, und es kann kein Thier ohne dreyerley Leben gedacht werden. Daß nun aber jedes Leben, und jeder Inſtict einen höhern Urſprung habe, und der Grund

ihres

ihres Daseyns in dem Schöpfer selbst liege, solches wird nunmehr keines weitläuftigen Beweises bedürfen. Denn aus seiner Allmacht entstand die erste Bewegung, und diese würde schon zur Ruhe gekommen seyn, wenn er sie nicht beständig unterhalten hätte. Durch eben diese Allmacht sind die organischen Körper entstanden und die Bildung entworfen worden, nach welcher sie sich vereinigen sollten, denn er schuf jedes Ding nach seiner Art. Durch diese Allmacht endlich entstunden auch alle Geister nach ihren Classen und Bestimmungen, denn er legte einen lebendigen Athem in den Menschen, und beseelte die Thiere nach ihrer Art.

Nun liegt, wie wir zu Anfang gesagt haben, nichts daran, wie ein Körper gestaltet ist; wir haben nur auf die Art des Lebens acht zu geben, um zu wissen, wohin wir eine Creatur zu ordnen haben: denn es ist möglich, daß etwas einem Steine ähnlich siehet, und doch ein organisches Leben hat, und dann ist es eine Pflanze. Es ist auch möglich, daß etwas einer Pflanze ähnlich siehet, und doch ein beseeltes Leben hat, und dann ist es ein Thier. Es ist aber auch endlich möglich, daß eine Creatur vollkommen einem Thiere gleiche, und doch keine Seele hat, und alsdann gehöret es doch nur unter die Pflanzen oder unter die Maschinen.

Wie

Wie weit es der Witz des Menschen in den mechanischen Künsten gebracht habe, davon sind viele bewundernswürdige Beyspiele bekannt und zum Theil ganz neu. Man hat Statuen gesehen, die durch eingemachtes Räderwerk, das Clavier schlugen, Worte redeten, herumgiengen, einfache Handlungen vornahmen, und dergleichen. Warum sollte es denn dem großen Werkmeister der Natur unmöglich gewesen seyn, Körper von einem thierischen Ansehen zu erschaffen, und verschiedene Organisationes in sie zu legen, durch welche sie sich bewegen, hin und her kriechen, ja essen und trinken können, ohne daß sie deswegen beseelt sind? Denn zum Essen und Trinken, zur mechanischen Verwechslung des Orts, zur Verdauung der Speisen, zur Fortpflanzung des Geschlechts, ist gewiß keine Seele nöthig; denn sonst müsten alle Pflanzen auch Seelen haben, und folglich angewachsene Thiere seyn. Auch wissen wir, daß die Natur keinen dreyfachen Instinct gebrauchen werde, um ein Leben hervor zu bringen, das durch einen zweyfachen Instinct kann bewerkstelliget werden.

Wir haben daher nicht ohne Grund viele Körper, welche von neuern Naturforschern unter die Thiere geordnet sind, im Verdachte, und sehen viele nur vor organische Körper an, wie sehr wir auch die Wahrnehmungen eines Jussieu, Baxter, Ellis, Donati, Pallas, und anderer gewiß großen und

ver‐

verdienſtvollen Männer, hochſchätzen, und ihre Ent=
deckungen treflich nutzen können   Denn wir zwei=
feln nicht an der Deutlichkeit ihres Geſichts, und
an der Richtigkeit ihrer Abbildungen, ſondern,
an dem Schluße, den ſie machen, daß ihre
entdeckte Körper Thiere ſind, ehe ſie bey vielen
noch recht bewieſen haben, daß in ſolchen Kör=
perchen würkliche Seelen vorhanden ſind.

Inzwiſchen wollen wir uns gerne mit ihnen
vergleichen, und dieſe Körper alle unter die Thiere
rechnen, weil ſie große Aehnlichkeit mit ihnen haben,
wenn ſie auch nicht beſeelet ſeyn ſollten. Wir ge=
denken darum keinen Krieg anzufangen, vielweniger die
von dem Ritter von Linne nun einmal gemach=
te Claßification zu verwerfen.   Es iſt genug,
wenn wir uns nur von dem vielfachen Leben der
Creatur richtige Begriffe machen, und ſie nach ſel=
bigen beurtheilen können.

In wie weit wir aber hierinnen den End=
zweck erreicht haben, oder nicht, ſolches überlaſſen
wir andern zur Beurtheilung, und merken nur noch
an, daß die Betrachtung des dreyfachen Inſtincts
des Lebens, uns gewiſſe Pflichten auflege, die wir
den Naturkörpern ſchuldig ſind.

Es iſt nämlich für jeden Menſchen löblich,
die Hand der Allmacht in der Creatur zu ſuchen,

und

und nach Maaßgabe seiner Verfassung, auf die Betrachtung und Untersuchung der Natur begierig zu seyn.

Es ist ferner für den, der die Werke Gottes in Ehren hat, nicht fein, vortrefliche und schöne Bildungen in der Natur, ohne Noth und aus Muth-willen zu zerstöhren.

Es ist endlich nicht erlaubt, eine beseelte Crea-tur aus Ueppigkeit zu plagen, zu martern, ihr seine Bedürfnisse zu entziehen, und sie zum Seufzen zu zwingen, oder ohne Noth und tyrannisch vom Leben zu helfen: denn der thierische Geist empfin-det darüber seine Aengsten, und der Gerechte erbarmet sich auch seines Viehes.

Ob nun gleich die angegebene drey Instincte der Bewegung, besagte drey Hauptarten des Le-bens veranlassen, so ist doch wohl anzumerken, daß jede Lebensart noch ihre Unterarten habe, und die besondere äusserliche Verfassung einer jeden Creatur genauer bestimme.

Um dieses zu bestättigen, dürfen wir nur das Gewicht, als den Instinct des mechanischen Lebens genauer betrachten; denn da wir die Last oder den Druck, dann die ausdehnende und anzie-

hen-

hende Kraft, alle unter die Claſſe des Gewichts ſetzen; da wir auch ferner wiſſen, daß die organiſchen Röperchen bey dem organiſchen Leben ſehr verſchieden in Abſicht auf ihre Geſtalt ſeyn können; da wir endlich den verſchiedenen Seelen auch ganz verſchiedene Vollkommenheiten zuſchreiben; ſo mögen wir dieſes als beſondere Urſachen anſehen, warum eine Creatur ſich weit weniger bewege und rege als die andere; warum dieſe Bewegungen ſo ſehr unterſchieden in ihrer Art und Abſicht ſind; ja warum einige Körper, wie die vierfüßigen Thiere, nur auf dem Lande; einige, wie die Vögel, nur in einer hohen und feinen Luft; wieder andere, wie die Amphien, im Waſſer und in der Luft zugleich leben können und müſſen. Dieſe letztern ſind es, die den Gegenſtand des gegenwärtigen dritten Theils ausmachen ſollen.

Einleitung

in die

Geschichte der Amphibien.

Das Wort Amphibium bedeutet ein Thier, das auf zweyerley Art leben kann, nämlich im Waſſer und im Trockenen, und hierunter verſtunden die Alten alle ſolche Thiere, von welchen ſie durch die Erfahrung ſahen, daß ſie einen Theil ihres Lebens im Waſſer und einen andern Theil auf dem Lande zubrachten, es ſey nun, daß ſie ſich in einem oder dem andern Elemente eine längere oder kürzere Zeit aufhielten, oder in ihrer Lebensart ordentlich wechſelten. Ja man zog auch ſolche Thiere dahin, die ſich nur zuweilen in dem einen oder andern Elemente befanden, dahero denn auch Ottern, Biber und andere in dieſe Claſſe geordnet wurden.

Um jedoch einigen Unterſchied zu machen, ſo zählte man zwar alle vierfüßige Thiere zuſammen, wodurch denn der Elephant und das Crocodill in eine Claſſe kommen muſten; aber man theilte ſie in Lebendiggebährende und Eyerlegende ein, und hierdurch wurde ein großer Theil der Amphibien von den übrigen vierfüßigen Thieren abgeſondert. Es blieb aber doch eine große Menge Thiere übrig, welche ſich nicht unter die gemachte Beſtimmung bringen ließen, als zum Exempel die Schlangen; und dieſes veranlaſſete eine neue Claſſe, welche man durch

Linne III. Theil. A den

den Namen kriechende Thiere bestimmte, worinnen jedoch abermals eine Menge Thiere von ganz
verschiedener Lebensart zusammen kamen; die sich
gar nicht zusammen schicken wollten, zum Exempel Würmer und Schlangen.

Das meiste, was bey diesen Eintheilungen die
Ungewißheit vermehrte, war dieses, daß die alten
Schriftsteller vieler besondern Thiere halben, unter
sich uneinig waren, wohin sie selbige rechnen wollten, und dieses machte endlich, daß man ganz
zweifelhaft wurde, was eigentlich ein Amphibium
seyn oder nicht seyn sollte? Denn wenn man lediglich auf den Umstand des beyderley Lebens sehen
will, so muß man auch solche Thiere hieher zählen,
die würklich in die erste Classe gehören, welche ihre
Jungen an Brüsten säugen, als das Nilpferd, die
Seekuh und andere, oder man muß viele aus dieser Classe weglassen, für welche man keinen schicklichen Ort finden würde, wohin sie zu ordnen
wären.

Es hat dahero der Ritter den äusserlichen Umstand des beyderley Lebens gar nicht zum bestimmten
Kennzeichen dieser Classe angenommen, sondern
ganz andere Merkmale zum Grunde geleget; dabey aber sich der allgemeinen Benennung bedienet,
und in Rucksicht, daß doch der größte Theil dieser
Thiere in und ausser dem Wasser leben könne, den
Namen Amphibien beybehalten.

Die Kennzeichen also, welche er dieser ganzen
Classe zuschreibet, sind eine einzige Herzkammer, und
ein einziges Herzohr, ein kaltes und rothes Blut,
und dabey willkührliche Lungen zum Athem hohlen,
auch eine doppelte Ruthe. Durch diese Merkmale unterscheiden sich also alle sogenannte Amphibien von den übrigen Classen gänzlich, wie mit mehrerer Deutlichkeit aus der Tabelle zu ersehen ist, die
wir im ersten Theile pag. 45. mitgetheilet haben.

Nun

Nun kam es allerdings darauf an, was für Thiere man in der Welt antreffen würde, die diese Merk-
male an sich hätten, und da fanden sich Thiere mit vier Füßen, Thiere ohne Füße, und auch schwim- mende Thiere. Dieses veranlaßte den Ritter drey Hauptordnungen zu machen, nämlich kriechende, schleichende und schwimmende Amphibien.

So wenig sich demnach der Ritter ehedem an die äusserliche Gestalt der Wallfische und anderer Fische gebunden hat, daß er sie nicht mit zur ersten Classe gezogen hätte, wenn sie ihre Jungen säu- gen: eben so wenig trägt derselbe auch jetzo Beden- ken, verschiedene Fische mit in diese Classe zu brin- gen; weil man obige Kennzeichen, nämlich kaltes und rothes Blut, eine einzige Herzkammer mit einem Ohr, willkührliche Lungen und eine doppelte Ruthe an ihnen fand; und wie immer einen Tag nach dem andern neue Entdeckungen in der Natur geschehen, also hat man sich auch nicht zu wundern, daß in der zwölften Ausgabe eine weit größere Anzahl Fische unter die Amphibien gebracht ist, als in der zehnten. Denn in der zehnten Ausgabe waren nur noch die Chondropterygii, oder Fische mit knörpelichten Flossen, unter die Amphibien gezählet, jetzo aber stehen auch die Branchiostegi, oder Fische mit Beinohren dabey. Ja es hat sich sogar ein neues Thier gefunden, welches gleichsam den Anfang zu einer vierten Ordnung unter dem Namen gehende Amphibien macht, und in des Ritters Amoe- nit. acad. VII. pag. 325. Tab. 25. beschrieben und abgezeichnet ist. Weil aber der Ritter solche in dieser zwölften Ausgabe nicht ordentlich in den Text einge- schaltet, sondern nur in den addendis angeführet hat, so wollen wir es auch einstweilen weglassen, und es in dem letzten Theile, wo sich der Anhang zu jeder Clas- se finden wird, umständlich betrachten.

Was

Einleitung.

Was die allgemeinen Eigenschaften der Amphibien betrift, so kommen sie in verschiedenen Umständen ziemlich mit einander überein. Denn erstlich ist ihr äusserliches Ansehen unter allen Thieren etwas unangenehm, ja zum Theil fürchterlich und schaudernd. Man kann schwerlich glauben, daß Vorurtheile oder Auferziehung allein die Ursachen seyn, warum fast die mehresten Menschen an diesen Thieren nicht denjenigen Reiz finden, den sie an den Vögeln oder andern Thieren entdecken, ja warum sie vielmehr bey dem Anblick der Amphi-

Gestalt.

bien erschrecken; vermuthlich wolte der Schöpfer diesen Eckel wider solche Thiere darum in uns legen, daß wir behuthsam seyn, und ihnen nicht gar zuviel zutrauen sollten, weil viele den Menschen schädlich sind. Gewiß ist es wenigstens, daß die meisten heßlich aussehen, eine garstige, unangenehme Farbe haben, und mit einem widerwärtigen und öfters stinkenden Geruch begleitet werden. Ihre Haut ist kahl, schleimig und kalt, die Stimme heischer, das Gesicht heimtückisch, der Gang oder die Bewegung träge, das Gerippe knörpelartig, das Leben

Gift.

zähe, der Aufenthalt in garstigen Oertern, und ein großer Theil unter ihnen hat ein starkes Gift bey sich, oder ist sonst dem Menschen gefährlich; so daß es nöthig ist, sie genau zu kennen, wenn man sich keinen Schaden zuziehen will.

Verwandlungen, und Verschiedenheiten.

Etliche unter denselben verwandeln sich, andere legen nur ihre Haut ab, einige legen Eyer, andere bringen ihre Jungen nackend zur Welt. Verschiedene leben entweder nur im Wasser, oder auf der Erde, andere bringen ihre Zeit wechselsweise in beyden Elementen zu, wieder andere sind eine lange Zeit allein in einem, und hernach wieder in einem andern Elemente. Manche sind äusserlich bewafnet, verschiedene aber nicht. Auch ist das Athemhohlen derselben unterschieden, denn bey einigen geschiehet

schiehet es nur allein durch die Lungen, und bey Einleitung. andern gehet es theils durch die Lungen, theils aber
auch zugleich durch äusserliche Werkzeuge vor sich:
wie wir hernach bey jeder Ordnung, Geschlecht und
Art umständlicher anzeigen werden. Denn da die
äusserliche Gestalt und Lebensart dieser Thiere so
sehr verschieden ist, so lässet sich im allgemeinen nicht
viel von selbigen sagen, ohne Verwirrung zu erregen,
dahero wir bey jeder Art das merkwürdige besonders
beyfügen müssen.

Man hat es inzwischen den neuern Entdeckungen, dem mehr und mehr anwachsenden Eifer und
den genauen Beobachtungen der Naturforscher zu
danken, daß wir von dieser Classe der Thiere jetzo
so viele zuverläßige und genaue Nachrichten haben,
und weit mehr davon zu sagen wissen, als vormals
bekannt gewesen ist. Denn die Alten haben nur
unvollständige und zum Theil fabelhafte Berichte
von den mehresten Amphibien gegeben. Wenige
Schriftsteller gaben sich mit selbigen anders, als
etwa bloß zufälliger Weise ab, und wußten oft von
ihren beygefügten Abbildungen wenig Gewisses zu
sagen. Ja man traf unter selbigen zuweilen prächtige Zeichnungen von Amphibien an, deren Daseyn man doch billig in Zweifel ziehet, oder die
wenigstens noch niemanden in Natur zu Gesicht
gekommen sind, wie solches zum Exempel die vielen fabelhaften Erzählungen, und erdichteten Abbildungen der Drachen und Basilisken bestättigen.

Um nun die wahren Amphibien kennen zu lernen, so schreiten wir jetzo zu einer nähern Bestimmung ihrer Ordnungen und Geschlechter, so wie
sie von dem Ritter zuerst überhaupt angeführet,
und hernach durch mehr entschiedene Merkmale er-
kläret worden sind.

　　　　　　Ein-

Eintheilung
der dritten Claſſe
von den Amphibien.

Einthei-
lung der
dritten
Claſſe.

Die Thiere dieſer ganzen Claſſe werden alſo, wie aus der Einleitung zu erſehen iſt, nur um deßwillen Amphibien genennet, weil die meiſten derſelbigen ſowohl im Waſſer als auf der Erde leben können, obgleich ſolches nicht ſchlechterdings bey allen ſtatt findet. Weil ſich das Wort Amphibium bereits in der deutſchen Sprache ein Recht erworben hat, ſo wollen wir auch bey dieſer Benennung bleiben. Die Kennzeichen aber ſind folgende:

Dritte Claſſe. Amphibien.
Amphibia.

Kennzei-
chen der
dritten
Claſſe.

Das Herz hat nur eine Kammer, ein Ohr und rothes kaltes Blut.

Das Blut hat einen langſamen Kreislauf und eine träge Bewegung.

Die Lungen athmen willkührlich, und die Ein- und Ausathmung iſt einander gleich.

Die Lungenbläsgen ſind groß, und werden bey etlichen in dem Geſchäfte der Athemholung durch

durch die Bewegung äusserlicher Werkzeuge unterstützet.

Die Knochen sind knorpelartig.

Die Ruthe ist gedoppelt.

Es ist leicht einzusehen, daß diese Kennzeichen also beschaffen sind, daß weit mehr Thiere in diese Classe können gebracht werden, als man ehedem unter Amphibien verstund. Denn der Herr Klein theilte seine Amphibien nur in solche ein, die Schilde führen, als die Schildkröten; die ganz gepanzert sind, als die Krokodille; und die eine nackte Haut haben, als Eidechsen, Frösche und dergleichen. Doch funden die Schlangen keinen schicklichen Platz; daher der Herr Brisson eine Abtheilung von kriechenden (reptiles) macht, in welcher nur zwei linneische Ordnungen Platz fanden. Weil sich aber unter obige Kennzeichen auch gewisse Arten von Fischen bringen lassen, so erfordert die Natur der Sache eine ganz andere Eintheilung. Es macht nämlich der Ritter in seiner zwölften Ausgabe zuerst folgende drey Ordnungen: 1.) Kriechende. 2.) Schleichende, und 3.) Schwimmende, deren allgemeine Kennzeichen diese sind:

Eintheilung der dritten Claſſe.

Kennzeichen

der drey Ordnungen

in der dritten Claſſe,

welche die Amphibien enthält.

I. Ordnung. Kriechende. Reptiles.

4. Geſchlechter.

Linneiſche Kennzeichen der Ordn.

Sie haben Lungen, und hohlen durch den Mund Athem.

Vier Füſſe, mit welchen ſie einen kriechenden Gang verrichten, weßwegen ſie von den Alten unter die vierfüßigen Thiere geordnet wurden. Etliche derſelben ſind giftig.

II. Ordnung. Schleichende. Serpentes.

6. Geſchlechter.

Sie haben Lungen, und athmen durch den Mund.

Sie ſind mit keinen Füſſen verſehen.

Es mangeln ihnen auch Floſſen zum ſchwimmen.

Der Kopf hat gar keine Ohren.

Der zehnte Theil iſt giftig.

III. Ord.

III. Ordnung. Schwimmende. Nantes

14. Geschlechter.

Sie haben nicht nur Lungen, sondern auch äusserliche Werkzeuge, mit welchen zusammen
sie willkührlich Athem hohlen.

Der Körper ist mit Flossen besetzt, welche knör-
pelichte Finnen haben, dahero sie unter die
Fische geordnet waren.

Etliche derselben sind giftig.

Es macht aber der Ritter in dieser letzten Ordnung zwey Abtheilungen. Zu der ersten gehören nur
vier Geschlechter, welche verschiedene, oder zusammengesetzte Werkzeuge der Athemhohlung besitzen;
und zu der andern werden zehn Geschlechter gezählet, deren Werkzeuge der Athemholung nur einfach und einzeln sind.

Es sind folglich überhaupt vier und zwanzig Geschlechter, deren allgemeine Kennzeichen von dem Ritter einstweilen folgender Gestalt beschrieben werden.

Kennzeichen

der 24. Geschlechter,

welche in vorbeschriebenen III. Ordnungen

enthalten sind.

I. Ordnung. Kriechende. Reptiles.

4. Geschlechter.

Linnei-
sche
Kennzei-
chen der
Ge-
schlech-
ter.

119. Die Schildkröte. Testudo. Der Körper ist mit einer harten Schaale bedecket.
15. Arten.

A 5   120. Der

120. Der Froſch. Rana. Der Körper iſt nackt, hat keine Schaalz, und auch keinen Schwanz. 17. Arten.

121. Der Drache. Draco. Der Körper hat Flügel zum fliegen. 2. Arten.

122. Die Eidechſe. Lacerta. Der Körper iſt nackt, hat weder Schaale noch Flügel, aber einen Schwanz. 48. Arten.

II. Ordnung. Schleichende. Serpentes.
6. Geſchlechter.

123. Die Klapperſchlange. Crotalus. Der Körper und der Schwanz ſind beyde mit Schilden umgeben, und der Schwanz führt eine Klapper. 5. Arten.

124. Der Serpent. Boa. Der Körper und der Schwanz ſind beyde gleichfalls mit Schilden umgeben, aber der Schwanz hat keine Klapper. 10. Arten.

125. Die Natter. Coluber. Der Bauch iſt mit Schilden, und der Schwanz mit Schuppen beſetzt. 97. Arten.

126. Die Schlange. Anguis. Der Bauch und der Schwanz ſind beyde mit Schuppen beſetzt. 16. Arten.

127. Die Ringelſchlange. Amphisbaena. Der Bauch und der Schwanz ſind beyde geringelt. 2. Arten.

128. Blindſchleiche. Coecilia. Die Selten des Körpers haben nackte Runtzeln. 2. Arten.

III. Ord-

III. **Ordnung. Schwimmende.**
Nantes.

14. Geſchlechter.

A. **Mit zuſammengeſetzten oder vielen
Luftwerkzeugen.**

129. **Dricken.** Petromyzon. Sieben Luftlöcher an den Seiten des Kopfs. 3. Arten.

130. **Rochen.** Raja. Fünf Luftlöcher unten.
9. Arten.

131. **Hayfiſche.** Squalus. Fünf Luftlöcher an
den Seiten. 15. Arten.

132. **Seedrachen.** Chimaera. Ein Luftloch,
das in vier Ritzen abgetheilet iſt. 2. Arten.

* B. **Mit einem einfachen Luftwerkzeug.**

133. **Seeteufel.** Lophius. Zwey Bauchfloſſen und einen gezähnelten Mund. 3. Arten.

134. **Störe.** Acipenſes. Zwey Bauchfloſſen
und einen ungezähnelten Mund. 3. Arten.

135. **Hornfiſche.** Baliſtes. Eine einzige Bauchfloſſe, die wie ein Kiel anliegt. 8. Arten.

136. **Beinfiſche.** Oſtracion. Ohne Bauchfloſſen, aber der Körper iſt mit einem knochichten Panzer bedeckt. 9. Arten.

137. **Stachelbäuche.** Tetrodon. Der Bauch
iſt mit keinen Floſſen, aber wohl mit Stacheln
beſetzt. 7. Arten.

138. **Igelfiſche.** Diodon. Der ganze Körper
iſt mit Stacheln beſetzt, der Bauch ohne Floſſen. 2. Arten.

139. Meer-

139. Meerhasen. Cyclopterus. Am Bauch
sind zwey Flossen, die in einem Kreiße an einander gewachsen sind. 3. Arten.

140. Schildfische. Centriscus. Die Bauchflossen sind miteinander vereinigt, und der
Körper mit einem rückgradartigen Panzer bedeckt. 2. Arten.

141. Stadelfische. Syngnathus. Sie haben
keine Bauchflossen, und der Körper ist aus Gelenken zusammen gesetzt. 7. Arten.

142. Meerpferde. Pegasus. Der Bauch hat
zwey Bauchflossen, und der Körper ist aus
Gelenken zusammen gesetzt. 3. Arten.

Diese sind nun die sämtlichen Geschlechter,
welche miteinander 291. Arten enthalten, deren Beschreibung wir jetzo vor uns nehmen, ihre besondern
Kennzeichen nach dem Linne genauer bestimmen, und
alles Merkwürdige aus ihrer Geschichte anführen
werden.

Drit-

Dritte Claſſe.
Die Amphibien.

I. Ordnung. Kriechende Amphibien.

Reptiles.

Wir nennen die ganze Ordnung dieſer Thiere nicht gehende, ſondern kriechende Amphibien, welches auch wohl die eigentliche Abſicht des Ritters ſeyn mögte, denn der Gang dieſer Thiere iſt bey den meiſten ſchleichend, wie bey den Schildkröten und Fröſchen, und obgleich die Eydechſen ziemlich geſchwinde fortkommen können, ſo hängt ihr Körper doch nahe bey der Erde, und ſchleicht, wegen der kurzen Füße, nur über der Erde weg, zu geſchweigen, daß die Eydechſen auch in dem ſtärkſten Lauf den Menſchen nicht entfliehen können. Einer neu entdeckten Ordnung, derer wir in der Eintheilung gedacht haben, mag man den Namen gehende Amphibien geben; ſo wie wir die Thiere der zweyten Ordnung, nämlich die Schlangen, Schleichende, und nicht kriechende genennet haben, weil man unter Kriechen allezeit eine kretſchende Bewegung verſtehet, die mit den Füßen, oder mit den Knien, oder mit gleichſam abgekürzten Beinen geſchiehet, welcher Ausdruck ſich demnach zu der jetzigen Ordnung am beſten ſchickt.

I. Ord.
Benennung.

Ob-

Kennzei-
chen.

Obgleich nun die Thiere dieser Ordnung in ihren Geschlechtern gar sehr von einander unterschieden sind, und keine Aehnlichkeit mit einander haben (denn eine Schildkröte und Eydechse sehen einander wenig gleich) so kommen sie doch darinnen mit einander überein, daß sie vier Füße haben, und mit einander durch den Mund Athem hohlen. Wie und worinnen sie sich aber von einander unterscheiden, wird die Beschreibung der Geschlechter lehren, welche der Nummer nach, auf das letzte Geschlecht der Vögel, in dieser Ordnung folgen:

119. Ge-

119. Geſchlecht. Schildkröten.

Reptiles: Teſtudo.

Teſtudo iſt von Teſta oder Schale abgelei- Geſchl.
tet, und dieſen Thieren als ein allgemeiner Benen-
Name beygelegt, weil ſie über dem Körper eine nung.
harte Schale haben. Man nennet ſie auch Do-
miporta, weil ihnen die Schale gleichſam zu einem Hauſe dienet, das ſie überall mit ſich führen;
auch Tardigrada, weil ſie einen langſamen Gang
haben. Griechiſch Chelóne; franzöſiſch Tortue; engliſch Tortoiſe; italiániſch Teſtudine
und Tartaruca; ſpaniſch Tartuga; holländiſch
Schildpad, wie bey uns Schildkröte, weil ſie
das Anſehen einer Kröte haben.

Die Kennzeichen dieſes Geſchlechts ſind ein vier- Geſchl.
füßiger Körper, welcher, wie ſchon aus den Be- Kennzei-
nennungen erhellet, mit einer harten Schale be- chen.
deckt iſt, und einen Schwanz hat. Die Kiefer
des Mundes ſind nackigt und haben keine Zähne.
Was aber die beſagte harte Schale betrift, ſo beſtehet ſie aus zweyen harten knochichten Stücken,
davon das eine den Rücken, das andere aber den
untern Körper bedeckt. Dasjenige, das den Rücken
bedeckt, iſt gewölbet, und fäßt die Rippen in ſich,
die auf einem ordentlichen Rückgrade heraustret-
ten, und das untere Stück iſt für nichts anders,
als ein ausgebreitetes flaches Bruſtbein (Sternon)
anzuſehen, an deſſen Rande das obere Stück angewachſen iſt, ſo daß das Schild den ganzen Körper umſchließt, und nur zwey Oefnungen hat, nämlich

lich vornen, aus welcher der Kopf und die Wörder-
füße, und hinten, woraus der Schwanz und die
Hinderfüße hervortreten, die sie aber auch alle einziehen, und unter der Schale verbergen können.
Diese knochichte Substanz ist auf mancherley Art
in Feldlein abgetheilet, und bey manchen, vorzüglich den größern Arten in Asien und Africa,
mit Blättern belegt, welches das hornartige bekannte Schildkröt ist.

Etliche derselben leben im Wasser andere auf
dem Lande, und haben sämtlich ein zähes Leben, so
daß sie sich noch vierzehn Tage hernach bewegen,
nachdem man ihnen schon den Kopf herunter geschnit-
ten hat. Sie sind ferner in der Begattung sehr
langsam, indem solche öfters einen Monat lang
dauert. Sie legen alle miteinander Eyer, die mit
einer häutigen Schale, wie die Windeyer der
Hühner, umgeben sind, und nähren sich von sehr
wenigen Feuchtigkeiten, so daß man sie auf lange
Zeit in einem feuchten Keller, ohne alle andere Nahrung frisch und lebendig erhalten kann. Ihre große
Aehnlichkeit macht die Bestimmung der Verschiedenheit mühsam, davon der Ritter folgende
funfzehn Arten angiebt.

(Randnotiz: Eigen-
schaften.*)*

I. Das Lederschild.   Testudo Coriacea.

(Randnotiz: 1.
Leder-
schild.
Coria-
cea.*)*

Wir nennen diese Schildkröte, nach dem Beyspiel des Ritters, Lederschild, indem die Schale
nicht mit harten Schilden, sondern nur mit einer le-
derartigen Haut bedeckt ist. Es ist aber der
Rücken dieser Schildkröte nicht, wie die andern, ordentlich gewölbet, sondern es macht das Gewölbe
des Rückens viele Ecken. Die Füße dieses Thieres endigen sich in Flossen, (daher es zu den See-
Schildkröten muß gerechnet werden,) und haben
auch

auch keine Nägel. Bey der Zergliederung ſolcher
Floſſen findet man ordentliche Merkmahle der Finger oder Zähen, mit ihren verſchiedenen Gelenken,
die aber zwiſchen einer gedoppelten Schwimmhaut
ganz verwachſen ſind. Der Schwanz beſtehet aus
einem ſiebeneckigten runden Gliede, welches an den
ſieben Ecken die Länge herab ſieben Rippen oder Erhöhungen zeiget, und iſt kein fleiſchiger Klumpe,
ſondern ein verlängerter Fortſatz des Rückgräds,
ſo aus verſchiedenen, allmählig dünner und endlich
ganz ſpitzig zugehenden Wirbelbeinen, beſtehet. Man
findet dieſe Art im Mittelländiſchen, ſelten aber
im adriatiſchen Meer.

2. Die Schuppenſchild. Teſtudo Im-
bricata.

Die jetzige Art mag den Namen Schuppenſchild
führen, denn das knochichte Schild iſt mit Schild-
krötplatten belegt, die wie die Fiſchſchuppen, oder,
(nach der linneiſchen Benennung) wie die Dachziegel unter einander geſchoben ſind. Dieſe Meer-
ſchildkröte iſt in den Aſiatiſchen und Americaniſchen Meeren ſehr gemein, und liefert den Künſt-
lern das bekannte Schildkröt, welches ſie auf mancherley Art verarbeiten, indem ſie es erweichen,
nach Gefallen biegen, ſchneiden und formiren, und
davon Tobacksdoſen, Kehrbürſtenblätter, Spiegel-
leiſten, Kämme, und allerhand andere Sachen und
Einfaſſungen verfertigen, wozu ſie lediglich die beſagte Blätter, die ſie Carètt nennen, gebrauchen.
Das ganze Schild aber hat eine vollkommen herz-
förmige Geſtalt, iſt oben ſehr hoch und etwas ſpitzig gewölbet, unten bäuchicht, einigermaſſen kielförmig, und an dem Seitenrande ſägeförmig gezackt.
Der Schwanz iſt ſchuppigt, und die Füße endigen
ſich in Schwimmfloſſen. An dieſer Art iſt der Kopf

2.
Schup-
pen-
ſchild.
Imbri-
cata.

klein, und hat einen ungezähnelten Mund, der das
Ansehen eines krummen, Vogel= oder Habichtsschna=
bels hat, daher sie auch von den Seefahrern öfters
Papegaje Bekken, oder Papagenschnäbel genen=
net werden. Das Schild hat vierzehn Schildkröt=
blätter, ohne diejenigen zu rechnen, welche den brei=
ten Rand ausmachen, und jedes Blat ist etwa eine
Spanne und etwas darüber lang, denn man findet von
dieser Art solche, die einen drey Schuh langen, und
dritthalb Schuh breiten Körper haben. Die sä=
geförmigen Zacken des Randes, entstehen nur von
den Spitzen der übereinander geschobenen Blätter,
womit der breite Rand belegt und eingefasset ist, und
die Blätter von dieser Schildkröte geben das aller=
schönste Schildkröt, indem sich helle= und dunkelka=
stanienbraune Flecken, in einen halb durchsichtigen
hochgelben Grund, wie Wolken herumziehen

3.
Riesen=
schild=
kröte.
Mydas.
Tab. I.
fig. 1. 2.
3.

3. Die Riesenschildkröte. Testudo My-
das.

Man muß hier nicht Mydas und Midas vor
einerley halten, denn der Name soll nicht Midas
seyn, der seiner Ohren wegen berühmt ist, sondern
Mydas, und ist eines griechischen Ursprungs;
man mag ihn nun entweder von Mydazomai, ei=
nen Grauen vor etwas haben, oder von My=
dao, in Feuchtigkeit und vielen Morast leben
und damit ausgefüllet seyn, herleiten, so kann
es beydes auf diese Schildkröte sehen, denn sie sie=
het scheuslich genug aus, und ihre Lebensart ist im
Wasser. Wenigstens wurde der Name Mydas den
Meerschildkröten überhaupt schon vor Alters, und
dieser Art ins besondere von dem Seba beygeleget.
Wir aber wollen sie, da sie eben die größte Art ist,
und würklich zu einer riesenmäßigen Größe wächst,
die Riesenschildkröte nennen.

Das

Das Kennzeichen dieſer Art, wodurch ſie ſich *Kennzei-* von der vorigen unterſcheidet, iſt erſtlich ihr läng- *ch. n.* lichtes Schild, welches nicht herzförmig, ſondern ey-förmig iſt, ſodann dieſes, daß die Füße, die ſich gleichfalls in Floſſen endigen, mit Klauen oder Nä-geln verſehen ſind, ſo daß die Vörderfloſſen zwey Nä-gel, und die hintern nur einen haben. Doch trift man auch ſolche an, die an jeder Floſſe nur einen ein-zigen ſpitzigen Nagel beſitzen, es müßte denn dieſer Umſtand nur von dem Alter herrühren, daher wir auch in der Abbildung Tab. I. fig. 1. 2. 3. große und kleine mittheilen, und weil dieſe Art diejenige iſt, von welcher die Reiſenden das meiſte zu erzählen wiſſen, ſo wollen wir auch bey dieſer Gelegenheit eine etwas ausführliche Nachricht davon geben.

Es kommen nämlich dieſe Geſchöpfe am häufig- *Ver-* ſten am Strande des großen Weltmeers zwiſchen den *ſchiede-* beyden Wendezirkeln vor, abſonderlich halten ſie ſich *heit.* an vielen nicht ſehr, oder gar nicht bewohnten In-ſeln auf, und die Inſel l'Aſcenſion iſt vorzüglich dieſer Thiere wegen berühmt. Es haben aber die Reiſenden ſowohl verſchiedene Arten, als auch ver-ſchiedene Größe an ihnen wahrgenommen. Was die Arten betrift, ſo reden ſie von Habichtsſchnäbe-lichten, von grünen und von dickköpfichten Schildkröten, die alle drey eßbar ſind. Die erſte Art haben wir ſchon oben N. 2. beſchrieben. Die zweyte iſt die größte und unter allen die ſchmackhaf-teſte, indem ſie ein ſo zartes und angenehmes Fleiſch hat, daß man es dem Hühnerfleiſch vorziehet, und da die Schale etwas grünlicht ausſiehet, ſo wird ſie auch die grüne Schildkröte genennet; franzöſiſch, Tortue franche; engliſch, Turtle; und dieſe Art iſt dann die nämliche, welche der Ritter jetzt unter dem Namen Mydas vorſtellet. Aber die Dick-köpfigte iſt zum eßen die ſchlechteſte, dienet daher faſt zu nichts, als um den Tran oder ein Oel daraus zu schmelzen. Die Engelländer nennen dieselbe Logger-Head, und die Franzosen Caouanne. Sie ist beschwehrlich zu fangen, weil sie gewaltig beißt und um sich schlägt.

Größe. In Ansehung der Größe, so zeigen schon die Deckel, die man in den Cabinetten aufbehält, daß sie beträchtlich ist, denn man hat Schilde wie die Stubenthüren, und die Indianer, besonders die Negern, machen Kähne, Dächer und Zelter davon, und in der Verarbeitung brauchen sie selbige, um Schilde, Harnische und auch Tröge, Koffer und dergleichen daraus zu machen; wenigstens können sechs, sieben und mehrere Personen auf einem Schilde stehen, und das Thier hat nach Verhältniß des Schildes eine große Kraft, indem es mit eben so vielen Menschen wegläuft, als sich darauf stellen können. Jedoch scheinet es, daß man keine gefunden, die über neun Schuhe lang wären.

Aufenthalt. Da es indessen lauter Meerschildkröten sind, so trift man sie wenig auf dem Lande an, nur haben sie gleichsam ihren eigenen Sammelplatz auf einer Insel, als zum Exempel auf der Insel Caiman, in dem mexicanischen Meerbusen, südwärts der Insel Cuba; sodann auf der Insel l'Ascension im atlantischen Meere, und auf Rodriguez im indianischen Meere. Wie ergiebig die Ufer der Reiche Peru und Chili sind, kann man aus der Reise des Admirals Ansons, und aus seinem Aufenthalte bey Juan Fernandez sehen, wo zugleich Nachricht zu finden, wie sich das Schifsvolk durch das Essen dieser Schildkröten erquickt, und sich vom Scharbocke curiret habe, indem sie die Zeit beobachteten, wann diese Thiere aus der See nach dem Strande zu schwammen, da sie denn bey der Gelegenheit eine große Menge derselben fiengen. Ausserdem aber trift man

auch

auch mitten in der See ganze Haufen Schildkröten
an, die auf den Rücken beyſammen ſchwimmen, und in
der größten Tageshitze auf der Oberfläche des Meeres ſchlafen.

Vielleicht iſt dieſes die Urſache, daß zuweilen
ſolche Schildkröten, wenn ſie durch einen Sturm
überfallen und verſchlagen werden, ſich ſo gar bis in
die europäiſchen Gewäſſern verirren, denn am 2. Oc-
tober des Jahrs 1707. wurde innerhalb Holland im
Wykerſee eine Schildkröte gefangen, welche ſechs
Schuh lang war, gegen fünfhundert Pfund wog,
und ſich von kleinen Fiſchen und Garnelen (einer
Art kleiner Squillen oder Krebschen) nährte. Der
Fiſcher, der ſie fand, verkaufte ſie ſogleich vor zwölf
Gulden, worauf ſie öffentlich vor hundert und ſechs
und vierzig Gulden verauctioniret, und nachhero von
einem Liebhaber für dreyhundert Gulden erſtanden
wurde. Allein ſie ſtarb ſchon im folgenden Decem-
ber, vermuthlich, weil ihr das Clima zu kalt, und
die Nahrung nicht zuträglich war.

Schildkröten gefangen in Holland A. 1707.

Im Jahr 1729. fiengen die Fiſcher an der
franzöſiſchen Küſte, an der Mündung der Loire,
etwa dreyzehn Meilen von Nantes, eine Schildkröte,
die ſich in ihre Netze verwickelt hatte, welche ſieben
Schuh lang und drey breit war. Dieſes Thier konnte kaum von ihnen gebändiget werden, denn es wehr-
te ſich, ſchrye und bieß auf eine erſtaunliche Art,
bis ſie es mit einem eiſernen Hacken auf dem Kopf er-
ſchlugen. Das Schild, welches nicht mit harten
Karet, ſondern gleichſam nur mit einer dicken Haut,
wie Ochſenleder, beleget, und durch Näten aneinander geſetzet war, wurde in Nantes auf dem Fiſch-
markt zum Andenken aufgehangen, und war daſelbſt
vor wenig Jahren noch zu ſehen.

An der franzöſiſchen Küſte. A. 1729.

Vorzüglich aber iſt diejenige merkwürdig, welche im Jahr 1754. vor Rochelle, in dem ſo genannten

Bey Ro-chelle. A. 1754.

ten Loch, oder Pertuis d'Antioche, auf der Höhe der Insel Re gefangen, und in die Abtey Louvaux, vier Meilen von Vannes in Bretagne gebracht wurde. Dieselbe wurde auf sieben bis achthundert Pfund geschätzt, wenigstens wog der Kopf, welcher an diesen Thieren sehr klein ist, neun und zwanzig Pfund, und jeder Fuß oder Schwimmflosse zwey und funfzig Pfund. Die Leber war zu vier Mahlzeiten der ganzen Geistlichkeit dieser Abtey hinlänglich, und dreyßig Mann der Arbeiter und Domestiquen hatten an dem Fleische überflüßig zu essen, so daß hundert Menschen dabey hinlängliche Nahrung fanden. Als man den Kopf herunter schnitte, kamen achtzehn Seidel oder Nösel Blut heraus. Das ganze Thier war von dem Maul bis zur Schwanzspitze über acht Schuh, und die Schaale, welche in der Abtey noch aufbewahret wird, war fünf Schuh lang. Man bekam aus dieser Schildkröte hundert Pfund Fett, welches geschmolzen, und hernach so feste wie Butter wurde, und sehr wohl schmeckte. Das Fleisch war dem Kalbfleische ähnlich, hatte aber einen zimlichen Bisamgeruch.

Art zu fangen durch Umkehren.

Wenn man am Strande ist, wo sich die Schildkröten hinbegeben, um ihre Eyer im Sande zu legen, so kostet es keine Mühe sie zu fangen. Man nimmt nur die Zeit wahr, wenn sie an das Land gekommen sind, schneidet ihnen den Rückweg nach dem Strande zu ab, und kehret sie mit der Hand oder mit einem Stecken um, daß sie auf den Rücken oder auf ihr Schild zu liegen kommen, da sie sich denn nicht wieder umwenden können, und also schlept man sie weg, oder in das Boot, wozu, nach Beschaffenheit ihrer Größe, ein, zwey, drey und mehr Matrosen behülflich sind.

Mit Harpunen.

Was aber den Fang betrift, den man mit Schiffen mitten auf dem Meer anstellt, so ist derselbige

bige ſchon beſchwehrlicher. Es wird nämlich eine
Mannſchaft mit einem Boote abgeſchickt, um die
ſchwimmenden oder ſchlaffenden Schildkröten, oder auch
die ſich in dem Begattungsgeſchäfte aneinander befinden, (welches man Cavalage nennet) aufzuſuchen,
wie man ſie denn gar bald an der Bewegung und des
Nachts am leuchten des Waſſers wahrnimmt. Vorne auf dem Boote ſtehet ein Harpunier, der mit einem Stecken zeigt, wohin die Matroſen zu rudern
haben. So bald ſie an eine Schildkröte gekommen
ſind, wirft er ihr die Lanze mit Gewalt in den Schild,
und da das beſchädigte Thier ſogleich fortſchwimmt,
ſo läßt man die Schnur ablauffen, wo es denn öfters
die ganze Chaluppe ſehr heftig mit fortziehet, bis ſich
endlich das Thier verbluthet hat, oder in der Tiefe er-
ſtickt iſt, da man denn die Schnur anziehet, und alſo die gefangene Schildkröte in die Chaluppe hebt.
Dieſe Art des Fangs kommt ſehr mit dem Wallfiſch-
fang überein, und wird Varrér genennet, weil ſie
mit einem Stecken verrichtet wird, der einem Maas-
ſtab gleich ſiehet, und von den Spaniern Varre
genennet wird, und welcher oben mit einem Harpur-
nireiſen gewafnet iſt; doch haben die Harpunen keine
Hacken oder Zacken, ſondern beſtehen nur mit beſag-
tem Varre gleichſam aus einer Helleparte, die ſieben
bis acht Schuh lang, und an der Spitze mit einem
ſpießförmigen, ſieben bis acht Zoll langen Eiſen gewafnet iſt; denn ſo bald die Schildkröte ſich verletzet findet, kneift ſie die Schaale ſo feſt zu, daß man
Mühe hat, das Eiſen wieder heraus zu bringen.

Es werden auch an den Geſtaden des Meeres Mit Ne-
Schildkrötenfiſchereyen mit Netzen angeſtellet. Die-tzen.
ſe Netze ſind achtzig bis hundert und zwanzig Faden
oder Klafter lang, und etwa drey hoch, unten mit
Bley zum Sinken und oben mit Korkholz zum
Schwimmen verſehen, damit ſie, wie eine Wand im
Waſſer, gegen das Geſtade ſtehen. Wenn nun die

Schildkröten sich des Nachts an das Land begeben
wollen, verwickeln sie sich in die Netze, und ersticken
zuweilen darinnen, weil sie nicht in die Höhe kommen können, um Luft zu schöpfen, da man sie denn
des andern Tages findet, und nach Belieben ums
Leben bringt. Allein die Matrosen des Admirals
Anson brauchten alle diese Umstände, an den Ufern
von Chili, nicht. Sie ruderten nur auf die Höhe,
und sobald sie an eine Schildkröte kamen, sprang ein
Matrose aus dem Boote ins Wasser, und packte die
Schildkröte beym Schwanze, wodurch sie im fort-
schwimmen entweder gehemmet wurde, daß man sie
aus dem Boote mit Stricken umgürten, und
sie mit samt ihrem Anhange in das Boot winden konnte, oder sie suchte sogleich sich am Strande
zu retten, und schleppte den Matrosen mit auf das
Land, der sie denn alsobald auf den Rücken umkehr-
te, daß sie nicht weiter konnte,

  Die Begattung dieser Thiere, welche, wie oben
gesagt ist, Cavalage heißt, geschiehet vom Anfange des Merz bis in die Mitte des Maymonats, und
dauret bey ihnen öfters drey bis vier Wochen lang,
während welcher Zeit sie nichts hören und sehen, und
leicht können gefangen werden, indem man ihnen, da
sie aufeinander sitzen, nur einen Strick umwirft, und
sie also in das Boot oder in einen Kano, wie die
Indianer haben, schleppet. Das Weibchen, welches Eyer legen soll, begibt sich an den Strand, wozu sie eine völlige Stunde nöthig hat, denn sie ruhet
öfters aus, und der Gang ist sehr langsam. Sie
suchet daselbst eine Höhe aus, welche über Wasser
bleibt, gräbt mit ihren Schwimmfüßen im Sande
eine zwey bis drey Schuh tiefe Grube, legt ihre
Eyer hinein, und scharret sie wieder mit Sande zu.
Die Eyer sind rund wie Bälle, mit einer pergamentartigen Haut umgeben, etwa so groß wie Hühnereyer, deren Anzahl sich öfters auf zweyhundert er-
stre-

Lebens-
Art.

ſtrecket, welche alle in ein Paar Stunden gelegt werden. Nach ſechs Wochen kriechen ſchon alle Jungen,
die durch die Sonnenhitze ausgebrühet ſind, aus
dem Sande hervor, laufen ſehr ſchnell herum, und
ſuchen gar bald das Waſſer auf. Viele aber erleben
dieſes Vergnügen nicht, indeme die Fregattvögel,
und andere indianiſche Vögel ſchon auf den Bäumen nach ihnen lauren, und eine große Menge davon auffreſſen. Demohnerachtet aber bleibt die
Vermehrung dieſer Thiere um deßwillen ſehr beträchtlich, weil eine einzige Schildkröte, wie der Pater
Leguat berichtet, in einem Jahre wohl tauſend bis
zwölfhundert Eyer legt.

Indeſſen müſſen ſich die Jungen allein fortbrin-
gen, indeme die Alten, wie es ſcheinet, ſich gar nichts
um ſie bekümmern, und auch nicht einmal an das
Land kommen, es ſey denn um Eyer zu legen. Es
bringen alſo dieſe Thiere ihre Lebenszeit in und auf
dem Waſſer zu, wo ſie ſich von den grünen Seemoo-
ſen und andern Seegewächſen ernähren, und ſowohl
in die Tiefe tauchen, um ſie von dem Boden des Meeres hervor zu ſuchen, als auch auf der Oberfläche herum ſchwimmen, um die ſchwimmenden Mooſe erreichen zu können. Zuweilen kommen ſie an die Mündung der Flüße, um ſüßes Waſſer zu ſuchen, und
daſelbſt ein wenig friſche Luft zu ſchöpfen; wenn ihnen aber dieſes nicht gefällt, kehren ſie ſich auf den
Rücken, ſchwimmen in ihrem Schilde wie in einem
Kahne, und ſchlaffen.

Um auch etwas von dem innern Bau dieſer Thie- **Anato-**
re zu wißen, ſo verlohnt es ſich der Mühe, einige **miſche**
Hauptumſtände zu berühren, welche der Pater **Anmer-**
Feuille an einem Männchen wahrgenommen, wel- **kung.**
ches ohngefähr drey Schuhe lang war. Die Horn-
haut der Augen war etwa ſo dicke wie ein Groſchen, **Augen.**
im Umfange gezähnelt, inwendig ſchwarz, und mit

B 5 einer

einer feinen dunkelbraunen Haut bekleidet, die eine schleimige Materie enthielte, und in einem überaus dünnen Häutchen ein sehr klares Wasser, als in einem Beutel, faßte, worinn sich die Crystallfeuchtigkeit, als in einem eigenen Kästchen befand, doch war übrigens das Aug fast wie ein Menschenaug beschaffen. Die Zunge war kurz, stumpf und zimlich dicke, obenher sehr runzlicht, und inwendig mit einem kleinen länglichten knorpelichten Knochen versehen, welcher an die sogenannten Zungenbeine befestiget war.

Zunge.

Därmer. Die Därmer waren vom Anfange bis zu Ende fünf und vierzig Schuhe lang, und verengerten sich, wider die Gewohnheit der vierfüßigen Thiere. Die Kehle war sehr weit, sechzehn Zoll lang, und innwendig mit einer rauhen Haut von einem weißen wolligten Wesen gefüttert. Der Magen schien aus zweyen Höhlen zu bestehen, und war innwendig runzlicht, wie bey den wiederkäuenden Thieren. Der rechte Magenmund ließ kaum den kleinen Finger durch. Die dünnen Därmer hatten die Länge von zwölf Schuh, und waren vermittelst einer starken Schließmuskel von den dicken Därmern unterschieden. Es hatten aber diese dicken Därmer drey Häute, davon die mittelste sehr dick, die äußere aber sehr dünne war. Insbesondere war letztere ganz mit Blutgefäßen durchwebet, an welchen die Länge hinunter ein Band von gelbem Fett lief.

Herz. Vorzüglich aber ist das Herz merkwürdig, weil es von der Eigenschaft, die man, nach des Ritters Beschreibung, von den Amphibien erwartet, sehr abweicht. Es lag nämlich unmittelbar auf der Leber, die Leber hingegen auf den Lungen. Die Gestalt desselben kam mit einer großen Birn, die gleichsam etwas plattgedruckt ist, überein. Auswendig war es runzlicht, und hatte zwey Ohren, deren

jedes

jedes unmittelbar mit den Herzhöhlen Gemeinschaft hatte, jedoch auf eine ganz besondere Art. Denn anstatt daß bey den Menschen das Blut zuerst in das eine Herzohr tritt, und alsdann in die Herzkammer kommt, so gieng es bey der Schildkröte zuerst in die Herzkammer, und die Ohren schienen nur dazu zu dienen, um das überflüßige Blut zu empfangen. Es hatte aber das Herz drey Höhlen. Die rechte empfängt das Blut aus der Hohlader, die linke aus der Lungenader, doch diese treibt das Blut nicht wieder durch den Körper, sondern läßt es gröstentheils wieder in die rechte Höhle aus, da der Ueberrest des Bluts in die dritte und kleinste Höhle dringt, und von da in die Lungenpulsader übergehet, dahingegen das Blut aus der rechten Herzhöhle durch zwey andere Pulsadern wieder in den Körper herumgeführet wird. Wie demnach das Blut seinen Kreislauf verrichte, solches hat der Herr du Verney an einer Landschildkröte gezeiget, und weil dieselbe N. 6. vorkommt, so wollen wir denn auch daselbst das weitere anführen.

Die Leber war bis an die Mitte ihrer Länge gespalten, so daß sie zwey Lappen machte, davon die eine größer als die andere war. Die zwey Lungenlappen hingegen saßen, vermittelst einer starken Haut, aneinander, und waren röthlicht und schwammigt. Durch jede dieser Lappen lief die Länge hinunter ein Ast aus der Luftröhre, der sich in viele kleine Zweige ausbreitete, deßgleichen trat auch aus dem Herzen in jede Lunge ein großer Ast, welcher über die Aeste der Luftröhre hinlief, sich in dieselbe einsenkte, und sie also allenthalben begleitete.

Nach anderer Beobachtungen ist zu merken, daß diese Thiere kein Netz, und keinen blinden Darm haben, auch werden die Därmer immer dünner, je näher sie dem After sind, davon sonst das Gegentheil bey andern

Leber.

Lungen.

Anderweitige Beobachtungen.

andern Thieren statt hat. Der Hals der Harnblase läuft mit der Oefnung des Endel= oder letzten Darms gerade aus, so daß sie den Urin zugleich mit dem Unrath lassen, wie solches bey dem Federvieh geschiehet. Das Milz ist eyrund, und sitzt am obern Darm feste, die Nieren sind platt, länglicht, und gleichsam aus vielen kleinern zusammengesetzt; die Bestandtheile des Herzens sind sehr weich, und stark mit den andern Gefäßen, die mit demselben Gemeinschaft haben, durchflochten. Die Herzohren sind groß herabhangend, mit einer dünnen Haut überzogen, und von schwärzlichter Farbe. Die Lungen sind sehr weit, und hangen mit ihrem untern Theile weit niedriger, als das Herz.

Ge=brauch. Wir haben oben schon erwehnet, wozu man die Schildkrötendeckel gebrauche, und daß man das Fleisch derselben, wenigstens von den mehresten Arten, esse; wir wollen also jetzo nur hinzufügen, daß es eine vorzügliche Nahrung nicht allein der Indianer, sondern auch der Europäer sey, die sich in den Indien aufhalten. Ja die meisten ostindischen Schiffe, die von Europa nach den Indien fahren oder zurück kommen, halten um deßwillen an der Insel l'Ascension an, daß sie sich mit Schildkröten proviantiren können. Eben so werden jährlich von der Insel Mauritius oder Isle de France zwey bis drey Schiffe nach Rodriguez abgeschickt, um einen Vorrath von Schildkröten zu hohlen, welche der Guarnison und den Einwohnern ordentlich, statt des Fleisches, dienen, indem sich ihre Ladung durchgängig auf sieben bis achttausend Land= und etwa fünf bis sechshundert Seeschildkröten erstreckt, welche sie abschlachten und einsalzen, wiewohl sie frisch geessen am besten schmecken, und auf allerhand Art wie Kalbfleisch zugerichtet werden, ja wenn sie am Spieß gebraten worden, nicht einmal vom Kalbfleisch zu unterscheiden sind. Es ist an den

Schild=

Schildkröten alles eßbar, auch sogar das Eingeweide; jedoch hat das Rippenstück, das vier Finger
breit ist, wenn es mit dem Fette gebraten, und
mit Salz, Pfeffer und Citronen gewürzt wird, den
Vorzug. Das Fett ist wie Rindsmark, aber grünliche, und färbt auch den Urin grün. Die Eyer
sind gelb, werden wie Hühnereyer gekocht, und
eben so zu allerhand Speisen gebraucht. Ueberhaupt
aber dienen die Schildkröten wider den Scharbock,
und werden auch zur Cur der Lustseuche mit großem
Vortheil gebraucht, wiewohl die folgende Art, nämlich die Carretschildkröte, im letztern Fall, ein kräfti-
geres Mittel abgiebt.

    Daß sich auch diese Thiere überflüßig in Ostin-
dien befinden, erhellet daraus, weil die fünf Inseln
gegen der Küste Lochinchina über, die Schildkröten-
Inseln genennet werden. Daselbst werden sie häufig
gefangen und sind so schmackhaft, daß kein Tractement
für vollständig und ansehlich gehalten wird, wenn
keine Schildkröte dabey ist. Die Cochinchi-
ner führen dieser Thiere halben, beständig mit den
Tonkinesern Krieg, weil sie ihnen den Fang der
Schildkröten nicht zugestehen wollen, indem derselbe
in dasigen Gegenden so wichtig ist, als der Hering-
fang in Holland.

    Wir wollen zum Beschluß nur noch die Be-
schreibung einer solchen Meerschildkröte folgen lassen, welche der König Adolph Friedrich vor etwa
dreyßig Jahren der Academie zu Upsal schenkte.
Der Kopf davon ist mit einem spitzigen Schnabel
versehen, welcher gerade und nicht wie ein Habichts-
schnabel umgekrümmet ist; die Kiefer haben einen
scharfen Rand und keine Zähne. In dem obern
befinden sich Nasenlöcher; das untere Augenlied hat
zwölf tiefe Kerben, das obere aber ist gestreift; das
Schild ist eyförmig und mit einem Rande von

Ander-
weitige
Be-
schrei-
bung.

fünf

fünf und zwanzig Blättern versehen, die hinten hervor
stechen, und den Rand gezähnelt machen; der Rü=
cken ist hoch gewölbet, in der Mitte etwas scharf,
und mit funfzehn Blättern gedeckt, davon die mitt=
leren sechseckigt, und die Seitenblätter meistentheils
viereckigt sind. Das Bauchschild hat dreyzehn Blät=
ter, ohne diejenigen zu rechnen, welche zur Seite ste=
hen. Der Schwanz ist kurz und knochicht; die
Füße sind länglicht, haben hinten einen scharfen ge=
zähnelten Rand, und vorne am dickern Rand in der
Mitte einen großen, nebst einem sehr kleinen Na=
gel.

4. Karettschildkröte. Testudo Ca-
retta.

4.
Karett=
schild=
kröte.
Caretta
Benen=
nung.

Caret ist die französische Benennung des
Schildes dieser Thiere, und wird bey allen Sa=
chen gebraucht, die von Schildkrot gemacht sind;
weil nun auch die jetzige Art den Stof dazu lie=
fert, so hat der Ritter dieselbe vorzüglich Caretta
genennet, zumal sie auch bey andern Schriftstellern
diesen Namen führt. Ob aber diese Art von der
Imbricata No. 2. hinlänglich unterschieden sey,
daran zweifeln wir noch, und es ist zu verwundern,
daß der Ritter des Seba Tab. LXXX. fig. 9.
sowohl bey der vorigen Art No. 3. als bey der je=
tzigen angeführet, als ob folglich diese wieder einer=
ley wären, da sie doch verschieden seyn sollen. Je=

doch wir wollen auf die von dem Ritter gegebene
Kennzeichen Achtung geben. Es werden nämlich von
No. 2. keine Nägel angegeben; No. 3. hat an den
Vörderfüßen zwey, und an den Hinterflossen nur
einen Nagel; diese No. 4. aber hat sowohl an den
Hinter = als Vörderflossen zwey Nägel, und diejeni=
ge Art, welche an allen vier Flossen überall nur
einen Nagel hat, wird als eine Nebenart von No. 3.
be=

betrachtet. Da nun die Arten bald nach kleinen und
noch lange nicht ausgewachſenen Exemplarien beſtim-
met ſind, ſo laſſen wir es dahin geſtellet ſeyn, ob
hier nicht eine Irrung vorgehen kann, da die Nägel überhaupt ein ſehr wankelbares Merkmal zu ſeyn
ſcheinen. Inzwiſchen nimmt der **Ritter** noch zur Beyhülfe der Unterſcheidung dieſes wahr, daß die Schale
eine eyförmige Geſtalt habe und am Raude ſcharf gezackt ſey, welche Zacken von den hervortretenden
Blätchen entſtehen, die den ganzen Raude bedecken.

Nach den Beſchreibungen iſt es dieſenige Art,
welche wegen ihres erhabenen Rückens und ſcharfen
Schnabels, nicht leicht zu fangen iſt, denn wenn
man ſie auf den Rücken legt, welzet ſie ſich bald
wieder um, und beiſt heftig. Ihr Fleiſch hat eine
purgierende Kraft, und dienet um deßwillen ſtatt einer Arzney, um verſchiedene Krankheiten damit zu
heilen, und wer viel von ihrem Fleiſche iſſet, bekommt
einen gefärbten Schweiß und Urin. Die Schale
dieſes Thiers hat in der Mitte fünf, mehrentheils
ſechseckigte, und an den Seiten jedesmal vier, mehrentheils ſchief viereckigte Blätter, welche, vermittelſt des Feuers, von dem knochigten Schild abgezo-
gen werden. Jedes dieſer Blätter wieget drey, vier
bis ſieben Pfund, und das Pfund gilt in Holland
acht, neun bis zehn Gulden, je nachdem die Blätter groß und ſchön gefleckt ſind, welche denn, wie
oben ſchon geſagt iſt, verarbeitet werden; unter allen aber ſind die Blätter von den oſtindianiſchen
Raretſchildkröten rarer, ſchöner und theurer. Seit-
dem man aber gelernet hat, das gemeine Horn
fleckigt wie Schildkrot zu färben, wird manches unter
dieſem Namen verkauft. Die Eyer dieſer Art ſind
die ſchmackhafteſten.

Daß inzwiſchen die Blätter obige Größe und
Schwehre haben können, iſt leicht aus der Beſchrei-
bung derjenigen Schildkröte zu ſchließen, welche im
Jahr

Jahr 1752. auf die königliche Tafel in Frankreich kam, und in dem Haven Dieppe gefangen
wurde. Dieselbe hatte vom Nacken bis zum Körper
einen fleischigten und knochigten Hals in der Länge
eines Schuhes, die vördern Flossen waren jede zwey
und einen halben, die hintern aber nur einen
Schuh lang; der Schwanz war einen, und die
Länge des Körpers sechs Schuh lang; die Breite
aber hatte vier Schuh, und das Gewicht belief sich
auf acht bis neunhundert Pfund. Es dauret aber
sehr lange, ehe sie so groß werden, und vermuthlich
bringen sie ihr Alter sehr hoch, denn einige schreiben ihnen ein Alter von achtzig Jahren zu.

5. Die Flußschildkröte. Testudo Or-
bicularis.

5.
Fluß-
schild-
kröte
Orbi-
cularis.

Bisher haben wir Schildkröten betrachtet, die
fast nur allein im Meer leben, und deren Füße ordentliche Schwimmflossen sind, welche die erste Abtheilung ausmachen. Wir kommen also jetzt an eine zweyte Abtheilung, welche sich vielfältig in den
süßen Wassern aufhält, und deren Füße Zähen haben, die aber mit einer Schwimmhaut aneinander
gewachsen sind, wozu diese und die zwey folgenden
Arten gehören. Alsdann aber folget die dritte Abtheilung, welche aus Erdschildkröten mit gefinger-
ten Füßen bestehet, die sich mehrentheils auf dem
Lande aufhalten, und nicht ordentlich zu Wasser gehen, wohin fast alle übrige Arten zu rechnen sind.
Wir nennen die gegenwärtige eine Flußschildkrö-
te, um sie von den Meer- und Landschildkröten zu
unterscheiden, da sie sich auch mehr als die folgende
Art in den süßen Wassern aufhält. Sie führet aber
den Zunamen Orbicularis, weil ihre Schale, die
eine schwarze Farbe hat, im Umfang rund, und dabey

...ben war sehr enge, daher die Schildkröten ...schnarchen (wie man denn ein ähnliches bey Seekälbern, die auch stark schnarchen, wahr, genommen.) Das übrige der Luftröhre bestand aus ganzen Ringen, zertheilte sich bey dem Eingang in die Brust in zwey Aeste, welche ihr knörpelichtes Wesen bey dem Eintritte in die Lungen ablegten, und sich in verschiedene ungleiche häutige Canäle verwandelten, daher die Lungen auch sehr weiß aus, sahen. Vermuthlich dienen ihnen diese Gefäße statt der Luftblasen der Fische, damit sie sich in dem Wasser empor heben und auf der Oberfläche desselben schwim, men können, wie die Meerschildkröten thun; denn wir haben oben schon angemerkt, daß die Landschild, kröten eben sowohl zu Wasser gehen als die andern, ob sie gleich nicht ordentlich darinnen wohnen.

Um nun unserm Endzwecke gemäß, auch den Kreißlauf des Bluts, und die Bildung ihres Her, zens näher zu beleuchten, so nehmen wir des Herrn du Verney Wahrnehmung zu Hülfe, nach welcher das Herz einer westindischen Landschildkröte, wie folget, befunden wurde:

Es lag nämlich mitten in der Brust, über der Das Leber ohne Zwergfell, jedoch in einem weiten Herz, Herz, beutel, welcher ringsherum an dem innern Bauch, felle befestiget war. Die Gestalt kam einer halben Kugel ziemlich nahe, denn es war untenher erha, benrund, und oben flach, in der Mitte etwas einge, druckt, wo sich nämlich die Ohren und Pulsadern einsenkten. Unter dem Herz befand sich ein Sam, melplatz oder länglichter Sack, welcher einer ausge, spannten Blase ähnlich war, und aus den Adern alles Blut, das aus der Lunge kam, empfieng. Dieser Sack hatte inwendig fleischichte Fasern, wie man sie in den Herzohren der Menschen antrift.

E 4 Die

Die zwey Lungenadern machen sich
linken Ohr einen Sammelplaß, wo sie sich
genz der große Sammeiplaß hingegen hat mit
rechten Ohr Gemeinschaft, und zwar vermittelst einer Oefnung, die sich durch zwey Klappen schließt.
Die Ohren, davon das rechte das größte ist, machen fast soviel als das Herz selber aus, und sind
zweyen Beuteln ähnlich, die mit ihrer Oefnung
nach einander zugekehret sind, nur daß noch eine
dünne Haut zwischen beyden ist, welche an den
Klappen befestiget ist, womit die Mündungen der
Ohren geschlossen werden. Ihr inneres Bestandwesen ist nichts anders als ein Gewebe von Fasern,
daher sie, wenn sie aufgeblasen und getrocknet sind,
einigermassen mit dem Bestandwesen der Lungen
übereinkommen. Die Klappenhäute geben ferner
dem Blute einen Durchgang in das Herz, verhin-
dern aber zugleich, daß es nicht wieder in die Ohren zurück treten kann, denn bey der Einlassung
des Bluts machen sie eine hohle Rinne aus, und
werden wieder platt oder flach, wenn sie sich schliessen, welches mit der Beschaffenheit der ovalen
Oefnung in der menschlichen Frucht vollkommen
einstimmig ist.

Das Herz selbst hatte, wie bey den Meerschildkröten, drey Höhlen, eine vorne nach den Ohren zu,
und zwey nach dem Rücken. Von diesen zweyen
empfieng die erste das Blut aus dem rechten, und die
andere aus dem linken Ohr, die vörderste aber hatte mit der Lungen-Pulsader Gemeinschaft, und kann
die dritte Herzhöhle genennet werden. Da aber alle drey Höhlen wiederum unter sich selbst und miteinander Gemeinschaft haben, so kann man sie mit
einander für eine Höhle ansehen, um auf diese Weise auch bey diesen Amphibien das linneische Kennzeichen geltenzu lassen, daß das Herz nur eine Kammer habe. Nun ist die Klappe des rechten Ohres
von

Vörderfüßen vierfingerig und hinten fünfingerig, doch ſind ſie alle mit einer Schwimmhaut verſehen, und überhaupt mit runden Nägeln beſetzt, die am Ende breit ſind. Sonſt iſt der Bau und die Eigenſchaftdie nämliche, welche man bey dem Laubfroſch wahrnimmt, ausgenommen daß der Körper größer und von weißer Farbe iſt, ja es ſind ſogar auch die Puncte milchichtweiß. Jedoch giebt es auch gelblichte und bläulichte, und etliche haben röthlichte Flecken. Das Vaterland iſt America, beſonders aber werden ſie von Suriname gebracht.

121. Geschlecht. Drachen.

Reptilia: Draco.

Geschl.
Benen-
nung.

Wir kommen jetzt zu einem Geschlecht, das mehr dem Namen, als der Sache nach berüch-tigt und bekannt ist. Man hat sich nämlich eingebil-det, daß es gewisse abscheuliche Thiere mit zweyen Füßen gebe, deren Gestalt mit den Eidechsen, der Schwanz aber mit den Schlangen übereinkomme, und die einen grossen Kopf, weiten Rachen, und am Körper Flügel hätten, um damit nach Belieben in der Luft herum zu fliegen. Von diesen eingebil-deten Thieren ist manches vor Alters in Büchern ge-schrieben, und man hat sich nicht gescheuet, ihnen eine Länge von zwanzig bis über hundert Schuh zu-zuschreiben, auch sonst allerhand grausame Mordge-schichten von ihnen zu erzählen, und verschiedene Ar-ten, (worunter auch so gar eine mit sieben langen Hälsen und Köpfen,) zu bestimmen. Vermuthlich sind alle diese Fabeln daher entstanden, daß man Cro-codille und grosse Schlangen, die zufällig von unwis-senden Menschen sind gesehen worden, recht furcht-bar und erschrecklich hat abbilden wollen, wozu denn die zaghafte Einbildungskraft, und die Vorstellung, die man sich von dem Teufel in scheußlicher Drachen-gestalt gemacht, nicht wenig beygetragen hat; bis endlich so viele lächerliche Figuren zum Vorschein ka-men, als man hin und wieder noch in den Büchern findet. Seit dem man aber die Glaubwürdigkeit der Nachrichten in der Naturgeschichte genauer zu prü-fen angefangen, auch nicht gerne mehr etwas annimmt,

nimmt, das nicht von zuverläßigen Perſonen iſt geſehen und unterſucht worden, ſo ſind alle Drachen der Alten auf einmal verſchwunden.

Dennoch hat man im kleinen eine Art geflügelter Eidechſen entdeckt, die mit den eingebildeten Drachen einige Aehnlichkeit haben, und dieſe Thiere ſind dann von dem Ritter mit dem Geſchlechtsnamen Draco, Drache; holländiſch, Draak; franzöſiſch, Dragon belegt; welches alles von dem Griechiſchen Dracon genommen iſt.

Die Geſchlechtskennzeichen ſind alſo ein vierfüßiger Körper mit einem Schwanze, und abgeſonderten Flügeln, die nämlich vor ſich, gleich den Floßen der Fiſche, aus dem Leibe gewachſen ſind, und nicht etwan nur in einer Verwachſung der Arme und Füße, vermittelſt einer Haut, beſtehen, dergleichen bey den Fledermäuſen und fliegenden Eichhörnern ſtatt hat. Von dergleichen Drachen werden nun die zwey folgende Arten angegeben.

Geſchl. Kennzeichen.

1. Die Fliegende Eidechſe. Draco Volans.

Das vornehmſte Merkmal an dieſer Art, iſt, daß die Flügel nicht an die Vörderfüße angewachſen ſind, ſondern von ſelbigen frey abſtehen. Die Geſtalt und Größe dieſer Thiere kommt mit unſern gewöhnlichen Eidechſen überein, und wenn ſie ihre Flügel zuſammen gelegt haben, ſo kan man faſt nicht ſehen, daß ſie geflügelt ſind. Der Kopf, ſamt dem Körper, hat etwa die Länge eines Fingers, der Schwanz hingegen iſt wohl zweymal ſo lang als der Körper, ja bey etlichen noch länger, wie aus der Indianiſchen Tab. I. fig. 4. zu ſehen, denn dieſelbe iſt von dem Munde bis zur Schwanzſpitze acht und einen halben Zoll lang, der Körper aber mit dem Kopf nur zwey und einen halben Zoll. Die Breite

1. Fliegende Eydechſe. Volans. Tab. I. fig. 4. 5.

Oſtindiantſche. fig. 4.

E 5 iſt

ist vorne bey der Brust nur einen halben Zoll, und
lauft nach hinten zu je länger je schmäler aus. Der
Schwanz hat einige Reihen Schuppen, welche mit
den Spitzen nach unten zu gekehrt sind, wodurch der
Schwanz lange Furchen zu haben, und an der Spitze eckigt zu seyn scheint. Die Hinterfüße sind mit
dem mittelsten Finger ein und einen halben Zoll lang,
die Vörderfüße aber sind etwas kürzer, aber alle
fünffingerig. Der Kopf ist oben breit und nicht
merklich spitzig. Die Augen haben schwarze Ringe
und sind mit weißen Schuppen umgeben. Auf dem
Kopfe zeigen sich wohl Höcker, doch keine Hörner noch
Kämme. Der untere Kiefer ist mit ungleichen Zähnen besetzt, der obere aber ungezähnelt. Die Zunge
ist dick und fleischigt, und am Ende rund. Die Haut
an der Kehle ist geraumicht und runzlicht, und läuft in
einem spitzigen Sacke aus, der mit einem Grübchen
in dem untern Kiefer Gemeinschaft hat, und sich
zur Seiten in zwey Bläßchen erweitert. Dieser
Sack reicht mit seiner Spitze bis unten an die Brust.

Flügel. Die Flügel schlagen zwey und einen halben Zoll
breit aus, und laufen an den Seiten des Körpers zwischen den Vörder- und Hinterfüßen hinunter, so
daß sie zwar etwas an die Hinterfüße angewachsen
sind, vermuthlich um sie desto stärker auszuspannen,
aber nicht an die Vörderfüße, als mit welchen sie
gar keine Gemeinschaft haben. Sie spannen sich durch
fünf dünne aus dem Körper tretende Rippen, die sich
als Strahlen ausbreiten, und wovon die hinterste
stark nach hinten zu gebogen sind. An dem Umfange zeigen sich die Flügel durch die hervorragende
Strahlen einigermassen eckigt, bestehen aber sonst in
einer sehr dünnen, durchsichtigen, und gleich dem
Körper mit sehr feinen Schuppen besetzten Haut.
Die Farbe ist am Hinterkopfe, Rücken und Füßen
himmelblau, sonst aber bläulichtschwarz und weiß
marmorirt; unten am Kopf aber weiß gesprengelt,

an

dem Schwanze und an den Füßen accurat bandirt,
aber die Flügel laufen braun und weiß gezeichnete
Striche, und zwischen selbigen sind die Felder aschgrau. Sie fliegen von einen Baum auf den andern,
und nähren sich von Fliegen und Insecten. Das Vaterland ist Ostindien und Africa.

Ameri-
canisches
Tab. I.
fig. 5.

Es giebt aber auch in America eine Art, die
noch hieher gehört, indem die Flügel gleichfalls nicht
an die Vorderfüße angewachsen sind, und deren Abbildung wir Tab. I. fig. 5. mittheilen, weil sich doch
ein Unterschied zeigt. Es sind nämlich die Flügel
nicht so rund, aber im Umfange gerader, und mit
einem Saum eingefaßt. Der Sack an der Kehle,
der diesen Thieren vermuthlich statt eines Kropfs
dient, ist bey etlichen dreyviertel Zoll lang, und
hat zur Seiten an der Kehle deutliche Anhänge.
Die Farbe ist aschgrau mit weissen Sprenkeln, bey
andern schwarzbraun gefleckt, und an den Flügeln
fahl rostfärbig; etliche sind auch braun am Körper
und an den Flügeln weißlicht. Der Schwanz hat
verschiedene Länge, woraus zu schliessen ist, daß
es auch unter diesen Thieren manche Verschiedenheiten giebt.

2. Der Americanische Drache.
Draco Praepos.

2.
Ameri-
canischer
Drache.
Praepos

Das Kennzeichen dieser Art ist, daß die Flügel an den Vorderfüßen angewachsen sind, aber von
den Hinterfüßen abstehen, wie Seba berichtet.
Herr Houttuin beschuldigt das Exemplar, daß
es zu sehr eingeschrumpft gewesen. Es stehet also
dahin, ob Seba auch geirrt habe, daß vielleicht die
Flügel nur durch Zufall an die Vorderfüße angewachsen gewesen. Dem sey wie ihm wolle, so spielt
doch die Linneische Benennung auf diesen Umstand

an,

an, denn Praepes oder Praepos, das aus dem Grie
schen genommen ist, bedeutet einen Vorflieger, und
könnte auch diese Art heissen, weil die Flügel nach
vorne zu die meiste Spannung und Stärke haben;
wir aber nennen sie nach dem Vaterlande den Ame
ricanischen Drachen, weil uns der vorige Um
stand selbst zweifelhaft vorkommt. So viel ist indeßen
richtig, daß diese Art röthlich ist, und einen sehr lan
gen, am dicksten Ende scharf gedornten Schwanz hat.
Die Flügel sind nach Art der Floßen mit Rippen
durchzogen, die vermittelst einer zähen durchsichti
gen Haut aneinander verbunden sind. Sie ist klei
ner als die vorige Art, die aus Ostindien und Af
rica kommt, auch nicht so groß, als vorbeschriebe
ne americanische fliegende Eidechsen.

** ** **

Anmer-
kung.
Ausser diesen Arten sind bisher noch keine an
dere Drachen bekannt, denn das hamburgische
siebenköpfichte Monstrum, welches bey dem Seba
abgebildet ist, und dazumal vor zehntausend Gulden
feil gebotten wurde, ist von Kennern für ein Arte
factum erkannt, welches sehr künstlich gemacht war.
Wie denn auch aus den getrockneten Rochfischen künst
liche Drachen mit Flügeln verfertiget worden, um
sie denen, die keine Kenner sind, als eine grosse
Seltenheit anzuhängen. Auch muß man hieher den
Seedrachen, welcher ein Fisch ist, oder den Baum
drachen, welcher eine Eidechse ist, und Basilisk
genennt wird, nicht rechnen.

122. Ge-

122. Geſchlecht. Eidechſen.
Reptilia: Lacerta.

Ob die lateiniſche Benennung Lacertus oder Lacerta auf die gedehnte Geſtalt dieſer Thiere ziele, iſt undeutlich, ſo wie es ungewiß iſt, warum die Griechen dieſelbe Sauros, Koliſaura und Smulla genennt haben. Die deutſche Benennung Eidechſe mögte etwa auf das Eyerlegen dieſer Thiere ſehen, ſo wie vielleicht das holländiſche Haagedis auf den gewöhnlichen Aufenthalt dieſer Thiere in den Hecken und Geſträuchen zielt. Der franzöſiſche Name iſt Lézard. *(Geſchl. Benennung.)*

Man verſteht darunter ſolche nackigte lang geſtreckte Thiere, die eine Aehnlichkeit mit demjenigen bekannten Thiere haben, welches bey uns allenthalben den Namen Eidechſe führt, deren allgemeine Eigenſchaft iſt, daß ſie ſich eine zeitlang im Waſſer aufhalten können, jedoch mehrentheils auf dem Lande leben, häutigte Eyer nach Beſchaffenheit ihrer Größe, wie die Windeyer der Hühner, in großer Anzahl legen, und von Inſecten, ja auch größern Thieren leben.

Sie ſind mit einer nackigten, jedoch bey den meiſten etwas ſchuppigten Haut, (wie die Fiſchhäute ſind,) bekleidet, laufen ſchnell, und leiden mehrentheils eine gewiſſe, doch noch nicht hinlänglich bekannte Verwandlung; der Schwanz iſt brüchich und wächſt wieder nach.

Die von dem Ritter angegebene Kennzeichen des ganzen Geſchlechts ſind nur allein ein vierfüßiger *(Geſchl. Kennzeichen.)*

ger

ger, geschwänzter, nackigter Körper; weil aber
se Kennzeichen sehr allgemein sind, so hilft er sich
diesem weitläufigen Geschlechte mit Abtheilung.
Davon enthält die erste solche, deren Schwanz zu
Seiten platt gepreßt, und der Körper mit Schuppen
bekleidet ist, als der Crocodill ꝛc. Die zwevte hat
lauter Wirbelschwänze, als die gemeine Eidechse ꝛc. Die dritte enthält solche, deren Schwanz
länglichtrund, mit untereinander geschobenen Schuppen besetzt, und kürzer als der Körper ist, als das
Chameleon. Die vierte bestehet in langgeschwänz-
ten, deren Schwanz zwar wie an den vorigen beschaffen, jedoch länger als der Körper ist, als der
Leguan. Die fünfte, deren Vörderfüsse vierfingerig, und der Körper nackigt, auch ganz ohne
Schuppen sind, als der Salamander; worauf denn
endlich noch eine sechste Abtheilung folgt, die aber
nur eine einzige wurmförmige Art enthält. Ueberhaupt aber finden wir nachfolgende acht und vierzig
Arten zu beschreiben.

A. Plattschwänze, deren Schwanz zur Seiten platt gedruckt, der Kör-per aber einigermassen mit Schup-pen gepanzert ist, oder Crocodill-artige.

1. Der Crocodill. Lacerta Crocodilus.

Der alte bekannte griechische Name Kroko-
dielos, der so viel als einen der das Ufer scheuet,
bedeutet, und dieser ersten Art beygelegt ist, (weil
man wohl Ursache hat, dieses Thiers halben das Ufer,
wo es sich aufhält, zu scheuen,) wird fast in den
meisten europäischen Sprachen beybehalten. In
andern

andern Ländern aber giebt man dieſem Thier einen A. Platt-
andern Namen; unter andern heißt es bey den Egyp- ſchwäu-
tiern, Champſe; bey den Indianern, Cayman; ſe.
bey den Cingaleſen, Kimbula; türkiſch, Kim- Benen-
ſak; arabiſch, Corbi; braſilianiſch, Jacove; nung.
africaniſch, Bombos; americaniſch, Picha-
rouki; und in der heiligen Schrift, Leviathan,
Hiob Cap. XL, 20. und Cap. XLI, bis zu Ende.

Es iſt die allergrößte Eidechſe, da man ſie zu Größe.
achtzehn, zwanzig und vier und zwanzig Schuh lang
findet, bey dem Anblicke ſehr fürchterlich, und
von einer räuberiſchen und verſchlingenden Art. Die
Abbildung, die wir Tab. XII. fig. 3. beyfügen, ſtellet einen kleinen jungen Crocodill vor, und iſt hinlänglich, ſich von der Geſtalt einen Begrif zu machen.

Der Kopf iſt nach Verhältniß ſehr lang, hinten Geſtalt.
breit, vorne ſpitzig, die Oefnung des Mundes ungemein weit, und jeder Kiefer in unſerm Exemplar
mit einer Reihe von funfzig langen, ſehr ſpitzigen
Zähnen gewafnet. Die Augenlieder ſind ſehr groß, runzlicht und hoch hervorragend. Der Kopf iſt mit großen
viereckigten Schuppen, als mit einem harten Schild
bedeckt; der ganze Körper mit zwanzig bis vier und
zwanzig Querreihen länglicht viereckigter harten
Schuppen, durch welche kein Flintenſchuß gehet,
gepanzert; der Schwanz länger als der Körper, an
beyden Seiten platt gedruckt, und oben mit einer
gedoppelten Reihe ſchuppigter Zacken beſetzt; die Vor-
derfüſſe ſind fünffingerig, die Hinterfüße vierfingerig,
und mit einer Schwimmhaut verſehen; an jedem Fuße
aber ſind nur drey Finger, mit langen ſpitzigen etwas
krummen Nägeln gewaffnet. Die Farbe iſt oben
ſchwarzgrau gefleckt, auch braun, oder ganz ſchwarz,
und unten gelblicht weiß. Der Gang iſt geſchwinde,
und der Ton, den der Crocodill von ſich giebt, iſt
weinend und kläglich. Den untern Kiefer ſoll er
niche

A. Platt-
schwän-
ze.

nicht bewegen können, und daher wider die Art aller
anderer Thiere den Oberkiefer mit samt dem Ober-
theile des Kopfs aufheben, um so seinen Raub zu
verschlingen.

Lebens-
Art.

Dieses Thier lebt in süssen und salzigten Wassern, und auch auf dem Lande. Im Wasser schwim-
met es so, daß Kopf und Rücken etwas über dem
Wasser hervorragen, taucht aber unter, wenn es
einen Raub packt, und verschluckt ihn unter dem Wasser.
Es lebt von Fischen und Landthieren. Um die Fische
zu fangen, schwimmen etliche hintereinander, und setzen alles in Unruhe, da sie denn sehr große Fische
anpacken und zersetzen. Die Landthiere hingegen
werden nur von ihnen an den Ufern erschlichen, wo
sie selbige im Schilfe erlauschen, und wenn sich Landthiere an das Wasser zur Tränke machen, so erwischen
sie selbige in der größten Geschwindigkeit, zerren und
ersticken sie sogleich unter dem Wasser, und fressen
sie. Diesem Schicksale sind Schafe, Kühe und andere Thierarten unterworfen, ja mancher Mensch hat
auf diese Weise sein Leben verlohren, und ist durch die
Crocodille verschluckt worden, denn sie sind frech genug
einen Menschen, der in einem Kahn fährt, heraus zu zerren, oder den Kahn mit dem Schwanze umzuschla-
gen, und so die Menschen zu packen und zu verschlingen. Auch die Weiber, welche in Egypten an den
Fluß kommen und daselbst waschen, sind häufig von
diesen Ungeheuren aufgefressen worden. Man kann ihnen aber zu Lande durch Seitensprünge und häuffige
Wendungen entgehen, indem sie ihres gepanzerten
Körpers halben sich nicht schnell genug wenden können, ihrem Raube nachzusetzen oder ihn einzuhohlen; ja
man hat verwegene Africaner, die ihnen auf den
Rücken springen, und sich also retten, inzwischen aber
das Thier auf die beste Art mit Messern töden oder
ihm das Maul mit einem Stricke zuschnüren. Inzwischen mag man mit Recht das Ufer ihrenthalben
scheuen,

scheuen, und sie in diesem Verstande Crocodille nennen.

Sie legen, und verscharren bey hundert Eyer im Sande, welche so groß wie Gänseeyer sind, und durch die Sonne ausgebrütet werden, wenn nicht der Ichneumon (eine Ratzenart. Siehe I. Theil p. 244.) und die Vögel, solche aufscharren und verzehren. Die Eyer selbst sind weiß, eßbar, und haben eine harte häutige Schale. Wenn die Jungen ausgekrochen sind, trägt sie das Weibchen auf dem Rücken zu Wasser, die aber herunter fallen, werden von den Alten gleich aufgefressen. Man glaubt, daß sie sechzig, ja vielleicht hundert Jahre alt werden.

Das eigentliche Vaterland derselben ist Egyp- ten, wo sie zuerst im Nilstrom sind gefunden wor- den, und daselbst sind die größten; nach selbigen folgen die Ostindianischen im Gangesfluß, und an den bengalischen Küsten, desgleichen um Java, Coromandel und Madagascar. Eine nicht so grausame Art hält sich in Guinea und ei- ne andere am Senegal auf; die kleinsten aber sind hin und wieder in America, so daß man einen würk- lichen Unterschied zwischen Egyptischen, Ostindia- nischen und Americanischen macht, wenigstens unterscheiden sie sich in der Größe und Farbe.

Die Crocodille haben keine Zunge, an deren statt aber einen Forsatz (velum palatinum) wel- cher von der starken gelblichten Haut, womit der ganze Gaumen bekleidet ist, abstammet, und die Kehle öfnet und verschließt. Die Ohren bestehen in länglichten Strichen, und verschliessen sich oben mit einer Klappe. Die Lungen und das Herz sind klein, das Zwergfell ist sehr dünne, hingegen ist der Magen samt der Speiseröhre mit dicken star-

ken

ken Wänden bekleidet, deßgleichen auch die Därmer, welche eine Spanne weit vom Magen fast
zwey Zoll, hernach aber nur einen Zoll, und am
Ende gar nur einen Federkiel weit sind. Doch das
letzte Stück, welches man für den geraden Darm
halten kann, und etwa die Länge einer halben Spanne hat, ist etwas weiter. Die Gallenblase, zwischen
dem Magen und einem Leberlappen, ist so groß,
wie ein Hühnerey, und hält eine halbe Taſſe voller
dicken sehr bittern, dunkelgrünen Galle. Die Nieren sind mittelmäßig groß, und sehen wie gewöhnlich aus. Das Netz der Därmer, und eine dicke
Haut, die den Bauch inwendig bekleiden, sind beyde
voller Fett. Die Menge des Bluts, die sie haben
ist sehr gering, gegen andere Thiere gerechnet, dagegen
besitzen sie weit mehr Galle und Rückdrüsensaft,
und dieses ist ihnen nöthig, weil sie nichts kauen,
sondern alles ganz hinunter schlucken. Ausserdem ist
der Magen, wie bey den Hühnern, mit vielen Steinchen zur Beförderung der Verdauung angefüllet.
Das merkwürdigste aber ist, daß diese Thiere ihren
Unrath nicht von hinten abgeben, sondern wiederum
durch den Mund ausspeyen, welches durch die Beschaffenheit ihrer engen Därmer bestätiget wird.
Zu geschweigen, daß man sie täglich in Egypten
aus dem Nil an das Land kommen siehet, um ihren
Unrath auszuspeyen. Sie paaren sich von vorne,
indem sich das Weibchen auf den Rücken legt. Alle diese Wahrnehmungen sind von dem Herrn Hasselquist gemacht worden.

Die Indianer und Mohren schlachten und
essen die Crocodille, ja in Bantam werden sie
zahm gemacht, gemästet und geschlachtet. Das
Fleisch aber riecht nach Bisam, denn sie haben unter den Achseln in den Weichen und am Unterleibe
gewisse Bläßchen in der Größe einer Haselnuß, worinnen sich diese Feuchtigkeit absondert. Ihr Blut
wird

wird in daſigen Ländern wider Augenkrankheiten, das
Fett wider Fieber und Gicht, die Galle aber wider
Unfruchtbarkeit gebraucht.

2. Der Schleuderschwanz. Lacerta Caudiverbera.

Die Benennung, (davon man eine ähnliche
bey den Alten im griechiſchen unter dem Namen Uromaſtix findet,) iſt von der Eigenſchaft
dieſes Thiers hergenommen, weil es mit dem
Schwanze ſchleudert, und die Gegenſtände damit
gleichſam geiſſelt. Die zwey Exemplare aber, die
der Ritter aus dem Seba und Feuille hieher beziehet, ſind ſowohl in Abſicht auf die Geſtalt als
Vaterland ſo verſchieden, daß wir ſie beyde be
ſchreiben müſſen. Das erſte Exemplar, welches von
Seba ein Waſſer-Salamander genennet wird,
und hier Tab. II. fig. 1. abgebildet iſt, kommt
aus Arabien und Egypten, und iſt folgender Ge
ſtalt beſchaffen. Der Kopf iſt länglicht, und einem Crocodillenkopfe ähnlich; die Naſenlöcher ſind
lang, die Augen groß und rund, die Ohren tief
im Kopfe hinter dem Rachen im Nacken. Der
Hals iſt kurz und dick, der Rachen mit kleinen Zähnchen beſetzt, der Rücken iſt nicht mit Schuppen gedeckt, ſondern ſammetartig weich, der Farbe nach
dunkelgelb, und hin und wieder mit einem kleinen
Blümchen oder Sternchen beſetzt; der Schwanz niedergedruckt, und an den Seiten mit runden Horizontalfloſſen beſetzt, welche wie am Berſching,
korallenroth ſind, und nach der Schwanzſpitze zu
je länger, je breiter werden, ſo daß der Schwanz
am Ende ganz büſchicht iſt. Die Füße ſind fünffingerig, mit einer Schwimmhaut und mit Nägeln
verſehen, wie die Figur zeiget. Die Araber nennen
dieſes Thier Samabras, die Egyptier aber Cordy

lus

lus, und zwar nach einem Fische, den sie auch Cordylus nennen, der aber sonst den Namen Thynus, oder Thunfisch führet, und die Eigenschaft hat, daß er, wenn es donnert, erschrickt, und wie todt mit dem Bauche in die Höhe schwimmt; denn diese Eidechse verläßt auch, sobald es donnert, das Wasser, und verkriecht sich auf dem Lande. Die Farbe derselben ist dunkelblau.

Verschiedenheit.

Das andere Exemplar, dessen der Pater Feuille Erwehnung thut, ist hingegen schwarz und wird in Peru und Chili gefunden. Dieser Pater sieng einen solchen Schleuderschwanz in einem Bache bey la Conception in Chili. Er war nur vierzehn und einen halben Zoll lang. Die Haut hatte keine Schuppen, war schwarz und sanft anzufühlen. Der Kopf war mit einem ausgeschweiften Kamm versehen; die Nasenlöcher waren groß mit einem fleischichten Rande; die Augen safrangelb mit einem blauen Augenringe; der Rachen war weit, und mit scharfen etwas krummen Zähnen besetzt, die Zunge dick, breit, und rosenfärbig, mit dem untern Theile ganz an der Kehle befestigt, und so beschaffen, daß es sich wie ein Kropf auftreiben ließ. Die Vorderfüße waren kürzer als die hintern, die Finger durch Knörpel verbunden und am Ende mit einem runden platten Knörpel versehen, über welchem statt der Nägel ein Kamm lauft. Der Schwanz ist am Körper lang, schmal und rund, wird weiter hinunter je länger je breiter, und am Ende auf zwey Zoll breit, mithin spadelförmig, so daß das äußere Ende platt und rund ist, jedoch ist derselbe zur Seiten wie eine Säge eingekerbet, und in der Mitte lauft ein wellenförmiger Rücken die Länge des Schwanzes herab.

3. Der

3. Der Drachenkopf. Lacerta Dracaena.

Auch dieſes Thier wird, wie das vorige, bey den Alten Cordylus, und Caudiverbera, oder Uromaſtix genannt. Die letztere Benennung füh- ret es wegen ſeines vorzüglichlangen Schwanzes, den es beſtändig hin und her drehet, und in einander win- det. Weil es aber bey dem Anblick eine Drachen- geſtalt hat, ſo wie ſonſt die Mahler einen eingebil- deten Drachen zu mahlen pflegen, ſo hat es der Ritter zum Unterſchied Dracæna genennet.

Dieſes Thier iſt unter den Americaniſchen die größte Eidechſenart, hat einen ſehr langen im Anfange ungemein dicken, aber weiter hin nach und nach ſpitzig auslaufenden Schwanz, der oben die ganze Länge herab mit einem gezähnelten Kamm be- ſetzet iſt. Der Körper hingegen iſt glatt, und die Zähen ſind einander in der Länge ziemlich gleich. Wir wollen hier zur Ergänzung dasjenige mit an- führen, was uns Seba von dieſer Art berich- tet. Der Kopf iſt mehr einem Schlangen als Ei- dechſenkopf ähnlich, klein, dünn, länglichtrund, ſpitzig und mit einer tief hintergehenden Maulſpalte, die mit einem blauen Saum umgeben iſt, verſe- hen. Die Ohren haben gleichfalls einen dünnen Saum, die Augen ſind ſehr groß und glänzend. Die Zunge iſt, wie bey den Schlangen, geſpalten. Der Hals iſt dicker als der Kopf. Der Körper, die Schenkel und Füße haben die gemeine Eydechſengeſtalt. Al- le vier Füße ſind mit fünf Fingern mit langen krümmen Nägeln verſehen. Der Körper iſt länglichtrund, dicke und mit kleinen dunkelbraunen Schuppen be- ſetzt. Die Hüften, Füße und Finger ſind ſafran- gelb gefleckt; der Schwanz iſt, wie oben geſagt, dicke, die Länge herab mit einem gezackten Saum auf deſſel- ben Rücken beſetzt, und bey zwey Elen lang. Das Fleiſch

F 3 wird

A.
Platt-
schwän-
ze.

wird von den Americanern geessen, und dem Hühnerfleische vorgezogen.

4. Der Kammrücken. Lacerta Superciliosa.

4.
Kamm-
rücken.
Super-
ciliosa.

Die Benennung Superciliosa ist von dem Umstande hergenommen, daß die Augenlieder erhaben und mit stumpfen in die Höhe stehenden Schuppen besetzt sind, welche über dem Kopfe hervorragen. Wir setzen dafür Kammrücken, weil der Rücken oben von dem Nacken an bis zur Schwanzspitze hinaus, mit einem gezackten Kamm besetzet ist. Sonst hat der Kopf, den dieses Thier zurückgebogen trägt, gerade stehende Schuppen, der Hals ist kurz, der Schwanz auf der obern Seite mit einem kielförmigen Rücken geschärft. Die Farbe ist fuchsroth oder rostfärbig; der Körper ziemlich schuppigt, die Zunge dick und kurz. Da die Hüften, Schenkel, Füsse und Finger dünn und lang sind, so hat diese Art die Gestalt der Eidechsen, weicht aber darinnen von den gewöhnlichen Eidechsen ab, daß sie die Gewohnheit haben, einander durch einen Laut zuzuschreyen und sich zu locken. Das Vaterland ist Indien, besonders Amboina.

5. Der Perlenträger. Lacerta Scutata.

5.
Perlen-
träger.
Scutata

Da diese Eidechse auf dem Kopfe ein Schild trägt, so wird sie Scutata genennet, und wir würden diesen Namen beybehalten haben, wenn nicht die vorige Art gleichfalls ein Schild führte. Wir wählen demnach den Namen Perlenträger, weil der blaue Körper sowohl oben als an den Seiten hin und wieder mit vielen großen hellen Flecken, die voll-

kom-

kommen wie erhabene Buckel oder Perlen ausſehen,
beſetzt iſt. Das Schild des Kopfs endiget ſich am
Hinterkopf in zweyen Spitzen. Die Rückennath iſt
gezähnelt, und der Schwanz, der ein wenig gedruckt iſt, hat eine mäßige Länge. Die Füße haben fünf Finger ohne der geringſten Schwimmhaut.
Das Vaterland iſt Aſien.

6. Der Wachhalter. Lacerta Monitor.

Dieſe Eidechſe liebt das Waſſer, und begiebt
ſich zuweilen, jedoch nicht weit vom Strande. Wenn
nun von ohngefehr ein Crocodill in der Nähe iſt,
ſo fängt ſie an, aus Furcht verſchlungen zu werden,
heftig zu ſchreyen. Dieſes Geſchrey iſt denen
ſich vielleicht in der Nähe aufhaltenden, oder auch
im Waſſer badenden Indianern ein Merkmahl, daß
es der Crocodille wegen daſelbſt nicht ſicher ſey; worauf der Ritter durch den Namen Monitor zielet,
und eben dieſer Urſache halben wird dieſe Art überall
mit dem franzöſiſchen Namen Sauvegarde beleget, wofür wir Wachhalter ſetzen wollen. Der Ritter führt hier wohl zehn Verſchiedenheiten aus dem
Seba an, welche aber in dem Hauptumſtande mit
einander übereinſtimmen, daß der bläulichtſchwarze
Rücken mit Reihenweiſe geſetzten weißen Augen gezieret, der Bauch aber mit weißen, durch ſchwarze
Flecken unterbrochenen Linien bandirt iſt. Die
Geſtalt iſt ſchön geſchmeidig, die Schilde oder Schuppen, die den Körper bedecken, ſind klein und länglicht viereckigt, der Schwanz iſt dick und an den
Seiten platt gedruckt, die Füße ſind wie Eidechſen-
füße, fünfzähig, und alle mit niedlichen rothen Nägeln gewafnet. Der Kopf iſt wie ein Schlangenkopf gebildet, ſonſt aber hat weder der Kopf noch
der Rücken einiges Schild oder gezähnelten Kamm,
ſondern iſt überall glatt. Das Vaterland iſt Indien.

Das

A.
Platt-
schwän-
ze.

Das Exemplar, welches wir besitzen, ist aus Westindien, und etwa zwey und einen halben Schuh lang, doch soll es in den surinamischen Gebüschen manchmal solche geben, die mit dem Schwanze fast zwanzig Schuh lang sind, aber doch niemanden Schaden thun, weil sie lediglich von Vögeleyern und allerhand Thieraas leben.

7. Der Bürgermeister. Lacerta Principalis.

7.
Bürger-
meister.
Princi-
palis.

Hat man doch wohl Vögel Bürgermeister genennet, (siehe den zweyten Theil, pag. 127.) warum dann diese Eidechsen nicht? die Namen sind wilkührlich. Der Ritter will durch die Benennung Principalis die gegenwärtige Art vorzüglich herauszeichnen, und merkwürdig machen, und dazu ist eben auch der Name, den wir wählen, geschickt. Der Kopf ist etwas spitzig, oben breit, an den Seiten etwas gedruckt, und durch verschiedene feine Näthen abgetheilt. Die Nasen- und Ohrenlöcher sind sehr klein. An der Kehle befindet sich ein runder ungezähnelter Kamm. Der Körper ist mit sehr kleinen Schuppen bedeckt, und die Haut sehr dünne. Der Schwanz ist gliederweise abgetheilt, davon jedes Glied fünf Ringe von seinen Schuppen hat, übrigens sehr spitzig und dünn, und noch einmal so lang als der Körper, auch obenher etwas kielförmig. Die Füße haben fünf Finger, und scharfe Nägel von ungleicher Länge, die Farbe ist über dem Körper bläulicht, am Schwanze aber blaß und braungestreift. Das Vaterland ist das mittägige America.

8. Der Doppelkiel. Lacerta Bicarinata.

8.
Doppel-
kiel.
Bicari-
nata.

Diese kleine graue indianische Eidechse, wird deßwegen Doppelkiel genennt, weil der Rücken mit

mit zwey erhabenen Näthen die Länge herab besetzt
ist. Die Seiten des Rückens sind gleichfalls mit
kielförmigen Reihen oder Schuppen gestreift, indem
die Schuppen erhaben, höckerigt sind; der Bauch
wird mit vier und zwanzig Querreihen, die jede
aus sechs Schuppen bestehen, bedeckt. Der Schwanz
ist kaum anderthalbmal so lang als der Körper, an
den Seiten gedruckt und glatt, unten gestreift, und
von oben, gleich dem Körper, mit einem doppelten
Kiel versehen. Diese Art führet weder auf dem
Kopf oder an der Kehle, noch auch auf dem Rücken
einen Kamm.

B. **Wirbelschwänze,** (Cauda verticil-
    laca,) deren Schwänze in Gelen-
    ke oder runzlichte Ringe abgetheilt
    zu seyn scheinen, oder eigentliche
    Eidechsen.

9. Der Stachelschwanz. Lacerta
           Cordylus.

Von der Benennung Cordylus ist oben No.
2. schon gemeldet worden. Weil nun aber an
dieser Art die Gelenke, oder die runzlichten Ringe,
die den Schwanz gleichsam in Gelenke abtheilen,
stachlicht sind, wegen der hervorstehenden Spitzen
der Schwanzschuppen, die jeden Ring ausmachen,
so nennen wir sie Stachelschwanz, und es ist dieses der vornehmste Umstand, welcher diese Art merkwürdig macht. Zwar ist der Körper auch etwas durch
die Reihe der Schuppen gerunzelt, doch sind die
Schuppen daselbst stumpf. Der Schwanz hingegen,
ob er gleich an sich selbst kurz ist, hat doch bey

zwanz

zwanzig Wirbel oder Abtheilungen, welche aus Ringen von zugespitzten Schuppen bestehen. Der Kopf
ist durch die Größe der Schuppen etwas ungleich
und hat verschiedene Näthe, welche die Schuppen
verbinden. Die Schuppen der Füße aber liegen
wie Dachziegel über einander. Die Gestalt des
Körpers ist nicht recht rund, sondern viereckigt,
oben nämlich, und an den Seiten platt. Die
Füße sind fünffingerich und haben Nägel. Das
Vaterland ist Asia und Africa. In ersterer Gegend findet man blaß bleyfärbige, (siehe Tab. 2.
fig. 4.) und in letzterer schwarzbraune. Auch traf
der Herr Hasselquist eine grosse braune Art in
Alt Cairo bey den berühmten egyptischen Pyramiden an.

10. Die Dorneidechse. Lacerta Stellio.

10.
Dornei-
dechse.
Stellio.

Es sollte einem fast dünken, daß man das
Wort Stellio durch Sterneidechse verdeutschen müsse, allein der Ritter und andere Schriftsteller verstehen hier unter dieser Art keineswegs die so genannte · gestirnte Eidechse, welche eigentlich
ein Wassersalamander ist, sondern eine rauhe
stachlichte Art, deren Schuppen sich jede in der
Mitte in eine dreyeckigte Spitze erheben, so daß
man sie nicht angreifen kann, und darum nennen
wir sie Dorneidechse. Der Schwanz ist mittelmäßig lang, wirbelicht, mit gezähnelten Schuppen
besetzt, und der ganze Körper nebst dem Kopfe,
aus vorgemeldter Ursache gleichsam stachelicht oder
dornicht. Sie halten sich im Schutt und in den
Ritzen alter Gebäude auf, thun niemand Schaden,
und wohnen in Indien, Africa, Egypten und
Griechenland. Die Farbe ist braun, zuweilen
etwas gesprenkelt. Die Größe ist ohne Schwanz
eine Spanne lang. Man sammlet ihren Unrath

an den egyptischen Pyramiden und braucht sel- B. bigen zur Schmincke. Die Türken nennen sie Har- Wirbel-dun, und sind ihnen feind, schwän-ze,

11. Der Barbar. Lacerta Mauri-tanica,

Was kann wohl natürlicher seyn, als daß man 11. einen Einwohner von der Barbarey auch einen Barbar Barbaren nennet? der Körper ist, wie der Gecko Mauri-No. 21. gestaltet, jedoch der Farbe nach braun, tanica, übrigens aber zur Seite des Kopfs, im Nacken, und am Halse, wie auch am Rücken und an den Schenkeln, mit warzenartigen scharfen Spitzen be-setzt. Der Schwanz ist kürzer als der Körper, bis an die Mitte mit sechsfachen Reihen Stacheln be-setzt, von da an aber bis zur Spitze glatt. Die Finger der Füße sind wie am Gecko No. 21. un-tenher mit flachen Blättern belegt. Die Nägel sind klein, wie denn auch die Schuppen des Unter-leibes klein und glatt sind.

12. Die blaue Eidechse. Lacerta Azurea,

Diese Art, und der Stachelschwanz No. 9, 12. scheinen fast von einerley Beschaffenheit zu seyn, Blaue indem der Schwanz wirblicht, kurz, und mit spi- Eidech-zigen Schuppen besetzt ist. Doch ist die Farbe se. schön himmelblau, der Rücken mit schwarzen Azurea Bändern geziert, fein geschupt, und mit erhabenen weißen Sprenkeln besetzt. Der Kopf und die Füße haben schwarze Ringe. Das Vaterland ist Africa,

13. Der

13. Der Türk. Lacerta Turcica.

Der Schwanz hat ohngefehr die Größe des Körpers, und ist nur etwas gerunzelt. Der Körper ist klein, aschgrau, mit braunen Puncten als mit abgestoßenen Warzen erhaben gesprenkelt, und sonst schön gefleckt. Das Vaterland ist Morgenland und die Türkey.

14. Die Marmeleidechse. Lacerta
Ameiva.

Die Eidechsen dieser Art sind auf einem blauen Grunde ungemein schön mit schwarzen rothen und weißen Flecken marmorirt, oder auch gestreift und bandirt. Wegen dieser Schönheit werden sie von den Brasilianern, woselbst sie zu Hause sind, Ameira genennet, und daher ließt man bey dem Linne Ameiva. Wir können sie daher füglich die Marmeleidechse nennen. Es giebt davon viele Verschiedenheiten, die alle nur etwas größer als unsere gewöhnliche Eidechsen sind, doch aber einen längern Schwanz haben, als der Körper ist; denn etliche führen einen Schwanz anderthalb, zwey, und drey mal so lang als der Körper: bey allen aber ist der Schwanz wirblicht, der Bauch hat dreyßig Schilde, der Hals ist mit einer doppelten Runzel oder mit einem schuppigten Kragen umgeben. An den Schenkeln befindet sich eine Reihe Warzen und die Füße haben fünf Finger. Das Fleisch ist eßbar.

15. Der Springer. Lacerta Agilis.

Unter dieser Art wird unsere gemeine Europäische Eidechse verstanden, die sich aber auch in Indien aufhält, wo sie jedoch schöner gefärbt und

ge-

geſteckt iſt. Die unſrige iſt auf dem Rücken ſam-
metgrün, an den Seiten braungrau mit ſchwärzlichten Flecken, Augen oder Vierecken, und am
Bauche weißlichtgelb, etwa eine gute Spanne lang.
Ihr gemeinſchaftliches Merkmal iſt, daß der Halskragen aus etlichen gröſſern Schuppen beſtehet,
der Schwanz geringelt und mit ſcharfen Schuppen reihenweiſe beſetzt iſt, und die fünf Finger der
Füße ſcharfe Nägel haben. Man kann ſie Jahr
und Tag in einer Flaſche mit feuchtem Moos und
etwas Erde lebendig erhalten, wenn man ihnen
zuweilen Inſecten verſchaft. Der Schwanz iſt,
weil er geringelt iſt, ſehr brüchig, wächſt aber bald
wieder nach. Wenn man ſie ertapt, ſo ſchauen ſie
den Menſchen an, und ſperren das Maul auf;
will man ſie aber greifen, ſo thun ſie einen Sprung,
daher wie ſie Springer heißen. Bey den Griechen wurden ſie der grünen Farbe wegen, Chloro-
ſaura, aber ihres Muths halben, daß ſie mit
Schlangen fechten, Ophiomachos genennet.
Sie wurden zur Arzney gebraucht, und es war beſonders das infundirte oder gekochte Eidechſenöl bekannt, wie man ſich denn auch des Bluts bediente,
um Warzen damit zu vertreiben.

16. Der Algierer. Lacerta Algira.

Dieſe Art hat einen ziemlich langen Schwanz. 16.
Der Körper iſt kaum einen Finger lang, oben braun Algierer.
unten gelb. Die Schuppen auf dem Rücken ſind Algira.
etwas ſpitzig, und machen einen Kiel. An den Seiten des Körpers befindet ſich ein gelber Strich,
der den Rücken gleichſam einfaſſet, dahingegen ein
tiefer liegender Strich den Bauch von den Seiten
unterſcheidet. Brander fand dieſe Eidechſe in der
Barbarey.

17. Die

17. Die Schlangeneidechse. Lacerta Seps.

Seps war sonst die Benennung gewisser kleiner giftiger Schlangen, und scheinet dieser Art
vermuthlich deßwegen beygelegt zu seyn, weil der lange
gestreckte Körper, der platte Bauch, und die kurzen
Füße ihr eine schlangenartige Gestalt geben. Der
Kopf wenigstens ist sehr klein, der Bauch aber
ist zu beyden Seiten durch eine umgebogene Nath
von den Seiten abgesondert, die Schuppen sind alle stumpf viereckigt und machen, daß der Körper geringelt und gestreift erscheint. Der Schwanz
hat funfzig Wirbel, und ist anderthalbmahl so
lang als der Körper. Die Farbe ist bläulichtgrau,
und auf dem Rücken braun. Es hält sich diese
Art in den warmen Ländern auf.

18.
Sechs-
fach ge-
streifte
Eidechse
6. Li-
neata.

18. Die sechsfachgestreifte Eidechse. Lacerta 6. Lineata.

Der Rücken dieser Eidechse hat zu beyden Seiten drey weise enge Linien, die mit eben soviel schwarzen Linien abwechseln. Die Schärfe des Rückens
ist grau, und liegt zwischen den weißen Linien.
Unter dem Halse befinden sich zwey schuppigte Ringe. Die Schenkel haben Reihen Warzen, wie die
Marmeleidechse No. 14. Der Schwanz ist lang,
doch ist die Art selbst nicht sehr groß. Man hat
sie in Carolina, woselbst sie von dem D. Garden entdeckt wurde.

19. Der Vieleck. Lacerta Angulata.

Man mag die jetzige mit Recht Vieleck nennen, denn alle Schuppen haben einen erhabenen

nen scharfen Rücken, der in eine Spitze ausläuft; da nun die Schuppen reihenweise stehen, so macht dieses solche Erhöhungen, und zwischen den Reihen wiederum solche Furchen, daß sich der Körper im ganzen Umfange, (ausgenommen am Unterleibe) vieleckigt oder vielseitig zeigt. Ja der Schwanz selbst behält eine sechseckigte Gestalt, und ist anderthalbmal so lang als der Körper. Der Kopf ist kahl, und hat nur etliche erhabene Runzeln. Im Nacken aber, wo die Schuppen ihren Anfang nehmen, scheint der Hals knotig abgestutzt zu seyn. Unter der Kehle befinden sich zwey große runde Schuppen, gleich einem Halskragen. Diese Art ist klein, und von brauner Farbe. Das Vaterland ist America.

B. Wirbelschwänze.

C. Kurzgeschwänzte Eidechsen, deren Schwanz länglichtrund, und kürzer als der Körper, auch mit Schuppen besetzt ist, die wie die Dachziegel untereinander geschoben sind; oder, Chameleonartige Eidechsen.

C. Kurzgeschwänzte.

20. Der Chamäleon. Lacerta Chamæleon.

Die griechische Benennung Chamäleon heißt eigentlich so viel als ein kleiner Löwe, vielleicht weil dieses Thier den Fliegen ein reissender Löwe ist, wie der sogenannte Ameisenlöwe den Ameisen. Inzwischen ist die Benennung schon so allgemein in allen Sprachen angenommen, daß wir uns um keine andere, noch weniger um ihre Bedeu-

20. Chamäleon. Chamæleon. Tab. XII fig. 4.

C.
Kurzge-
schwänz-
te.

deutung zu bekümmern haben, denn ein jeder weiß,
was ein Chamaeleon ist. Man verstehet nämlich
darunter eine kurze aber dicke Eidechsenart die ihre
Farbe ändert, und welche wir jetzo näher beschreiben wollen.

Gestalt.

Der Körper ist bey den Größten etwa eine
Spanne lang, untenher dick und nach dem Rücken zu dünne, mithin einigermaßen dreyeckigt, indem der Rücken einen hohen scharfen Kiel hat.
Der Kopf ist bey einigen mit einem flachen, bey
andern aber kamm- und kielförmigen Schilde bedeckt, welches aus der, in einem Dreyeck ausge-
breiteten, und mit einem scharfen überspringenden
Rande versehenen Haut bestehet. Der Kopf ist
breit, der Hals dick, die Augen haben einen gold-
gelben Ring, der bey dem Anblick sehr feurig aussiehet, und mit dicken Augenliedern gedeckt ist, und
das Thier kann zu gleicher Zeit mit dem einen Auge wohin sehen, und das andere auf einen andern
Gegenstand richten, welches wunderlich anzusehen
ist. Vor allen aber ist der Umstand merkwürdig,
daß keine Ohren vorhanden sind. Die Haut ist
glatt und glänzendgrau- bleyfärbig, und es ist möglich, daß, wenn sie naß gemacht ist, die Farbe
der Gegenstände sich darinnen spiegle, und also einige Veränderung der Farbe darauf hervor-
bringe; doch das eigentliche Annehmen anderer Farben bestehet nur in dem Umlauf galligter
Säfte, welcher sich bey einiger Gemüthsänderung
dieses Thiers, es sey Freude oder Zorn, in gewißen Graden zeiget, da es sich denn von Bleyfarbe in
blaßgelb, hochgelb und dunkelgelb verändert, auch
in das aschgraue und weißlichte übergeht, zuweilen
auch, wenn die Säfte unordentlich unter der Haut
anlaufen, bunt wird, und diese Veränderungen
nimmt man wahr, wenn es einen angenehmen Raub er-
blickt, freundlich angeredet wird, ein Verlangen

nach

nach etwas hat, oder auch wenn man es mit den Fin- C. Kurzgern reitzt oder erzürnt, wozu denn noch kommt, daß ſchwän
ſie ſich aufblähen oder dick machen, hernach aber ꝛc.
wieder geſchmeidig zuſammen fallen kann. Die
Füße haben fünf Finger, davon je zwey und drey
aneinander verwachſen ſind, doch an den hintern Fü
ßen auf eine andere Art als an den Vörderfüßen,
weil jene zwey auswärts und drey innwärts, dieſe
aber drey auswärts und zwey innwärts haben.
Der Schwanz iſt länglicht rund, kurz und in die
Höhe umgeſchlungen. Die Zunge iſt rund und ſehr
lang, und kann von dem Thiere wohl zur Länge des
Körpers ausgereckt werden.

Dieſes Thier hält ſich auf den Bäumen auf, Lebenskann gut klettern, und ſich mit dem krummen art.
Schwanze überall anhalten, der Gang aber auf der
Ebene iſt ungeſchickt und ſehr langſam. Es iſt
ſehr zahm, ſchadet Niemanden, und hält ſich bey
dem Menſchen geſellig, daher man es im Käfig und
im freyen Zimmer halten kann, welches man in
Indien gern thut, weil es das Zimmer von Inſecten rein hält, denn es lebt von nichts, als von
Fliegen und dergleichen, wozu die lange Zunge insbeſondere behülflich iſt. Da es nun oft mit offenem
Maul ſitzt, um die kleinen Fliegen und Inſecten zu
erſchnappen, ſo iſt dadurch die falſche Meinung ent
ſtanden, als ob dieſes Thier von der Luft lebe, und
nach derſelben ſchnappe.

Das Vaterland iſt Oſtindien, beſonders Vater
Bengalen, Ceilon und Amboina. In Weſt land.
indien die mexicaniſche Gegend. In Africa
das Vorgebürge der guten Hofnung und Egypten, woſelbſt die größten ſind, und in Europa,
Spanien; und überall nimmt man einige Verſchiedenheit wahr. Tab. XII. fig. 4.

Linne III. Theil.   G   Die

C. Kurz-
schwän-
ze.
Anato-
mische
Wahr-
neh-
mung.

Die Leber ist gespalten, und gibt aus dem erhabenen Theil ihr Blut an das Herz, ohne daß
man einen steigenden oder fallenden Aderast wahrnimmt. Die Lunge, welche nur in einem einzelnen
Lappen besteht, läßt sich so aufblasen, daß sie die
Größe und Gestalt des Körpers bekommt, denn sie
hat viele Luftblasen, und wenig Blutgefäße. Im
Unterleibe ist kein Darmfell vorhanden, sondern nur
eine dünne Haut, welche die linken Theile von den
rechten absondert. Eine Blase wird nicht gefunden, wohl aber eine gewisse Drüse, die vielleicht
zum Zeugungsgeschäfte gehört. Die Augen lassen
sich nicht zusammen bewegen, sondern jedes besonders nach ihrer eigenen Richtung. Das Herz ist
klein und dreyeckigt. Die Gallenblase so groß wie
eine Erbse, mit hellgrüner Galle angefüllt. Es
ist nur ein einziger Darm vorhanden, der dreyfach
gebogen ist. Die Nieren liegen neben dem Rückgrad bey dem After, und führen mit einem Gange bis
zum After. Die Eyerstöcke sind dreyeckigt, etwa
einen halben Zoll lang. Die Milz liegt bey den
Nieren, ist schwärzlicht und sehr klein. Die Rippen biegen sich in den Seiten mit einer scharfen Ecke,
und sind daselbst beweglich. Die Muskeln zwischen
denselben sind fein und fleischicht. Die Zunge ist
lang und rund, aber an der Spitze dreyeckigt, und
an der Wurzel mit einem pfeiffenartigen Knochen
versehen, welcher von dem Zungenbeine herstammt.
Der Magen ist ein anderthalb Zoll langer Cylinder,
mit engen Oefnungen, dicken Wänden, und in der
Rundung wie ein kleiner Finger stark.

21. Der Gecko. Lacerta Geko.

21.
Gecko.
Geko.
Tab. II.
fig. 6.

Dieses Thier, welches sonst unter die Salaman-
er gezählet wurde, ist selbst an dieser Benennung
Ursache, denn es hat die Gewohnheit, wenn es reg-
nen

nen will, etlichemal hintereinander Gecko! Gecko! C. Kurz-
zu ruffen. Der größte iſt, ſamt dem Schwanze, ſchwän-
kaum einen Schuh lang. Der Körper iſt dick und ꝛc.
unförmlich, der Schwanz kurz und dicke, als ob er
geſtumpft wäre. Der Kopf iſt ſehr lang und breit.
Die Ohren liegen hohl. Der Körper iſt mit Warzen beſetzt und perlenförmig, oder auch gräulichtgelb,
und röthlichtaſchgrau. Die Füße ſind fünffingerig,
aber an den Sohlen der breiten Finger mit häutichen
Schuppen oder Fellchen beſetzt, zwiſchen welchen eine
Feuchtigkeit durchdringt, die vielleicht ſtatt des Urins
abgeht; dieſe Feuchtigkeit aber iſt giftig, deßgleichen
auch der Speichel, den ſie aus dem Maule laſſen,
denn damit vergiften die Japaner ihre Pfeile.
Das Eſſen, über welches dieſe Thiere laufen, wird
ſchädlich. Der Ritter behauptet zwar, daß ſie keine Nägel haben, allein unſere beyden Exemplaria,
davon doch eines zehn Zoll lang iſt, hat deutliche,
jedoch kleine Nägel, wie etwa die Bienenangel.
Am Bauche befinden ſich kleine Oefnungen, deren etliche mit breiten Schuppen bedeckt ſind. Man findet
ſie in den gebüſchigten Gegenden von Indien, ſonderlich
in Java, Ceilon und Macaſſar ſind ſie häufig,
deßgleichen auch in Egypten, woſelbſt ſie aber viel
kleiner, perlenblaufärbig und braun geſleckt ſind.
Sie ſind zahm, und ſuchen in Gefahr bey den Menſchen Hülfe, daher man ſie wider Willen ſehr oft in
den Häuſern antrift. Tab. II. fig. 6.

22. Der Stink. Lacerta Stincus.

Wir bleiben bey dem Namen Stink, weil 22.
die Franzoſen Stinc marin und die Engelländer Stink.
Scinc; die Zolländer aber Schink gebrauchen; Stin-
wie denn auch Stincus ſtatt der Alten Scincus an- cus.
genommen iſt. Es iſt aber der Stink eine in Lybien, Egypten und Arabien befindliche Croco-
dillen

C. Kurzschwänze.

dillen, und zugleich Salamander, ähnliche Eidechse mit einem länglichtrunden kurzen, und an der Spitze gedruckten Schwanze, deren Finger umsäumt, aber (so viel wir wissen) mit keinen Nägeln versehen sind, und deren verbrannter und gepulverter Körper zur Verfertigung des Mithridats, (und in den Morgenländern zum Dia-Satyrion, zur Beförderung der Geilheit) gebraucht wird.

Die Größe erstreckt sich etwa auf einen halben Schuh. Der Schwanz ist kürzer als an den übrigen. Der Körper ist in der Mitte fast zwey Zoll dick, und allenthalben mit glatten Schuppen, die wie Dachziegel übereinander hinschiessen, gedeckt. Die Farbe ist am Kopfe seegrün, der vordere Körper über den Rücken bis zum Bauche hellgrau und schwärzlicht bandirt. Die Füße sind weißlicht. Der Hals ist vom Körper kaum zu unterscheiden, und so dick wie der Kopf. Die Augen sind klein, die Nasenlöcher groß und der Mund ist etwas spitzig.

23. Der Kröten Salamander.
Lacerta Orbicularis.

23.
Kröten
Salam.
Orbicularis.
Tab. II.
fig. 7.

Obgleich alle Eidechsen einen langen gestreckten Körper haben, so findet man doch in Mexico eine Art, deren Körper sehr kurz, dick aufgeblasen rund und der Gestalt nach einer geschwollenen Kröte sehr gleich sieht, auch mit salamanderartigen Flecken besetzt ist, woraus sich obige Benennungen erklären lassen. Der Kopf ist spitzig erhabenrund, und es scheint aus der Linneischen Beschreibung, daß es auch solche gebe, deren Wirbel in drey spitzigen Erhöhungen besteht. Der Körper ist allenthalben mit weißen spitzigen Stacheln als mit Nadelspitzen besetzt, wovon auch der Kopf und Schwanz nicht ausgenommen sind. Die Füße sind gleichfals so gewafnet, und
haben

haben über das ſcharfe krumme ſchwarze Nägel. C. Kurz
Tab. II. fig. 7.

24. Die fünffachgeſtreifte Eidechſe.
Lacerta 5. Lineata.

Oben wurde No. 18. eine ſechsfach geſtreifte
Eidechſe beſchrieben, welche D. Garden in Carolina antraf. Eben demſelben haben wir auch die Ent-
deckung dieſer fünffachgeſtreiften Eidechſe zu danken, die er gleichfalls in Carolina gefunden. Man
ſollte alſo faſt auf die Meinung gerathen, als ob dieſe eine bloße Verſchiedenheit von jener wäre; allein
es zeiget ſich am Schwanze, daß dieſe eine ganz andere Art iſt; denn jener ihr Schwanz war wirblicht,
daher ſie auch unter derſelben Abtheilung ſtehet. Dieſe
aber hat keinen wirblichten Schwanz, ohnerachtet
derſelbe anderthalbmal ſo lang als der Körper iſt.
Was nun aber beſagte Striche betrift, ſo gehen von
dem Nacken bis etwa zur Hälfte des Schwanzes auf
einem ſchwärzlichten Grunde fünf weißlich-gelbe zierliche Linien über den Rücken hin, der Kopf aber iſt
mit ſechs andern kurzen gelben Linien ſchön gezeichnet,
indem man zwey zwiſchen den Augen, hernach über
jedem Auge eine, und unter ſelbigen abermals eine Linie ſiehet. Die Bauchſchuppen liegen reihenweiſe untereinander, und machen alſo den Unterleib
geſtreift.

24.
Fünf-
fachge-
ſtreifte.
5. Li-
neata.

D. Lang.

D. Lang-
schwän-
ze.

D. Langschwänze, deren Schwanz läng-licht rund, mit übereinander lie-genden Schuppen bedeckt, und län-ger als der Körper ist; oder le-guanartige Eidechsen.

25. Der Basiliske. Lacerta Basiliscus.

25.
Basi-
liske.
Basilis-
cus.
Tab. III
fig. 1.

Die Fabel, daß aus Hahneneyern wunderliche Basilisken ausgebrütet werden, ist schon längst aus dem Reiche der Wahrheit verdränget, doch ist der Name übrig geblieben, und einer ganz besondern Art von schönen Eidechsen zugeeignet worden. Bekanntermaßen ist die Benennung eines griechischen Ursprungs, und bedeutet ein königliches Thier: denn man erdichtete, mahlte und verfertigte in alten Zeiten Basilisken mit einer Krone auf dem Kopfe, und schrieb ihnen solche erschreckliche Eigenschaften, und ein so starkes Gifte zu, daß sie leicht Könige unter den Teufeln seyn könnten. Dem sey nun, wie ihm wolle, so könnte der Name Basiliske keinem Thiere schicklicher beygelegt werden, als dieser besondern Eidechse.

Die ganze Größe dieses Thieres beträgt einen und einen halben Schuh. Der Kopf ist mittelmäßig lang, am Hinterkopfe mit einem hohlen Kamme geziert, welchen das Thier aufblähen kann, so daß es dem äußerlichen Ansehen nach die Gestalt eines runden krummen Rhinoceroshorns bekommt. An der Kehle zeigen sich kammartige Lappen, wie an der Dracheneidechse. Der Körper ist dick und lang, obenher vom Nacken bis zur Hälfte des Schwanzes mit einem hohen, und durch verschiedene herausste-chende Finnen unterstützten Kamme, (gleich den Rü-ckenflossen des Berschingfisches,) besetzt, der Schwanz ist fast noch einmal so lang, als der Körper. Die Füs-se sind fünfzählig und mit scharfen krummen Nägeln ge-

waf-

wafnet. Die Haut iſt fein ſchuppigt. Die Zunge D.Lang-
dick und kurz. Die Farbe bläulicht-aſchgrau mit ſchwän-
weißlichten Flecken, untenher aber etwas blaſſer. ꝛc.
Tab. III. fig. 1.

Dieſe rare und ſeltne Art wird in dem ſüdlichen America, zuweilen aber auch in Egypten und in dem gelobten Lande in Gebüſchen
und ſteinigten, auch verwüſteten Oertern gefunden.
Ihre Lebensart iſt auf den Bäumen, da ſie von
einem Aſte auf den andern zu ſpringen und zu fliegen wiſſen. Sie gehen auch zu Waſſer, und in
beyden Fällen dienet ihnen der Kamm auf dem
Kopf und auf dem Rücken zu Flügeln und zu Floſſen, und es ſcheinet, daß ſie deßwegen den Kamm
auf dem Kopfe aufblähen können, damit er im
Fliegen leichter, und im Schwimmen beſſer über
Waſſer zu halten ſey. Wenn ſie aber ſtille ſitzen,
ſo hängt der Rückenkamm ſchlaff herunter.

26. Der Kammleguan. Lacerta Iguana.

Die indianiſche Benennung Iguana und 26.
Kamm-
leguan.
Iguana.
Tab. III
fig. 2.
Yvana iſt von den Europäern, die in Indien
wohnen, ſchon längſt zur Gemächlichkeit der Aus-
ſprache mit Leguan vertauſcht, welches wir beybehalten, wiewohl dieſe Eidechſe auch ſonſt Senem-
bi genennet wird. Die beygefügte Abbildung
Tab. III. fig. 2. iſt nach einer mittelmäßigen etwa ein und einen halben Schuh langen Art von der
Inſel Formoſa gemacht; die Beſchreibung aber
wollen wir nach unſerm Exemplar, welches drey
Schuh lang, und von der Inſel Curacao gebür-
tig iſt, mittheilen, da es mit jenem einerley Art
ausmacht.

Der Kopf iſt klein, oben flach, mit runden Geſtalt.
perlenartigen Schuppen beſetzt, die Augen groß,

G 4

bey

D. Lang-
schwän-
e.

bey dem lebendigen Thiere mit einem rothen Ring umgeben, und sehen feurig aus. Der Mund steht voller kleinen und niedlichen Zähne, die Hunds-zähne sind ein wenig größer als die andern, und stehen einzeln. Die Ohren liegen tief. Der Hals ist lang, und die Haut an selbigem mit vielen grös-sern und kleinern glänzenden Perlen besetzt. Unter der untern Kinnlade befinden sich etliche große Schup-pen und Perlen, und am Ende der Mundspalte be-findet sich an jeder Seite eine sehr große in die Augen fallende blasenartige Perle. Unten am Hal-se hängt ein großer breiter Lappen oder Kamm her-unter. Der Körper ist dick, mit einer feinschup-pigten Haut überzogen, welche vom Nacken bis zur Hälfte des Schwanzes auf der Rückennath eine Menge langer, sichelförmig hinterwärts gebogenen pergamentartigen Zacken abgiebt, (wie die Zähne eines Kammes,) deren man über achtzig zählt. Die Länge des Körpers ist über einen Schuh; der Schwanz aber fast zwey Schuh. Die Schenkel und Füße sind mit größern Schuppen bedeckt. Die fünf Finger haben allenthalben scharfe krumme Nä-gel. Jeder Finger hat eine größere oder kleinere Länge, und die an den Hinterfüßen sind ausseror-dentlich lang, indem der zweyte nach aussen zu, wohl zwey Zoll hält, und sechs Gelenke hat. Die Farbe des Körpers ist bläulicht silberfarb, und der Schwanz hat schwärzlichte Binden.

Eigen-
schaft.

Dieses Thier hält sich auf dem Lande und auf den Bäumen auf, gehet aber, wenn es flüchtig wird, auch zu Wasser, und hält sich lange darinn auf. Es läuft ungemein geschwinde, und ist nicht einzuhohlen, die Indianer aber erwischen es auf den Bäumen und werfen ihm behende eine Schlinge um den Hals, doch ist es eine gefährliche Jagd, denn sie fallen den Menschen an, beißen, schlagen mit dem Schwanze, kratzen mit den Nägeln, und häckeln

sich

ſich gleich an die Kleider an, wozu noch ihre Boß- D. Lang-
heit und feurige Augen kommen, die den Jäger bald ſchwän-
verlegen machen, wenn er nicht beherzt, geſchwind ze.
und geſetzt iſt, zuma wenn er einen alten Leguan von fünf bis ſechs Schuh lang vor ſich
hat. Indeſſen wird die Mühe wohl bezahlt, denn
da ihr Fleiſch ein ſehr niedliches und delicates Eſſen iſt, welches das Hühnerfleiſch übertrift, ſo wird
auch für einen mäßigen Leguan gerne ſechs Gulden
bezahlt. Bey denenjenigen Perſonen, die mit
der Luſtſeuche behaftet ſind, hat das Fleiſch eine
ſchädliche Würkung, und dienet ihnen nicht, wie
das Fleiſch der Schildkröten. Man ſchält ihnen
die Haut ab, und richtet ſie alsdann auf allerhand
Art zu. Sie legen auf einmal ein paar Dutzend
Eyer am Strande, wie die Crocodille und Schildkröten in den Sand, und laſſen ſelbige von der Sonne ausbrüten. Die Eyer ſind ſo groß, wie Tau-
beneyer, haben eine weiche Schale, wie naß ge-
machtes Pergament, und ſchmecken vortreflich; laſſen ſich aber nicht hart kochen, und haben auch kein
Eygelb, man gebraucht ſie dahero nur um
Brühen davon zu machen. Die Weibchen ſind
fetter, weicher und ſchmackhafter, als die Männchen. Man hat etliche Verſchiedenheiten ſowohl
in Abſicht auf die Größe, als Zeichnung
und Vaterland. Die Oſtindiſchen ſind nicht ſo
groß, als die Weſtindiſchen, doch erreichen ſie auf
Amboina auch drey bis vier Schuh.

27. Der Fechter. Lacerta Colotes.

Der griechiſche Name Colotes, oder As- 27.
kalobotes wurde einer Eidechſe beygelegt, die ſich Fechter.
mit den Schlangen herum biſſe, und dahero auch Colotes
wohl Ephiomachus heißt. Sie hat am Hinterkopf und vorne am Rücken lange Stacheln, die ſie

G 5

im

im Zorn in die Höhe richtet, und daher wird sie
bey den Europäern Streithahn, Holländisch
Kemphaan genennet, und aus der Ursache geben
wir ihr den Namen Fechter; doch die Einwohner
der Insel Ceilon, wo sie eigentlich gefunden wird,
heißen sie Soaajer, das ist Wasser-Leguan. Der
Schwanz ist länglichtrund, und sehr lang, der Hin-
tertheil des Kopfs und Vördertheil des Rückens
ist kammartig gezähnelt, der Körper ist oben blau
und mit scharfen Schuppen besetzt, unten gestreift,
auch wohl weißliche, und oben bandirt. Sie gehet zu Wasser, wenn sie flüchten will.

28. Der Stachel-Leguan. Lacerta Agama.

Warum sie Agama heißt, welches, wenn es
Griechisch seyn soll, soviel als unbegattet, oder un-
beweibt bedeutet, ist uns unbekannt. Wir nennen
sie Stachel-Leguan, denn der Hinterko f und der
Hals sind stachlicht, die Schuppen am Hinterkopfe
sind zurückgebogen und machen denselben gleichfals
stachlicht, auch alle übrige Schuppen sind wie
Stacheln zugespitzt. Am Kopf ist sie wie ein Chamäleon, an Körper wie ein Salamander, und am
Schwanz wie eine Eidechse gebildet. Die Farbe
ist blaß bläulicht. Das Vaterland ist America.

29. Der Wolkenschatten. Lacerta Umbra.

Da die Farbe dieser Eidechsen dunkel und wolkigt oder neblicht ist, so führen sie den Namen Um-
bra. Der Schwanz ist länglichtrund und lang.
Im Nacken erhebt sich ein kleiner Kamm, oder
nackte Schwiele. Der Kopf ist stumpf und runder
als an den übrigen, unter der Kehle befindet sich
eine tiefe Falte. Die Schuppen sind kielförmig zugespitzt;

geſpitzt; daher der Rücken geſtreift zu ſeyn ſcheiͤnet, welche Striche, ſo wie die Richtung der Schupͤpen iſt, in einen ſcharfen Winkel zuſammen laufen. Man findet dieſe Eidechſe in den warmen Ländern.

30. Der Faltenträger. Lacerta Plica.

Die Benennung kommt von einer doppelten Falte her, welche dieſes Thierchen unter der Kehͤle hat. Der Körper deſſelben iſt nur einen Zoll lang, und der Schwanz noch einmal ſo lang als der Körper. Die Haut iſt allenthalben mit kegelͤartigen Schuppen wie Chagrin beſetzt. Der Hinͤterkopf iſt mit einer harten ſchwielichten Haut beͤſetzt; die Augenlieder ſind einigermaſſen gekerbt, oben kahl ohne Fell, und haben eine dünnhäutige Narͤbe, die in die Quere durch eine Grube in drey Theile abgetheilet iſt. Hinter den Ohren, an den Seiten des Kopfs und des Halſes ſind zwey mit Dornen beſetzte Warzen. Das Rückgrad hat gröſſere Schupͤpen, und iſt vorneher gleichſam gekerbt. Von dem Halſe lauft zu beyden Seiten eine erhabene Runͤzel über die Vörderfüße hin, und ſenket ſich nach der Mitte des Leibes, der Schwanz iſt länglichtͤrund, und mit ſehr kleinen Schuppen bedeckt, aber kaum geringelt. Die Finger ſind lang, untenher mit ſcharfen Schuppen beſetzt, und rauh, die Näͤgel hingegen ſind an den Seiten flach gedruckt. Das Vaterland iſt Indien.

31. Der bunte Leguan. Lacerta Marmota.

Dieſe Eidechſe hat einen glatten Rücken ohne Kamm, dahingegen an der Kehle einen kleinen Kamm, der vorneher gezähnelt iſt. Der Körper iſt

D. Lang-
schwän-
ze.

ist gedruckt, und der Schwanz gestreift. Die Farbe ist gleichsam marmorirt, daher die Benennung
genommen ist, denn es hat der Rücken schöne bunte
Flecken von röthlichter, schwarzer, weißer und grüner Farbe, zwischen welchen sich noch hin und wieder einige Sprenkel befinden. Die Schuppen sind
oben klein, unten etwas größer, alle viereckigt, und
am Schwanze reihenweise gesetzt, so daß derselbe
einigermassen eckigt erscheinet. Das Vaterland ist
America und Spanien, woselbst man sie in Gal-
licien antrift.

32. Der Blasenträger. Lacerta Bullaris.

32.
Blasen-
träger.
Bulla-
ris.

Es hat diese Eidechse an der Kehle eine rothe
Carbunkelblase, die sie einziehen, und wenn sie erschrickt, aufblähen kann, daher die Benennung entstanden. Sonst ist die Farbe grün, und das Thier
überhaupt nur klein. Das Vaterland ist Jamaica.

33. Der Kropfsalamander. Lacerta
Strumosa.

37.
Kropf-
sala-
mander.
Stru-
mosa.
T. III.
fig. 3.

Mit der jetzigen verhält es sich, wie mit der
vorigen, denn an der Kehle sitzt eine ähnliche rothe
aber etwas größere Blase, die aber beständig voll
stehet, indem sie nicht hohl, sondern wie ein Men-
schenkropf mit einem körnigten Wesen ausgefüllet
ist. Ferner zeiget sich auch noch darinn ein Unterschied, daß der Körper aschgrau und schwarz gefleckt,
der Schwanz aber mit grünen Ringen bezeichnet ist.
Die Brust, oder das Brustbein, sticht vorne in einer stumpfen Spitze hervor. Das Vaterland dieser
Art ist Süd-America. Tab. III. fig. 3.

34. Die

34. Die Natheidechse. Lacerta Teguixin.

Teguixin, Tecuixin und Tejuguacu sind indianische Benennungen, welche dieser Art von den Landes = Einwohnern gegeben werden; man kann ihr aber füglich den Namen Natheidechse geben, denn sie hat zur Seiten des Bauchs vom Kopfe bis an die Hinterfüße eine Nath von einigen stumpfen Falten. Unter der Kehle befindet sich gleichfalls eine dreyfache Falte, der Rücken aber und der Schwanz sind durch die Lage der Schuppen dicht geringelt. Uebrigens ist die Farbe dunkelblau, und mit hellblauen und weißen Flecken geziert. Sie ist klein, denn die große Teguguacu = Eidechsen wer-den Sauvegardes genennt. Man findet sie in den beyden Indien.

35. Die Goldeidechse. Lacerta Aurata.

Diese Eidechse hat, so lange sie lebt, einen sehr schönen Goldglanz, und darum führt sie diesen Namen. Der Schwanz ist wie an den vorigen be-schaffen. Sie unterscheidet sich aber durch große runde, glatte und glänzende Schuppen. Die Seiten sind bräunlicht, der Körper ist vollständig, fett, und gleichsam ausgestopft, die Ohren liegen hohl. Man findet diese Art auf der Insel Cy-prus und auf der englischen Insel Jersey. Die-jenige aber, davon wir hier Tab. III. fig. 4. die Abbildung geben, und die an den Seiten brei-te blaue Striche hat, ist aus America.

36. Die

D.Lang-
schwän-
ig.
Drey-
fingeri-
Chalci-
ca.

36. Die dreyfingerige Eidechse. Lacerta Chalcidica.

Diese No. fehlt in der zwölften Auflage des linneischen Natursystems. In den addendis aber will der Ritter, daß man auf eben dieser Seite die Lacertam chalcidicam einschalten solle, welche drey Finger und nicht fünf Finger hat. Wir thun es also, um diese No. hier nicht leer zu lassen. Allein auf der nämlichen Seite hat der Ritter schon eine andere Eidechse No. 41. unter dem Namen Chalcides gesetzt, welcher er fünf Finger zueignet. Es ist also zweifelhaft, ob in den addendis diese mangelnde No. 36. durch die dreyfingerige Eidechse ergänzet, oder vielmehr No. 41. verbessert wird. Ist das letzte, so gibt es keine Fünffingerige Chalcides, und die folgende No. 41. ist überflüßig; dieses aber zu entscheiden, ist uns jetzo unmöglich, weil sowohl Linneus (in seinen verschiedenen Auflagen,) als andere Schriftsteller, sich selbst widersprechen, daher wir beydes jetzo stehen lassen.

Die Alten nämlich nannten eine gewisse Eidechse mit gelben Strichen wegen ihres Kupferglanzes Chalcides, und diesen Namen findet man auch beym Aldrovand und Seba. Allein ob sie die nämliche sey, auf welche der Ritter hier zielet, ist zweifelhaft; sie ist aber gewiß die No. 41. welche in der zehnten Auflage auch dreyfingerig genennet wird: wir wollen also daselbst das weitere von ihr reden, und begnügen uns hier den Platz der gegenwärtigen No. nicht leer gelassen zu haben, bis jemand eine andere Art einschaltet.

37.
Nilei-
dechse.
Niloti-
ca.

37. Die Nileidechse. Lacerta Nilotica.

Diese Eidechse hat einen langen Schwanz, der am Ende dreyeckigt ist. Der Rücken ist mit länglich-

lichtrunden Schuppen bedeckt. Jede Schuppe hat D. Lang-
in der Mitte einen erhabenen Höcker, der hinten ſchwän-
höher, erhaben rund und dick iſt, vorne aber in ei- ze.
ne dünne Spitze auslauft. Der Rand jeder Schuppe iſt mit weißlichten Sprenkeln umgeben. Die
Bauchſchuppen hingegen ſind dreyeckigt erhaben, der
Höcker iſt länglicht und der Rand hat ähnliche weiſſe
Sprenkel. Der Wirbel iſt in Vierecke abgetheilt,
und hat zwey dreyeckigte Grübchen. Zur Seiten
des Kopfs befinden ſich gleichfalls zwey aber tiefere
Grübchen. Die Farbe über den ganzen Körper iſt
hellbraun mit glänzenden weißen Körnern. Der
Bauch iſt weiß. Das Thier iſt eine Spanne breit
und mit dem Schwanze drey Schuh lang. Das
Vaterland iſt Egypten, wo es in den mo-
raſtigen Gegenden am Nilſtrom angetroffen
wird, und die Einwohner meynen, wie hier Haſſelquiſt berichtet, daß ſie aus den Eyern der Cro-
codillen hervorkommen.

38. Die punctirte Eidechſe. Lacerta
Punctata.

Obgleich dieſe Art eine geſtreifte oder bandir- 38.
te Eidechſe könnte genennt werden, ſo iſt ſie doch Punctir-
um deßwillen als eine punctirte anzuſehen, weil te.
die kleinen glänzenden Schuppen in den weißlichten Punc-
Strichen oder Bändern wie lauter dunkelbraune cta.
Punkte erſcheinen. Sie legt Eyer, die nicht gröſ- Tab. III
ſer als Erbſen ſind. Das Vaterland iſt Aſien, fig. 4.
beſonders aber die Inſel Ceilon. Tab. III. fig. 5.

39. Die lineirte Eidechſe. Lacerta
Lemniſcata.

Die Benennung iſt von der Zeichnung des Rü- 39.
ckens genommen, denn derſelbe iſt mit acht breiten Lineir-
weißen te.
Lem-
niſcata.
Tab. III
fig. 6.

D. Lang-
schwän-
ze.

weißen Linien, die in gleicher Entfernung von einander abstehen, und von dem Nacken bis zum
Schwanze gehen, schön geziert. Es giebt aber unter
diesen Lineirten sowohl in Absicht auf die Größe als
Zeichnung einige Verschiedenheiten. Etliche nämlich
haben an den Schenkeln weiße Puncte und Sprenkel, andere haben weniger Linien, wieder andere
haben statt der weißen Linien gelblichte Striche,
und der übrige Bau kommt sehr viel mit der Marmeleidechse No. 14. überein. Das Vaterland ist
die Küste von Guinea. Tab. III. fig. 6.

40. Die bandirte Eidechse. Lacerta Fasciata.

40.
Bandir-
te. Fa-
sciata.

Die jetzige Art hat einen längern Schwanz
als die vorige, der durch seine hochblaue Farbe gegen den Körper sehr absticht, der Rücken aber ist
mit fünf gelben Binden belegt, doch ist diese Art
nur klein. Das Vaterland ist Carolina.

41. Die Gifteidechse. Lacerta Chalcides.

41.
Giftei-
dechse.
Chalci-
des.

Ob diese Lacerta Chalcides, mit der L. Chal-
cidica, die wir oben in der mangelnden No. 36. eingeschaltet haben, einerley ist, mögen andere urthei-
len. Hier wenigstens sind ihr fünf Finger zugeschrieben, da sie in der zehnten Edition nur drey
Finger hatte. Man vergleiche daher zuvörderst dasjenige, was wir No. 36. gesagt haben, und beleh-
re sich auch daselbst wegen der linneischen Benennung. Daß wir aber diese die Gifteidechse nennen, ist aus dem Grunde geschehen, weil die Alten solche Seps nannten, und sie wegen ihres langen runden Körpers und Schwanzes als eine Mit-
tel-

kelgattung zwiſchen den Schlangen und Eidechſen an-
ſahen. Denn die Füße ſind ſehr kurz, und ſie könnte
für eine Schlange mit Füßen gehalten werde, wenn
ſie keine Ohren hätte; wie ſie denn auch Imperatus
würklich eine Blindſchleiche nennt. Man trift ſie
wohl dann und wann in den ſüdlichen Gegenden von
Europa an, doch iſt ſie mehrentheils in Africa
zu Hauſe. Die ganze Größe ſamt dem langen
Schwanze iſt eine Spanne lang, und die Farbe
grau. Man will, daß die Jungen ſchon innerhalb
dem Körper aus den Eyern kriechen, mithin dieſe Art
gleichſam eine lebendig gebährende ſey.

F. **Eidechſen, die an den Vörderfüßen
vierfingerig ſind, und keine Schuppen haben, oder eigentliche Salamander.**

42. Der Erdſalamander. Lacerta vulgaris.

Der Schwanz iſt länglich rund, von mäßiger
Länge. Der Rücken iſt mit zweyen braunen Strichen beſetzt, doch übrigens iſt der Körper blau. Die
Vörderfüße ſind vierfingerig, und die Hinterfüße
fünffingerig. Dieſe Eidechſe entwickelt ſich unter
dem Waſſer aus ihrer Puppe oder Ey, und gebraucht
einige Zeit zu ihrer völligen Bildung. Der Ritter
nennt dieſes Thier Vulgaris, oder den gemeinen
Salamander, weil es bey uns in Europa gefunden wird. Wir können es aber Erdſalaman-
der nennen, da es ſich nach der Entwickelung allezeit auf dem Lande aufhält, und zu Vertilgung vieler
Inſecten ſehr nützlich iſt. Zuweilen trift man ſie
mit einem zweyſpitzigen Schwanze an, welches ge-
ſchieht, wenn die Schwanzſpitze halb abgeriſſen iſt,

Linne III. Theil. H da

(Randnotizen:)
D. Lang-
ſchwän-
ze.

E. Vier-
finge-
rig.

42.
Erdſala-
mander.
Vulga-
ris.

P. Vier-
finge-
rig. da denn aus der Ritze ein neuer Schwanz anwächst und das alte Stück dennoch wieder anheilt.

43. Der Wassersalamander. Lacerta aquatica.

43.
Wasser-
sala-
mander.
Aquati-
ca Tab.
II. fig. 8. Von der vorigen Art haben wir erinnert, daß sie sich unter dem Wasser entwickele. Nun zweifelt der Ritter, ob nicht die jetzige etwa die Larve der vorigen Art seyn könnte, weil sie wie jene gebildet ist, und eben in den europäischen süßen Wassern gefunden wird, jedoch keine Nägel hat, welches daher rühren könnte, daß sie noch nicht ausgewachsen ist. Indeßen fügen wir Tab. II. fig. 8. aus dem Seba die Abbildung eines kleinen Wassersalamanders bey, welchen der Ritter auch hieher rechnet, und deßen Schwanz etwas platt und breit ist. Derselbige ist ohne Schuppen (alepidota), an den Seiten roth und schwarz gezeichnet, über den Körper aber gelb und weiß mit schwarzen Flecken. Das Vaterland ist Ceylon.

44. Der Sumpfsalamander. Lacerta palustris.

44.
Sumpf-
sala-
mander.
Palu-
stris.
Tab. II.
fig. 3. Weil man diese Art sowohl in America als bey uns in Europa in stillstehenden süßen Wassern antrift, so wird sie auch wohl gemeiniglich Wassersalamander genennt. Doch um sie von jener zu unterscheiden, bleiben wir bey der linneischen Benennung. Sie ist auch bey uns unter dem Namen Wassermolch bekannt, und heißt in Engelland Water-Est; in Frankreich That, oder Tassot, und Salamandre d'Eau; in Schweden Skrot aborra.

Der Schwanz ist spießförmig und mittelmäßig groß, die Vorderfüße haben nur vier Finger, und

an

an den Fingern ſind keine Nägel. Dieſer letztere
Umſtand aber könnte zu einer larve Vermuthung geben. Es führet, wenn es noch jung iſt, nach Der-
hams Bericht, vier Schwimmfloſſen, nämlich an
jeder Seite des Körpers etwas oberhalb den Vörderfüßen zwey, legt aber ſolche hernach ab, wird nicht
über ſieben Zoll lang, und hält ſich durchgängig unter Waſſer in einem weißlichten Schlamme unter einem Stein auf, bekommt im Sommer alle fünf
Tage, und im Winter alle funfzehn Tage eine neue
Haut, da man denn die alte Haut zuweilen im Waſſer ſchwimmen findet.

E. Vier-
finge-
rig.

Sie legen Eyer, die in zwey Schnüren aneinander hangen, und es ſcheinet, daß das Männchen zu
gewiſſen Zeiten im Frühjahre den Saamen ins Waſſer bey dem Weibchen ausſprütze, wodurch das Waſſer weißlicht, und der Eyerſtock vermuthlich befruch-
tet wird; doch andere behaupten, daß ſie ſich würklich decken, und daß das Männchen mit einer Ruthe
verſehen ſey, die zwar verborgen liegt, doch zu der
Zeit hervor tritt: und was das Weibchen betrift,
ſo wollen etliche, daß es die Jungen lebendig gebäre,
und keine Eyer lege. Wir müßen hiebey geſtehen,
daß ſowohl das Entwickelungs- als Begattungsgeſchäfte der Eidechſen noch eine ſehr dunkele, und bisher noch nicht hinlänglich beobachtete Sache ſey.

Ihr Leben iſt ſehr zähe, ſie kommen aber ſogleich
um daſſelbe, wenn man ſie mit Salz beſtreuet. Daher man ſie auch durch Salz aus den Fiſchweihern
treibt, weil ſie der jungen Fiſchbruth ſehr ſchädlich
ſind. Man hat öfters dieſe Thiere im dicken Eis ein-
gefroren gefunden, nachdem man aber das Eis zer-
brochen hatte, und den Salamander heraus nahm,
und ihn ſodann in friſches Waſſer ſetzte, wurde er
wieder lebendig, oder erhohlte ſich, und ſchwamm
hernach friſch und munter herum.

Sie

E. Vier=
finge=
rig.

Sie leben von Insecten, jungen Fischlein,
Froscheyern und Wasserlinsen, doch können sie auch
eine lange Zeit ohne alle Nahrung dauren. Zuwei=
len begeben sie sich auch auf das Land, aber ihr Gang
ist sehr langsam und kriechend.

Anato=
mische
Wahr=
neh=
mung.

Der Körper ist bräunlich, und allenthalben mit
hervorragenden Warzen besetzt, welche an den Sei=
ten weißlich sind. Der Kopf ist so breit wie der
Hals, rund und oben platt, die Kiefer sind breit und
mit kleinen Zähnchen besetzt. Das Maul ist stumpf und
am Ende rund, der Rücken breit, und vom Kopfe bis
zum Schwanze mit einer Grube versehen. Der
Bauch safrangelb und braun gefleckt, der Schwanz
so lang wie der Körper, an den Seiten platt und
oben mit einem scharfen Rücken versehen. Die Fin=
ger sind ungleich, und die mittelsten am längsten.
Eine Querspalte hinter den Hinterfüßen macht den
After aus, unterhalb derselben aber befindet sich noch
eine in die Länge klaffende Spalte. Die Gehörwerk=
zeuge sind auswendig kaum sichtbar, und die Gehör=
knochen mangeln, da doch die Eidechsen sonst das
Trummelfell äußerlich sichtbar, und alle Gehörkno=
chen haben. Doch ist ein halbzirklichter Canal vor=
handen, nebst einem Labyrinthgange, wie bey den
Rochfischen. Ferner treten die zwey Lungenadern
nahe bey dem Herz in die unterste Hohlader, daher
es vermuthlich kommt, daß sie so lange unter dem
Wasser, ja mitten in dem zugefrornen Eis aushal=
ten können. Wenigstens treten besagte Adern bey
den Schildkröten und Schlangen unmittelbar in das
Herz, und bey den Fröschen in das Herzohr.

Vormals wurden auch diese Salamander in den
Apothecken gebraucht, doch jetzo nicht mehr, und
was die Alten von ihrem Gift vorgaben, ist unrichtig,
denn sie sind unschädlich. Tab. II. fig. 3.

45. Der

45. Der Argus. Lacerta punctata.

E. Vier-
finge-
rig.

45.
Argus.
Puncta-
ta.

Wir nennen dieſe Art Argus, weil ſie auf dem Rücken zwey Reihen, und über dem Schwanze eine Reihe weißer Punkte auf einem braunen Grunde hat, und aus dieſer Urſache wurde ſie auch von andern Stellio oder Sternſalamander genennt, weil dieſe Punkte vielleicht bey einigen etwas eckigt ſind. Die Füße haben keine Nägel, und die Vörderfüße ſind, wie bey allen Salamandern, vierfingerig. Das Vaterland iſt Caroling.

46. Der vierfach geſtreifte Salamander,
Lacerta 4. lineata.

46.
Vier-
fach ge-
ſtreifte.
4. Li-
neata.
Tab. III
fig. 7.

Wir können von dieſer Art nichts anders ſagen, als daß der Rücken die Länge herab vier gelbe Striche hat. An den Fingern zeigen ſich ganz kleine Nägel. Die Vörderfüße haben auch nur vier, und die Hinterfüße fünf Finger. Das Vaterland iſt Nordamerica. Tab. III. fig. 7.

47. Der Feuerſalamander. Lacerta
Salamandra.

47.
Feuer-
ſala-
mander.
Sala-
man-
dra.
Tab. II.
fig. 5.

Wir kommen nunmehr endlich auch zu derjenigen von je her bekannten Art, welche ehedem allein den Namen Salamander oder Landſalamander, oder auch Sternſalamander führte, und für giftig gehalten wurde. Es iſt nämlich diejenige Art, davon man von uralten Zeiten her die irrige und fabelhafte Meinung hegte, daß ſie im Feuer lebten, oder wenigſtens darinn leben könnten, wovon wir hernach das eigentliche berichten werden; indeſſen haben wir ſie aus dieſer Urſache Feuerſalamander genennt, um ſie deſto deutlicher von allen andern zu

unter-

E. Vier-
finge-
rig.

unterscheiden: denn der Name Salamander ist allenthalben angenommen, wiewohl es auch nicht an
andern Benennungen fehlt, als zum Exempel in
den verschiedenen Provinzen Frankreichs: Pluvi-
ne, Mirtil, Blande, Alebrenne, Arassäde,
Laverne, Sourd, Mouron, bey den Deutschen:
Molch, Ulm, und dergleichen.

Gestalt.

Der Salamander ist überhaupt etwan sechs Zoll
lang, und einen Zoll breit. Der Kopf ist dick, breit,
platt und stumpf, der Hals kurz und etwas runzlich,
der Körper dick, feist und breiter als bey den andern
Eidechsen, der Schwanz dick, so lang als der Rücken und am Ende stumpf. Die Vörderfüße sind vierfingerig. Alle Finger sind dick, stumpf und ohne Nägel. Die Haut ist glatt und ohne Schuppen, an den Seiten und nach dem Bauche zu etwas runzlich, an dem
Rückgrade hinunter mit zweyen Reihen Warzen besetzt, aus welchen eine milchichte Feuchtigkeit gepres-
set werden kann, auch sonsten sehr porös, und zum
Ausschwitzen der Feuchtigkeiten geneigt, obgleich sonst
die Haut glänzend trocken ist. Was aber die Farbe
betrift, so ist selbige sowohl als die Zeichnung, nach
den verschiedenen Landesarten verschieden. Mehrentheils ist die Farbe der obern Theile glänzend schwarz,
und unten gelblich, fällt aber bey einigen oben in das
blasse oder graulichte, und unten in das weisse oder
blaulichte, oder auch wohl in das braune. Die
Zeichnung hingegen wechselt sehr. Die Flecken nämlich sind bey den Schwarzen schwefelgelb, bey andern
blasser, und bestehen bald in zweyen Linien auf dem
Rücken, bald in einem breiten geschlängelten Bande
mit rund abgestumpften hin und wieder heraustreten-
den Enden, bald in einem unterbrochenen Bande,
bald aber in ungleich gesetzten Flecken und Sprenkeln von verschiedener Größe, in welchem letztern Fall
man sie Sternsalamander nennt.

Sie

Sie leben mehrentheils auf der Erde, können E. Vier-
jedoch auch im Wasser seyn, nähren sich von Fliegen finge-
und Insecten, leben aber auch oft sehr lange fast oh- rig.
ne alle Nahrung, wenn sie nur in einem Topfe mit
feuchtem Moos gehalten werden, wie uns denn ein Lebens-
Beyspiel bekannt ist, daß ein würdiger Freund und art.
grosser Liebhaber der Naturgeschichte einen sehr schönen schwarzen schwefelgelb gezeichneten Salamander
in seinem Gewächshause in einem mit feuchtem Moos
angefüllten Blumenscherben schon lange über Jahr
und Tage erhält.

Bey der Eröfnung der Weibchensalamander hat Anato-
man sowohl Eyer als vollständige Junge zugleich mische
gefunden, und man hält dafür, daß sie wohl vierzig Wahr-
lebendige Junge gebähren.   Der Eyerstock macht, neh-
wie bey den Vögeln, zwey Eyerbüsche aus.   Das mung.
Männchen soll eine gezähnelte Rückennath haben.
Merkwürdig aber ist es, daß man an jungen Salamandern, gleichwie bey den Fischen, eine Art der
Fischohren, oder Wasserluftwerkzeuge zur Seiten
des Kopfs entdeckt hat, woselbst gewisse Büschlein her-
aushangen, die bis zu einen Zoll lang werden, hernach aber sich verlieren, an deren Statt die Oefnung
mit einer dünnen Haut geschlossen wird. Fast sollte
man hieraus vermuthen, daß sie erst Wasser- und
dann Landsalamander werden, oder sich wie die
Frösche verwandeln, und in beyden Elementen leben können. Unter der Haut liegt eine scharfe ätzen-
de und überriechende Feuchtigkeit, die aus den Warzen und kleinern Luftlöchern gleich einem milchigten
Wesen herausspritzen kann, wenn man die Haut
druckt, und hierinn liegt das Rätzel von dem Leben
des Salamanders im Feuer verborgen. Denn wenn
man einen Salamander in ein kleines Feuer wirft,
so spritzt er diese Feuchtigkeit von sich, und überzieht
sich gleichsam damit, als mit einem Fürniß, wo-

durch

E. Vier-
finger-
zig.

durch er die Kohlen um sich herum auslöscht, und Zeit gewinnt, zu entfliehen. Ist aber das Feuer zu groß, so vergeht ihm die Lust, und er verbrennt sowohl wie andere Thiere zu Asche.

Das Vaterland ist die temperirte und warme Gegend Europens. In den Indien sind sie etwas größer und schöner. Man bereitet ein Salamanderöl, welches die Haare ausfallend macht. Tab. II. fig. 5.

F.
Wurm-
förmige.

F. Eidechsen, deren Füße keine Finger haben, und der Bau wurmförmig ist.

48. Die Aaleidechse. Lacerta anguina.

48.
Aalei-
dechse.
Angui-
na.
Tab. III
fig. 8.

Diese ganz besondere Art wird in Africa am Vorgebürge der guten Hofnung ohnweit der sogenannten Tafel Bay sowohl im Flusse als zwischen den Ritzen der Klippen gefunden. Der Kopf ist etwas niedergedruckt, der Körper sehr lang wie ein Aal oder Wurm, die Länge hinunter mit Reihen Schuppen besetzt, welche aber am Bauche wie die Dachziegel übereinander liegen. Die Ohren liegen in die Quere und der After ist gleichfalls hinter den Hüften durch eine Querspalte deutlich. Der Schwanz ist noch einmal so lang, als der Körper und hat eine steife Spitze. Die Füße, deren sechs sind, bestehen gleichsam in spitzigen Floßen, und haben keine Finger. Die vördersten stehen am dichtesten beysammen, und sind mit spitzigen Schuppen bedeckt. Tab. III. fig. 8. Die Farbe ist oben auf dem Körper dunkel aschgelb, und am Bauche bläulicht. Man kann diese Art als eine Mittelgattung zwi-

zwiſchen den Eidechſen und Schlangen halten, etliche halten ſie auch für eine Schlange mit Füßen,
die, weil ſie im Schlamm lebt, von den Griechen
Achelos und Elyos genennet wurden.   Wenigſtens finden wir hier einen geſchickten Uebergang zu der
II. Ordnung, welche uns nun die Schlangen zeigen wird,

F.
Wurm-
förmige.

II. Ordnung. Schleichende Amphibien.

Amphibia: Serpentes.

Unter dem Namen Serpens verstehet der Ritter überhaupt alle Thiere, die von je her
Schlangen genennet wurden. Die lateinische
Benennung hat den Ursprung von serpere oder
schleichen, welches etwas anders als repere oder
kriechen, und eigentlich nur von dem schleichenden
Fortkriechen der Schlangen zu verstehen ist. Daher wir auch den Schlangen keinen kriechenden Gang
beylegen, sondern das Wort kriechen der bereits
abgehandelten ersten Ordnung zugeeignet haben,
ob man es gleich in den gemeinen Reden von kriechenden Schlangen zu sagen pflegt. Die deutsche
Benennung aber ist wohl vom schlingen hergenommen, weil diese Thiere sich durch ihren langen
und geschmeidigen Körper auf vielerley Art, sowohl
in sich selbst, als um andere Gegenstände, herum-
schlingen können, und von diesen beyden Benennungen Serpens und Schlange haben andere europäische Sprachen die ihrigen gemacht. Was die griechischen und hebräischen Benennungen betrift,
als Ophis und Nachasch, so scheinen selbige nur
auf besondere Arten anzuspielen, so daß sie sich
nicht zu Benennungen der ganzen Ordnung gebrauchen lassen, daher wir eins und das andere an seinem
Orte anführen werden.

Es

Es bezeichnet also der Ritter unter dieser Kenn-
Ordnung alle solche Thiere, welche nur allein mit zeichen
den Lungen athmen, deren Körper weder Füße noch der Ord-
Schwimmflossen haben, und die auch am Kopfe kei- nung.
ne Ohren besitzen; macht aber sechs Geschlechter,
welche, wie wir hernach sehen werden, ihre besondern Kennzeichen führen. Weil indessen alle Geschlechter und Arten vieles Merkwürdige an sich haben, das ihnen größtentheils sämtlich gemein ist, so
wollen wir doch vorher das Vornehmste davon anführen, damit wir uns bey der Erklärung der Arten nur allein mit den besondern Umständen be-
schäftigen dürfen.

Daß sie lang, rund und wurmförmig sind, ist Der
überhaupt bekannt; wie viel Unterschied aber bey Schlan-
diesem Bau obwalte, wissen nur diejenige, die viele gen Ge-
Arten der Schlangen gesehen haben; denn etliche stalt.
sind von einem Ende zum andern gleich dicke, andere haben einen deutlich unterschiedenen breiten oder
dicken Kopf, etwas dünnern Hals, dickern Mittel-
körper und länglichen spitzigen Schwanz; wieder
andere sind dünne, sehr lang und spitzig, daß sie wie
ordentliche Peitschen aussehen; doch meistens kommen sie darinnen mit einander überein, daß sie mit
Schuppen und Schild, oder auch mit Ringen und
Runzeln bedeckt sind, welche ein knörpeliches Bestandwesen haben, und diejenigen, welche davon ihren Bauch bekleiden, müssen ihnen statt der Füsse
dienen. Man nimmt nicht an allen äusserliche
Nasenlöcher oder Augen wahr, und keine hat äusserliche Ohren; ob aber deswegen nicht innwendige
Gehör-Werkzeuge vorhanden seyn mögen, stehet noch
genauer zu untersuchen,

Ihre

Innerer Bau.

Ihre Kiefer können sich sehr aus einander geben, und alle ihre innern Theile lassen sich gewaltig dehnen, daher es zu begreifen, wie eine Schlange einen Körper verschlucken kann, der weit dicker als sie selbsten ist. Das Rückgrad und die übrigen knochichen Theile sind von knorpelicher Beschaffenheit. Das Männchen hat eine besondere gedoppelte, und gleichsam mit dornichten Spitzen versehene Ruthe, und sie begatten sich durch Zusammenkunft. Der Magen ist bey vielen cylindrisch, und nicht weiter als der Gang der Därmer, die am Ende enge werden, und die Harngänge empfangen, so daß sie, wie die Vögel, beyderley Unrath in einer Masse abgeben. Die Nieren sind länglich. Die Leber ist an den Lungen befestiget, und diese füllen fast den ganzen Körper bis an die Nieren aus, wie bey den Fröschen und Kröten. Die Zunge ist fleischich, hat zwey Spitzen, und steckt an der Wurzel in einer Scheide.

Fortpflanzung.

Die Jungen wachsen alle in Eyern, einige Schlangen aber legen die beschloffene Eyer ab, andere hingegen gebähren ihre Jungen lebendig. Diese Eyer sind wie Schildkröteneyer graulicht weiß, haben aber eine längliche Gestalt wie die Bohnen, und eine pergamentartige Schale von verschiedener Größe. Jedes Ey enthält viele Jungen in sich, denn man trift oft zehn bis zwölf lebendige Junge in einem Ey an, die wie ein Zwirnklumpen in einander geflochten sind, so daß bey einer Bruth von etlichen Eyern eine große Anzahl junger Schlangen geworfen wird, und es würden sich diese Thiere dergestalt vermehren, daß sie den Menschen zur Plage gereichten, wenn nicht die Vorsehung gesorget hätte, daß die meisten durch andere Thiere verzehret würden, denn die indianischen Ameisen verzehren nicht nur viele Schlangen, sondern es stellen ihnen auch die Störche, Reiher und andere Vögel, wie auch die Hirsche und Schweine, sehr nach, und da sie sich verwegener Weise an manche Thiere machen, denen sie nicht gewachsen sind, so kommen eben auch dadurch ihrer viele um das Leben; ja eine Schlange frißt die andere, und sie reiben sich also unter einander selber auf.

Es ist bekannt, daß die meisten Schlangen **Farbe.** schön gefärbt und gezeichnet sind, allein da sie jährlich ihre Haut ablegen, so ist die Farbe veränderlich, und es trift sogar die Zeichnung nicht allezeit mit der vorigen überein, daher man aus den Farben kein richtiges und bestimmtes Merkmahl nehmen kann; ob es gleich gut ist, sie mit in Betrachtung zu ziehen, weil doch immer einige Aehnlichkeit überbleibt.

Was den schleichenden Gang der Schlangen be- **Schlei-** trift, so ist zu merken, daß die vorerwehnte Schil- **chender** de, Schuppen oder Ringe auf eine sehr dünne durch- **Gang.** sichtige und pergamentartige Haut befestiget sind, jedoch also, daß diese Schilde und Schuppen, vermittelst dieser Haut, von einander geräumlich abweichen, und sich wiederum aneinander, ja übereinander, wie die Dachziegel, ziehen können. Wenn sich also die Schlange bewegen will, so dehnet sich der musculöse Körper, und mit demselben besagte Haut, daß die Bauchschilde ganz von einander weichen. Da nun diese Schilde einen scharfen Rand haben, der sich durch die Dehnung und Spannung nach der Erde zu biegt, und daselbst die rauhe Oberfläche angreift und fest hält, so ziehet sich die Schlange durch die Vorderschilde fort, indeme sie mit dem hintern Körper nachschiebt. Man kann also diese halb zirkelförmigen Schilde mit ihrem Rande für so viele Füße ansehen, wodurch das Thier auf eine ausserordentliche Art geschwinde fortkommen kann, zumal auf rauhen und grasigten Boden; und eben diese Werkzeuge helfen

helfen ihnen auch zugleich mit dem Schwanze, um im Wasser fortzukommen; denn es ist bekannt, daß die meisten sich auch darein begeben, und eine geraume Zeit darinne zubringen.

Sprünge.

Vorzüglich aber ist ihre Schnellkraft merkwürdig, da sie das Vermögen haben, sich zusammen zu ziehen, zu winden, veste an einen Körper anzuhalten und auf einmal wieder loß zu schnellen, ja durch einen Schneller wie ein Pfeil aus dem Bogen fortzuschiessen. Vermuthlich liegt dieses Vermögen nicht allein in der Beschaffenheit ihrer dicken und langen, gedrehten, oder sich kreutzenden Muskeln, sondern auch in dem besondern Bau des Rückgrads, denn zwischen den Wirbeln desselben befinden sich doppelte dünne Häute, die in ihrem Zwischenraume gleichsam einen Beutel machen, und sich durch die Luftwerkzeuge, welche den ganzen Körper durchgehen, voll Luft anfüllen können, so daß sich die Wirbel alle auseinander begeben, und in einem Augenblicke auch wieder zusammen ziehen, und dieser Umstand macht zugleich deutlich, wie es den Schlangen bey ihrem knochichten Rückgrade dennoch möglich sey, sich um die Helfte zu verkürzen und zu verdicken.

Ton.

Was den Ton anbetrift, den sie von sich geben, so hört man von einigen wenigen einen singenden Ton, von den andern aber weiter keinen, als ein Schmatzen und Zischen, welches letztere sehr laut und stark mit Auslassung vieles Windes und einen stinkenden ja öfters giftigen Athem geschiehet, daher auch etliche im Stande sind, durch ein bloßes Blasen ihren Raub zu tödten, wiewohl diejenigen, welche für giftig gehalten werden, (denn der größte Theil der Schlangen ist unschädlich, ja so gar für die Neger und Indianer eßbar) ein besonders Giftwerkzeug haben, wodurch sie ihren Raub durch einen Biß tödten können.

Es

Es befindet sich nämlich in ihrem obern Kiefer hinter der Wurzel zweyer Zähne, in dem Vordertheile des Mundes ein Bläßchen, in welchem sich eine Feuchtigkeit von unterschiedener Schärfe und Schädlichkeit absondert. Dieses Bläßchen lässet, wenn es gedruckt wird, seinen Gift in die hohlen Zähne aus, welcher sodann durch eine feine Oefnung, so in die Spitze des Zahns ausgehet, dringet, und also der Wunde, die von der Schlange gebissen ist, mitgetheilet wird. Dieses Gift ist bey einigen Schlangen schwach und thut nicht viel Schaden; bey andern wirket es in den gebissenen Thieren oder Menschen eine Entzündung, Krampf, Zuckungen, Fieber, auch wohl Fäulniß des Fleisches, den kalten Brand, ja gar den Tod, und zwar mit dem Unterschiede, daß der Biß mancher Schlangen durch Gegengifte, Eßig, Reinigung der Wunde und dergleichen, kann geheilet werden; von manchen aber in zwölf Stunden, ja von der Cobrà de Cabelo oder Brillenschlange, in einer Stunde, den Tod unvermeidlich, und ohne Möglichkeit der Hülfe, nach sich ziehet.

Man hat so gar Beyspiele, daß ein alter skeletirter Kopf noch das Gift in den Zähnen hatte, und demjenigen, welcher sich unvorsichtig daran verletzte, eine starke Entzündung zuzog. Hingegen aber sind auch Exempel bekannt, daß die Negern solche Schlangen gespießt, und ihnen in ihrem heftigsten Zorn, (da sie vermuthlich allen Gift in besagte Bläßchen gezogen hatten,) den Kopf herunter gehauen, und hernach das Fleisch ohne Schaden geessen haben.

Was die Größe der Schlangen betrift, so gehet es damit, wie bey andern Thieren. Etliche Arten bleiben klein, andere werden sehr groß, und da sie sehr lange leben, etliche unter ihnen auch immer

(Randbemerkung rechts:) Gift-Werkzeuge.

(Randbemerkung rechts:) Größe.

mer noch fortwachsen, zugleich aber, wie wir oben
erinnert haben, ihre Farbe verändern, so ist leicht
möglich, daß man aus Irrthum ihre Arten verman-
nigfaltige, und eine alte Schlange von größerem
Bau und andern Farben für eine ganz andere Art
halte, als eine kleine und anders gefärbte, die doch
lediglich nur das Junge von der nämlichen Art ist.
Wenigstens trift man diesen Irrthum beym Seba an, der die nämliche Schlange, so wie sie
von verschiedener Größe und Zeichnung gefunden wird, vielfach abbildet, und lauter Arten
daraus macht.

Wir wissen aus den Zeugnissen der Alten
und einiger Neuern, daß es Schlangen von beträcht-
licher Größe gebe. Doch siehet man auch, daß nicht
nur einige Vergrößerung, die aus der Furcht und
den schreckhaften Vorstellungen entstanden, sondern
auch einige Verwechselung statt habe, da man vermuthlich gewisse sehr große springende Schlangen,
die durch vorerwehnte Schnellkraft gleichsam zu
fliegen scheinen, für fliegende Drachen angesehen
hat, wohin etwan zu rechnen wären: des Marcus
Paulus Asiatischer Drache von zehn Ellen; des
Aelianus Aethiopischer von vierzehn Ellen, und ein
anderer von funfzig Ellen, der dem Kaiser Augu-
stus gehörte; des Alexanders Indianischer von
siebenzig Ellen; des Strabo Africanischer von
hundert Ellen; wie auch des Possidonius Da-
mascenischer von hundert und vierzig Ellen, ohne
jetzo zu bestimmen, wie lang die Ellen besagter
Schriftsteller mögten gewesen seyn. Um uns aber
mit den Alten jetzo nicht aufzuhalten, so wollen wir
nur etwas von denjenigen nordischen Seeschlangen
anführen, davon Pondoppidan aus den Zeugnissen
anderer Personen Nachricht giebt, denn eine dergleichen soll im Jahre 1746, von dem königlichen

Schiff

Schiff Commandör Laurenz von Ferrey gesehen
worden seyn, welche mit dem Kopfe, der einem
Pferdekopfe gleich sahe, eine Elle hoch über das
Wasser hervorragte, und mit dem Körper acht Bogen, jeden zur Länge eines Fadens machte. Eine
andere ist im Jahre 1734. von dem Superintenden-
ten Egede', gesehen worden, welche sich in die
Höhe richtete, und mit dem Kopfe aus dem Wasser bis zur Hälfte des großen Mastes eines Grön-
ländischen Schiffs reichte, und noch einmal so lang
als ein Dreymastschiff war. Sollten nun diese
Berichte in der Hauptsache richtig, und in den
besondern Umständen nicht vergrößert seyn, so kann
man des Olaus Magnus Schlange, die er in den
nordischen Klippen soll gesehen haben, und die über zweyhundert Schuh lang, und zwanzig Schuh dick soll gewesen seyn, nicht ganz und gar für eine Fabel halten.
Ja man könnte zur Bestärkung auch anführen, daß
die heilige Schrift Jesaia XXVII. v. 1. keine
Vergleichung von solchen Schlangen würde hergenommen haben, wenn sie ganz und gar erdichtet,
und in der Natur nicht einmal vorhanden wären.
Wie viel nun aber von allen diesen Nachrichten
anzunehmen ist, lassen wir hier ganz unbestimmt,
und beruffen uns nur auf die abgezogenen Häute
von ausserordentlich großen Schlangen, die hin und
wieder in den Cabinetten vorgezeiget werden; dergleichen sich unter andern auch eine in dem Cabinet des seligen Geheimen Raths Trew, zu Alt-
dorf, befindet.

  Daß inzwischen die Schlangen nicht mit Un-
recht für listige Thiere gehalten werden, solches
zeigen einige Beyspiele, wiewohl die Beweise nur
mehrentheils von den Maaßregeln genommen sind,
deren sie sich bedienen, ihrem Raube nachzustellen,
und sich seiner zu bemächtigen. Hieher gehöret

List und Raub-
sucht.

Linne III. Theil.   J   ohn-

ohnstreitig die merkwürdige Geschichte, deren Doctor
Menzel in einem Schreiben aus Indien, und
auch Doctor Cleyer in den Ephemeriden der
Academie der Naturforscher Erwähnung thut,
davon der erste das Gefecht zwischen einer grossen
Schlange und einem Büffel erzählet, wie sich
nämlich dergleichen Schlange hinter einen Baum
schlich, den Schwanz, um sich recht feste zu halten, um den Baum schlang, und in dieser Stel-
lung den Raub abwartete, hernach aber dem Büffel wie ein Pfeil auf den Leib flog, ihn ein
paarmal umschlung, und dergestalt zusammen dre-
hete, daß ihme die Rippen im Leibe krachten, während welcher Zeit sie ihm mit dem Maule die Nasenlöcher zuhielt, daß er fallen und ersticken mußte,
endlich aber den todten Büffel begeiferte, um
ihn schlüpfrig zu machen, und nach und nach
einschluckte, bis die Jäger kamen, und die Schlange, die sich wegen des verschluckten Büffels nicht
mehr rühren konnte, todtschlugen. Doctor Cleyer
hingegen hat selbst drey Schlangen geöfnet, in
deren einer er ein Reh von mittlerer Größe, in der
andern einen wilden Bock, und in der dritten
ein Stachelschwein, alle noch fast unversehret,
fand.

Nah-
rung.

Ihre liebste Nahrung ist Gras, welches sie
samt der Wurzel und Erde ausziehen, und
also würklich Klumpen Erde essen, laut den Fluche,
der über sie 1. Buch Mose III. ℣. 14. ergieng.
Sodann ist es zuverläßig, daß sie an die Bäume
hinanschleichen, und Obst fressen, doch leben sie
auch von Kröten, Eidechsen, Würmern, Vögeln
und vierfüßigen Thieren, die Federn aber und die
Knochen geben sie durch Erbrechen wieder von sich.
Sie können inzwischen auch sehr lange ohne alle
Nahrung aushalten, denn die gefangenen Schlangen

gen bleiben in frischem Grase und in ein wenig Kleyen wohl ein halbes Jahr lebendig.

Ein mehreres von Schlangen zu reden, nämlich von der Schlange im Paradiese, von den feurigen Schlangen in der Wüste, und der zur Genesung aufgerichteten ehernen Schlange, von der Abgötterey, welche die Orientalischen Völker mit den Schlangen und ihren Bildnissen treiben, endlich von dem Wappen der Heilkunst, welches eine um einen Stab gewickelte Schlange führet, und den mancherley Sinnbildern, die von Schlangen genommen werden: solches alles gehöret nicht zur Naturgeschichte; nur müssen wir etwas weniges von ihrem Gebrauch anführen.

Viele Schlangen werden von den Indianern *Ge-* als ein schmackhafter Bissen geessen; andere wer- *brauch.* den in Stuben gehalten, die Luft, wie man vorgiebt, zu säubern, wenigstens Ungeziefer, Mäuse und dergleichen wegzufangen. Die Häute dienen ihnen, wenn sie schön gezeichnet sind, zu Überzügen über Kisten und Kästen, Gurten, Kleidungsstücken, Mützen und dergleichen, sind sie aber weiß und durchsichtig, wie die Aalhäute, so geben sie Scheiden zu Dolchen, desgleichen auch, statt des Glases, Fensterscheiben ab. Zur Arzney aber wird der Geist oder das flüchtige Salz von etlichen Arten, sodann auch das Fett und Oel äußerlich gebraucht.

Vor unserm Ritter hat Niemand an eine *Einthei-* Eintheilung der Schlangen gedacht, sondern sie *lung.* sind vom Seba und andern alle untereinander geworfen werden. Nunmehro aber erscheinen sechs Geschlechter, und obgleich der Herr Gronovius in Leiden ein Geschlecht (Boa) weggelassen, und drey andere Geschlechter, als Scytala, Vipera

J 2   und

und Cenchris hinzugefüget hat; so ist doch dadurch keine wesentliche Verbesserung der Eintheilung geschehen, denn der Ritter hat die Vipera bey den Colubres gelassen, und die Cenchris und Scytale ist unter das Geschlecht Boa, gekommen, welches wir Serpenten genennet haben, weil es Mühe kostet, in der deutschen Sprache, welche für die Naturgeschichte in der That nicht reich genug ist, so viele schickliche Namen zu finden, als nöthig sind, die Geschlechter und Arten von einander zu unterscheiden, wiewohl der Ritter selbst zu seinem Namenregister wohl fünf Sprachen gebraucht hat.

Wir wollen zur nähern Beschreibung der Geschlechter schreiten, und diejenigen Schlangen, von welchen man weiß, daß sie giftig sind, am Rande mit einem Sternchen (*) bezeichnen.

123. Geschlecht. Klapperschlangen.

Serpens; Crotalus.

——

Crotalus ist eine Verkürzung von Crotalopho-
rus, und dieses aus dem Lateinischen und
Griechischen zusammengesetzte Wort soll einen
Klapperführer bedeuten, welche Benennung den
Schlangen dieses Geschlechts wegen der am Ende ihres Schwanzes führenden Klapper gegeben ist, daher
sie auch Klapperschlangen, Holländisch, Ratel-
slangen, oder Bellslang; Englisch, Rattle Sna-
ke; Französisch, Serpent a sonnettes heissen.
Die Indianischen Namen sind in Brasilien Boi-
cininga und Boiconininga; bey den Iroqoisen,
Onegansi; in Mexico Ecacoatl, das ist Wind-
schlange, woselbst die Spanier und Portugiesen
ihnen den Namen Casca vela geben. Sonst heissen
sie in Ost- und Westindien Teuthlacoth-Zau-
phin; und bey Jonston führen sie den Ehrenti-
tel Domina serpentum.

Geschl.
Benen-
nung.

Die Kennzeichen nun, wodurch man diese
Schlangen von andern zu unterscheiden hat, sind folgende: daß sie Schilde am Bauch, Schilde und
Schuppen unter dem Schwanze, und endlich eine Klapper an der Spitze des Schwanzes haben. Wir müssen aber alle diese Kennzeichen noch etwas genauer erklären.

Geschl.
Kennzei-
chen.

Es haben nämlich alle Schlangen Schuppen
und Schilde zugleich, ausgenommen das 126. Geschlecht Anguis, dieses hat nur Schuppen und keine
Schilde, und das 127. Geschlecht Amphisbaena,

Schup-
pen und
Schilde.

J 3 die-

dieses hat weder Schuppen noch Schilde, sondern nur
Ringe, und endlich das 123. Geschlecht, welches keines von allen, sondern allein Runzeln hat. Es
kommt also erst darauf an, zu verstehen, was die
Schuppen und Schilde sind. Unter Schuppen werden ordentliche länglichte, theils spitzige, theils ab-
gerundete kleine Blättchen verstanden, die wie
Dachziegel übereinander liegen, und mehrentheils den
ganzen Rücken vom Kopfe an bis zur Schwanzspitze
bedecken. Schilde aber sind breite halbmondförmige
Ringe, die den untern Theil der Schlange nur wie
ein halber Cirkel umgeben. Mit dem Unterschiede
jedoch, daß bey einigen nur der Bauch, bey andern
aber auch zugleich der Schwanz mit einigen Schilden
besetzt ist, und dieser verschiedene Umstand macht
auch den Unterschied der drey ersten Geschlechter aus,
denn an diesem Geschlechte ist der ganze Bauch mit
Schilden, der Schwanz aber halb mit Schilden und
halb mit Schuppen bedeckt. An dem 124. Geschlecht
ist der Bauch samt dem Schwanze mit lauter Schilden bedeckt. An dem 125. Geschlecht aber ist der
Bauch allein mit Schilden, und der Schwanz allein mit Schuppen besetzt. Will man nun in jedem
Geschlechte die Arten bestimmen, so zählet man die
Schilde besonders, und die Schuppen des Schwanzes auch wieder besonders, denn da ist in beyder Anzahl ein großer Unterschied: weil aber die Schilde in
der That nur verlängerte Schuppen sind, die bey dem
Schwanze so klein werden, daß man sie nicht leicht
von den Schuppen unterscheiden, und daher leicht eine ganz irrige Anzahl von jeden heraus bringen kann;
so ist nicht anders zu helfen, als daß man die Schuppen und Schilde zusammen in einer Zahl zähle, so
wird doch die addirte Zahl mehrentheils eintreffen, denn
wo einer ein paar Schilde zu viel zählet, da muß er
ein paar Schuppen zu wenig bekommen, und also
doch in der Hauptsumma einstimmig werden, und

dann

dann bringt er die Art, welche er nach dem linneiſchen Syſtem beſtimmen will, heraus. Aus dieſem Grunde hat der Ritter nicht nur überall die Zahl der Bauchſchilde, nebſt der Zahl der Schwanzſchilde oder Schuppen oder Ringe angegeben, ſondern auch jeder Art die ganze Summa vorgeſetzt, welche etwa überhaupt an ſelbiger mögte gezählt werden.

Endlich was die Schwanzklapper betrifft, die Klapper an dieſem Geſchlechte ein beſonderes Merkmal abgiebt, ſo beſteht ſolche in etlichen durchſichtigen Pergament oder hornartigen Blaſen, die kurz und breit ſind, gliederweiſe an der Schwanzſpitze aneinander hangen. und je länger je ſpitziger oder ſchmäler zuſammen laufen. Mit dieſen Blaſen geben ſie ein Geräuſche von ſich gleich einer Klapper oder Rattel, indem ſie ſelbige durch den Schwanz ſchütteln und rütteln, welches einen etwas feinern Ton giebt, als ob man eine Blaſe mit Erbſen ſchleuderte.

Die Anzahl der Glieder dieſer Klapper iſt unbeſtimmt, und nach den Berichten der Indianer ſollen dieſe Schlangen alle Jahr ein neues Glied an der Klapper anſetzen. Da man nun in vorigen Zeiten Klappern mit zwanzig, dreyßig, ja vierzig Gelenken gefunden, ſo wäre daraus zu ſchließen, daß die Schlangen auch ſo viel Jahre alt wären geweſen; allein man findet auch groſſe Rattelſchlangen mit wenig Gelenken an der Rattel, und überhaupt trifft man heut zu Tage kaum eine mit zwanzig Gelenken an.

Dieſes nun wäre genug von den Kennzeichen des ganzen Geſchlechts, und wir könnten jetzo zur Beſchreibung der Arten übergehen, wenn wir nicht noch eins und anders von ihrer gemeinſchaftlichen Lebensart anzuführen hätten.

Der
Klapper-
schlan-
gen Auf-
enthalt.

Es halten sich nämlich die Klapperschlangen in den beyden Indien auf. Die größten befinden sich in Ostindien, und fürnemlich auf der Insel Ceilon, die meisten aber in Südamerica bis ganz nach Canada hinauf. Sie wohnen daselbst mehrentheils in den Wäldern und Gebüschen, jedoch hat man sie ziemlich ausgerottet, zumal da die europäischen Colonien viele Wälder umgehauen haben. Gegen den Herbst suchen sie unterirdische Höhlen und Löcher oder Ritzen der Felsen zur Winterwohnung auf, und kommen nur im Frühjahre, wenn es warm wird, erst wieder zum Vorschein, da sie den Tag über in der Sonne liegen, und sich des Nachts für der Kälte in ihren Schlupfwinkeln schützen. Wo sie nisten, sind sie zu funfzig bis hundert Stücke beysammen, und lieben eine Gegend, wo Kalchsteine sind. Trift man sie daselbst im Winter an, so kann man sie leicht mit einem Stecken todtschlagen, aber sie geben, wenn sie zornig gemacht werden, einen Gestank von sich, durch welchen man in Ohnmacht fällt. Im Sommer machen sie sich auf das Feld heraus, und lauren am Rande der Flüße oder Bäche unter Laub oder Schatten auf Frösche und Wasserinsecten, oft legen sie sich der Länge nach an einen umgefallenen Baum hin, daß man sie gar nicht siehet.

Lebens-
art.

Sie schleichen gar nicht geschwinde, und man kann ihnen wohl entlaufen, aber sie flüchten auch vor niemand, sondern stellen sich zur Wehr, jedoch nicht so, daß sie sich wie andere Schlangen aufrichten, und auf einen loß springen. Sie fangen an zu ratteln, so bald sie einen Raub oder sonst jemand sehen, und einen Kampf vermuthen, und man höret dieses Ratteln ziemlich weit, es wäre denn daß die Blasen der Rattel naß wären, da sie denn keinen klingenden Ton von sich geben. Dieses Ratteln wiederhohlen sie, so oft man Mine macht, sie anzufallen, doch halten die alten und beherzten Rattelschlangen sich ganz
stille,

ſtille, biß ſie beiſſen können, da denn ihr Biß ſehr
ſcharf und äußerſt gefährlich iſt, ſo daß er auch zuweilen durch die Stiefel geht. Doch beiſſen ſie nicht,
wenn ſie ſatt ſind, oder wenn man ſie nicht beleidigt.

Sie leben von Haaſen, Kaninchen, Vögeln, *Nah-*
Ratten, Mäuſen, und verſchiedenen Waſſerthieren, *rung.*
denn ſie können gut ſchwimmen; was ihnen zum
Verſchlucken zu groß iſt, behalten ſie ſo lange im
Rachen und Halſe, bis das hintere verzehret iſt, da
da ſie denn das übrige nach Bequemlichkeit nachſchlu-
cken. Kühe, Pferde und dergleichen Vieh kommt
durch den Biß einer ſolchen Schlange ſogleich um das
Leben. Menſchen, die von dieſen Thieren gebißen ſind, *Giftige*
empfinden erſt einen Stich als von einem Dorn, ſie *Biße.*
werden darauf ängſtlich, der angebißene Ort, wo
man nichts als zwey feine Löchlein ſieht, fängt an zu
ſchwellen, die Geſchwulſt greift um ſich, nimmt das
ganze Glied, und endlich den ganzen Körper ein. Es
kommt ein unleidlicher Durſt und heftiger Schmerz
um das Herz dazu, und trinkt der Kranke, ſo wird
ſein Tod nur befördert, die Zunge ſchwillt auf, und
wird ſo dicke, daß ſie den ganzen Mund ausfüllt, und
den Hals verſtopft, wobey ſie ſo ſchwarz wird wie eine Kohle, zuletzt wird der ganze Körper ſchwarzſie-
ckigt, und der Menſch ſtirbt eines jämmerlichen Tods.
Wird ihm aber noch zeitig durch Mittel geholfen,
daß er das Leben erhält, ſo behält er doch Zeit lebens
eine häßliche Farbe, und jedesmal, wenn ſich der Biß
verjähret, Schmerzen und Geſchwulſt des Leibs, welches auch den gebißenen Hunden begegnet, daferne ſie
nicht daran ſterben.

Es iſt leicht zu erachten, daß man in daſigen *Mittel*
Gegenden allerhand dawider gebraucht, davon aber *dawider.*
vieles von keiner ſonderlichen Wirkung iſt. Das vornehmſte aber iſt eine Wurzel (Radix Senega) in
der Landſchaft Senega in Penſylvanien, dieſe wird

gekauet und auf den Biß gelegt, wozu auch die vir-
ginische Schlangenwurz (Radix Serpentaria)
gebraucht wird.   Es scheinet sich das Gift dahinein
zu ziehen, wenn es noch nicht in das Geblüte getre-
ten ist.   Auch hat man wohl durch Eingrabung des
gebissenen Gliedes in die Erde, Hülfe gefunden.   Ja ein
gewißer Mann setzte eine Henne, die hinten kahl ge-
zupft war, sogleich mit dem Steiße auf den Biß,
und wiederholte solches mit frischen Hühnern, so daß
fünf Hühner starben, das sechste aber lebendig blieb,
und er selbst genaß.   Das sicherste Mittel aber ist
der äußerliche und innerliche Gebrauch von vielen
Fett, Butter, Oel, Schmalz und Speck, wodurch
das Gift betäubt wird.   Denn es hat die Natur selbst
diesen Weg gezeigt, indem die Schweine diese Schlangen nicht nur unbeschadet fressen, sondern ihnen auch
heftig nachstellen, und sie wegen ihres unleidlichen
Gestanks bald auszuspühren wissen.   Ja es sind die
Klapperschlangen, so bald sie ein Schwein ansichtig
werden, sogleich erschrocken und verzagt, und lassen
in großer Aengstlichkeit allen Muth fahren. Man kann
sie auch durch einen Schlag mit einer Ruthe auf den
Rücken, oder mit einem Stecken auf den Kopf sogleich ohne alle Regung machen, und sie denn ferner
töden, und wenn einer ein Schwein bey sich hat,
ist er für diesen Schlangen sicher. Uebrigens aber
hauen die Indianer ihnen den Kopf schnell ab, und
essen ihr Fleisch, machen Gürtel von der Haut, an
welcher sie die Klapper zur Zierde lassen, gebrauchen
die Wirbelbeine zu Angehängen und bereiten sich von
den übrigen Theilen allerhand Arzneyen. Jedoch wir
wollen nunmehr die Arten betrachten.

I.* Der

1.* Der Schleuderschwanz. Crotalus Miliarius.

Sie hat unter dem Bauche hundert und dreyzehn Schilde, und unter dem Schwanze ein und dreyß-
sig. Man zählt auch wohl überhaupt hundert und
drey und sechzig Stücke von dem Kopfe bis zur
Schwanzspitze samt den Schuppen, und hält sie
für sehr giftig. Die Haut ist aschgrau, und hat
drey Reihen schwarzer Flecken, welche die Länge hinunter über den ganzen Körper gehen, weswegen sie
auch Miliarius genennt wird. Zwischen den schwarzen Flecken aber, die den Rücken besetzen, steht allenthalben noch ein rother Flecken. Das Vaterland ist
Carolina. Wir nennen sie Schleuderschwanz,
weil sie zur Bewegung der Klapper den Schwanz
schleudern muß.

2.* Die Schauerschlange. Crotalus Horridus.

Diese ist die allergiftigste unter allen Klapperschlangen, und wird darum Horridus genennt, weil
sie einen jeden mit Recht einen Schauer erregt. Die
Anzahl der Bauchschilde ist hundert und sieben und
sechzig. Unter dem Schwanze befinden sich drey und
zwanzig, etwa in allen mit den Schuppen hundert
und zwey und neunzig. Die Farbe ist gelb, weiß,
und braunbunt mit schwarzen Flecken, die kettenweise über den Rücken gehen. Etliche Flecken sind dreyeckigt zugespitzt, andere machen geschlängelte Würfel mit schwarzen Randen, deren Felder braun sind.
Der Kopf ist länglich rund, an dem Maule stumpf
und von oben gleichsam platt gedruckt. Die Augen
und Nasenlöcher stehen dicht am Maule. Der Rachen sperret sich weit auf, aber es sind weiter keine
Zäh-

Zähne, als die zwey obern Hunds- oder Giftzähne, vorhanden, welche sehr scharf zugespitzt, etwas krumm, und im Zahnfleische verborgen sind. Die Zunge endiget sich in zwey sehr feinen Spitzen. Der Körper ist bey dessen Anfang dünner als der Kopf, wird aber weiter hinunter so breit als derselbe. Die Schuppen des obern Körpers sind klein, oval und glänzend glatt. Der Schwanz ist sehr kurz, und hat etwa noch siebenzehn kleine Schilde, und übrigens Schuppen. Wir besitzen eine, die dreyviertel Zoll dick und einen und einen halben Schuh lang ist, aber an der Klapper nur vier Gelenke oder Blasen hat. Wir fanden aber in St. Petersburg eine, welche einen halben Schuh dick war und über zwanzig Blasen an der Klapper hatte. Die Länge aber konnten wir nicht messen, da sie gebogen in einem Glase mit Spiritus stand, doch deuchte sie uns gegen fünf Schuh zu seyn. Aus diesem Verhältniß mit unsern kleinem Exemplar sollte man fast glauben, daß die Anzahl der Gelenke in der Klapper von dem Alter abhange. Wie denn auch Seba ein Exemplar mit einem einzigen Gelenke in der Klapper hatte, welches nur einen Schuh lang war, woraus sich zugleich schließen läßt, wie viel Jahre eine solche Schlange braucht, um ein, zwey, drey oder mehrere Ellen lang zu werden. Das Vaterland ist America, und man bringt sie öfters von da lebendig nach Europa, wenigstens hat man sie aus Carolina nach London gebracht, und daselbst bey neun Monate im Leben erhalten, ohne daß man wahrgenommen hätte, was in der Zeit ihre Nahrung mögte gewesen seyn. Es ist eine allgemeine Rede, daß diese Schlangen die Vögel, Eichhörnchen und andere Thiere mit ihren Augen dergestalt bezaubern, daß sie ihnen selbst in das Maul fallen und zum Raube werden; allein es ist zu vermuthen, daß besagte Thiere, so bald sie diese Schlange ansichtig werden, entweder

weder vor Angſt und Schrecken herab taumeln, oder
durch den giftigen Athem und Geſtank der Rattelſchlangen ohnmächtig werden, und herunter fallen,
oder auch etwa aus Verzweiflung auf ſie loßgehen.
Die Schweine hingegen ſind große Liebhaber von dieſer Art. Sie pflanzt ſich nicht ſehr ſtark fort, da
das Weibchen nicht ſo viel Eyer als die andern
Schlangen hat. Es ſcheinet alſo die Vorſehung ge-
ſorgt zu haben, daß dieſe Geſchöpfe wegen ihres
ſtarken Gifts, durch ihre Menge nicht gar zu vielen
Schaden thun möchten.

3.* Das Ungeziefer. Crotalus Dryinas.

Dryinas iſt ſonſt die Benennung des Ungezie-
fers, das ſich an den Wurzeln der Bäume aufhält,
und da dieſe Schlange vielleicht an den Wurzeln der
Bäume auf die Vögel und andere Thiere lauret, ſo
mag daher die Benennung entſtanden ſeyn. Wir
wollen ſie alſo Ungeziefer nennen. Das Exemplar, worauf der Ritter zielet, iſt zwey Schuh
lang und Fingers dick, hat am Bauche hundert und
fünf und ſechzig und am Schwanze dreyßig Schilde und gar keine Schuppen von unten, worinnen
es ſich alſo von den andern unterſcheidet, und folglich hundert und fünf und neunzig Schilde überhaupt hat. Die Farbe deſſelben iſt ziemlich weiß,
und der Körper mit gelben Flecken beſetzt. Das
Vaterland iſt America; jedoch wird von dem
Ritter auch die Ceilonneſiſche Art hieher gezogen, deren Abbildung wir Tab. V. fig. 1. mittheilen, dieſelbe iſt aus der Sammlung des Seba. Sie war drey Ellen lang und ſo dicke, wie
eines Mannes Bein. Am Schwanze führet ſie
eine Klapper von vierzig Gelenken. Sie hatte
mehr als zwey Zähne im obern Kiefer, und wenigſtens an jeder Seite noch vier, die alle ſehr

ſpitzig

3.*
Ungezie-
fer.
Dryi-
nas.
Tab. V.
fig. 1.

spitzig sind, und tief im Zahnfleische stecken. Die Zunge gieng in zwey Spitzen heraus. Der Kopf war mit breiten Schuppen bedeckt, worinne die Augen und Nasenlöcher stunden. Die Schuppen des Hinterkopfs waren klein, auf dem Rücken aber etwas größer und länglich rund, auch nicht so sehr übereinander geschoben, sondern beßer reihenweise nebeneinander gelegt. Die Klapper war sechs Zoll lang und zwey drittel Zoll breit. Die Augen hatten sowohl als die größten Schuppen die Breite eines viertel Zolls. Die Farbe war aschgelb, wie Terfasche, auf dem Rücken dunkel, zur Seiten mit braunen Flecken marmorirt und am Bauche hell aschgrau.

Es giebt aber auch einfärbig-röthliche Klapperschlangen in Ceilon; und Seba hatte eine dergleichen von zwey Schuh lang mit zehn Gelenken in der Klapper.

4.* Der Klapperer. Crotalus Durissus.

4.*
Klapperer.
Durissus.

Man zählt an dieser am Bauche hundert und zwey und siebenzig Schilde und am Schwanze ein und zwanzig. Durchgängig aber auch zusammengenommen hundert und sechs und neunzig mit den Schuppen. Die Länge ist vier Schuh, die Dicke wie ein Mannsarm, und die Klapper mit neun Gelenken versehen. Dieses ist durchgängig die gewöhnliche Größe derjenigen Klapperschlangen, welche man in America, wo auch diese her ist, findet. Sie ist weiß und gelbbunt, und mit schiefen viereckigten Flecken gezeichnet, deren inneres Feld weiß ist.

5.* Der

5.* Der Stumpfſchwanz. Crotalus Mutus.

Wir nennen ſie Stumpfſchwanz, weil ſie keine
Klapper hat, und da ſie aus dieſem Grunde nicht
klappern kann, führt ſie den Namen Mutus. Sie
iſt groß, hat am Bauche zweyhundert und ſiebenzehn,
am Schwanze aber vier und dreyßig, mithin in allen zweyhundert und ein und funfzig Schilde. Der
ganze Rücken iſt mit ſchiefen viereckigten, gleichſam
kettenweiſe aneinander hängenden ſchwarzen Flecken
gezeichnet, und führt hinter den Augen einen ſchwarzen Strich. Der obere Kiefer iſt mit langen ſcheuß-
lichen Zähnen beſetzt. Statt der Klapper befinden
ſich am Schwanze vier Reihen ſehr kleiner zugeſpitz-
ter Schuppen. Das Vaterland iſt Suriname.
Sonſt berichtet Herr Kalm, daß die Rattelſchlangen ihre Zähne aus und einziehen können, wie die
Katzen ihre Nägel, auch ſogar ſelbige in der Scheide gleichſam zurücke legen, und daß aus den Hundszähnen, wenn man ſie drücke, eine grünliche Feuchtigkeit laufe.

124. Geschlecht. Serpenten.

Serpens: Boa.

Geschl. Benennung. Die Alten verstunden unter Boa eine sehr große Wasserschlange, und das Wort Serpent, ist von je her gebraucht, um eine vorzüglich fürchterliche Schlange, welche die Menschen mit List anfällt, zu bezeichnen: da nun in diesem Geschlecht eben die größten Arten der Schlangen vorkommen, die sich mit Menschen und Thieren einlassen, so können auch obige Benennungen für dasselbe schicklich gebraucht werden. Wie fürchterlich inzwischen diese Schlangen auch seyn mögen, so sind sie doch nicht giftig, und obgleich einige ein Giftbläßgen im Munde führen, so mangeln ihnen doch solche Zähne, durch welche sie eine schädliche Feuchtigkeit mittheilen können. Sie werden ihrer Größe halber auch wohl Riesenschlangen genennt.

Geschl. Kennzeichen. Ihre Kennzeichen bestehen darinn, daß sie unter dem Bauche und Schwanze allenthalben Schilde haben, jedoch keine Klapper führen. Uebrigens aber kann man wohl behaupten, daß in diesem Geschlecht die schönsten Schlangen vorkommen, die so zierlich gezeichnet sind, daß oft kein Mahler die Natur treffen kann. Es zählet der Ritter folgende zehn Arten.

I. Der Kneiffer. Boa Contortrix.

1. Kneiffer. Contortrix. Diese Schlange führt obigen Namen, weil sie Menschen anfällt, sich um die Beine wickelt, und

sol-

ſolche mit ziemlicher Gewalt zuſammen kneift, ob ſie
wohl ſonſt nicht den geringſten Schaden erregt.
Sie hat am Bauche hundert und funfzig, am Schwanze vierzig, und alſo zuſammen hundert und neunzig
Schilde. Der Kopf iſt breit, läuft aber, wie ein
Affenkopf, ſpitzig zu. Die Hirnſchale ſteht ſehr erhaben. Im Kiefer befinden ſich Giftſäcklein, oder
Blaſen, jedoch keine Zähne, die den Gift auspreſſen,
wenigſtens hat der Ritter keine angetroffen. Der
Rücken iſt hoch und ſcharf, der Farbe nach aſchgrau
und mit braunen Feldern gezeichnet. An den Sei-
ten ſtehen andere Felder oder Flecken, die einigermaſſen rund ſind. Der Schwanz macht den dritten
Theil der Länge aus. Das Vaterland iſt Carolina.
Dieſe war von dem Ritter in der vorigen Ausgabe
unter die Nattern gezählt, und vermehrt jetzt die
Anzahl der Serpenten.

2. Der Hundskopf. Boa Canina.

Wir nennen dieſe Schlange Hundskopf, nicht
nur wegen des langen und großen Kopfs, der dem
Kopfe eines großen Moloſſus ähnlich ſiehet, ſondern
auch wegen der langen Hundszähne, die in den Kiefern ſtecken, und nach des Seba Bericht, im Kiefer
ſelbſt in gewiſſen Scheiden, wie etwa bey einem Hecht,
und nicht im Zahnfleiſche feſte ſitzen. Der Bauch
hat zweyhundert und drey, und der Schwanz ſieben
und ſiebenzig Schilde, ſo daß ſich die Anzahl zuſammen auf zweyhundert und achtzig beläuft. Der
Rand der Lippen iſt ſehr dicke, und mit röthlichen
Schilden beſetzt. Die Farbe iſt an den Oſtindianiſchen, die von der Inſel Ceilon gebracht werden,
pomeranzengelb geſteckt, die Flecken haben eine röthliche Einfaſſung, und ſtehen in einer geſchlängelten
Reihe über den ganzen Rücken hin. Die Americani-
ſche hingegen ſind grünlich und haben unterbrochene

Linne III. Theil. K weiße

weiße Binden. Die Augen stehen in beyden feurig, und die letzte Art ist sehr groß. Sie halten sich mehrentheils an den Bäumen auf, wo sie sich um die Aeste schlingen, und auf den Raub lauren, den sie, nach Art der Raubthiere, mit den Zähnen anpacken. Die Ceyloner nennen die ihrige Bojobi, und die Mexicaner Depone. Doch die Portugiesen haben ihr nur den Namen Cobra verde, oder grüne Schlange gegeben, weil sie hell seegrün ist. Sie schleicht sich zuweilen in die Häuser, thut aber niemanden etwas, wenn man sie nicht zum Zorn reißet, da sie denn wegen ihrer Größe, des weiten Rachens und der langen spitzigen Zähne, sehr gefährlich wird.

3. Der Hornschnabel. Boa Hypnale.

3.
Hornschnabel.
Hypnale.

Die griechische Benennung scheinet ein träg und schläfrigmachen anzudeuten. Die deutsche Benennung aber ist von dem gelben gekräuselten, und einem gelblichen Horn, sowohl der Farbe als Härte nach, ähnlichen Saum hergenommen, welcher den ganzen Umfang des Mundes umgiebt. Am Bauche sind hundert und neun und siebenzig, am Schwänze hundert und zwanzig, folglich in allem zweyhundert und neun und neunzig Schilde. Die Grundfarbe ist grau, und der Rücken mit gelben Flecken marmorirt. Sie hat gar keine Zähne im Maul, ist auch nicht bößartig, lebt von Raupen und Insecten, und gehört unter die kleinen unschädlichen Schlangen. Das Vaterland ist Asien, besonders Siam. Der Kopf ist viel größer und breiter, als die Dicke des Körpers, und sowohl dieser als jener mit sehr kleinen Schuppen besetzt.

4. Die Königsschlange. Boa Constrictor.

4.
Königsschlange.

Der Name Constrictor hat mit No. 1. Contortrix oder Kneiper einerley Bedeutung, und ist

von

von dem Vermögen dieſer Schlange hergenommen, Con-
ſich alſo um den Körper anderer Thiere herum zu ſtrictor.
winden und ſich zuſammen zu drehen, daß ihr Raub Tab. V.
gänzlich erdrückt wird. Wir aber nennen dieſe fig. 2.
Schlange Königsschlange, weil ſie den Namen
Konings Slang in Holland führt, auch von andern Domina Serpentum genennt wird, wozu
noch ihre beträchtliche Größe, und die Ehrerbietung
kommt, welche ihr von den Indianern bezeiget wird.
Sie hat nämlich am Bauche zweyhundert und vierzig,
und am Schwanze ſechzig, in allem alſo dreyhundert
Schilde, und iſt die nämliche, davon wir in der Einleitung zu dieſer zweyten Ordnung erwähnet haben,
daß ſie auch junge indianiſche Büffelochſen und
Hirſche oder Rehe anfalle, ſolche erdroßle und ein-
ſchlucke. So unglaublich dieſes auch jemanden vorkommen mögte, ſo wird es doch durch manche Berichte beſtättigt, und die Möglichkeit läßt ſich auch
aus der Größe dieſer Schlange ſchließen, denn es
ſind in den Cabinetten genug Häute vorhanden, die
über zwanzig und dreyßig Schuh lang ſind. Sie iſt
außerdem unvergleichlich ſchön gezeichnet, und ſteht
dieſer beyden Urſachen halben bey den Indianern in
großer Achtung, daher ſie auch bey den Japanern,
Schlangenkönig; in Senegall, Rieſenſchlan-
ge; in Mexico, das Oberhaupt von Guadalajara;
von andern Indianern, Boiguacu; von den Por-
tugieſen, Cobra de Veado; in Ceylon, Ana-
candia; in Weſtindien, Giboya oder Jaboya;
und bey den Schriftſtellern, Büffelschlange genennt wird. So viel iſt richtig, daß die Neger ihr
als einem Abgott göttliche Ehre erweiſen, und ſie gerne bey, um, und in ihren Häuſern haben, denn ſie
beſchädigt nicht nur keinen Menſchen, wenn man ſie
nicht zornig macht, ſondern reinigt auch die Häuſer
vom Ungeziefer, und wie ſie gänzlich ohne Gift iſt, ſo
kann auch ihr Biß an und vor ſich nicht tödlich ſeyn,

ob

ob sie gleich große Wunden beißt. In den Ge=
genden, wo man sie nicht göttlich verehrt, werden
sie von den Indianern geschlachtet und geessen. Mit
der Haut aber, die zu allerhand zu gebrauchen ist,
wird von ihnen Handlung getrieben. Was nun
ihre Gestalt betrift, so ist der Kopf länglich wie der
Kopf eines Jagdhundes, und hat das Ansehen eines
Crocodillenkopfs. Der Rachen steht oben und unten
voller langen spitzigen Zähne, welche etwas krumm
gebogen sind, um damit gut anzufassen. In der
Farbe aber und Zeichnung ist eine große Verschieden=
heit, wie aus den sebaischen Abbildungen und Be=
schreibungen mit mehrern zu ersehen. Denn die Ja=
vaischen sind am Kopfe gelb mit einem röthlichen
Kreutze bezeichnet, der Rücken hingegen ist gleich=
sam mit Wappenschilden und Kronenzeichnungen ge=
ziert, der Bauch ist gelblich, und der Schwanz po=
meranzenfärbig. Die Americanische ist über und
über gelblich mit dunkelbraunen Flecken. Die Afri=
canische, welche von den Negern angebetet wird,
ist gelblich braun und mit weißen Flecken geziert.
Um eine dieser Arten vorzuzeigen, so haben wir
Tab. V. fig. 2. eine Westindsche abgebildet, wel=
che die größte und prächtigste ist. Diese Schlangen
leben von Vögeln, Eidechsen, Armadillen, tetua=
nischen Teufeln, größern vierfüßigen Thieren,
Schlangen und kleinern Insecten. Sie beschlei=
chen die Bäume, und legen sich auch am Wasser
ordentlich in einen Kreiß mit drey bis vier Windungen
übereinander gebogen zusammen, so daß sie auf der
bloßen Erde vom weiten wie ein runder aufgemauer=
ter Brunnen aussehen. Daselbst lauren sie auf das
Vieh, welches zur Tränke kommt, und bespringen
es unerwartet.

5. Der

5. Der Mäuſefänger. Boa Murina.

Es iſt leicht zu errathen, warum man dieſer
Schlange obige Namen beygelegt hat. Sie würde
wenigſtens dieſen Namen nicht verdienen, wenn ſie
nicht vorzüglich ihr Geſchäfte davon machte, dieſem
Ungeziefer nachzuſtellen. Der Bauch hat zweyhundert vier und funfzig, und der Schwanz fünf und
ſechzig Schilde, ſo daß in allem dreyhundert und
neunzehn vorhanden ſind. Der Körper iſt blaulich,
von oben mit ſchwarzen runden Flecken geziert, die
bey einigen ordentliche Augen wegen ihrer weißen
Felder vorſtellen, welche denn auch beſonders Ar-
gusſchlangen heißen, oder auch der ſchwarzen Flecken halben Schildkrötenſchlangen genennt werden. Das Vaterland iſt America.

[Randnote: 5. Mäuſe-fänger. Muri-na.]

6. Die Frieſelſchlange. Boa Cenchris.

Cenchris war vorher der Geſchlechtsname der
Königsſchlangen, doch ſchickt ſich dieſe Benennung, welche eine punctirte Schlange andeutet, beſſer zu dieſer Art, indem ſie voller Hirſenkörnern ähnlichen weißen Flecken ſitzt, daher wir ſie auch Frie-
ſelſchlange nennen. Sie hat am Bauche zweyhundert fünf und ſechzig, am Schwanze ſieben und funfzig, überhaupt aber dreyhundert und zwey und zwanzig Schilde. Die Haut iſt gelblich, voller weißen
Perlchen, die in einem grauen Ringe ſtehen. Das Vaterland iſt Suriname.

[Randnote: 6. Frieſel-ſchlange. Cen-chris.]

7. Die Stockſchlange. Boa Scytale.

Scytala oder Scytale waren die Stäbe der La-
cedemonier, vermittelſt welcher ſie durch Umwicklung langer Zettel geheime Correſpondenz führten;
weil nun dieſe Schlange faſt allenthalben gleich dicke

[Randnote: 7. Stock-ſchlange. Scyta-le.]

ist, und der Kopf auch nicht zur Seiten viel breiter austritt als der Körper, mithin, wenn sie gerade aus gestreckt liegt, einem Stabe ähnlich ist, so wurde sie schon von den Alten Scytale und von uns wird sie Stockschlange genennt. Sie hat unter dem Bauche zweyhundert und funfzig große, und unter dem Schwanze siebenzig kleine Schilde, oder auch in allen etwa dreyhundert und drey und zwanzig. Denn in der Zählung der Schilde stimmen die Schriftsteller nicht überein, da es vermuthlich auch Verschiedenheiten giebt. Der Körper ist bläulich aschgrau, auf den Rücken mit runden schwarzen Flecken bezeichnet. An den Seiten stehen runde schwarze Ringlein mit weißen Feldern, und die Flecken am Bauche sind länglich, und gleichsam aus schwarzen Puncten zusammen gesetzt. Sie ist groß und verschluckt Ziegen und Schaafe, um welche sie sich schlinget, daß diesen Thieren die Rippen zusammen krachen. Das Vaterland ist America.

8. Die Bergschlange. Boa Ophrias.

8. Berg- schlange. Oph- rias.

Ophrias oder Orophias soll eine Bergschlange bedeuten; vielleicht ist sie einmal in einer bergigten Gegend gefunden worden, wiewohl das Vaterland nicht genennt wird. Sie hat zweyhundert und ein und achtzig, und vier und sechzig, mithin in allen dreyhundert und fünf und vierzig Schilde, und siehet der Königschlange No. 4. sehr gleich, nur daß sie ganz braun ist.

9. Die Wasserschlange. Boa Enydris.

9. Wasser- schlange Eny- dris.

Daß die Schlangen sich auch im Wasser aufhalten können, ist schon oben in der Einleitung gesagt, ob aber diese Art es vorzüglich thue, ist uns unbekannt; jedoch stehet uns frey, sie nach dem Griechischen

schen Enydris auch Wasserschlange zu nennen.
Sie hat am Bauche zweyhundert und siebenzig, am
Schwanze hundert und fünf, überhaupt dreyhundert
und fünf und siebenzig Schilde. Der Farbe nach ist
sie grau bunt, und hat im untern Kiefer sehr lange
Zähne. Das Vaterland ist America.

10. Die Feuerschlange. Boa Hortulana.

Der Ritter nennet diese Schlange Hortula-
na, weil der Kopf eine Zeichnung hat, wie die Gar-
tenbeete in den Blumengärten; wir aber wollen sie
nach dem indianischen Namen Tlehua, Feuer-
schlange nennen, weil sie über und über gleichsam
mit Brandflecken gezeichnet, und auf einem blaß-
blauen Grunde schön marmorirt ist. Sie hat am
Bauche zweyhundert und neunzig, und am Schwanze hundert und acht und zwanzig, mithin in allen
vierhundert und achtzehn Schilde. Ihre Flecken auf
dem Rücken sind alle Keilförmig, der übrigen Bildung nach kömmt sie den Königsschlangen nahe, und
ihr Vaterland ist America besonders Neuspanien.
In der Anzahl ihrer Schilde übertrift sie alle andere
Schlangenarten.

125. Geschlecht. Natter.

Serpens: Coluber.

Geschl. Benennung.

Man verstand ehedem unter Colubri die Landschlangen, um sie von den Wasserschlangen zu unterscheiden; ohne Rücksicht aber auf diesen Umstand, bedienet sich der Ritter dieses Namens für gegenwärtiges Geschlecht, vermuthlich aus keinem andern Grunde, als um einem andern Geschlechte auch einen Namen geben zu können, der von den übrigen unterschieden ist. Wir müssen es also im Deutschen auch so machen, und wir haben den Namen Natter gewählet, denn Schlangen sind sie alle: Viper aber ist nur eine Art aus diesem Geschlechte; die Otter hingegen ist sowohl ein vierfüßiges Thier, als eine Schlange, jedoch belegen die Holländer dieses Geschlecht mit dem Namen Adder, welches Otter heißt, und die Franzosen mit dem Namen Couleuvre.

Geschl. Kennzeichen.

Es kommt aber vorzüglich auf die Merkmale an, wodurch dieses Geschlecht bestimmt wird, und solche bestehen kürzlich darinnen, daß der Bauch nur alleine Schilde, und der Schwanz, welcher durchgängig klein ist, von unten nichts anders als Schuppen hat, es werden aber allezeit ein Paar Schuppen für eine gezählet, weil zwey eins ums andre neben einander liegende Schuppen allezeit gegen ein Schild gerechnet werden. Nach diesen Kennzeichen führet der Ritter sieben und neunzig Arten an, davon wenigstens achtzehn giftige sind,

unter

unter welchen eine die Allergiftigſte von allen
Schlangen in der Welt iſt. Wir wollen demnach
dieſe Geſchöpfe genauer betrachten.

1.* Die Viper. Coluber Vipera.

Es ſey nun, daß Viper ſo viel bedeuten ſoll,
als mit Gewalt, das iſt: mit Anſtrengung der
Kräfte gebähren, oder daß es eine Verkürzung von
Vivipara, das iſt: lebendig Gebährende, ſeyn
ſoll, weil eben dieſe Art keine Eyer, ſondern lebendige Junge zur Welt bringt; ſo behalten wir doch
das Wort Viper, da es ſchon im Deutſchen, beſonders in den Apothecken, angenommen iſt, und
bewahren andere übrige Benennungen, die man
dieſer Art geben könnte, für andere Arten. Die
Griechen verſtunden zwar dieſe Art gemeiniglich
unter dem allgemeinen Namen Ophis, jedoch haben ſie die Männchen auch Echis, und die Weibchen Echidna genennet, vermuthlich von Echein,
(haben) weil ſie lebendige Junge bey ſich haben.

Die Hebräer haben freylich mehrere Benennungen, als Epheh, Achſchubh, Pethen, Si-
phiphon, Sarapt, und andere mehr, aber es
läßt ſich nicht genau beſtimmen, ob ſie eben dieſe
Art darunter verſtanden haben, welches eine genauere Unterſuchung verdienet; ſo wie überhaupt
die hebräiſchen Benennungen vieler andern Thiere
ſo dunkel ſind, daß man nicht weiß, auf welche Arten
ſie damit zielten. So viel iſt indeſſen wahrſcheinlich, daß ſie doch allezeit unter obigen Namen
eine giftige Schlange aus dem gegenwärtigen
Geſchlechte verſtunden, und vermuthlich auch nur
ſolche, die ſich in dem Lande aufhielten, wo die
Juden lebten.

Die

Die Franzosen nennen diese Art auch Vipé-
re, und spanisch heißt sie Bivora, englisch
Viper, dänisch Snoge, holländisch Adder,
schwedisch Hugg-Orm, das ist Hecken-Nat-
ter, weil sie an den Hecken und in Gesträuchen
liegt.

Gestalt, Sie hat hundert und achtzehn Bauchschilde, und
zwey und zwanzig Schuppen unter dem Schwanze,
und obgleich andere vierzig Bauchschuppen zählen,
so treffen doch solche mit der Linneischen Rech-
nung überein, weil der Ritter nur die Reihen zählet, mithin, wo sich zwey Schuppen am dicksten
Ende des Schwanzes neben einander befinden, die
zwey auch nur für eine annimmt, weil sie eben so,
wie die einzeln Schuppen an der Schwanzspitze, nur
eine Reihe machen.

Der Kopf ist vor und zwischen den Augen
platt, hinter denselben aber erhaben gewölbt, raget über dem Rücken hervor, und stehet auch am
Hintertheile der Kiefer weit zur Seiten aus. Das
Maul ist stumpf und kurz. Die Nasenlöcher stehen dichte am Rande des Mundes in die Quere,
und über selbigen befinden sich gleich die Augen.
Der Augapfel ist schwarz, länglich, gerade in die
Höhe gerichtet, und mit einem gelben Ringe eingefasset. Das Maul befindet sich voller kleinen rauhen
Zähne, doch stecken im Oberkiefer, gerade unter
den Augen, noch zwey längere krumme Hunds- oder
Giftzähne in gewissen Scheiden. Die Zungenspitze
ist gedoppelt; der Hals vollkommen rund; der mittlere Theil des Körpers viel dicker und fast viereckigt;
der Schwanz rund und dünn, etwas gekrümmt,
und an der Spitze mit einem scharfen Dorn versehen; die Bauchschilde sind länglich, an den Enden rund, lassen sich in Blätter abtheilen und haben in
der Mitte über die ganze Länge des Bauchs eine Nath,
um

um ſich zuſammen ſchieben zu können. Die Kehle hat in der Länge eine tiefe Grube. Die Farbe iſt blaßblau oder eiſengrau mit braunen Flecken, unten blaß und an der Schwanzſpitze mit dreyen ſchwarzen Ringen gezeichnet. Die Dicke des mittlern Körpers iſt zwey Zoll, am Halſe nur einen halben Zoll, und am Schwanze wie ein Federkiel. Die Länge iſt von zwey Spann bis drey Schuh. Obgleich dieſes Thier giftig iſt, ſo ſahe doch Herr Haſſelquiſt in Kairo zu verſchiedenenmalen, daß die Schlangenfänger ſolche mit der bloßen Hand aus ihren Säcken nahmen, und ohne Scheu und ohne Gefahr mit ihnen umgiengen, welches um ſo mehr zu verwundern iſt, da ſonſt alle Thiere ihren giftigen Biß ſehr fürchten.

Diese Viper, die ſich in Egypten aufhält, Nutzen. iſt die eigentliche, welche das flüchtige Vipern-Salz zur Arzeney, und das Fleiſch als eine Ingredienz zum Theriak in den Apothecken abgiebt; denn von der europäiſchen Natter (Berus) No. 15. ſoll es eigentlich nicht genommen werden, obgleich beſagte Art auch zu verſchiedenen Curen gebraucht wird, welche durchgängig die Vipern-Cur genennet wird, wie wir ſolches unten an ſeinem Orte anzeigen werden.

2.* Die Giftſchlange. Coluber Atropos.

Der griechiſche Name ſcheinet auf die Schäd- 2.* lichkeit dieſer Schlange zu deuten, daher wir ſie Gift- auch Giftſchlange nennen. Sie hat unter dem ſchlange, Bauche hundert und ein und dreyßig Schilde, und Atro- unter dem Schwanze zwey und zwanzig Schuppen, pos. mithin in allen hundert und drey und funfzig. Der Mund iſt mit den Giftzähnen verſehen, und die Farbe der Haut iſt grau, und mit braunen Augen,

die

die in weissen Ringen stehen, gezieret. Das Vaterland ist America.

3.* Der Schlangenbalg. Coluber Leberis.

Leberis heißt ein Schlangenbalg; und
darum nennen wir sie auch also. Der Bauch hat
hundert und zehn Schilde und der Schwanz von
unten funfzig Schuppen, welche zusammen genommen, hundert und sechzig ausmachen. Der Balg
ist streifenweise schwarz bandirt. Sie wohnet in
Canada, wo sie Herr Kalm entdeckte, und ist
giftig.

4. Der Gelbrücken. Coluber Lutrix.

Wir nennen diese Art Gelbrücken, weil der
Rücken so gelb wie der Bauch ist, es mag nun
die Linneische Benennung Lutrix darauf anspie-
len oder nicht. Sie hat hundert und vier und dreißig
Schilde am Bauche, und sieben und zwanzig Schuppen am Schwanze, folglich in allen hundert und
ein und sechzig Reihen. Die schöne gelbe Farbe
des Bauchs und des Rückens erhebt sich dadurch
desto mehr, daß die Seiten des Körpers blaulicht
sind. Das Vaterland ist Indien.

5. Der Federkiel. Coluber Calamarius.

Der dünne geschmeidige Körper dieser Schlange
hat vielleicht zu obiger Benennung Gelegenheit gegeben. Sie hat hundert und vierzig Bauchschilde,
und zwey und zwanzig Schwanzschuppen, welche
zusammen gezählet, eine Zahl von hundert und zwey
und sechzig ausmachen. Die Farbe ist blau mit
braunen Puncten und gestreiften Bändern, unten
aber ist sie gleichsam mit braunen Würfeln gefleckt.
Das Vaterland ist America.

6. Die

6. Die Affennaſe. Coluber Simus.

Der hintere Kopf iſt hochgewölbt, daher die Naſe oder die vordere Hälfte des Kopfs eingedruckt erſcheinet, wie wir ſolches gemeiniglich an den Affen ſehen, und um deßwillen iſt obige Benennung gewählet. Es ſind am Bauche hundert und vier und zwanzig Schilde und am Schwanze ſechs und vierzig Schuppen vorhanden, ſo daß durchaus hundert und ſiebenzig gezählet werden. Zwiſchen den Augen zeiget ſich eine krumme Binde, die ſchwarz iſt. Der Wirbel hat ein weiſſes Kreuz, in deſſen Mitte ein ſchwarzer Punct ſtehet. Der übrige Körper iſt obenher weiß und ſchwarz marmorirt, ſo daß ſich gleichſam weiſſ: Birden zeigen; unten aber iſt ſie weiß. Das Vaterland iſt Carolina.

7. Der Bandrücken. Coluber Striatulus.

Weil der Rücken glatt iſt, und einem braungeſtreiften Bande ähnlich ſiehet, ſo nennen wir ſie Bandrücken. Sie hat hundert und ſechs und zwanzig Bauchſchilde, und am Schwanze fünf und vierzig Schuppen, folglich in allen hundert und drey und ſiebenzig. Jedoch zählet man auch an einigen hundert und dreyßig Schilde und fünf und zwanzig Schuppen. Sie iſt klein und am Bauche blaßfärbig. Das Vaterland iſt Carolina.

8.° Der Sandkriecher. Coluber Ammodytes.

Weil ſich dieſe Schlange in den Sandwüſten von Lybien aufhält, ſo iſt ſie ſchon von den Alten Ammodytes genennet, und darum geben wir ihr obigen Namen. Sie iſt etwa eine Elle lang, und

ſehr

sehr giftig. Die Zahl der Bauchschilde beläuft sich auf hundert und zwey und vierzig und der Schwanz-schuppen auf zwey und dreyßig, in allen auf hundert und vier und siebenzig. Der merkwürdigste Umstand dieses Thieres ist der fleischichte Auswuchs, den es gleich einem Horn an der Spitze des Mauls auf der Nase führet. Daher es auch Aspide del Corno genennet wird. Der Ritter giebt Morgenland zum Vaterlande an, und diejenigen, die daselbst gefunden werden, sind sand- oder erdfärbig und mit schwarzen Flecken gezeichnet. Allein es giebt auch dergleichen in Guinea, die, wie Boßman berichtet, schwarz weiß und gelb gefleckt sind. Adanson führet auch dergleichen von der Küste von Africa und Capo verde an, und der schwedische Gesandte Carleson fand eine dergleichen bey Constantinopel, welche nur einen halben Schuh lang war, und sich beschäftigte, eine Eidechse von fast gleicher Größe einzuschlucken. Auf der Insel Cyprus werden sie Aspic genennet.

Ihr Biß ist so gefährlich, daß derselbe in wenig Stunden tödet, denn der Mensch schwille auf, fällt in Ohnmacht, und seine Säfte gehen gleich in die stärkste Fäulniß.

9. Die Hornschlange. Coluber Cerastes.

9. Horn-schlan-ge. Ce-rastes.

Die Alten gaben schon den Namen Cerastes einer Art Schlangen, welche auf dem Kopfe Hörner hatten. Allein diese Schlangen waren nur gleichsam erdichtet, denn die Araber hatten den Handgriff, den Schlangen auf dem Wirbel ein Paar Vogelklauen unter der Haut einzustecken, die dann darinnen fest wuchsen, und den Schlangen ordentlich das Ansehen gaben, als ob sie natürliche Hörner trügen; seitdeme aber dieser Betrug entdeckt worden, zählet

zählet man dieſe Schlangen nicht mehr unter die rechten Arten. Dennoch aber hat man eine Schlangenart entdecket, welche an den obern Augenliedern einen weichen Auswuchs in der Geſtalt zweyer kleinen Hörner führet, und dieſer Art hat dann der Ritter obigen Namen Coraſtes beygeleget, um auch dieſe alte Schlangen-Benennung ſchicklich zu gebrauchen.

Sie hat hundert und funfzig Bauchſchilde und fünf und zwanzig Schwanzſchuppen, in allen alſo hundert und fünf und ſiebenzig. Sie wird drey und einen halben Schuh lang, etwa Daumens dicke, und hat einen kleinen Schwanz, ſo dick wie ein Federkiel. Die Schuppen, welche den Kopf bedecken, ſind wie an den vorigen Arten, ſehr klein. Dieſe Schlange iſt nicht giftig, und hat nicht dergleichen Giftzähne wie die Viper, ob ſie gleich faſt ſo ausſiehet.

10. Der Wickeler. Coluber Plicatilis.

Dieſe Schlange wird vielleicht ſo genennet, weil ſie ſich mehr als die andern Nattern zuſammen zu wickeln pflegt, denn ſonſt ſind die Nattern überhaupt träger, als die andern Schlangen, ſpringen und wickeln ſich auch nicht ſo. Sie hat hundert und ein und dreyßig Bauchſchilde und ſechs und vierzig Schwanzſchuppen, in allen aber hundert und ſieben und ſiebenzig. Der Rücken iſt bleyfärbig; die Seiten ſind braun, und der untere Theil iſt in vier Reihen braun geſprenkelt. Sie kommt von Ternate, und iſt nicht giftig, ob ſie gleich Valentin alſo beſchreibet, als ob ſie faſt die giftigſte unter allen Schlangen wäre, und den Menſchen töde, der ſie nur anrühre. Wenigſtens miſſet Seba, der dieſe Schlange abbildet, dieſer Valentiniſchen Nachricht keinen Glauben bey.

11. Die

10. Wickeler. Plicatilis.

11. Die Schoosschlange. Coluber Domicella.

11.
Schoos-
schlange.
Domi-
cella.

Die gegenwärtige Schlange ist so außerordentlich schön, unschädlich, einer so zahmen und gelinden Art, dabey so klein und niedlich, daß das Ostindianische Frauenzimmer sich nicht scheuet, solche in ihren Schoos zu nehmen, und zur Abkühlung zwischen die Brüste zu stecken, daher denn obige Benennungen entstanden sind. Sie hat hundert und achtzehn Bauchschilde und sechzig Schwanzschuppen, in allen also hundert und acht und siebenzig. Die Schuppen auf dem Kopfe sind sehr zierlich. Die Farbe ist schneeweiß, in die Quere mit schwarzen Banden geringelt, welche über den Rücken breit, und am Bauche schmal sind, doch nicht allezeit unten zusammen laufen. Asien ist das Vaterland. Die Holländer nennen sie Juffer Slang, das ist Jungfernschlange.

12. Der Weißling. Coluber Alidras.

12.
Weiß-
ling.
Alidras.

Wir nennen sie Weißling, weil sie ganz und gar schneeweiß ist, und nicht den geringsten Flecken hat. Der Bauch ist mit hundert ein und zwanzig Schilden, und der Schwanz mit acht und funfzig Schuppen besetzt, beyde aber zusammen genommen, machen hundert und neun und siebenzig aus. Das Vaterland ist Indien.

13. Die punctirte Natter. Coluber Punctatus.

13.
Punctir-
te Nat-
ter.
Pun-
ctatus.

Sie hat am Bauche hundert und sechs und dreyßig Schilde und am Schwanze drey und vierzig oder vier und vierzig Schuppen, zusammen genommen aber hundert und achtzig. Die Farbe ist von oben aschgrau,

grau, untenher aber gelb, und mit drey Reihen ſchwar=
zer Puncte beſetzt, ſo daß jede Reihe drey Puncte
hat. Der Schwanz iſt gleichfalls von unten gelb;
Das Vaterland iſt Carolina.

14. Der Breitbacken. Colnber Buccatus.

14.
Breit=
backen.
Bucca=
tus.

Wir überſetzen Buccatus durch Breitba=
cken, weil die Backen dieſer Schlange weit
ausſtehen und aufgetrieben ſind, welches zu dieſer
Benennung Anlaß gegeben hat. Der Bauch iſt mit
hundert und ſieben Schilden und der Schwanz mit
zwey und ſiebenzig Schuppen, zuſammen an der Zahl
hundert und ein und achtzig beſetzt. Sie iſt braun
und hat weiße Binden, der Kopf iſt weiß, hat aber
auf dem Wirbel zwey braune Puncte und einen der=
gleichen dreyeckigten Flecken auf der Naſe.

15.* Europäiſche Natter. Coluber Berus.

15.*
Euro=
päiſche
Natter.
Berus.
ab VI
fig. 1.

Wir kommen jetzo zu derjenigen Natter, die
bey uns durch ganz Europa unter dem Namen
Viper bekannt iſt, und die ſich vorzüglich in Spa=
nien, Portugall, Frankreich, Italien und
Griechenland, nicht minder aber auch in Deutſch=
land, Engelland, Schweden und an andern
nördlichen Gegenden aufhält, ſehr giftig iſt, und
doch zur Cur gebraucht wird.

Geſtalt.

Sie hat hundert und ſechs und vierzig Bauch=
ſchilde, und neun und dreyßig Schwanzſchuppen, zu=
ſammen aber hundert und drey und achtzig. Sie iſt
nicht lang, dabey dünne und geſchmeidig, von Farbe
braungrau mit einem ſchwarzen Striche über den Rü=
cken, lebt von Eidechſen, Scorpionen, Kröten, Frö=
ſchen, Maulwürfen, Mäuſen, auch Käfern und an=
dern kleinen Inſecten, wozu ihnen ihre lange Zun=

Lebens=
art.

ge, die schmal, rund, gedoppelt und mit sehr scharfen
und feinen Spitzen versehen ist, vorzüglich dienet,
welche sie sehr schnell und weit ausschießen, zugleich
aber auch damit die Inseeten, nach Art der Spechte,
geschwinde auffangen können, daher man auch ein gewisses Kraut mit dem Namen Ophioglossum oder
Natterzunge belegt hat. Sie leben auch sehr lange, ja einige Monate ohne alle Speise, und gleichsam von der Luft. Ihr Leben ist sehr zähe, denn
wenn man ihnen den Kopf herunter haut, so behält
derselbe doch noch die beißende Bewegung, wenn man
ihn berührt. Sie halten sich auf steinigten und bewachsenen Boden auf, kriechen aber nicht wie andere Schlangen in die Erde, und lieben das Ei-
sen sehr. Sie paaren sich zweymal im Jahre, sind
vier bis fünf Monathe trächtig, und legen im Frühjahre ihre Haut ab, welches etliche auch wohl im
Herbste zum zweytenmal thun.

Gift.   Das Gift dieser Thiere bestehet gleichfalls in einer gelben Feuchtigkeit, welches im obern Kiefer in
gewiße Bläßgen gesammlet wird, die hinter den langen und krummen Hundszähnen befindlich sind; und
da diese Hundszähne, deren man an jeder Seite einen,
zwey oder auch wohl drey zählt, innwendig hohl sind,
so fließt das Gift, wenn die Bläßgen durch die Wurzel der Zähne gedruckt werden, in selbige hinein, und
theilt sich der durch den Biß gemachten Wunde mit.
Wenn nun diese Bläßgen keinen Giftvorrath haben,
so ist der Biß, ausser einer etwa verursachten kleinen
Entzündung, unschädlich, sonst aber tödlich. Es
scheint inzwischen, daß diese Schlangen ihr eigen
Gift selbst zur Verdauung der verschluckten Speisen
nöthig haben, und daß dieser giftige Geifer zur Auflösung derselben unentbehrlich sey.

    Man hat sich die Mühe gegeben, dieses
Gift genauer zu untersuchen, und gefunden, daß die
Feuch-

Feuchtigkeit einige Salztheile enthalte, die in der-Beſchaf-
ſelben flüchtig herumſchwimmen, und nach einer kur-ſenheit
zen Zeit in ſehr ſpitzige Cryſtallen anſchießen, welche deſſel-
ſehr hart ſind, und einige Monate unverändert auf ben.
dem Vergrößerungsglaß liegen bleiben. Die ganze
Configuration aber zeigt ſich wie ein überaus feines
Spinnengewebe, dergleichen ſich im Sublimate zu
äußern pflegt. Es muß alſo wohl eine erſtaunliche
Säure das weſentliche des Gifts ausmachen, da die
alkaliſchen Salze der Thiere dieſem Gifte am meiſten
ſteuren. Man bedient ſich wider den Natterbiß
des ſogennten Eau de Luce, und des flüchtigen
Natterſalzes innwendig eingenommen, außwendig
aber läßt-man die Wunde ſchröpfen, und legt Theriak, oder Zwiebel mit Salmiak, oder auch geſalze-
nen Wein auf, wodurch man mehrentheils die
Verwundeten wieder zurechte bringt, und ſie wenigſtens von der Lebensgefahr errettet. Ja man kann
ſogar mit dem Fett, Oel und Fleiſch der Nattern helfen.

Aus dieſer Urſache iſt es auch nicht zu ver-Natterin-
wundern, daß die ſogenannte Viperncur ſchon von oder Vi-
alten Zeiten her ſo ſehr berühmt geweſen, denn man perncur.
bediente ſich dieſer Thiere bey dem Ausſatze und andern
Krankheiten der Haut. Man zog ſie nämlich in Wein
ab, man machte ihr Fleiſch wie Fiſche zur Speiſe zurechte, wie die Neger in Africa noch thun, ja die
Tonquineſer laßen ihren Arac (eine Art Brand-
wein) auf Nattern abziehen, damit er recht herz-
ſtärkend und wider den Ausſatz gut ſeyn ſoll.

Wenigſtens wird noch hin und wieder in Europa bey Krankheiten, wo eine ſchnelle Wiederher-
ſtellung der Kräfte, oder irgend ein ſchweißtreibend
Mittel nöthig iſt, die Brühe von gedämpften Nattern, und die Natterngallerte verordnet. Man fängt
ſie zu dem Ende mit hölzernen Beißzangen, und
verſchickt ſie in Doſen oder Schachteln, die mit Mooß

L 2 oder

oder Kleien angefüllt find, da fie fich fehr lange im
Leben erhalten. Nur muß man fie für Toback und
Tobacksrauch bewahren, denn dadurch kommen fie,
wie andere Schlangen, gleich ums Leben.

Das Herz und die Leber gepulvert machen ein
Bezoardicum animale aus, und das Oel ift ein
fehr befänftigendes Mittel. Man muß aber die Arzneyen, die von diefer Natter kommen, mit denenjenigen, die von der egyptifchen Viper No. 1. kommen, keineswegs verwechfeln, denn ihr Geruch und
ihre Wirkung ift verfchieden.

**Anato-
mifche
Wahr-
neh-
mung.** Es ift noch übrig, daß wir eines und das andere von den innern Theilen erwähnen. Die Männchen nämlich, dergleichen wir eines Tab. VI. fig. 1.
vorzeigen, und deffen Abbildung nach einer oftindia-
nifchen Natter aus dem Seba genommen ift, haben äufferliche Hoden, und diefe find dornich, oder
gleichfam ftachlich, durchgängig länglich rund, weiß
und von einer drüfigten Befchaffenheit. Die rechte
Hode ift über einen Zoll lang, die linke aber etwas
kürzer und dünner. Die Ruthe ift gedoppelt, und
befteht aus zweyen fchwammigen Körpern, die unter
dem Schwanze nebeneinander liegen, fich hinaufwärts
zufammen fügen, und mit fcharfen Stacheln be-
fezt find.

Was das Weibchen betrift, fo hat daffelbige
auch zwey Hoden oder Eyerbehälter, wie das Männchen, aber felbige liegen innwendig und verborgen, an
dem Boden der zwey Fortfätze der Mutter, welche
mit einer weiten Oefnung verfehen ift, um die doppelte Ruthe des Männchens zu empfangen. Befag-
te Mutter befteht aus verfchiedenen fanften, dünnen
und durchfichtigen Häuten, und ift fehr zur Ausdehnung gefchickt, damit die Anzahl der zulezt aus ihren Eyern in der Mutter hervorkommenden Jungen
hinlänglichen Platz finde; denn im Anfange fteckt je-

des Junge zuſammengewickelt in einem beſondern
Bläßgen oder Ey, es kriecht aber noch in der Mutter
aus, und wird alſo lebendig gebohren.   Ja man
nimmt auch bey jedem Jungen einen beſondern Mutterkuchen (Placenta) wahr, und die Vertheilung
der Mutter in zwey Theile hat viele Aehnlichkeit mit
den Mutterhörnern anderer Thiere. Die Anzahl der
Eyer aber in dieſer Natter iſt zehn, zwölf bis zwanzig oder fünf und zwanzig, und in der rechten Seite
der Mutter liegen deren mehrere als in der linken.

Die übrigen Theile ſtimmen mehr mit den inn-
wendigen Theilen anderer Schlangen überein. Die
Lunge iſt ein netzförmiges Gewebe, hat keine Lappen,
iſt aber etwas gerunzelt, dünne, durchſichtig und
hochroth. Ein Zwergfell zur Abſonderung der Bruſt
vom Bauche iſt bey ihr eben ſo wenig, als in den Kröten vorhanden.   Herz und Leber liegen an der rechten Seite unter der Lunge. Das Herz hat drey Höhlen und kommt ziemlich mit dem Herze der Schildkröten überein.   Die Leber iſt braunroth, und hat
zwey große Lappen. Die Gallenblaſe zeigt ſich einen
Fingerbreit unter der Leber in der Geſtalt und Größe
einer Bohne, und die Galle ſelbſt iſt ſehr grün und
bitter, und ohne alles Gift   Gleich an der Kehle
folgt der erſte Magen oder Kropf, welcher aus ſehr
dünnen Häuten beſteht, an demſelben aber ſchließt
der eigentliche oder zweyte Magen an, der eine gedoppelte Haut hat, und unmittelbar in die Därmer
ausgeht.   Der erſte Magen oder Kropf iſt einen
Schuh lang, der zweyte aber höchſtens vier Zoll.
Die Nieren ſind nichts anders als eine Sammlung
von blaßrothen Drüſen, die rechte Niere aber liegt
höher als die linke.   Alle Därmer, Nieren und Hoden ſind mit einem weißen und weichen Fette bekleidet, welches, ſo bald es geſchmolzen wird, wie Oel
flüßig bleibt. Die Knochen ſind nichts anders als
knorplichte Rippen und Rückgradswirbel, die, wie

bey

bey den andern Schlangen, mit Muskeln bedeckt sind, doch hat diese Natter das Vermögen nicht, sich so wie andere Schlangen zu winden, denn wenn man sie mit der Hand beym Schwanze anfäßt und hangen läßt, so kann sie den Kopf nicht herauf bringen, um in die Hand zu beißen.

16.* Die schwedische Natter. Coluber Chersea.

16.*
Schwe-
dische,
Cher-
sea.

Man könnte die jetzige vielleicht Erdnatter nennen, wir wollen sie aber die Schwedische heißen, weil sie daselbst besonders in sumpfigten und niedrigen Gegenden in den Weiden- und Erlengebüschen von Smaland zu Hause ist, und auch daselbst am giftigsten zu seyn scheint, weil sie öfters tödliche Bisse gegeben hat. Der Ritter zweifelt, ob sie wohl von der Otter No. 2:. hinlänglich verschieden sey, ohnerachtet sie merklich kleiner ist. Sie hat hundert und funfzig Bauchschilde und vier und dreyßig Schwanzschuppen, in allen also hundert und vier und achtzig. Sie ist kaum eine Spanne lang, und nicht dicker als ein Gänseßpul, dunkelröthlich, auf dem Rücken mit einer gezähnelten schwarzen Schnur gezeichnet, die gleichsam aus lauter kettenweise aneinander hangenden Vierecken besteht, der Körper ist von oben mit ein und zwanzig Reihen kleiner Schuppen gedeckt, und jede Schuppe hat eine erhobene Rückennath. Der Kopf ist platt, und hat einen rostfärbigen herzförmigen Flecken. Bey der Nase befinden sich einige weißlichte Flecken. Die Oberlefzen sind weiß, und gleichsam sägeförmig. Die Augen sind klein, und über selbigen liegen zwey große Schuppen, die Stirn aber ist mit einer Menge sehr kleiner Schuppen besetzt. Die Giftzähne sind wie gewöhnlich, beschaffen, das Gift aber ist heftiger als dasjenige, welches die vorhergehende europäische Natter von sich giebt, daher auch

auch die ſchwediſchen Bauern, wenn ſie in die
Zähen gebiſſen ſind, lieber ſogleich die Zähe herunter hauen, als ſich in Todesgefahr begeben, denn
die äuſſerlichen Mittel haben oft nichts geholfen,
ſondern ſie ſind in einer erſchrecklichen Beängſtigung
in wenig Stunden geſtorben. Sind ſie aber in
den ganzen Fuß gebiſſen, ſo legen ſie die nämliche
Schlange zerquetſcht auf den Fuß, und graben den
Fuß in die Erde ein, wodurch noch das Gift am
beſten herausgezogen wird. Aldrovandus hat
vermuthlich dieſe Schlange ſchon gekannt, wenigſtens rechnet der Ritter deſſen eiſengraue und roſt-
färbige Natter (Aſpis) hieher.

17.* Die Vippernatter. Coluber Preſter.

Wir ſchmelzen hier zwey Wörter, nämlich
Viper und Natter zuſammen, um eine ſehr giftige Schlange, die wegen ihrer ſchwarzen Farbe doppelt ſcheußlich iſt, anzudeuten. Sie hat hundert
und zwey und funfzig Schilde am Bauche, und
zwey und dreyßig Schuppen unter dem Schwanze,
und iſt über und über ſchwarz. Das Vaterland
iſt der nördliche Theil von Europa, beſonders
Engelland.

17.*
Vipper-
natter.
Preſter.

18. Die eckigte Natter. Coluber Angulatus.

Sie hat hundert und ſiebenzehn Bauchſchilde
und ſiebenzig Schwanzſchuppen, überhaupt alſo hundert und ſieben und achtzig. Sie iſt braungrau, auf
dem Rücken mit ſchwarzen Bändern gezeichnet, und
kommt aus Aſien. Der Ritter giebt in ſeinen
Amoenit. auch eine Art mit hundert und zwanzig
Bauchſchilden und ſechzig Schwanzſchuppen an. Es
wird hieher auch des Seba braunlinierte Schlange

18.
Eckigte
Natter.
Angu-
latus.

von

von Ceilon mit weißem Bauche und schief viereckigten Schuppen, desgleichen noch eine braune
weißbandirte americanische Schlange gerechnet.

19. Die blaue Natter. Coluber Cœruleus.

19. Blaue Natter. Cœruleus. Der Bauch ist mit hundert und fünf und sechzig Schilden und der Schwanz mit vier und zwan-
zig Schuppen besetzt, mithin zusammen hundert und
neun und achtzig. Der Rücken ist blau, der Bauch
weiß, der Schwanz hochblau und ohne Flecken,
und sehr dünn an der Spitze. Der Kopf ist länglichtrund, und die Schuppen haben an der einen
Seite einen weißen Flecken. Das Vaterland ist
America, jedoch hat Seba auch eine ähnliche
aus Africa angeführet.

20. Die weiße Natter. Coluber albus.

20. Weiße Natter. Albus. Sie hat hundert und siebenzig Bauchschilde
und zwanzig Schwanzschuppen, mithin in allen hun-
dert und neunzig. Sonst läßt sich von ihr nicht
viel sagen, als daß sie schneeweiß und ohne Flecken
ist. Man findet sie in den Indien.

21.* Die Otter. Coluber Aspis.

21. Otter. Aspis. Otter und Natter waren sonst gleichlau-
tende Worte, wir haben demnach die erste Benennung für obige Art gewählet, und werden nicht nöthig haben, zu erinnern, daß es auch unter den
vierfüßigen Geschöpfen ein Thier gebe, das gleichfalls Otter, und weil es den Fischen nachstellet,
Fischotter genennet wird. Diese Otter aber ist
mit Natter einerley. Was nun die Benennung

Aspis

Aſpis betrift, ſo iſt es uns einerley, ob man ſie
von aſpicere, weil ſie einem ſcharf anſchaut, oder
von adipergere, weil ſie ihren Gift ausbrei-
tet, oder von dem griechiſchen, Speirein, das
iſt wie eine Schlange ziſchen, herleiten will. Wenigſtens behalten die Franzoſen und Holländer
das Wort Aſpic, und es ſcheinet, daß die Hebräer dieſe Art durch Pethen verſtanden haben, davon auch der Schlangen-Name Python gekommen
iſt. Es ſcheint dieſelbe die Art zu ſeyn, mit
welcher ſo viele Zauberhändel und vorgebliche Schlan-
gen-Beſchwöhrungen vorgenommen wurden, davon
Pſalm LVIII. 4. 5. Pred. Sal. X. 11. und
Jerem. VIII. 17. Erwehnung gethan wird, wo
zwar überall nur der allgemeine Name Nachaſch
oder Schlange vorkommt. Genug, dieſe Art ſoll
gleichfalls giftig ſeyn, und die Cleopatra hat ſie
durch ihren Tod berühmt gemacht. Der Herr Dau-
benton aber ſpricht ihr das Gift ab, wie denn auch
die Egyptier ihre Kinder damit ſpielen laſſen.
Vielleicht iſt ſie nur zu gewiſſen Zeiten giftig, wenn
ſie nämlich viele giftige Materie geſammlet hat, und
vielleicht ſind diejenigen, die in Frankreich und um
Paris gefunden werden, welche Art der Ritter
allhier meynet, von gelinderer Beſchaffenheit.

Dem ſey nun wie ihm wolle, ſo hat gegenwärtige Otter hundert und ſechs und vierzig Bauchſchilde und ſechs und vierzig Schwanzſchuppen, zuſammen gezählt alſo hundert und zwey und neunzig.
Die Farbe iſt röthlich, und der Rücken iſt mit braunen Flecken beſetzt, davon die obern in einen langen
Strich zuſammen laufen. Uebrigens iſt ſie der
ſchwediſchen Natter No. 16. ziemlich ähnlich,
nur daß ſie größer iſt.

22. Das Kleinauge. Coluber Typhlus,

Typhlos heißt im griechischen ein Blinder, und da diese Natter sehr kleine Augen hat, daß sie fast für blind angesehen werden kann, so nennen wir sie Kleinauge. Sie hat hundert und vierzig Bauch-schilde und drey und funfzig Schwanzschuppen, zu-sammen an der Zahl hundert und drey und neunzig. Die Farbe ist bläulich und ungefleckt. Das Va-terland ist Indien. Doch werden auch ähnliche dann und wann in Deutschland gefunden, und wir trafen selbst einmal eine dergleichen todt an, welche Ameisen ausgefressen hatten, so daß der Balg nur noch übrig war. Sie ist nicht giftig.

23. Die bandirte Natter. Coluber Fasciatus.

Es sind an selbiger hundert und acht und zwan-zig Bauchschilde und sieben und sechzig Schwanz-schuppen oder in allen etwa hundert und vier und neunzig vorhanden. Die Schuppen sind in der Mitte erhöhet und schwärzlich, doch siehet man verloschene weiße Binden, die sich in den Seiten spalten. Der Bauch aber hat eben soviel verloschene braune Bin-den, als die Zahl der Schuppen ausmacht, und der Schwanz hält alleine ein Viertel von der ganzen Länge. Das Vaterland ist Carolina.

24.* Die Kupfernatter, Coluber Lebetinus.

Lebetinus wird alles Geschirr genennet, was von Kupfer ist, und weil diese Natter etwa eine solche Farbe hat, oder einen kupferichten spieglenden Glanz von sich wirft, so wird sie also genennet. Der Bauchschilde sind hundert und fünf und funf-

sig,

zig, der Schwanzſchuppen ſechs und vierzig, und
dieſe machen eine Anzahl von zweyhundert und eins,
Der Rücken iſt wolkigt, und der Bauch braun geſprenkelt. Der Herr Houttuin hingegen beſitzt
eine Kupferfärbige, die hundert und zwey und ſechzig Bauchſchilde, aber nur vierzig Schwanzſchuppen
hat, deren Kopf ſo dünne iſt, daß man ihn kaum
vom Körper unterſcheiden kann. Dieſelbe iſt ein
und einen halben Schuh lang. Sie kommt aus
Orient.

25. Der Schwarzkopf. Coluber Me-
lanocephalus.

Man zählet an der gegenwärtigen Art hundert
und vierzig Bauchſchilde, und zwey und ſechzig
Schwanzſchuppen, folglich mit einander zweyhundert und zwey. Sie iſt braun, hat aber einen ſchwarzen Kopf, und iſt dabey ſehr glatt. Man bringt
ſie aus America.

*25.
Schwarz-
kopf.
Mela-
noce-
phalus,*

26. Die geſchlängelte Natter, Coluber
Cobella.

Cobella iſt eigentlich die indianiſche Benennung einer Schlange. Vermuthlich wird dieſe
Natter alſo genennet, weil ſie auf dem aſchgrauen
Rücken lauter ſchiefe weiße Linien hat, als ob ſie
mit kleinen Schlangen bezeichnet wäre, und darum
nennen wir ſie geſchlängelte Natter. Sie hat hundert und funfzig Bauchſchilde und vier und funfzig
Schwanzſchuppen, zuſammen zweyhundert und vier.
Hinter den Augen befindet ſich noch ein ſchiefer
bleyfärbiger Flecken. Der Bauch und die Kehle
ſind weiß, aber zugleich weiß bandirt. Etliche ſind
oben braun und mit großen weißen Schlängelchen

*26.
Ge-
ſchlän-
gelte
Natter.
Cobella*

ge-

gezeichnet. Sie sind nicht groß, und in America sehr häufig. Das Männchen hat einen hochgewölbten Kopf.

Anmerkung. Ob nun eben alle Schlangen einer Art auch in der Anzahl ihrer Schilde und Schuppen überall übereinstimmen, ist eine andere Frage. Der Herr Herrnin findet diesen Umstand bedenklich, und wir pflichten seinem Zweifel bey. Denn es ist bekannt, daß der Herr Gronovius verschiedene Cobellen anführet, davon eine hundert und drey und sechzig Schilde, fünf und funfzig Schuppen, also zusammen zweyhundert und achtzehn; eine andere hundert und fünf und funfzig Schilde, vier und funfzig Schuppen, also zusammen zweyhundert und neune; eine dritte hundert und ein und funfzig Schilde, ein und funfzig Schuppen, also zusammen zweyhundert und zwey hat. Einige Abweichungen giebt der Ritter hin und wieder selbst zu. Wie leicht wird aber ein Fehler im Zählen möglich seyn? Wie leicht erwischt auch ein Setzer eine andere Ziffer, die in der Correctur stehen bleibt? Wie leicht irret sich die Natur, da die Schlangen jährlich eine neue Haut bekommen? Und ist es denn auch schon ausgemacht, daß, wenn die Schlangen größer werden und wachsen, ihre Länge sich nicht auch mit einer mehrern Anzahl der Schilde und Schuppen vermehren könne; so wie man glaubt, daß sich die Gelenke in der Klapper der Klapperschlange mit der Anzahl der Jahre vermannigfaltigen? Vielleicht verdienen diese angegebenen Merkmale der Arten noch eine genauere Untersuchung und Bestimmung.

27. Die Königinnen = Natter. Coluber Reginæ.

27. Königinnen Natter Reginæ. Wir haben Königsschlangen, (siehe No. 4. des 124. Geschlechts,) warum sollten wir denn den Köni=

Königinnen nicht auch eine zueignen? Die jetzige mag es also seyn. Sie hat hundert und sieben und dreyßig Bauchschilde und siebenzig Schwanzschuppen, in allen zweyhundert und sieben. Der Rücken ist braun, und der Bauch weiß und schwarz marmorirt. Sie kommt aus den Indien.

28. Die Reifnatter. Coluber Doliatus.

Sie hat hundert und vier und sechzig Bauchschilde und drey und vierzig Schwanzschuppen, in allen aber zweyhundert und acht; ist sehr klein; und von Farbe weiß, jedoch mit schwarzen Schilden, wovon allezeit zwey und zwey dichter beysammen stehen, auch nicht einmal den Bauch ganz umgeben, sondern in den Seiten, vermittelst eines schwarzen Strichs, mit dem weiter abgelegenen verbunden werden, so, daß sie dadurch auch über dem Rücken geringelt erscheinet, und dieses gibt ihr das Ansehen, als ob sie mit Reifen gleich einem Faße umgeben wäre; daher denn obige Benennung genommen ist. Diese seltene Natter kömmt aus Carolina.

29. Die Punctlinie. Coluber Ordinatus.

Diese Natter führet an den Seiten eine ordentliche Reihe schwarzer Puncte, daher heißt sie bey dem Ritter Ordinatus, welches wir durch Punctlinie ausdrücken. Am Bauche sind hundert und acht und dreyßig Schilde, und am Schwanze zwey und siebenzig Schuppen, folglich in allen zweyhundert und zehn. Sie ist klein, bläulich und mit schwarzen wolkigten Flecken besetzt. Das Vaterland ist Carolina.

30. Die

30. Die mexicanische Natter. Coluber Mexicanus.

<table>
<tr><td>30.
Mexica-
nische.
Mexi-
canus.</td><td>Der Ritter giebt von dieser Schlange gar nichts an, als daß sie hundert und vier und dreyßig Bauch-schilde und sieben und siebenzig Schwanzschuppen, mithin in allen zweyhundert und eilf Schilde und Schuppen habe. Sie wird in America gefunden.</td></tr>
</table>

31.* Die japanische Natter. Coluber Severus.

<table>
<tr><td>31.*
Japani-
sche Se-
verus.
Tab. VI
fig. 2.</td><td>Die Benennung Severus ist wohl von den Giftzähnen dieser Natter hergenommen, wir aber geben ihr den Namen nach ihrem Vaterlande. Sie hat hundert und siebenzig Bauchschilde und zwey und vierzig Schwanzschuppen, überhaupt aber zweyhun-dert und zwölf. Der Farbe nach ist sie aschgrau mit weissen Binden, zwischen den Augen aber und hinter der Nase befindet sich eine aschgraue Binde, doch hatte Seba eine, deren Farbe blaßröthlich, und der Rücken mit gelben, brauneingefaßten Zeichnun-gen, die den hebräischen Buchstaben ähnlich sahen, besetzt war. Es ist aber oben schon erinnert worden, daß die Farben kein beständiges Merkmal der Arten ausmachen. Tab. VI. fig. 2.</td></tr>
</table>

32. Die Schießschlange. Coluber Aurora.

<table>
<tr><td>32.
Schieß-
schlange.
Aurora.</td><td>Weil diese Natter, deren Farbe sonst bläu-lich ist, einen gelben Rücken hat, davon sich der mittlere Strich auf das pomeränzenfärbige ziehet, so hat sie der Ritter mit der Morgenröthe verglichen, und sie Aurora genennt. Wir aber nehmen unsere Benennung von der Eigenschaft, die sie hat, wie ein Pfeil mit grosser Geschwindigkeit
aus</td></tr>
</table>

aus den Bäumen heraus zu schießen, und nennen sie
Schießschlange, denn eben dieser Umstand war
auch die Ursache, warum sie von den Griechen
Kippos und Acontias genennt wurde. Sie hat
hundert und neun und siebenzig Bauchschilde und sieben und dreyßig Schwanzschuppen, mithin zusammen
zweyhundert und sechzehn. Das Vaterland ist America, besonders aber Neuspanien. Die Schuppen sind viereckigt, und sehen wie das Gestricke eines
Netzes aus.

33. Die braune Natter. Coluber Sipedon.

Wir müßen dießmal bey der Farbe bleiben, und
sie braune Natter nennen, weil sie ganz braun
ist, und uns für Sipedon eine andere Benennung
mangelt. Sie hat hundert und vier und vierzig
Bauchschilde, und drey und siebenzig Schwanzschuppen, in allen aber zweyhundert und siebenzehn. Der
Herr Kalm hat sie in Nordamerica gefunden.

33.
Braune
Natter.
Sipe-
don.

34. Die barbarische. Coluber Maurus.

Weil der Herr Brander diese Natter in der
Gegend Algier in der Barbarey entdeckte, so haben beyde obige Benennungen sogleich ihre Erklärung.
Es sind hundert und zwey und funfzig Bauchschilde
und sechs und sechzig Schwanzschuppen, in allen zweyhundert und achtzehn vorhanden. Der Körper ist
von oben braun, und der Rücken mit zweyen Strichen gezeichnet. Der Bauch hingegen ist schwarz.
Von den besagten Strichen, die den Rücken belegen,
gehen seitwärts verschiedene schwarze Striche nach
dem Bauche zu hinunter.

34.
Barba-
rische.
Mau-
rus.

35.* Die

35.* Die Schleppennatter. Coluber Stolatus.

35.*
Schlep-
pennat-
ter.
Stola-
tus.

Es hat diese Natter auf einem grauen Grunde zwey schneeweiße Bänder, die sich die Länge hinunter von dem Nacken über den Rücken bis zur Schwanz-spitze hinziehen, und dieses veranlaßt den Ritter sie Stolatus zu nennen, welches wir mit einer Schlep-pe vergleichen. Sie hat hundert und drey und vier-zig Bauchschilde, und sechs und siebenzig Schwanz-schuppen, folglich in allen zweyhundert und neunzehn. Das Vaterland ist Asien, und die Portugiesen daselbst nennen dieselbe Chayquarona. Die Schil-de haben auf beyden Seiten einen schwarzen Punct, und der Rachen ist mit den bekannten Giftzähnen versehen.

36. Die Schleyernatter. Coluber Vittatus.

Diese außerordentlich schöne Schlange hat hun-dert zwey und vierzig Bauchschilde und acht und sie-benzig Schwänzschuppen, folglich in allen zweyhun-dert und zwanzig. Doch diejenige, welche der Herr Gronovius anführet, hat überhaupt nur zweyhun-dert und siebenzehn Schilde und Schuppen. Sie ist castanienbraun, und hat unter dem Schwanze ein ge-zähneltes Band von weißer Farbe, dessen Faden wie die Schleyer geschlungen sind. Daher obige Be-nennungen genommen worden. Das Vaterland ist America, jedoch war diejenige, die Seba hatte, aus Ceilon. Die Schilde haben an der America-nischen einen braunen Rand. Es giebt aber noch mehrere schöne Verschiedenheiten, welche hieher kön-nen gerechnet werden, insbesondere diejenige, welche einen zischend-pfeifenden Ton von sich giebt.

37. Die

37. Die Grießnatter. Coluber Miliaris.

Wir nennen dieſe die Grießnatter, weil ſie von oben auf einem braunen Grund eine Menge kleiner weißen Flecken hat, als ob ſie mit Grieß beſtreuet wäre. Sie hat hundert zwey und ſechzig Bauchſchilde und neun und funfzig Schwanzſchuppen, in allen aber zweyhundert und ein und zwanzig. Was die beſagte Grießflecken betrift, ſo beſtehen ſie in weißen Puncten, davon jede Schuppe allemal eine in der Mitte ſtehen hat. Von unten aber iſt ſie ganz weiß. Das Vaterland iſt Indien.

38. Die Aesculapſchlange. Coluber Aesculapii.

Es wurde dieſe Natter ehedem dem Aesculap geweihet und hat daher den Namen Aesculapſchlange erhalten. Nach dem Aelian heißt ſie im Griechiſchen Pareas, es ſey wegen der dickgeſchwollenen Backen, oder von ihrer gelinden und unſchädlichen Art, oder auch von ihrer grünlichen Farbe. Sie hat hundert und achtzig Schilde und drey und vierzig Schuppen, in allen zweyhundert und drey und zwanzig. Doch zählt man auch an einem ſchwediſchen Exemplar hundert und vier und ſiebenzig Schilde und ſieben und vierzig Schuppen, welches alſo nur zweyhundert und ein und zwanzig macht. Genug es giebt etliche Verſchiedenheiten, die auch der Farbe und Zeichnung nach unterſchieden ſind. Die Beſchreibung, welche der Ritter giebt, lauft darauf hinaus, daß ſie mit weißen und ſchwarzen Banden beſetzt iſt, welche durch eine Linie und einen weißen Ring gleichſam in zwey Theile abgetheilt ſind. Seba hingegen giebt eine Aesculapſchlange von Panama in America an, die oben dunkel, unten aber blaßblau und bandirt iſt. Siehe Tab. VI. fig. 5. Sie hat krumme zurückgebogene Zähne, ſo daß ſie ihren Raub recht gut faßen

Linne III. Theil.   M   kann.

kann. Die Brasilianische wahre Aesculapschlange ist weißlich und würfelweise mit Schuppen besetzt, und auf dem Rücken braun gefleckt. Ueberhaupt sind diese Schlangen bandirt, und haben einen langen spitzigen Schwanz.

39. Der Blauwürfel. Coluber Rhombeatus.

39.
Blau-
würfel.
Rhom-
beatus.

Diese Natter ist bläulich, hat länglich viereckigte schwarze Flecken, die aber in der Mitte blaß sind, daher obige Benennung genommen ist. Es sind hundert und sieben und funfzig Bauchschilde und siebenzig Schwanzschuppen, in allen aber zweyhundert und sieben und zwanzig vorhanden. Das Vaterland ist gleichfalls Indien.

40. Die himmelblaue Natter. Coluber Cyaneus.

40.
Him-
mel-
blaue.
Cya-
neus.

Diese unvergleichliche Schlange ist von oben prächtig sammetartig himmelblau. Sie hat hundert und neunzehn Bauchschilde und hundert und zehn Schwanzschuppen, in allen zweyhundert und neun und zwanzig. Die Gestalt ist übrigens einer langen dünnen Peitsche sehr ähnlich, wie diejenige Schlange, welche unten No. 83. vorkommen wird. Sie ist desto schöner, weil sie an den Seiten nach unten zu graßgrün ist, und kommt aus America.

41. Die Ringelnatter. Coluber Natrix.

41.
Ringel-
natter.
Natrix.
Tab. VI
fig. 3.

Von dieser Art, welche eine Europäische ist, stammt die ganze Benennung der Natter her, und weil sie zu beyden Seiten des Halses einen weißen Flecken hat, der ihr das Ansehen gibt, als ob sie ein Halsband umhätte, so wird sie Ringelnatter genennt, wie denn auch die Franzosen ihr den Namen Coleuvre

leuvre a Collier geben. Daß aber die Alten ihr
den Namen Natrix gaben, kommt daher, weil ſie
im Waſſer geſchwinde ſchwimmen kann, und darum
heißt ſie auch bey etlichen Hydrus oder Waſſerſchlange. Sie iſt ganz unſchädlich und beißt nicht, ſondern ziſcht und bläßt nur. Doch ſind etliche Verſchiedenheiten davon vorhanden. Die Schwediſche
Snoke oder Ring-Orm, zeigt ſich in den Ställen
und Häuſern, die Franzöſiſche hält ſich in Moräſten und an den Hecken auf, und diejenige, welche
man in Geldern antrift, ſind gerne auf den Aeckern
und in den Viehſtällen, daher man ſie beſchuldigt,
daß ſie der Milch nachſtellen, wiewohl ihre Nahrung
ſonſt in Gras, Kraut und allerhand Inſecten, ja Ratzen und Mäuſen beſteht.

Sie hat hundert und ſiebenzig Bauchſchilde und
ſechzig Schwanzſchuppen, in allen zweyhundert und
dreyßig; iſt auf dem Rücken ſchwarz und am Bauche weiß, übrigens aber verſchieden gefleckt oder auch
wohl geſtreift, das Halsband iſt bey einigen gelb,
bey andern weiß, geht an etlichen um den ganzen
Hals, oder ziert auch nur die beyde Seiten des Halſes.

In der Provinz Holland und Weſtfrießland
trift man manche Verſchiedenheiten an, da ſie in den
Moräſten, Torfländern und Heiden gefunden werden. Etliche ſind braunroth, andere marmorirt oder
zierlich gefleckt, wiederum andere braun mit gelben
Flecken am Halſe.

Unter andern wird hier eine ſolche Ringelnatter
oder Waſſerſchlange mitgetheilt, welche in dem ſogenannten Diemermeere, (ein ausgeteichter und
mit lauter Luſthäuſern und Landgüthern angebauter
See, ohnweit Amſterdam) gefunden worden.
Siehe Tab. VI. fig. 3. Dieſelbe hatte hundert
und ſechs und achzig Bauchſchilde, und ſechzig
Schwanzſchuppen, war auf dem Rücken bläulich, wie.

auch

auch am Kopfe, Halse und an der Kehle; am Bauche aber und am Schwanze untenher kohlschwarz, und die Länge erreichte zwey und einen halben Schuh. Diese Schlangen werden auch Anguille de Haye genennt, und von einigen unter dem Namen der Aale geessen.

Sie bringen ihre Jungen nicht lebendig zur Welt, sondern legen ihre Eyer in Löcher, deren Oefnungen nach Süden gerichtet sind, und zwar an den Ufern der Gewässer, oder in Misthaufen. Diese Eyer sind in einen länglichen Busch, vermittelst einer zähen Feuchtigkeit aneinander gekittet. Ihre Pergamentschale ist äußerlich weiß, etwa so groß wie ein Taubeney. Wenn diese Eyer im Wasser sinken, so findet man schon eine ordentlich aufgewickelte junge Schlange darinnen, welche in einer weißlichen Feuchtigkeit liegt, und am Bauche vermittelst einer Schnur an einem einen Zoll breiten Mutterkuchen befestigt ist. Oefnet man ein solches Ey, so kann man diese aufgewickelte Schlange heraus nehmen, ohne daß man einiges Leben entdeckt, aber nach und nach entwickelt sie sich von selbsten und schleicht davon.

Die Eingeweide sind bey dieser Art wie an den übrigen Nattern beschaffen. Sie hat keine Giftzähne, wohl aber eine Reihe feiner Zähnchen, welche den Kiefern das Ansehen einer zarten Säge geben. Ihre Bewegung ist nur ein schlängeludes Schleichen, keineswegs aber ein Schiessen oder Springen, wie sonst wohl andere Nattern zu thun pflegen. In Dännemark werden schwarze, blaue, graue und auch schneeweisse Ringelnattern gefunden. Man giebt sie dem Viehe in Krankheiten ein, bedient sich der Haut in schweren Geburten der Weiber statt eines Gurts, hält sie in Italien für eine Arzney und stärkende Speise, ja man mästete an andern Oertern die Hühner damit, indem man sie kochte, und zu einem

Brey

Brey knetete, um hernach durch das Fleisch dieser Hühner, die also gemästet waren, Personen zu heilen, die an einem Verfall der Kräfte oder sonst irgend an einem Unvermögen laborirten.

42. Der Schleuderer. Coluber Agilis.

Diese Natter ist in ihrer Bewegung sehr geschwinde, und darum nennen wir sie Schleuderer. Sie hat hundert und vier und achtzig Schilde und funfzig Schuppen in allen zweyhundert und vier und dreyßig. Der Körper ist braun und weiß bandirt; doch sind die weissen Bänder eines ums andere die Hälfte schmäler, und wiederum noch einmal so breit, denn auf ein schmales weißes Band folgt hernach wieder ein breites, sodenn wieder ein schmales, und so weiter. Das Vaterland ist Indien.

42. Schleuderer Agilis.

43.* Der Milcher. Coluber Lacteus.

Die weisse Milchfarbe giebt ihr diesen Namen. Sie hat zweyhundert und drey Schilde, und zwey und dreyßig Schwanzschuppen, folglich in allen zweyhundert und fünf und dreyßig, und ist giftig. Uebrigens ist sie auf einem milchweissen Grunde mit schwarzen Flecken, die paarweise stehen, gezeichnet. Der Kopf oder Wirbel ist gleichfalls schwarz, doch aber die Länge herab mit einem weissen Striche geziert. Das Vaterland ist Indien.

43. Milcher. Lacteus

44. Der Pfeilschoß. Coluber Jaculato.

Man kann leicht erachten, daß die Benennung von ihrer Bewegung hergenommen ist, da sie wie ein Pfeil fortschießt. Es sind hundert und drey und

44. Pfeilschoß. Jaculato.

M 3 sech-

sechzig Schilde und sieben und siebenzig Schuppen, in allen aber zweyhundert und vierzig vorhanden. Sie sieht aber übrigens, wie die linierte Natter No. 49. aus, und kommt aus Suriname.

45. Der Hofjunker. Coluber Aulicus.

Die Livree und bunte Zeichnung mag wohl zu der Benennung Gelegenheit gegeben haben. Es befinden sich an dieser Art hundert und vier und achtzig Bauchschilde und sechzig Schwanzschuppen, zusammen zweyhundert und vier und vierzig. Der Körper ist grau, und von oben weiß bandirt, doch geht jede Binde zur Seiten gabelförmig aus. Der Wirbel ist gleichfalls weiß. Sie kommt aus America. Diejenige, welche der Ritter aus dem Seba hieher rechnet, hat kleine rostfärbige Schuppen und aschgelbe Bändchen, ist aber übrigens über dem Körper würfelartig marmorirt, am Kopfe schön gezeichnet, am Bauche blaßgelb, und kommt aus Brasilien, woselbst sie Raphiati genennt wird.

46. Der Juwelierer. Coluber Monilis.

Monile ist eine mit Buckeln oder Perlen oder auch mit andern Juwelen besetzte Halszierde, auch wird ein mit schönen Buckeln besetztes Pferdgeschirre Monile genennt; weil nun diese Natter auf dem Rücken eine Binde mit den obigen weissen Puncten oder Perlen führet, so hat sie obigen Namen erhalten, den wir mit Juwelierer vertauschen. Sie hat hundert und vier und sechzig Bauchschilde, und zwey und achtzig Schwanzschuppen, in allen aber zweyhundert und sechs und vierzig. Sonst ist der Körper mit Ringen besetzt. Das Vaterland ist America.

47. Gelb-

47. Der Gelbringel. Coluber Fulvius.

Sie hat zweyhundert und achtzehn Bauchſchilde, und da der Schwanz nur einen zwölften
Theil der Länge ausmacht, auch nur ein und dreyßig
Schwanzschuppen, folglich in allen zweyhundert und
neun und vierzig. Der Körper hat zwey und zwanzig ſchwarze und eben ſo viel gelbe Ringe, die
mit den ſchwarzen abwechſeln, aber auch braun gefleckt, und hinten und vorne weiß eingefaſſet ſind.
Das Vaterland iſt Carolina.

48. Die Blaßnaſe. Coluber Pallidus.

Die blaſſe Farbe gibt ihr das Anſehen, als ob
ſie abgeſtanden wäre, und die Farbe verlohren
hätte. Es ſind hundert und ſechs und funfzig
Bauchſchilde, und ſechs und neunzig Schwanzſchuppen vorhanden, die zuſammen genommen eine Zahl
von zweyhundert und zwey und funfzig ausmachen.
Der Körper hat hin und wieder einige graue Flecken mit braunen Puncten, und in den Seiten
nimmt man eine gedoppelte ſchwarze unterbrochene
Linie wahr. Das Vaterland iſt Indien.

49. Die linierte Natter. Coluber Lineatus.

Die Anzahl der Bauchſchilde iſt hundert und
neun und ſechzig, und der Schwanzſchuppen vier
und achtzig, welche miteinander zweyhundert und
drey und funfzig ausmachen. Die Farbe iſt bläulich, doch iſt die Länge des Rückens mit vier braunen
Linien beſetzt. Das Vaterland iſt Aſien. Seba
gibt ihr das Zeugniß, daß ſie außerordentlich ſchön
ſey, und aus ſeiner Beſchreibung erhellet, daß die
Bauchſchilde mehr länglich als viereckigte Schuppen ſind, die an den Seiten einen kleinen Fortſatz
haben.

M 4

haben. Auch giebt seine Abbildung Muthmassung, daß die Anzahl der Linien nicht bey allen einerley ist. Die seinige war aus Ceylon.

50.** Die Brillenschlange. Coluber Naja.

50**.
Brillen-
schlange.
Naja.
Tab. VI
fig. 4.

Wir haben diese Natter nicht ohne Ursache mit zwey Sternchen bezeichnet, denn sie ist unter allen Schlangen die giftigste, so daß ihr Biß in wenig Stunden unvermeidlich tödet. Sie wird von den Portugiesen Cobras de Capello, gemeiniglich aber Cobra Cabclo genennet. Die Ceylonneser geben ihr den Namen Noya. Ob nun davon die Linneische Benennung Naja genommen ist, oder ob dieselbe von den Najaden oder Wassernymphen herstamme, wollen wir nicht unterscheiden. Genug, sie ist unter dem Namen Brillenschlange bekannt, und zwar weil sie im Nacken eine vollständige braune Zeichnung einer Brille hat, wenigstens sind die Ostindischen dickhälsigen ächten Brillenschlangen also gezeichnet; doch die Westindischen Dünhälsigen, und andere Verschiedenheiten dieser Art haben keine ordentliche Brillenzeichnung, sondern vielmehr einen geschlängelten Zug, in Gestalt der messingnen Schlingen oder Schleifen an den Weibskleidern, worein sie die Häcklein schlagen, oder es kommt auch eine Zeichnung wie ein Angesicht heraus, daher sie von den Indianern für die Schlange ausgegeben wird, welche die Eva im Paradiese verführte, zumal sie sich stark aufrichten kann, und darum vom Kämpfer Tripudia Serpentum genennet wird, denn die Indianer treiben mit ihr allerhand Gauckeleyen, und lassen diese Schlange aufrichten und herumtanzen, welches possirlich aussieht. Bey einigen Schlangen dieser Art spannet sich die Seitenhaut des Halses aus und umgiebt den Kopf
gleich

gleich einer Kappe, und in dieſem Falle werden ſie
Kappenſchlangen genennet, und haben die be=
ſagte Zeichnung hinten auf der Kappe.

Man zählet an ihr hundert und drey und neun=
zig Bauchſchilde und ſechzig Schwanzſchuppen, in
allen zweyhundert und drey und funfzig. Die Far=
be iſt durchgängig röthlich, grau oder gelblich, und
im Cabinete zu Petersburg trafen wir blaſſe und
weißliche an, ſo dick wie eines Mannes Arm, und
verhältnißmäßig lang, die alle aus dem Seba=
ſchen Cabinete, welches der Czar Peter I. von
ihm gekauft hatte, dahin gekommen waren, woſelbſt
uns auch die Verſchiedenheit dieſer Art deutlich in
die Augen leuchtete. übrigens aber theilen wir
Tab. VI. fig. 4. die Abbildung einer ſolchen
Schlange mit, deren Brillenzeichnung mehr herz=
förmig iſt.

Man giebt auch vor, daß aus dem Kopfe
dieſer Schlange der ſo genannte Schlangenſtein
komme, welcher eine giftwiderſtehende Kraft ha=
ben ſoll. Allein es ſind dieſe Steine nur ein Be=
trug der Indianer, welche ſolche aus Aſche von
gebrannten Knochen der Büffel, (ſiehe I. Theil,
pag. 442. ſeq.) und Wurzeln, benebſt einer tho=
nigten Erde, backen; oder es iſt auch eine Compo=
ſition aus Natternpulver, Fröſchen und Krebspul=
ver, gegrabenen Einhorn, lemniſchen Bolus und Vi=
perngallerte, welche hart gemacht wird, und einige
Wirkung wider den giftigen Biß zu thun ſcheinet,
wiewohl niemand noch dadurch vom Tode iſt erret=
tet worden. Das beſte Mittel iſt ein indianiſches
Kraut, deſſen ſich die Innländer bedienen, und wel=
ches auch derowegen Ophiorhiza genennet wird.
Inzwiſchen hat die Vorſehung ſchon geſorget, daß
ſich dieſes Ungeheuer nicht zu ſtark vermehret, denn
es hat einen Feind an der ſogenannten Pharao=

Raße,

Ratze, *Viverra Ichneumon*, (siehe den ersten Theil pag. 244.) welche dieselbe tödet.

51. Die gefleckte Natter. Coluber Padera.

51. Gefleckte Natter. Padera. Sie hat hundert und acht und neunzig Bauchschilde und sechs und funfzig Schwanzschuppen, in allen zweyhundert und vier und funfzig. Die Grundfarbe ist weiß, doch liegen über den Rücken viele Paare brauner Flecken, davon ein jedes Paar mit einer Linie an einander hängt, an den Seiten aber stehen eben so viel einzelne Flecken. Das Vaterland ist Indien.

52. Die graue Natter. Coluber Canus.

52. Graue Natter. Canus. Man zählt hundert und acht und achtzig Bauchschilde und siebenzig Schwanzschuppen, in allen aber zweyhundert und acht und funfzig. Sie ist weißlichgrau und hat bräunliche Bande. An den Seiten stehen zwey schneeweiße Puncte. Das Vaterland ist Indien.

53. Der Ausländer. Coluber Getulus.

53. Ausländer. Getulus. Getulien war eine Landschaft in Africa, und die Einwohner daselbst wurden Getuli genennet; jedoch schreibet der Ritter dieser Natter das Land Carolina in Westindien zum Vaterlande zu. Da wir uns nun hier im Gedränge befinden, so wollen wir sie Ausländer nennen. Sie hat zweyhundert und funfzehn Bauchschilde und vier und vierzig Schwanzschuppen, zusammen also zweyhundert und neun und funfzig. Der Körper ist bläulich schwarz, von oben mit schmalen gelben Bändern besetzt, die an den Seiten gabelförmig werden,

den, und also gedoppelt den Bauch umgeben. Der Schwanz ist einen fünften Theil so lang als der Körper. Sie wird vom Catesby als eine Americanische Schlange aus Carolina angegeben.

54. Der Zischer. Coluber Sibilans.

Es zischen zwar alle Schlangen, doch diese Art wird eben die Kunst am besten verstehen, und darum obigen Namen führen. Sie hat hundert und sechzig Bauchschilde und hundert Schuppen, in allen zweyhundert und sechzig. Die Farbe ist oben blau, unten weiß, doch ist der Rücken die Länge hinunter mit schwarzen Bändern besetzt. Sie kommt aus Asien. Es giebt jedoch verschiedene Abänderungen, und man hat nicht nur Asiatische, sondern auch Africanische und Americanische. Seba führet einen schön gezeichneten Zischer aus Ceylon an, welcher daselbst Malpolon genennet wird, derselbe hatte verschiedene schöne Schnüre auf einem hellblauen Grunde, und so war auch der Africanische beschaffen, welcher von den Einwohnern Hippo genennet wird. Der Americanische Zischer aber hat breitere Schnüre von rother und weißer Farbe.

55. Der Breitschwanz. Coluber Laticaudatus.

Da der Schwanz an dieser Art wider die Gewohnheit der Schlangen horizontal platt, und am Ende stumpf ist, so verdient sie obige Benennung wohl. Sie hat zweyhundert und zwanzig Bauchschilde und zwey und vierzig Schwanzschuppen, in allen zweyhundert ein oder zwey und sechzig. Sie ist aschgrau und hat braune Bänder. Das Vaterland ist Indien.

56. Die

56. Die Papageyen-Natter. Coluber Sirtalis.

Es stehet zwar Sirtalis da, sollte es aber nicht auch Sittalis heißen können? und dann müßte es soviel als Papageyenartig heißen. Wir tragen gar kein Bedenken, diese Art Papageyen-Natter zu nennen, denn ihre ganze Farbe ist vollkommen papageyen artig. Sie hat nämlich eine braune, fein gestreifte Grundfarbe und über derselbigen gehen die Länge hinunter drey grünlichblaue Bänder, welches ja die Leibfarbe der Papageyen ist. Sie hat hundert und funfzig Bauchschilde und hundert und vierzehn Schwanzschuppen, in allen zwey hundert zwey oder vier und sechzig. Das Vaterland ist Canada.

57.* Der Tyrann. Coluber Atrox.

Die Giftzähne im obern Kiefer sind ziemlich groß, daher siehet diese Schlange vorzüglich grausam und tyrannisch aus. Es sind hundert und sechs und neunzig Bauchschilde, und neun und sechzig Schwanzschuppen vorhanden, welche zusammen zwey hundert und fünf und sechzig ausmachen. Die Farbe ist aschgrau, und die Schuppen haben in der Mitte einen erhabenen Rücken. Der Kopf ist oben und an den Seiten platt, eckigt und mit sehr kleinen Schuppen gedeckt. Das Vaterland ist Asien. Hieher rechnet der Herr Houttuin auch eine Natter, die sich in seiner Sammlung befindet, welche sehr lange Giftzähne und hundert und drey und neunzig Bauchschilde hat, deren Schwanzschuppen aber kaum gezählet werden können, weil sie so klein sind. Diese ist oben grau, unten braun gefleckt, hat einen sehr breiten eckigten Kopf, und ist zwey und zwanzig Zoll lang.

58. Der

58. Der Rundkopf. Coluber Sibon.

Sibon iſt eine hottentottiſche Benennung, denn die Hottentotten nennen diejenigen Schlan= gen, die einen weißen runden Kopf haben, Sibon, daher geben wir dieſer Art den Namen Rundkopf. Es ſind an ſolcher hundert und achtzig Bauchſchilde und fünf und achtzig Schwanzſchuppen, in allen hundert und vier und ſechzig, vorhanden. Die Farbe iſt oben bräunlich roſtfärbig mit weißen Spren= keln, unten weiß mit braunen Flecken. Das Vater= land iſt Africa, wo man auch ſolche antrift, die oben gelblich und mit hellrothen Flecken beſetzt, unten aber weißlich grau und braunroth gefleckt ſind.

59. Die Wolkenſchlange. Coluber Ne- bulatus.

Dieſe Benennung iſt von der wolkigten Zeich= nung hergenommen. Man trift hundert und fünf und achtzig Bauchſchilde und ein und achtzig Schwanzſchuppen an, die zuſammen etwa zweyhun= dert fünf oder ſechs und ſechzig ausmachen. Der Rücken iſt bräunlich aſchgrau gewölkt, der Bauch aber weiß und braun mellrt. Das Vaterland iſt America. Sie hat die Gewohnheit, ſich den Fuß= gängern um die Beine zu wickeln, und feſt anzu= halten.

60. Die Brunette. Coluber Fuſcus.

60.
Bru=
nette.
Fuſcus.
Tab. VI
fig. 5.

Dieſe Natter iſt bräunlich einfärbig, doch mit dem Unterſchiede, daß das braune bey der einen et= was aufs aſchgraue, bey der andern auf das him= melblaue ziehet. Sie wird ſehr groß oder vielmehr lang, denn der Geſtalt nach kommt ſie mit der

Peitſch=

Peitschschlange No. 83. ziemlich überein. Der
Schwanz ist auch ungemein lang, daher man an
selbigen hundert und siebenzehn Schuppen, und nur
hundert und neun und vierzig Bauchschilde zählet,
folglich zusammen zweyhundert und sechs und sechzig.
Seba will sie den Aesculapschlangen No. 38.
beygezählet wissen, und gibt etliche Verschiedenheiten an.

Ver-
schieden-
heiten. Diejenige, die wir hier Tab. VI. fig. 5. mittheilen, ist aus Panama im mittägigen America,
und hatte auf dem Rücken eine dunkelblaue Indi-
gofarbe, am Bauche aber war sie blasser. Der
Ritter hingegen beschreibt die Seinige aschgrau-
braun, mit länglichen braunen Flecken hinter den
Augen. Die Brasilianer nennen diese Schlange
wegen ihrer Größe Boigiacu, und haben eine Art,
der sie den Namen Ibiboboea oder Cobra de
Corais geben. Selbige ist auf dem Rücken braunroth,
und am Bauche weiß. Die Amboinische Bru-
nettnatter ist auf dem Rücken zwar auch braun,
aber an den Seiten des Bauchs grünlich. Dieselbe
wird Sprützschlange genennet, weil sie schießt
wie das Wasser sprützet. Eine andere Brasilianische ist olivenfärbig und rauh, dieselbe wird
Boitiapo genennet. Diejenige, die in Ceylon unter dem Namen Pimberah bekannt ist, hat eine
röthliche Farbe mit braunen Flecken; und in der
Sammlung des Herrn Houttuins befindet sich eine,
die oben blau und unten seegrün ist, jedoch eine andere Anzahl von Schilden und Schuppen hat. Es
scheinet also, daß die Einfärbigkeit und die viereckigten Schuppen oder netzartige Bekleidung des
Körpers, nebst den großen Augen, das vorzüglich-
ste Merkmal ausmachen.

Lebens-
art. Sie haben krumme zurückgebogene Zähne, packen gut an, und was sie anfassen, muß auch durch
die

die Kehle; jedoch riechen und spühren sie den Gegenstand zuvörderst wohl aus, und betrachten ihn mit
mit ihren großen Augen genau, ob er ihnen zur Speise
tauglich ist und behagt. Gemeiniglich stellen sie
den Ratzen, Mäusen und Vögeln nach. Den Menschen thun sie nichts, und sind ganz unschädlich, ja
die Indianer essen selbige, und halten so viel auf sie,
als auf eine große Delicateße, indem ihr Fleisch
mürber, weisser und schmackhafter als Hühnerfleisch
seyn soll.

61. Die Bleynatter. Coluber Saturninus.

Sie hat hundert und sieben und vierzig Bauchschilde und hundert und zwanzig Schwanzschuppen,
in allen aber zweyhundert und sieben und sechszig.
Der Rücken ist bleyfärbig und dabey aschgrau gewölbt. Die Augen sind an dieser, wie an der vorigen, sehr groß. Das Vaterland ist gleichfalls
Indien.

62. Der Weißkopf. Coluber Candidus.

Die Anzahl der Schilde belauft sich auf zweyhundert und zwanzig, und der Schwenzschuppen auf
funfzig, welche zusammen zweyhundert und siebenzig
ausmachen. Der Kopf ist ganz weiß, der übrige
Körper aber weiß mit braunen Banden. Diese Art
kommt gleichfalls von Indien. Der Herr Houttuin hatte eine, welche drey Schuh lang und dreyviertel Zoll dicke war. Sie hatte auf der weissen
Haut hin und wieder breite unordentlichgesetzte casta-
nienbraune Bande.

63.* Schneeschlange. Coluber Niveus.

Weil sie schneeweiß ist, nennen wir sie die
Schneeschlange, ob sie gleich in einem heissen Lande,
nämlich

Marginal notes: 61. Bley-natter. Satur-ninus. 62. Weiß-kopf. Candi-dus. 63.* Schnee-schlan-ge. Ni-veus.

nämlich in Africa zu Hause ist. Die zwehundert
und neun Bauchschilde, und zwey und sechzig Schwanzschuppen machen bey ihr eine Anzahl von zwehundert
und ein und siebenzig aus. Sie gehört ihrer Giftzähne halben unter die schädlichen Schlangen. Hieher gehört auch des Seba lybische Schlange, welche auf der weissen Haut schwärzliche Flecken hat,
und deren Schuppen über den Rücken reihenweise
gleich einer Kette liegen.

64. Die Stachelnatter. Coluber Scaber.

Weil die Schuppen dieser Schlange in der Mitte erhöht und zugespitzt sind, so machen sie eine rauhe Oberfläche, daher sich obige Benennungen rechtfertigen lassen. Es sind zwehundert und acht und
zwanzig Bauchschilde und vier und vierzig Schwanzschuppen vorhanden, mithin zusammen zwehundert
und zwey und siebenzig. Die Farbe ist braun und
schwarz gewölkt. Auf dem Wirbel zeigt sich ein
schwarzer Flecken, welcher nach hinten zu gabelförmig ausläuft. Das Vaterland ist Indien.

65. Der Kielrücken. Coluber Carinatus.

Da an dieser Art der Rücken scharf, erhaben und
kielförmig ist, so lassen sich obige Benennungen leicht
erklären. Man zählt hundert und sieben und funfzig
Bauchschilde, und hundert und funfzehn Schwanzschuppen, also zusammen zwehundert und zwey und
siebenzig. Sie ist bleyfärbig, doch haben die Schuppen einen blassen Rand, und der Bauch ist ganz
weiß. Sie wohnt in Indien.

66.* Die

66.* Die Corallennatter. Coluber Corallinus.

Sie führt diesen Namen, weil vom Kopfe an die Länge über den Rücken sechzehn Schnüre hinlaufen, die wie Corallenschnüre aussehen, und sich zur Hälfte des Körpers in Schuppen verwandeln. So ist wenigstens die Amboinische des Seba beschaffen. Ihre Länge ist am Bauche mit hundert und drey und neunzig Schilden, und am Schwanze mit zwey und achtzig Schuppen besetzt, welche zusammen genommen zweyhundert und fünf und siebenzig Reihen ausmachen. Sie ist schimmelfärbig und hat drey braune, die Länge hinunter streichende Bänder, die Schuppen liegen weitschichtig, und unten ist die Farbe blaß mit grauen Puncten. Sie wohnt in Asien, hat Giftzähne, und kann Eidechsen verschlucken, die so groß sind wie sie selbst.

66.* Corallennatter. Corallinus.

67. Der Eyerfresser. Coluber Ovivorus.

Der Herr Kalm fand diese in Nordamerica, doch hält sich in Brasilien eine ähnliche auf, welche daselbst Guinpuaguara genennt wird. Es sind zweyhundert und drey Bauchschilde und drey und siebenzig Schwanzschuppen, in allen zweyhundert und sechs und siebenzig vorhanden; doch der Herr Houttuin besitzt eine, welche hundert und neun und neunzig Bauchschilde und vier und siebenzig Schwanzschuppen hat, also zusammen zweyhundert und drey und siebenzig. Dabey dieser Umstand merkwürdig ist, daß in Absicht auf den Schwanz sich erst vier paar Schuppen, dann sechs Schilde, und hernach noch vier und sechzig paar Schuppen zeigen, welches einigermassen mit der Bauart der Klapperschlangen überein kommt. Uebrigens war diese Schlange weiß, sehr dicke, und wurde Tjerri-Tjerri-Schlange genennt.

67. Eyerfresser. Ovivorus.

Linne III. Theil.   N   68. Ei-

68. Die Eidechsennatter. Coluber Saurita.

68.
Eidech-
sennat-
ter.
Saurita.

Saura ist die Benennung, womit Plinius unsere gemeine Eidechsen belegt. Weil nun diese Schlange grünlich ist, und auf dem Rücken in einem braunen Grunde drey grüne Linien hat, mithin fast so wie die gemeine Eidechse gezeichnet ist, so kann sie obige Benennungen mit Recht führen. Sie hat hundert und sechs und funfzig Bauchschilde, und hundert und ein und zwanzig Schwanzschuppen, in allen zweyhundert und sieben und siebenzig, und kommt aus Carolina.

69. Der Würger. Coluber Constrictor.

69.
Würger.
Con-
strictor.

Diese Natter, die man in Nordamerica findet, fällt die Menschen an, wickelt sich um die Füsse, und würget sie mit Gewalt, daher wir sie den Würger nennen. Es sind hundert und sechs und achtzig Bauchschilde und zwey und neunzig Schwanzschuppen, in allen zweyhundert und acht und siebenzig vorhanden. Sie ist schwarz, schmal, sehr glatt, unten blaßblau, hat eine weisse Kehle, läuft sehr geschwinde, und beißt heftig, jedoch ohne Gift, weil ihr die Giftzähne mangeln.

70. Die Fahlnatter. Coluber Exoletus.

70.
Fahl-
natter.
Exole-
tus.

Die Benennung Exoletus zielt vermuthlich auf die blasse oder fahlblaue Farbe, daher wir sie auch Fahlnatter nennen. Sie hat hundert und sieben und vierzig Bauchschilde, und hundert und zwey und dreyßig Schwanzschuppen, mithin zusammen zweyhundert und neun und siebenzig. Sonst ist die Gestalt des Körpers den Peitschschlangen ähnlich. Das Vaterland ist Indien.

71. Waf-

71. Die Waſſernatter. Coluber Situla.

Situla bedeutet eigentlich ein Geſchirr, damit man Waſſer ſchöpft, und darum nennen wir ſie Waſſernatter, zumal ſie in einer wäſſerichten Gegend, nämlich in Egypten gefunden wird, woſelbſt ſie Herr Haſſelquiſt angetroffen hat. Sie hat zweyhundert und ſechs und dreyßig Bauchſchilde, und fünf und vierzig Schwanzſchuppen, zuſammen zweyhundert und ein und achtzig. Die Farbe iſt grau, und über den Rücken läuft die Länge herab ein Band, welches zu beyden Seiten mit einem ſchwarzen Rande eingefaßt iſt.

72. Der Dreyſtrich. Coluber Triſcalis.

Wir nennen dieſe auf gerathewohl Dreyſtrich, weil der Rücken mit drey braunen Strichen beſetzt iſt, die im Nacken miteinander verbunden ſind, und davon der mittlere über dem After aufhöret, die zwey andern aber, nebſt den zweyen braunen Seitenlinien bis zur Schwanzſpitze auflaufen. Es ſind hundert und fünf und neunzig Bauchſchilde, und ſechs und achtzig Schwanzſchuppen, in allen zweyhundert und zwey und achtzig vorhanden. Uebrigens iſt die Farbe ſeladongrün, und der Schwanz macht ein drittel der Länge aus. Man findet ſie in Indien. Herr Houttuin traf in einer ſolchen Schlange eine junge Ratze an. Sie war braun bandirt, und hatte hundert und ein und neunzig Bauchſchilde, und neunzig Schwanzſchuppen, folglich in allen zweyhundert und achtzig.

73. Die Blatternatter. Coluber Guttatus.

Wir nennen ſie Blatternatter, weil ſie auf einem blauen Grunde rothe und ſchwarze Flecken hat, die wie Waſſertropfen oder Blatterflecken ausſehen.

Man

Man zählt an ihr zweyhundert und drey und zwanzig, zwey hundert und sieben und zwanzig, oder auch zweyhundert und dreyßig Bauchschilde und sechzig Schwanzschuppen, so daß die sämtliche Anzahl etwa zweyhundert und vier und achtzig mehr oder weniger ausmachen mögte. Die Seiten sind schwarz, wo die Schilde mit den Schuppen vereiniget sind. Der Bauch hingegen hat viereckigte, eins ums andere stehende, schwarze Flecken. Der Schwanz ist ein Sechstel lang, und das Vaterland ist Carolina.

74. Die Bandnatter. Coluber Lemniscatus.

74. Bandnatter. Lemniscatus Sie hat zweyhundert und funfzig Bauchschilde und sieben und dreyßig Schwanzschuppen, in allen aber zweyhundert und sieben und achtzig. Doch besaß Herr Houttuin auch eine Ceilonische von zweyhundert und acht und funfzig Bauchschilden und vier und vierzig paar Schwanzschuppen, die also dreyhundert und zwey ausmachten. Diejenige, die der Ritter anführt, ist nicht dicker als ein Schwanenkiel, ein und einen halben Schuh lang mit weissen und schwarzen unterbrochenen und abwechselnden Ringen besetzt. Die Ceilonische hingegen ist gelb- oder röthlich, sodann schwarz und braun geringelt, bey allen aber ist der Körper glatt. Das Houttuinische Exemplar war so dick als ein kleiner Finger und drey Schuh lang. Sie kommen alle aus Asien, und man nennt sie Bandnatter, weil sie wie ein dicker Bindfaden oder dünner Strick aussehen.

75. Das Ringauge. Coluber Annulatus.

75. Ringauge. Annulatus. Diese Benennung ist der jetzigen Art gegeben, weil der Körper mit runden braunen Flecken, die aber öfters ineinander fließen, gezeichnet ist. Es sind hun-

hundert und neunzig Bauchſchilde und ſechs und
neunzig Schwanzſchuppen vorhanden, folglich in
allen zweyhundert und ſechs und achtzig. Die Sebaiſche war braun mit weißen, weit auseinander
ſtehenden Ringen.

76.* Die Durſtnatter. Coluber Dipſas.

Es pflegten die Alten alle Nattern, deren Biß
eine erſtaunliche Hitze, die mit einem heftigen Durſt
begleitet war, erregte, mit dem griechiſchen Namen Dipſas zu belegen, um dadurch die Wirkung
ihrer Biſſe auszudrücken. Wir nennen dahero auch
dieſe giftige Art Durſtnatter. Sie hat hundert
und zwey und funfzig Bauchſchilde und hundert und
fünf und dreyßig Schwanzſchuppen, mithin zuſammen zweyhundert und ſieben und achtzig. Die Farbe iſt bläulicht, die Schuppen haben einen weißen
Rand, und unter dem Schwanze zeigt ſich auch
noch eine blaue Nath. Das Vaterland iſt America, doch werden ſie auch in Oſtindien gefunden,
und Seba hatte aus beyden Gegenden Dipſas-
Schlangen, welche auf dem Rücken mit einem gedoppelten rothen Flecken auf einen bräunlichten
Grund gezeichnet waren; wiewohl diejenige, welche
der Ritter aus dem Seba anführet, eine ſehr
ſchöne kleine blaue Schlange aus Suriname iſt,
die aber keine Dipſas - Schlange zu ſeyn ſcheinet.

77. Die Spießnatter. Coluber Pelias.

Pelias war des Achilles Spies, wir wollen
dahero die jetzige Art in dieſem Verſtande Spieß-
natter nemen, wie man andere Schlangen mit dem
Namen Stockſchlangen zu belegen pfleget. Sie hat
hundert und ſieben und achtzig Bauchſchilde und

hun-

hundert und drey Schwanzschuppen, in allen zwey, hundert und neunzig. Hinter den Augen und dem Wirbel zeigt sich ein brauner Flecken; der übrige Theil des Körpers ist gedoppelt schwarz gefleckt; der Bauch ist grün, und hat auf beyden Seiten eine gelbe Einfassung. Das Vaterland ist Indien.

78. Die Purpurnatter. Coluber Tyria.

78. Purpurnatter. Tyria.

Obschon diese Natter eine Egyptische ist, so könnte Tyria hier auch wohl eine Natter aus der Gegend Tyrus bedeuten; allein da auch die Purpurfarbe Tyrius genennet wird, so wollen wir sie Purpurnatter nennen, und dieses können wir mit mehrerm Rechte thun, weil sie die Länge hinunter auf einem weißen Grunde drey Reihen brauner und auf Purpur ziehender länglich viereckigter Flecke hat. Die Anzahl der Bauchschilde ist zweyhundert und zehn, der Schwanzschuppen aber sind drey und achtzig, und diese machen zusammen zweyhundert und drey und neunzig aus.

79. Die Blutkehle. Coluber Jugularis.

79. Blutkehle. Jugularis.

Es sind hundert und fünf und neunzig Bauchschilde und hundert und zwey Schwanzschuppen, zusammen zweyhundert und sieben und neunzig Reihen vorhanden. Sie ist ganz schwarz, und hat an der Kehle einen rothen und gleichsam blutigen Flecken.

80. Der Bandschecke. Coluber Pethola.

80. Bandschecke. Pethola.

Pethola ist ein Maleisch Wort, womit die Maleier in Indien gewisse bunte bandirte Schlangenhäute von großen Schlangen belegen, und darum auch eine gewisse Art bunter Mondschnecken, die dieser

dieser Schlangenhaut ähnlich sehen, Pethola-Schnecken nennen; weil nun aber diese Schlangen in der
Zeichnung sehr abweichen, und immer eine anders
gefärbet und gezeichnet ist, als die andere, welche
Bewandniß es mit besagten Pethola-Schnecken auch
hat, so scheint das Maleische Wort eine unbe-
stimmte Mixtur von allerhand Farbe und Bänder-
zeichnung zu bedeuten. Aus diesem Grunde nun
wird wohl gegenwärtige Natterart Pethola genennet, denn sie ist gewaltig verschieden, in Absicht auf
die Zeichnung der Bänder. Wir können sie also
Bandschecke nennen. In wie weit sie aber
unter einander abweichen, lässet sich aus folgenden
schließen. Das Exemplar nämlich, welches von
dem Ritter beschrieben wird, war bleyfärbig mit
braunrothen Banden aus Africa. Seba hatte
eine Amboinische, die auf dem Rücken hellroth,
und am Bauche dunkelroth war. Eine Guineische
war dunkelbraun mit gelben Ringen und einem saf-
rangelben Bauche. Herr Gronovius hatte eine
schwarze mit einem blauen Glanze, weißen Bändern
auf dem Rücken und in den Seiten, und einem
gelblichtweißen Bauche.

Eben so nimmt man nun auch in der Anzahl
der Schilde und Schuppen einige Verschiedenheit
war. Die Linneische hatte zweyhundert und neun
Schilde und neunzig Schuppen, in allen zweyhundert und neun und neunzig. Eine andere zweyhundert und sieben Schilde und fünf und achtzig Schuppen, in allen zweyhundert und zwey und neunzig.
Eine dritte zweyhundert und acht Schilde und hundert Schuppen, in allen dreyhundert und acht. Eine
vierte zweyhundert und sieben Schilde und hundert
und drey Schuppen, in allen dreyhundert und zehn.
Eine fünfte zweyhundert und fünf Schilde und hundert und sechs Schuppen, in allen dreyhundert und

N 4 eilf.

eilf. Jedoch haben wir oben schon einmal angemerkt, daß in sehr vielen Schlangenarten ein Unterschied bey der Zählung der Schilde und Schuppen
obwalte, und daß es in der Hauptsumma auf zehn
mehr oder weniger nicht ankomme.

81. Die Sommernatter. Coluber Æstivus.

81.
Som-
mernat-
ter.
Æsti-
vus.

    Sie hat hundert und fünf und funfzig Bauch-
schilde und hundert und fünf und vierzig Schwanzschuppen, in allen dreyhundert, und kommt mit der
Peitschschlange No. 83., deren Anzahl dreyhundert
und dreyzehn beträgt, so ziemlich überein. Die Farbe
ist oben ganz blau, unten blaßgrün, und dabey sehr
glatt. Aus der Anzahl der Schwanzschuppen ist zu
ersehen, daß der Schwanz fast so lang, als der übrige Körper ist. Unser Exemplar ist über drey Schuh
lang, und so dick wie eines Kindes Finger. Das Vaterland ist Carolina.

82. Die Serpentnatter. Coluber Molurus.

82.
Ser-
pentnat-
ter.Mo-
lurus.

    Die Benennung Molurus scheinet auf den kur-
zen Schwanz zu zielen, denn sie hat gegen zweyhundert und acht und vierzig Bauchschilde, nur neun und
funfzig Schwanzschuppen, folglich in allen dreyhundert und sieben. Wir aber nennen sie Serpent-
natter, weil sie den Serpenten (Boa) ungemein
ähnlich siehet, jedoch sind die Kopfschilde und Schuppen nach Art der Nattern größer. Das Vaterland ist Indien.

83. Die Peitschschlange. Coluber Ahætulla.

83.
Peitsch-
schlange.
Ahæ-
tulla.

    Ahætulla oder Schlange mit schädlichen Au-
gen ist der Singalesische Name, welchen die
Einwohner von Ceilon dieser Art beylegen. Doch
bey

bey den Amboineſern wird ſie Boiguathara oder
die gemahlte Schlange genennet. Die Holländer
aber haben ihr den Namen Zweepſlang, das iſt
Peitſchſchlange gegeben, weil ſie bey einer Länge
von ſechs Schuh öfters nicht dicker als der kleine
Finger iſt, und ſehr ſpitzig ausgehet, daher ſie die
Geſtalt einer Peitſche hat, welche Benennung wir
alſo beybehalten wollen. Sie führet hundert und
drey und ſechzig Bauchſchilde und hundert und funfzig Schwanzſchuppen, in allen dreyhundert und dreyzehn. Sie iſt goldgrün, die Schuppen aber haben
ſchwarze Spitzen und durch die Augen ziehet ſich
ein ſchwarzes Band. Andere haben eine ſchöne
Meſirung von dunkelgrün, ſeegrün und himmelblau
mit einem Goldglanze. Dieſe Art hat keine Zähne,
ſondern ſauget nur ihren Raub, als Mäuſe, Vö-
gelchen und dergleichen aus, daher ſie ſich auch gerne in den Wäldern und auf den Bäumen aufhalten, und wie man ſagt, einen pfeiffenden und lo-
ckenden Ton von ſich geben. Scheuchzer führet
eine Schlange unter dem Namen Acontia an,
welche ſehr lang, dünn, am Kopfe gelb, auf den
Rücken gelblich grün, am Bauche weiß, und mit
einem rothen Striche bezeichnet iſt; dieſe gehöret
auch wohl hieher. Diejenigen Americaniſchen, welche ſich durch die Stiftung des Herrn Grills in
Upſal befinden, haben hundert und zwey und ſechzig, und hundert und acht und ſechzig Bauchſchilde.
Herr Gronovius hatte eine von hundert und fünf
und ſechzig Bauchſchilden und hundert und zwey und
funfzig Schwanzſchuppen; dieſelbe war drey und
einen halben Schuh lang und ein drittel Zoll dick.
Der Herr Zourtuin beſitzt eine mit hundert und
vier und ſechzig Bauchſchilden, und hundert und drey
und ſiebenzig Schwanzſchuppen. Sie iſt vier Schuh
und einen Zoll lang. Deßgleichen eine Apfelblüthenfärbige mit braunen Flecken, die drey Schuh

lang

lang ist. Der Hals dieser Schlangen ist sehr dünne, und darum zu verwundern, daß Herr Houttuin eine Eidechse in dem Bauche einer solchen Schlange fand, deren Kopf so dick als die Schlange war. Diese Schlange hatte hundert und ein und siebenzig Bauchschilde und hundert und fünf und sechzig Schwanzschuppen. Sie kommen sowohl aus Asien als America.

84. Die bunte Natter. Coluber Petalarius.

84.
Bunte
Natter.
Petala-
rius.

Was Pethola bedeute, ist No. 80. erkläret worden, diese Schlange soll also jenen Bandsche-cken ähnlich seyn, und darum nennen wir sie die bunte Natter. Es sind zweyhundert und zwölf Bauchschilde und hundert und zwey Schwanzschup-pen vorhanden, welche zusammen genommen drey-hundert und vierzehn ausmachen. Die Farbe ist braun mit weisen Banden, untenher aber blaßfär-big. Das Vaterland ist Indien.

85. Die Kropfnatter. Coluber Haje.

85.
Kropf-
natter.
Haje.

Haje ist die arabische Benennung dieser Schlange, welche tief in Egypten wohnet. Wir aber nennen sie Kropfnatter, weil sie, wenn sie gereizt und in Zorn gebracht wird, ihren Hals der-gestalt aufblähet, daß derselbe wohl viermal so dick als der Körper wird. Sie hat nach dem Linne zweyhundert und sieben Bauchschilde und hundert und neun Schwanzschuppen, also zusammen dreyhundert und sechzehn. Der Herr Hasselquist aber gibt von einer solchen Schlange Nachricht, die zweyhundert und sechs Bauchschilde und nur sechzig Schwanz-schuppen hat. Diesem sey nun wie ihm wolle, so ist sie eine der größten Nattern, sechs Schuh lang und drey Zoll dick; von Farbe schwarz und in die Quere
schief

ſchief bandirt. Die Schuppen ſind zur Hälfte
weiß. Bey dem großen Unterſchiede aber in der
Zahl der Schwanzſchuppen, zwiſchen dem Ritter und
Herrn Haſſelquiſt, müſſen wir noch erwähnen, daß
die Schlangen öfters einen Theil ihres Schwanzes
durch Nachſtellungen verlieren, und im Stiche laſſen müſſen, der alsdenn nur zuheilt uud nicht vollkommen wieder nachwächſt; wer nun ein ſolches
Exemplar zufälliger Weiſe bekommt, muß freylich
weniger Schwanzſchuppen zählen, als ein anderer,
der ein ganzes Exemplar unterſucht, und daher
kommt, wie wir glauben, ſehr oft ein Unterſchied
in der Zählung zwiſchen Linne, Gronov und andern vor.

86. Die Fadenſchlange. Coluber Filiformis.

Weil dieſe Natter ſo gar ſehr dünne und geſchmeidig iſt, ob ſie gleich einen dicken und breiten
Kopf hat, der breiter, als der Körper iſt, ſo wird
ſie Fadenſchlange genennet. Sie hat hundert
und fünf und ſechzig Bauchſchilde und hundert und
acht und funfzig Schwanzſchuppen, in allen dreyhundert und drey und zwanzig. Der Rücken iſt
ſchwarz, der Bauch aber weiß. Sie hält ſich in
den Indien auf.

87. Die Trauernatter. Coluber Pullatus.

Pullatus zeigt einen Trauerhabit an, und
weil dieſe Schlange über dem Rücken gleichſam
ſchwarze Schleyer oder Bande hat, die ſich durch
die darinnen befindlichen weißen Flecken und Mar-
morirungen noch mehr erheben, ſo hat ſie der Ritter mit ſolchem Namen belegt, daher wir ſie auch
die Trauernatter nennen. Sie hat zweyhundert
und ſiebzehn Schilde und hundert und acht Schuppen,

pen, in allen dreyhundert und fünf und zwanzig. Sie verdient obigen Namen um so mehr, da sie auch an den Seiten des Kopfs schwarze Flecken in einem weißen Felde führet. Asien ist zwar das angegebene Vaterland, jedoch findet man sie auch in Mexico, wo sie Apachycoatl genennet wird. Dieselbe ist nämlich weiß und schwarz marmorirt, hat glänzende Schuppen, und von der Hälfte des Rückens an, weiß marmorirte und schwarze abwechselnde Bande, die bis zur Schwanzspitze eins ums andere gehen, ja sogar ist auch der weiße Bauch mit schwarzen Strichen, die über die Schilde gehen, besetzt. Allerdings gibt es noch mehrere Arten, die, wie auch der Herr Gronovius thut, hieher könnten gezogen werden: denn auch des Scheuchzers dicke Aesculapschlange ist weiß und schwarz bandiret, und eben dieses Schriftstellers Schlange mit schwarzem Kopfe, marmorirten Rücken, schwarzen Schwanz und schwarzgestreiften Bauche, scheinet gleichfalls ihren Platz allhier zu behaupten. Es sind diese Nattern sehr zahm, thun den Menschen nichts, und leben von Ratzen, Mäusen und Vögeln.

88. Die Roßnatter. Coluber Hippocrepis.

Sie hat zweyhundert und zwey und dreyßig Bauchschilde und vier und neunzig Schwanzschuppen, in allen dreyhundert und sechs und zwanzig. Die Farbe ist dunkelblau mit braunen Flecken. Zwischen den Augen gehet ein gerader, und am Hinterkopfe ein krummer brauner Strich. Das Vaterland ist America.

89. Die

89. Die Drathnatter. Coluber Minervae.

Minerva war auch die Erfinderin des Spin-
nens und dieſe Schlange ſchreibt ſich von ihr her, weil
ſie gleichſam durch ihre Dünne, nur ein geſponnener
Drath zu ſeyn ſcheint, wie etwa oben die Fadenſchlange No. 86. Sie hat zweyhundert und acht
und dreyßig Bauchſchilde, und neunzig Schwanzſchuppen, in allen dreyhundert und acht und zwanzig.
Die Farbe iſt ſeegrün, der Kopf hat drey braune Binden, und über den Rücken geht eine breite braue
Schnur. Das Vaterland iſt Indien.

90. Die Aſchgraue. Coluber Cinereus.

Man zählt an dieſer zweyhundert Bauchſchilde
und hundert und ſieben und dreyßig Schwanzſchuppen, zuſammen dreyhundert und ſieben und dreyßig.
Die Farbe auf dem Rücken iſt über und über aſchgrau,
allein der Bauch iſt weiß, und dabey etwas eckigt.
Die Schwanzſchuppen aber haben einen roſtfärbigen
Rand. Das Vaterland iſt Indien.

91. Die Grüne Natter. Coluber Viridiſſimus.

Sie hat zweyhundert und ſiebenzehn Bauchſchilde und hundert und zwey und zwanzig Schwanzſchuppen, zuſammen dreyhundert und neun und dreyſ-
ſig. Die Farbe iſt über und über dunkelgrün, und
die Bauchſchilde ſind in der Mitte ſehr breit. Man
bringt dieſe Art aus Suriname.

92. Die

92. Die Schleimnatter. Coluber Mucosus.

**92.
Schleim
natter.
Muco-
sus.**

Es hat die gegenwärtige zweyhundert Bauchschilde und hundert und vierzig Schwanzschuppen, zusammen dreyhundert und vierzig.   Der Kopf ist
bläulich, und der Körper schlüpferig, daher sie Mu-
cosus genennt wird.   Indien ist das Vaterland.

93. Die Hausschlange. Coluber Domesticus.

**93.
Haus-
schlange.
Dome-
sticus.**

Man kann diese Schlange mit Recht eine Haus-
schlange nennen, da man sie in der Barbarey in
den Häusern findet.   Sie hat zweyhundert und fünf
und vierzig Bauchschilde und vier und neunzig
Schwanzschuppen, in allen dreyhundert und neun und
dreyßig.   Die Gestalt kommt einigermassen mit der
Rosnatter No. 88. überein.   Jedoch befindet sich
zwischen den Augen, statt des einzigen geraden Strichs,
ein gedoppelter schwarzer Flecken.

94. Ameisennatter. Coluber Cenchoa.

**94.
Amei-
sennat-
ter.
Cen-
choa.**

Diese Natter, welche bey den Brasilianern
Coyuta und Cencoatl (woher der linneische Name Cenchoa kommt) heißt, wird von uns darum
Ameisennatter genennt, weil sie mehrentheils von
Ameisen lebt.   Sie hat zweyhundert und zwanzig
Bauchschilde, und hundert und vier und zwanzig
Schwanzschuppen, in allen dreyhundert und vier und
vierzig.   Sie ist lang, wie eine Peitschschlange, und
viel dünner, denn sie übertrift bey einer Länge von
vier Schuh kaum die Dicke eines Federkiels.   Der
Rücken ist mit castanienbraunen Flecken zierlich gezeichnet, doch das Exemplar des Ritters war braun
mit

mit blaſſen Flecken und weiſſen Banden. Der kleine
Kopf iſt faſt kugelrund, die Augen ſind verhältniß-
mäßig ſehr groß, und ſtehen dicht am Ende des Mauls.
Sie halten ſich in den ſpaniſchen Weſtindien auf.

95.* Die Rumpfnaſe. Coluber Mycterizans.

Die aus dem Griechiſchen genommene Benennung bedeutet ein ſpöttiſches Naſenziehen, oder
wenn jemand, einen Geruch zu verfolgen, mit auf-
geworfener Naſe herum geht, und da dieſe Schlange
eben ein ſolches aufgeworfenes Maul hat, ſo können
wir ſie auch nicht beſſer als Rumpfnaſe nennen.
Die Anzahl der Bauchſchilde iſt hundert und zwey
und neunzig, und der Schwanzſchuppen hundert und
ſieben und ſechzig, welche zuſammen drey hundert und
neun und funzig ausmachen. Sie iſt länger, und
dennoch viel dünner als die vorige, ja als alle Peitſch-
ſchlangen. Die Farbe iſt grün, doch gehet zur Seiten eine blaſſe Schnur die Länge hinunter. Das
Maul iſt vorne dreyeckigt, ſpitzig aufgeworfen, und
mit Giftzähnen beſetzt. Sie hält ſich in America auf, und lebt daſelbſt von Mäuſen und Holz-
würmern.

95.*
Rumpf-
naſe.
Mycte-
rizans.

96. Die blaue Natter. Coluber Caeruleſcens.

Sie hat zweyhundert und funfzehn Bauchſchilde und hundert und ſiebenzig Schwanzſchuppen, zuſammen dreyhundert und fünf und achtzig, welches
alſo die größte Anzahl unter allen vorigen ausmacht.
Sie kommt aus Indien und iſt bläulich.

96.
Blaue
Natter.
Cæru-
leſcens.

97. Der

97. Der Argus.   Coluber Argus.

97.
Argus.
Argus.

Endlich bringt auch der Ritter eine Natter hieher, welche wegen der vielen Augen auf dem Rücken, Argus genennt wird, obgleich die Anzahl der Bauchschilde und Schwanzschuppen an dem jetzigen Exemplar noch nicht wahrgenommen ist, denn die äußerliche Gestalt rechtfertigt sie schon, um auch hier ihren Platz zu finden. Sie kommt aus Africa, und wird besonders in Arabien gefunden, jedoch müssen sie auch in America seyn, weil Seba berichtet, daß die Brasilianer selbige Ibiboboca und Boiguacu, die Portugiesen aber Cobra de korais und Cobra de verdo nennen, wiewohl diese nämliche Namen auch ganz andern Schlangen gegeben werden. Sie ist groß, hat einen erhabenen Kopf, und der hintere Kopf theilt sich in zwey erhabne Fortsätze ab; über den Rücken liegen verschiedene Querreihen von großen Augen, welches der Schlange ein schönes Ansehen giebt, das Maul steht voller festen Zähne. Sie packen große Thiere an, ringeln sich um selbige herum, und würgen sie. Das sonderbarste aber, welches von dieser Schlange erzählt wird, ist, daß sie mit dem Maule Leimen zusammen tragen, und davon gewisse Gehäuse in Gestalt eines Ofens kneten sollen, in welchen sie liegen. Auch sollen sie ihr Lager von vielen solchen Gehäuse beysammen, und ihren König in der Mitte haben. Dieses wäre nun an sich nicht unmöglich, wenn man bedenkt, wie vielerley Thiere es giebt, die ähnliche Wirthschaft und Haushaltung führen, wie unter andern an den Bibern I. Theil pag. 328. zu sehen ist.

126. Geſchlecht. Aalſchlangen.

Serpentes: Anguis

Für dieſes Geſchlecht hatten wir die Benennung Schlange im eigentlichen Verſtande beſtimmt, da man aber gar zu ſehr gewohnt iſt, alle ſchlei- chende Amphibien Schlangen zu nennen, ſo wol- len wir daſſelbe mit einem Beynamen erläu- tern, und es, zur Verhütung aller Verwirrung, Aalſchlangen nennen, weil auch die Aale Angues genennt werden, denn das Wort Anguis ſelbſt wur- de von den Alten ſowohl für die Schlangen der vori- gen Geſchlechter, als des jetzigen Geſchlechts ange- nommen, weil man bey ihnen wirklich keine rechte und beſtimmte Unterſcheidung einiger Geſchlechter hatte.

Inzwiſchen iſt der Unterſchied der jetzigen groß genug, um zu ſehen, wie ſie von allen vorigen Ge- ſchlechtern verſchieden ſind, denn ſie haben gar kei- ne Schilde weder am Bauche noch unter dem Schwan- ze, ſondern überall Schuppen. Ihr Schwanz iſt auch ſo dünne und ſo ſpitzig nicht, als an andern Schlangen, ſondern mehrentheils dick und abgerun- det ſtumpf. Sie ſind auch alle unſchädlich, und ha- ben keine Giftzähne. Der Ritter giebt folgende ſechzehn Arten an.

I. Der Vierfuß. Anguis Quadrupes.

Ein vierfüßiges Thier unter den Schlangen zu finden, möchte manchem fremd vorkommen. Allein

Linne III. Theil.　　　　O　　　　die

die Natur scheint gar keine Schritte zu überhüpfen. Wir sahen nämlich No. 48. des 122. Geschlechs eine Aaleidechse, welche wegen ihres langen Körpers sowohl, als der kurzen Füße halben, die Benennung verdiente; dieselbige mußte der Ohren halben zu den Eidechsen gerechnet werden; aber diese gegenwärtige Eidechsenartige Aalschlange kann schon nicht mehr unter den Eidechsen stehen, ob sie gleich Füße hat, denn es mangeln ihr die Ohren, und also sehen wir gleichsam in diesen zweyen Arten den Uebergang aus einem Geschlechte ins andere, oder vielmehr aus einer Ordnung in die andere. Wie glücklich würden wir in der systematischen Eintheilung seyn, wenn uns alle Körper und Geschöpfe bekannt wären, wodurch die geheimnißvolle Natur alle die Lücken ausfüllt, die sich noch in unsern Kabinetten und Systemen befinden? Es gehört aber dieses zu denjenigen Wünschen, deren Erfüllung wir nicht erleben werden. Um indessen zur Beschreibung unserer vierfüßigen Aalschlange zu schreiten, so hat sie einen langen Aalförmigen Körper, ist aschgrau, und etwa mit vierzehn oder funfzehn braunen Strichen die Länge hinunter über dem Rücken bezeichnet. Untenher ist sie aschgrau, und mit lauter Schuppen besetzt, deren Anzahl aber von dem Ritter nicht angegeben wird. In den Kiefern befindet sich eine Reihe sehr feiner und kleiner Zähnchen. Was aber die vier Füße betrift, so sind selbige sehr weit voneinander entfernt, zwey nämlich dicht am Kopfe, und die zwey andern am Hintertheile des Körpers. Sie sind sehr kurz, fünfzähig, und die Zähen sind mit Nägeln besetzt, jedoch sind die Fingerchen so klein, daß man sie kaum sehen und unterscheiden kann. Das Vaterland dieser Schlange ist Java, und wir besassen einmal ein Exemplar, das einen Schuh lang, und so dicke wie ein Federkiel war.

2. Die

2. Die Zweyfüßige. Anguis Bipes.

Es hat die jetzige nur zwey Füße dichte am After, welche noch kleiner als an der vorigen ſind, daher Seba dieſe Füße für Werkzeuge der Zeugungs-
glieder oder deren Anhänge und Fortſätze gehalten hat;
jedoch merkt der Ritter an, daß dieſe Füßgen zwey-
zählg ſind, wiewohl alles ſehr klein beſchaffen iſt.
Am Bauche befinden ſich hundert, und unter dem
Schwanze ſechzig Schuppen, alſo zuſammen hundert
und ſechzig.   Das eine Sebaiſche Exemplar war
aus Mauritanien, von Farbe grün mit roth, das
andere aus Oſtindien oben braun, und unten gelb,
mit ſchwarzen Flecken geſprenkelt, das Linneiſche
Exemplar aber, aus Indien, hatte eine blaſſe Farbe,
und auf jeder Schuppe war ein brauner Punct befindlich.

3. Die geſtickte Aalſchlange. Anguis Meleagris.

Wir haben unter den Vögeln ein Geſchlecht,
welches unter dem Namen Meleagris, oder Trut-
hühner bekannt iſt, (ſiehe 2ten Theil pag. 461.)
Dieſe haben eine bunte Zeichnung von Federn, welche gleichſam wie geſtickte Arbeit ausſieht.   Da nun
die jetzige Art der Schlangen faſt eine ähnliche Zeichnung auf dem Rücken hat, ſo iſt ſie von Linne
Meleagris, und von uns geſtickte Aalſchlange
genennt worden.

Man zählt an ihr hundert und ſieben und neunzig Schuppen, nämlich hundert und fünf und ſechzig am Bauche, und zwey und dreyßig unter dem
Schwanze.   Die Farbe iſt ſeegrün, mit etlichen
Reihen ſchwarzer Puncte, welche die Länge hinunter
gehen; übrigens iſt die Geſtalt faſt wie an der vo-

D 2   rigen

rigen zweyfüßigen Art beschaffen. Seba rechnet diese Art, die sowohl aus Ost = als Westindien kommen, zu den Stockschlangen. Die Ostindianischen sind braunroth, und die Flecken, oder gestickten Linien haben eine lebhafte Farbe. Siehe Tab. VI. fig. 6. Ihre Zähnchen sind sehr klein, und man nimmt keine Nasenlöcher wahr.

4. Der Natter = Aal. Anguis Colubrina.

4. Natter= Aal. Colubrina. Die Anzahl der Schuppen beläuft sich am Bauche auf hundert und fünf und sechzig, und unter dem Schwanze auf achtzehn, so daß man hundert und drey und achtzig zählt. Die Farbe ist zierlich blaß und braunbunt. Der Schwanz kurz und etwas spitzig. Die ganze Länge beläuft sich auf fünf Spannen, und die Dicke macht einen Zoll. Sie hat äusserlich viel ähnliches mit den Nattern, doch ist der Kopf, wie bey allen Schlangen dieses Geschlechts, klein, und die Zunge an der Spitze abgestumpft. Das Vaterland ist Egypten.

5. Die Wurfschlange. Anguis Jaculus.

5. Wurf= schlange. Jaculus. Durch die Benennung Wurfschlange unterscheiden wir diese Art von der Schießschlange No. 32. und vom Pfeilschoß No. 44. die beyde in dem vorigen Geschlechte befindlich sind, denn sie haben alle die Eigenschaft mit einer Heftigkeit zu schnellen und hervorzuschiessen. Sie hat am Bauche hundert und sechs und achtzig, am Schwanze drey und zwanzig, und zusammen gezählt zweyhundert und neun Schuppen, nur sind die Bauchschuppen etwas breiter als die andern, denn der Schwanz ist nur einen Zoll lang, etwas dicke, und dabey stumpf. Das Vaterland ist Egypten.

6. Der

6. Der Fleckenträger. Anguis Maculata.

Da der Bauch an dieſer Art zweyhundert, der Schwanz aber nur zwölf Schuppen hat, welches zuſammen genommen zweyhundert und zwölf ausmacht, ſo läßt ſich wohl ſchlieſſen, daß der Schwanz keinen Zoll lang ſeyn könne. Da nun derſelbe über das eben ſo dicke, ja noch dicker als der Kopf ſelbſten iſt, und ſtumpf abläuft, ſo hat man ſchon längſt dieſe Art Biceps oder Zweyköpfig genennt, weil man nicht ſehen kann, an welchem Ende der Kopf iſt, ſo daß es faſt ſcheint, als ob ſie an jedem Ende einen Kopf hätten. Weil aber mehrere Arten in dieſem Geſchlechte vorkommen, die einen eben ſo ſtumpfen Schwanz haben, und alle Zweyköpfe heißen könnten, ſo nennen wir dieſe, um dem Ritter zu folgen, Fleckenträger. Sie iſt nämlich auf dem Rücken gelb, und hat eine braune Schnur über den ganzen Rücken hin, welche ſeitwärts braune Querbänder abgiebt. Man findet ſie in Oſt- und Weſtindien. Seba bekam eine aus Paraguay in Südamerica, über Spanien heraus, welche Miguel de Tueuman genennt wurde, und der Herr Gronov führt eine weiſſe mit leberfärbigen Bändern an, die gegen zehen Zoll lang war, aber nur hundert und fünf und neunzig Schuppen am Bauche, und ſieben am Schwanze hatte.

7. Die Netzſchlange. Anguis Reticulata.

Sie hat braune Schuppen, und jede Schuppe hat einen weiſſen Flecken. Da nun die Schuppen lauter Vierecke ſind, und durch ihre weiſſen Flecken durchbrochen zu ſeyn ſcheinen, ſo giebt dieſes der Schlange ein Anſehen, als ob ſie mit einem Netze gedeckt wäre. Uebrigens befinden ſich am Bauche hundert und ſieben und ſiebenzig, und unter dem Schwanze

ſieben

sieben und dreyßig, in allen zweyhundert und vierzehn Schuppen. Das Vaterland ist America.

8. Der Hornträger. Anguis Cerastes.

8. Hornträger. Cerastes. Durch den Namen Hornträger unterscheiden wir diese Art von der Hornschlange No. 9. des vorigen Geschlechts, welche von dem Ritter auch Cerastes genennt wurde. Es ist daselbst von den gekünstelten Hornschlangen der Araber geredet, und zugleich gezeigt worden, in wie ferne jene Art den Namen Hornschlange verdiene. Mit dem jetzigen Hornträger aber verhält es sich ganz anders, wie sich hernach aus der Beschreibung ergeben wird. Die Araber nennen diese Schlange Harbaji. Sie hat am Bauche zweyhundert, unter dem Schwanze funfzehn, und also zusammen zweyhundert und funfzehn Gestalt. Schuppen. Der Kopf ist, der Hasselquistischen Beschreibung zufolge, einigermassen dreyeckigt, klein, von oben ein wenig platt, das Maul stumpf, die Augen sind klein, rund, braun, und stehen mitten am Kopfe. Die Seiten des Kopfs laufen unterhalb den Augen schief ab, und ragen hinterwärts hervor. Die Nasenlöcher sind schief, liegen über dem Maule gerade unter den Augen. Der obere Kiefer ist etwas länger als der untere, und auch spitziger, untenher etwas gerändelt. Die Mundspalte ist mittelmäßig groß. Die Zunge an der Wurzel ist muskulös, dicke und kurz, an der Spitze abgestumpft, köcherförmig hohl, und daselbst mit einem schwarzen Punct bezeichnet. Unter der Zunge zeigen sich zwey lange, biegsame, scharfe Borsten.

Hörner. Was nun aber die sogenannten Hörner betrift, so entstehen diese von zweyen Backenzähnen an der Wurzel des obern Kiefers. Diese Zähne sind sehr lang, und durchbohren den obern Kiefer. Die

Grund

Grundflächen dieſer Backenzähne dienen ſtatt ordentli-
cher Zähne, indem ſie daſelbſt im Kiefer rauh und
höckerich ſind, aber die Spitze, welche oben auſſer-
halb den Kiefern und dem Kopfe hervorragt, iſt bey
jedem dieſer beyden Zähne erhaben rund, und etwas
vorwärts gekrümmt, rinnenweiſe ausgehöhlt und ſpitzig, ſo daß ſie den Vogelklauen ziemlich ähnlich ſehen, und man könnte dieſe Schlange wohl die ſchlei-
chende Babyruſſa nennen, wenn man ſie, in Abſicht
auf dieſen Bau der Zähne, mit der Babyruſſa (ſiehe I. Theil pag. 467.) vergleichen wollte.   Dieſe lange, aus dem obern Kiefer hervorſpringende
Hauerzähne ſtehen in ihren Köchern ſehr locker, und
laſſen ſich leicht heraus nehmen, jedoch hat dieſe
Schlange ſonſt noch andere kleine und feſte Zähne in
den Kiefern.

Uebrigens ſind die Schuppen an der Kehle und
am Kopfe etwas rund, die Bauch- und Schwanzſchuppen aber ſind länglich, ſechseckigt, und ſtehen in
die Quere.   Dahingegen ſind alle übrige Schuppen
auf dem Rücken länglich rund, an den Seiten aber
viereckigt.   Die Farbe betreffend, ſo iſt der Kopf
weiß und ſchwarz marmorirt, der Rücken ſchwärzlich
mit großen weiſſen Flecken, die ohne Ordnung ſtehen,
an den Seiten weiß geſprenkelt und unten ganz weiß.
Der Schwanz iſt zwey Zoll, die ganze Schlange aber
drey Spannen lang, wovon der Kopf nur einen halben Zoll wegnimmt.   Das Vaterland iſt Egypten.

9. Der Wurm. Anguis Lumbricalis.

Ihre Geſtalt hat ihr den Namen Wurm erworben, denn ſie iſt vorwärts dünne, und hinten nach
dem Schwanze zu am dickſten, wie man ſolches an
den Spuhlwürmern wahrnimmt, wenn ſie fortkriechen. Die Anzahl der Schuppen iſt am Bauche zwey-

9.
Wurm.
Lum-
brica-
lis.

O 4   hun-

hundert und dreyßig, am Schwanze sieben, in allen zweyhundert und sieben und dreyßig. Sie ist gelblichweiß, und kommt aus America.

Das Exemplar des Gronov war zehn und einen halben Zoll lang, sieben Linien dick, nach hintenzu am breitesten, und hatte eine gespaltene Zunge. Hieher wird auch der Silberfärbige Biceps von Jamaica, und des Seba Blindschlange aus Mohrenland gerechnet; denn die Augen dieser Schlange sind so klein, und noch dazu mit Schuppen bedeckt, daß man sie fast nicht siehet, so daß man sie wohl eine Blindschlange nennen könnte, auch kann Kopf und Schwanz kaum von einander unterschieden werden.

10. Der Dickbauch. Anguis Ventralis.

10.
Dick-
bauch
Ven-
tralis.

Warum wir diese Schlange Dickbauch nennen, lässet sich aus dem Verhältniß der Bauchschuppen gegen die Schwanzschuppen leicht schließen, denn jener ist nur mit hundert und sieben und zwanzig dieser aber mit zweyhundert und zwey und zwanzig, besetzt, so daß die ganze Anzahl zusammen genommen dreyhundert und neun und vierzig beträgt. Das Vaterland ist Carolina, woher wir No. 16. noch eine Schlange unter dem Namen Kurzbauch zu beschreiben finden.

11. Der Plattschwanz. Anguis Platura.

11.
Platt-
schwanz.
Platu-
ra.

Der Schwanz dieser Schlange ist stumpf, sehr platt gedruckt, schwarz und weißbunt, und hat, gegen dem übrigen Theil des Körpers, den neunten Theil der Länge. Die Schuppen sind alle fast rund, sehr klein nicht übereinander geschoben, und können, weil sie so klein sind, nicht füglich gezählet werden.

Sonst

Sonſt iſt der Kopf dieſer Schlange länglicht, glatt, und ohne Zähne, der Körper iſt ein und einen halben Schuh lang, obenher ſchwarz, unten weiß. Der Rücken gehet etwas ſcharf und kielförmig in die Höhe. Das Vaterland iſt vermuthlich Indien.

12. Der Breitſchwanz. Anguis Laticauda.

Da der Schwanz an den Seiten zuſammen gedruckt iſt, ſo erſcheint er breiter als an den andern,
und führt daher obigen Namen. Man zählet zweyhundert Schuppen am Bauche und funfzig unter dem
Schwanze, welche zuſammen zweyhundert und funfzig ausmachen. Die Farbe dieſer Schlange iſt blaß
mit braunen Banden. Das Vaterland iſt Suriname.

(Seitenrand: 12. Breit-ſchwanz. Lati-cauda.)

13. Der Zweykopf. Auguis Scytale.

Wir haben ſchon oben in den 124. Geſchlecht
Boa eine Scytale No. 7. betrachtet, welche den
Namen Stockſchlange führet, wegen ihrer Geſtalt. Da nun die jetzige Art, des ſtumpfen und
dicken Schwanzes halben, wenn ſie gerade liegt,
auch einem Stocke ähnlich ſiehet, ſo hat man ſie auch
Stockſchlange genennet, daher ſie auch Scytale heiſ-
ſet; allein eben der Umſtand des dicken Schwanzes
war auch die Urſache, daß man ihr den Namen
Biceps, oder Zweykopf gab; aus dieſer Urſache
wollen wir die jetzige mit letztern Namen belegen, um
ſie von jener Stockſchlange zu unterſcheiden. Sie
hat zweyhundert und vierzig Schuppen am Bauche
und dreyzehn unter dem Schwanz, folglich überhaupt zweyhundert und drey und funfzig. Sie iſt
weißlich, hat hin und wieder einen roſtfärbigen
Rand an den Schuppen, und braune Bänder über

(Seitenrand: 13. Zwey-torf. Scytale.)

den

den Leib. Die Schlangen dieser Art kommen aus beyden Indien, und sind sowohl in der Zahl der Schuppen, als Farbe und Zeichnung etwas von einander unterschieden, denn etliche haben auch blaue und schwarze Ringe. In der Länge halten sie insgemein einen und ein halben Schuh, und sind etwa einen halben Zoll dick.

14. Der Langschwanz. Anguis Eryx.

Ohne uns jetzt um Eryx zu bekümmern, nennen wir diese Art Langschwanz, weil der Schwanz länger als der Körper, und von unten mit hundert und sechs und dreyßig Schuppen besetzt ist, wogegen der Bauch nur hundert und sechs und zwanzig hat, welche zusammen zweyhundert und zwey und sechzig ausmachen. Sie ist oben aschgrau mit drey in die Länge gestreckten schwarzen Linien besetzt, und und unten bläulich; die Augen sind klein, und die Nasenlöcher sehr groß. Das Vaterland ist America, auch findet man sie in Engelland.

15. Die Bruchschlange. Anguis Fragilis.

Weil man sie mit einem dünnen Reißig ohne viele Gewalt gleich mitten von einander hauen kann, so wird sie Fragilis, oder Bruchschlange genennet. Sie hat hundert und fünf und dreyßig Schuppen am Bauche, und eben soviel unter dem Schwanze; daher der Körper und der Schwanz einerley Länge, und mit einander zweyhundert und siebenzig Schuppen haben. Sie wurde von andern Schriftstellern, wegen ihrer sehr kleinen Augen, auch Blindschleiche genennet, und ist in Europa sehr gemein. Bey den Schweden wird sie Ormslao und Kopper-Orm; bey den Engelländern Blindworm, und bey den Franzosen Avoyne und Orvert, genennet.

Der

Der Herr Gronov gibt folgende Beschreibung Be-
von einer solchen Schlange: Der Kopf ist klein, schreib.
vorneher schmahl, stumpf zugespitzt, und oben platt,
deßgleichen auch an den Seiten, aber untenher rund.
Der Kopf ist oben mit ungleichen Schuppen gedeckt,
doch in der Mitte siehet man eine große herzförmi-
ge. Die Augen sind sehr klein, schwärzlich, und
haben ihre Augenlieder. Die Nasenlöcher stehen ganz
vorne, und sind offen. Der obere Kiefer springet
etwas über den untern hervor, die Zähne der beyden
Kiefer sind ziemlich groß und von gleicher Länge etwas einwerts gebogen, und sehr spitzig. Die
Zunge ist breit, und an der Spitze gespalten,
der Körper ist rund, und wird nach dem After zu
immer dicker. Der Schwanz ist hernach etwas dünner, und läuft stumpf ab, und da des Gronovs
Exemplar nur drey und vierzig Reihen Schuppen unter dem Schwanze hatte, so war derselbe
auch nur halb so lang als der Körper. Die Farbe war aschgrau braun. Das Vaterland ist Europa.

Von dieser Art giebt es in Italien solche, die
zwey bis drey Ellen lang sind, und wenn man sie
unversehens tritt, so beißen sie einen gleich in die
Schuhe, und geißeln ihren Beleidiger mit ihrem
langen Schwanze, jedoch ist ihr Biß weiter nicht
schädlich. Sie bringen, gleich den Nattern, lebendige Jungen zur Welt, und werden auch in
Arzneyen gebraucht.

16. Der Kurzbauch. Anguis Ventralis.

Wir hatten oben No. 10. auch schon eine Schlan- 16.
ge unter dem Namen Ventralis, welche wir Dick- Kurzbauch nannten; diese also soll Kurzbauch heissen, bauch.
denn wenn man bedenkt, daß der Schwanz zweyhun- Ven-
dert und drey und zwanzig, der Bauch aber nur hun- tralis.
dert

dert und sieben und zwanzig Schuppen hat, die zusammen dreyhundert und funfzig ausmachen, so muß der Bauch freylich nach Verhältniß der Länge sehr kurz gerathen seyn, dahingegen der Schwanz dreymal länger als der Körper ist, so daß man sie auch wol wie No. 14. Langschwanz hätte nennen können.

Sie ist aschgrau grün, erhaben gestreift, in den Seiten aber mit einer schwarzen Schnur gezieret. Der Bauch scheinet mit einer hohlen Nath angewachsen zu seyn, und der Schwanz ist wirbelicht. Das Vaterland ist Carolina, und Catesby nennet sie die gefleckte Blindschleiche.

127. Ge-

127. Geschlecht. Ringelschlangen.
Serpens: Amphisbæna.

Geschl.
Benen-
nung.

Der griechische Name Amphisbæna zeigt ein Thier an, welches sowohl hinter sich als vor sich kriecht, dergleichen die Schlangen dieses Geschlechts zu thun pflegen, und diese Meinung ist auch dadurch bestärket worden, weil sie am Schwanze so dick sind, als am Kopfe. Daher man kaum erkennen kann, an welchem Ende der Kopf ist; und dieses gab auch Anlaß, diese Schlangen Zweyköpfige oder Biceps zu nennen, gleichwie wir dergleichen schon in dem vorigen Geschlechte verschiedene betrachtet haben. Aus diesem Grunde nennen die Franzosen diese Schlangen Double marcheur, und die Engelländer Double Headet Serpent; holländisch heißen sie Tweekoppen. Es ist aber diese Benennung für gegenwärtiges Geschlecht nicht hinlänglich, daher wir einen Namen von ihren Unterscheidungsmerkmalen genommen, und sie Ringelschlangen genennet haben, denn der Biceps oder Zweykopf ist ohnehin uneigentlich; wiewohl wir nicht läugnen, daß man würkliche Mißgeburten der Schlangen gefunden habe, welche zwey Köpfe mit langen Hälsen neben einander hatten, denn wir haben einmal eine solche Mißgeburt in dem Cabinete des Herrn Bödeckers in Amsterdam gesehen, welche, der zwey neben einander stehenden und mit langen Hälsen versehenen Köpfe wegen, vorneher gabelförmig aussahe, hinten aber mit einem spitzigen Schwanze, nach Art der Nattern, auslief.

Was

Was die Kennzeichen dieses Geschlechts betrift, so werden sie von dem Ritter darinnen festgesetzt, daß der ganze Körper, nebst dem Schwanze mit Ringen umgeben ist, folglich weder Schilde noch Schuppen vorhanden sind. Diese Ringe haben die Eigenschaft einer dicken festen Haut, und sind keineswegs knorpelicht oder hart, wie etwa die Schilde oder Schuppen anderer Schlangen, jedoch unterscheiden sie sich hinlänglich als eigentliche Ringe. Man trift nur, und zwar in Indien, die zwey folgenden Arten an.

1. Der Rußringel. Amphisbæna Fuliginosa.

Man zählt an dieser Art am Körper zweyhundert und am Schwanze dreyßig, zusammen zweyhundert und dreyßig Ringel. Sie ist würklich rußfärbig oder schwarzbunt, und verdient obigen Namen. Sie kommen nicht allein aus America, wo zwar die größten sind, sondern auch aus Ostindien, vorzüglich aus Ceilon, deßgleichen aus Syrien, und leben theils von Ameisen, theils aber von Erdschnecken und Würmern.

Der Kopf ist klein, glatt, stumpf, oben die Länge herab gestreift, und an den Seiten gerunzelt. Zwischen den Nasenlöchern zeiget sich eine dreyeckigte Linie. Die Nasenlöcher sind gleichfalls sehr klein, und von den Augen siehet man nichts anders, als zwey schwarze Puncte. Das Maul ist voller kleiner Zähnchen. Die Länge des Körpers, welcher vollkommen rund ist, belauft sich auf einen Schuh. Durch etwa zweyhundert Ringe siehet das Thier einem Wurm ähnlich, aber diese Ringe sind durch etwa vierzig Striche durch die Länge des ganzen Körpers in kleine Theilchen abgetheilt. Der zwölfte

te Strich der, von der Rückennath abgerechnet, die Ringe über den ganzen Körper einkerbet, iſt mit Kreuzen
wie ein X gezeichnet, und ſcheidet den Bauch von
dem Rücken ab, gehet aber nicht weiter als bis
an den After. Vor dem After zeigen ſich acht
Wärzchen, welche in einer Reihe in die Quere
ſtehen. Der Schwanz iſt kurz und am Ende ſtumpf,
und hat, wie oben geſagt iſt, dreyßig Ringe. Sie iſt
zwar über und über ſchwarz- und weißbunt, iedoch
auf dem Rücken mehr ſchwarz, und am Bauche mehr
weiß.

Herr Gronov hatte eine ſolche Schlange mit
zweyhundert und neun Ringen, am Körper, und fünf-
und zwanzig am Schwanze. Herrn Houttuins Exemplar hatte nur hundert und ſieben Ringe am Bauche,
und vier und zwanzig am Schwanze, und war einen
Schuh lang. Ein anderes Exemplar, welches dunkelbraun von Farbe und eilf Zoll lang iſt, hat nur
hundert und acht und neunzig Ringe am Körper
und acht und zwanzig am Schwanze. Dieſer kleine Unterſchied zeiget doch an, daß die verſchiedenen
Arten die angegebene Zahl ohngefehr erreichen.

2. Der Weißringel. Amphisbæna Alba.

Da die gegenwärtige Art ganz weiß iſt, ſo
kann ſie Weißringel genennet werden. Jedoch giebt
es auch ſolche, die obenher ins rothe, gelblichte, violetfärbige, oder apfelblüthenfärbige ziehen, wenn
gleich die Hauptfarbe, beſonders am Bauche, weiß iſt.
Sie hat zweyhundert und drey und zwanzig Ringe am
Körper, und ſechzehn am Schwanze, folglich zuſammen zweyhundert und neun und dreyßig. Man findet ſolche, die ein und einen halben Zoll dick, und
zwey und einen halben Schuh lang ſind.

2.
Weiß-
ringel.
Alba.

Der

Der Kopf ist klein, vorneher spitzig abgerundet, überall mit fleckigten Schuppen gedeckt, der obere Kiefer raget über den untern hervor, und hat an der Spitze kleine Nasenlöcher, oben aber sehr kleine Augen, welche rund und weißlich sind. Die Mundspalte ist ziemlich groß, der Körper etwas rund, und bis zum Ende des Schwanzes gleich dick, indem auch selbiger ganz stumpf abbricht.

Das Exemplar des Herrn Houttuins hatte nur einen zwey Zoll langen Schwanz, der etwas dünner als der Körper ist, und es waren nicht etwa nur die Seiten, sondern auch der ganze Rücken mit lauter Strichen besetzt, die aus Kreuzen oder X bestunden, so wie wir von der vorigen Art erwähnet haben.

Seba führt auch eine dergleichen röthliche Schlange von der Insel Amboina an, und eine ganz rothe Americanische, an welcher letztern er weder Augen noch Nasenlöcher entdecken konnte, und im Maule keine Zunge oder Zähne fand. Die Amboinische hingegen hatte den After nicht unter dem Schwanze, sondern in der stumpfen Schwanzspitze selbst, so daß man selbige, wegen diesem großen Unterschiede, wohl für eine ganz andere Art halten mag.

Uebrigens giebt der Ritter die Nachricht, daß sich diese Schlangen in den Ameisenhaufen aufhalten, woraus zu schließen ist, daß sie auch mehrentheils von Ameisen leben werden, welche in America beträchtlich groß sind.

128. Se-

128. Geſchlecht. Blindſchleichen.

Serpens: Caecilia.

Da der Name Caecilia oder Blindſchlange, Griechiſch, Typhlos, auch verſchiedenen Schlangen des vorigen 126. Geſchlechts gegeben wird, wie wir daſelbſt unter andern bey No. 15. gezeiget haben, ſo muß man hier vorzüglich auf die Merkmale Acht geben, welche der Ritter von dieſem Geſchlechte beſtimmt. Sie haben nämlich weder Schilde noch Schuppen, und auch keine förmlich zuſammen laufende Ringe, ſondern nur Runzeln, ſowohl am Körper als am Schwanze, welche aber an den Seiten am beſten ſichtbar ſind. Da nun ihre Augen nur ganz kleine Puncte ſind, die unter der Haut liegen, ſo hat die Natur ihnen zur Beyhülfe an der obern Lippe zwey, wiewohl ſehr kleine Fühlhörner geſchenkt, welche folglich auch mit zum Merkmal dieſes Geſchlechts dienen. Jedoch werden nur folgende zwey Arten von dem Ritter angegeben.

(Marginalien:) Geſchl. Benennung. — Geſchl. Kennzeichen.

1. Die Fühlſchlange. Caecilia Tentaculata.

Die kleinen an der obern Lippe befindlichen Fühlhörner ſind die Urſache obiger Benennung. Sie hat an dem Körper hundert und fünf und dreyſig Runzeln. Am Schwanze aber keine, weil derſelbe ſo klein iſt, daß er kaum den äuſſerſten Rumpf des Körpers ausmacht, denn der After befindet ſich faſt am Ende,

(Marginalie:) 1. Fühlſchlange. Tentaculata.

Linne III. Theil. P in

in einer gedoppelten Ritze. Der Körper ist rund, einen Schuh lang, und einen Zoll dicke, fast wie der Körper eines Aals. Der Rücken hat einige erhabene Wärzgen, ist aber sonsten glatt. Die Nasenlöcher sind nicht größer als Stecknadellöcher. Die Augen sind kaum unter der Haut zu erkennen. Es sind nur ganz kleine Zähnchen vorhanden, und Seba nahm in einer Ceilonischen keine Zunge wahr.

Herr Gronov besaß eine Surinamische, welche bräunlich himmelblau war, und rechnet eine Brasilianische Art hieher, welche Ibijaram genennt wird. Doch hier verläßt uns die bestimmte Art der Runzeln, indem sich ein großer Unterschied in derselben Anzahl befindet.

2. Die Schleimschlange. Caecilia Glutinosa.

**2.
Schleim-
schlange.
Glúti-
nosa.** Unter obiger Benennung versteht der Ritter eine Art, welche von brauner Farbe, und an den Seiten mit einer weissen Linie bezeichnet ist. Sie kommt aus Indien, und ist, wie die vorige, unschädlich.

III. Ord-

III. Ordnung. Schwimmende Amphibien.

Amphibia: Nantes.

Die Amphibien dieser dritten Ordnung sind von jeher unter die Fische gezählt worden, weil sie äußerlich den Fischen vollkommen ähnlich sind, und im Wasser leben. Da aber der Ritter bey der allgemeinen Eintheilung der Thiere ihren innern Bau mit zum Grunde legte, und unter den Amphibien solche Thiere verstand, welche, nebst andern Merkmalen, willkührliche Lungen haben, (siehe I. Theil pag. 45. und 47.) so musten nothwendig eine Menge Fische ausgemustert, und unter die Amphibien gebracht werden. Um nun dieselben hinlänglich von den übrigen und vorher schon betrachteten kriechenden und schleichenden zu unterscheiden, so nennet er sie Nantes, oder schwimmende Amphibien. Nun ließe sich, in soweit sie Fische sind, verschiedenes von ihnen sagen, allein da wir ohnehin in dem folgenden vierten Theile eine Einleitung in die Geschichte der Fische mittheilen werden, so würde es überflüßig seyn, uns anjetzo dabey aufzuhalten.

Benennung der Ordnung.

Sie besitzen, wie wir schon pag. 9. angemerkt haben, nicht nur willkührlich athemhohlende Lungen, sondern auch, (nach Art der Fische) äußerliche Werkzeuge, welche die Athemhohlung befördern. Jedoch unterscheiden sie sich hernach in Ansehung der Beschaffenheit dieser Werkzeuge, indem dieselbe bey den ersten

Kennzeichen der Ordnung.

P 2   vier

vier Geschlechtern zusammen gesetzt, und bey den hernach folgenden zehn Geschlechtern nur einfach sind.
Besagte vier erste Geschlechter, und dann die zwey
ersten, von den darauf folgenden zehn Geschlechtern, - waren schon in der zehenten Auflage unter die Amphibien geordnet, aber die acht übrigen
sind erst in dieser letzten Ausgabe dazu gekommen.
Uebrigens gehört auch noch zu den allgemeinen Kennzeichen jetziger Ordnung dieses, daß die Floßen knör-
pelichte Finnen haben, daher sie sonst Pisces carti-
laginei, auch Chondrakanthoi, und von dem
Ritter Chondropterygii genennt wurden, wozu denn noch die Branchiostegi (mit Beinohren)
kamen.

129. Geschlecht. Pricken.

Nantes: Petromyzon.

Mit Recht lässet der Ritter zunächst auf die Schlangen ein solches Geschlecht von schwimmenden Amphibien folgen, welches die meiste Aehnlichkeit mit den Schlangen hat, sowohl in Absicht auf die äusserliche Gestalt, als auch in Absicht auf die Lungen, welche in diesem Geschlechte vollständiger als in den übrigen sind, weil eine ordentliche Luftröhre in die Lungen tritt. Sie sind durchgängig bey uns unter dem Namen Pricken bekannt. Der holländische und niedersächsische Name Prik ist der Ursprung der Benennung, und bedeutet ein spitziges Stäbchen, wodurch man etwa auf die Figur dieser Fische gezielet hat, es wäre denn, daß man es von dem Worte Prikken, das ist: mit einem spitzigen Stäbchen Löcher bohren, herleiten, und dadurch auf die Luftlöcher, die diese Fische zur Seite am Halse haben, zielen wollte. Petromyzon aber war die Benennung, womit Artedi dieses Geschlecht belegte, und bedeutet nach dem Griechischen so viel als Steinsauger, weil sich diese Fische an die Felsen mit ihrem köcherförmigen dicklippigen Maule festsaugen, und es stehet dahin, ob nicht die Alten diese Fische unter dem Namen Remora oder Saugerfisch verstanden haben, wiewohl selbige bey uns nunmehro eine ganz andere Art in dem hundert und sieben und funfzigsten Geschlechte unter den ordentlichen Fischen ausmachen.

P 3

Die

Die Kennzeichen dieses Geschlechts sind nach dem Linne folgende: An den Seiten des Halses befinden sich sieben Luftlöcher, die in einer Reihe nach der Länge stehen, und es sind gar keine so genannte Fischohren vorhanden. Oben auf dem Wirbel befindet sich eine kleine Sprützröhre oder Sprützloch, und unten am Körper sind weder Brust = noch Bauchflossen vorhanden.

Zu diesen Merkmahlen kann man aus dem Gronov noch hinzufügen, daß der Körper keine Schuppen hat. Der Kopf ist länglichrund, so dick als der Körper, das Maul zirkelrund, und die Lippen wie Klappen zum Ansaugen gebildet. Innwendig haben die Kiefer eine unzählbare Menge kleiner Zähnchen. Der Rücken hat zwey Flossen, davon die hinderste den Schwanz umgiebt. Nach dem Linne giebt es hievon folgende drey Arten:

I. Die Lamprete. Petromyzon Marinus.

Lampreda und Lampreka kommt wohl von Lampetra her, welches so viel als Steinlecken andeuten soll, daher man auch diese Fische in den nordischen Gegenden Steen = Sue oder Steinsauger nennet, weil sie sich, wie oben schon gesaget ist, an die Steine festsaugen. Inzwischen ist doch bey den Engelländern Lamprey und Lamprey-Eel oder Aal; bey den Franzosen Lamproye; bey den Italienern Lampreda; bey den Holländern Zee = Lamprey, (weil Linneus diese Art Marinus nennet,) und bey uns Lamprete üblich. Die Alten zwar gaben ihr auch den Namen Mustela, allein unter dieser Benennung verstehet man einen ganz andern Fisch.

Die Gestalt ist fast aalförmig, und die Länge durchgängig ein, bis ein und einen halben Schuh,
und

und einen Zoll dick; doch findet man auch in Norwegen solche, die Arms dicke und eine Elle lang
sind, in der Elbe aber manchmal einige, welche drey
bis vier Pfund wiegen. Der Körper ist länglichrund,
die Haut oben schwärzlich, mit einigen blassen eckigten Flecken, innwendig befindet sich, statt eines
knochichten Rückgrads, ein knorpelichtes Wesen,
welches mit Mark angefüllet ist, und von dem Maule bis zum After gehet ein gerader Canal. Das
Maul ist innwendig warzigt, und die letzte Rückenflosse ist vom Schwanze unterschieden. Sie halten
sich eigentlich im Meer auf, doch ziehen sie gegen
der Zeit der Begattung die Flüße hinan.

Man macht aus selbigen, ohnerachtet sie schwer
zu verdauen sind, ein schmackhaftes Essen, und ge-
nießet sie entweder frisch gekocht, geröstet, ge-
dämpft oder gebraten, wie die Aale, oder auch ge-
salzen, geräuchert, ja auch gedörret. Die gemeinste Art der Zubereitung aber ist marinirt, oder geröstet und mit Gewürz in Wein oder Eßig gelegt,
da sie alsdenn in Tönnchen wohl gepackt weit verschickt werden. Die Erfindung dieser Speise wird
einer armen Frau zugeschrieben, welche aus Hunger
es wagte, eine Lamprete, die jedermann für ein
schädliches Thier hielte, zu essen, und als ihr nichts
widriges wiederfuhr, ließen sich mehrere derselben
gelüsten; jedoch wollen sie den Podagristen, und
denen, die Steinschmerzen haben, auch schwachen
Personen, nicht gar wohl bekommen, denn es gehört ein nordischer Magen dazu.

*Ge-
brauch.*

2. Die Neunange. Petromyzon Flu-
viatilis.

Der Name Neunauge sollte eigentlich Siebenauge seyn, weil diese Benennung von den sieben

*2.
Neun-
auge.
Fluvia-
tilis.*

sieben Luftlöchern an den Seiten des Halses hergenommen ist; weil man uns aber nicht verstehen würde, wenn wir Siebenauge sagten, so wollen wir es
bey dem alten bewenden lassen. Indessen ist dieses
eine kleinere Art, welche sich in den Flüssen aufhält,
und von den Fischern zum Lokaas bey dem Cabeljaufang
gebraucht wird. Sie unterscheidet sich auch darinnen
von der ersten, daß die hinterste Rückenflosse eckigt ist.
Sie werden in norwegischen und märkischen Flüssen, desgleichen in Holland und auf der Themse in
Engelland, nicht weniger in den französischen
Flüssen, wo sie Lampreyon und Lamprillon
heißen, gefangen, und zwar in Aalreisen, oder auch
mit holen Kegeln, an welche sie sich feste saugen.

Gestalt.   Sie sind übrigens fast so wie die See-Lam-
preten gestaltet, werden aber selten über einen
Schuh lang und haben zuweilen schwärzliche Striche
über den Rücken, ja etliche sind fast ganz schwärzlich, und werden Moorneunaugen genennet, weil
sie sich im Morast wälzen. Die silberfärbigen
aber sind die besten und schmackhaftesten. Um den
Rand des Mauls haben sie eine große Menge kleiner Zähnchen, weiter hinunter aber zeigen sich
größere. Auf dem Kopfe führen sie auch, nach Art
der Wallfische ein Sprützloch oder eine Röhre, durch
welche sie Wasser einsaugen und seitwärts aus den
Luftlöchern wieder aussprützen, oder vielleicht auch
umgekehrt. Die letzte Rückenflosse lauft um den
Schwanz hin, und ist mit der Afterflosse verbunden.
Unten am Körper zeigen sich zwey Oefnungen; die
eine hat mit den Därmern, die andere aber mit der
Harnblase Gemeinschaft. Mit dem Maule saugen
sie sich allezeit fest, und genießen nicht viel Nahrung. Man will angemerket haben, daß ihr Leben
nur ein Paar Jahre daure, und wenn sie ihre Jungen zur Welt gebracht haben, nehmen sie langsam
ab,

ab und ſterben. Von dieſer Art werden die meiſten nach Deutſchland verſchickt.

Die gelblichte Haut ziehet ſich oben etwas
ins grüne, und iſt hin und wieder mit kleinen
ſchwärzlichten Flecken geſprengt. Der Bauch iſt
weiß. Statt der Schuppen iſt die Haut mit einem
ſchleimigten Weſen bekleidet. Durch die Haut ſcheinen wohl dreyßig Abtheilungen der Muskeln durch.
Vom Schwanze bis an die Augen und Naſenlöcher
iſt ein Lymphatiſches oder Waſſergefäß zu ſehen,
welches ſeitwärts nach unten zu Aeſte abgiebt.
Dieſes Waſſergefäß hat Klappen, entſpringt im
Kopfe und führet durch den ganzen Körper eine reine
Feuchtigkeit, welche zur Glattmachung der Haut
dienet. Ohnweit dem Nabel ſiehet man eine Blutader, welche ihre Aeſte zwiſchen den Muskeln ein-
ſenkt. Die Länge der Därmer, ſamt dem Magen und der Speiſeröhre, iſt eine halbe Elle. An
dem Ausgange des Magens befinden ſich ſechs wurmförmige Anhänge, in welchen ſich die Speiſen zur
Verdauung aufhalten. Die Milz ſiehet einem rothen Klumpen Fleiſch ähnlich, und befindet ſich dicht
an der Gallenblaſe, die eine ſehr bittere Galle enthält. Die Leber iſt weiß, hat nur einen Lappen,
und ſitzt oben am Zwergfelle, unten aber am Magen und deſſen Angehänge feſte. An den Rücken-
wirbeln befindet ſich ein Luftbläßchen. Die Bruſt
iſt nicht, wie bey den Schlangen, nach dem Bauche
zu offen, ſondern hat ihr Zwergfell. Das Herz
hat nur ein Ohr, worein ſich die Hohlader ergießt.
Oberhalb demſelben entſpringet die große Pulsader
aus einem Puncte, welches durch eine weiße Wurzel, gleich einer Zwiebelſchale unterſtützet wird.
Ueber dem Herze zeigen ſich, wie bey den Fiſchen,
die Werkzeuge, in welche das Blut durch die große
Pulsader geführet wird; gleich darauf folget das

Zungen-

Zungenbein mit der Zunge, und das Grundstück derselben ist, wie bey den Hechten, gezähnelt. Zur Seiten des Gehirns befinden sich kleine durchsichtige Steinchen. Die Geruchsnerven sind sehr lang; die Gesichtsnerven dicke; das Gehirn groß, und mit einer kleinen Zirbeldrüse versehen.

Diese Neunaugen werden oft durch gewisse Insecten, die sich in ihre Augen setzen, blind, und ihre Leber ist oft geschwollen, und steckt so voller Würmer, daß sie häufig daran sterben, worüber sich die Fischer beschweren, welche die Neunaugen zum Lockaas bey dem Cabeljau-Fang gebrauchen.

3. Der Kieferwurm.   Petromyzon Branchialis.

3. Kieferwurm. Branchialis.

Die Benennung Kieferwurm ist aus zweyerley Grund zu rechtfertigen, denn die Größe und Dicke kommt mit einem sogenannten großen Spulwurm oder Regenwurm überein, und man findet ihn sehr oft an den Kiefern und Luftwerkzeugen der Cabeljaufische hängen, woselbst er sich anzusaugen pflegt.

Der Körper ist eine Spanne lang, rund und mit Querringen, deren man über achtzig zählet, nach Art der Würmer eingekerbet. Das Maul unten am Kopfe ist rund und stehet allezeit offen. Zähne sind nicht vorhanden, deßgleichen auch keine Zunge, aber mitten im Kopfe ein Spritzloch wie bey den vorigen Arten, und zur Seiten sieben Luftlöcher. Ausserdem aber befinden sich am Hintertheile der Lefzen gewisse Fortsätze oder Anhänge. Nach dem Schwanze zu zeiget sich eine runde Flosse, welche am Ende den Schwanz umgiebt. Die Rückenflosse ist gerade und einem Striche ähnlich.

Man

Man findet ſie in den nordiſchen Flüßen ohnweit ihren Ausgang in das Meer, wo ſie Fiſche
aufſuchen, um ſich an ihre Kiefer anzuhängen, und
da ſie oft gerne in die Hanf- und Flachsbüſchel,
welche zur Fäulung in das Waſſer geleget werden, zu niſten pflegen, ſo daß man beym Heraus-
ziehung ſolcher Büſchel zuweilen eine Menge beyſammen antrift, welches eine Eigenſchaft iſt, ſo die
Aale auch haben, ſo werden ſie deswegen in Schweden, und beſonders in Dalekarlien, Lin-Ahl genennet.   Man findet auch ähnliche Kieferwürmer
landwerts in ein und andern europäiſchen Flüſſen
und ſüſſen Gewäſſern, die aber ſo groß nicht ſind,
und deswegen von vielen zu den Würmern gerechnet
oder dafür angeſehen werden.

130. Ge-

130. Geſchlecht. Rochen.

Nantes: Raja.

Geſchl. Benennung.

Das Geſchlecht ſchwimmender Amphibien, welches wir jetzo zu beſchreiben vor uns nehmen,
iſt eine Gattung breiter und platter Fiſche, welche,
ſo wie das vorhergehende und folgende Geſchlecht,
vormals Piſces Chondropterygii, oder Fiſche
mit knorpelichten Floſſen genennet worden, und da
eben die meiſten Arten dieſes Geſchlechts, eine ſtachelichte Haut haben, ſo wurden ſie im Griechiſchen Batos und Batis, lateiniſch Raja, und
franzöſiſch Raje oder Raye genennet, um dadurch ein ſchaben oder kratzen auszudrucken, welches
durch ihre ſtachelichte Haut verurſacht wird. Die
Holländer und nordiſchen Völker haben ſie
Roch genennet, und ſolches iſt bey den Deutſchen beybehalten worden.

Geſchl. Kennzei- chen.

Die Kennzeichen ſind dieſe, daß ſie unten am
Halſe fünf Luftlöcher haben, um durch ſolche die
Athemhohlung zu befördern. Der Körper iſt platt
gedruckt und breit, und der Mund ſtehet an der
untern Seite unter dem Kopfe. Es werden aber
die Arten dieſes Geſchlechts von den Schriftſtellern
noch in gewiſſe Gattungen eingetheilet; und Herr
Gronovius hatte Rochen mit einer, mit zweyen
und auch mit gar keiner Rückenfloſſe. Jedoch he-
bet der Ritter dieſen Unterſchied auf, und macht
nur zwey Gattungen. Einige nämlich haben ſcharfe
Zähne, andere hingegen ſtumpfe. Überhaupt aber
giebt es hievon folgende neun Arten:

A. Mit

A. Mit scharfen Zähnen.

1. Der Krampffisch. Raja Torpedo.

Dieser berühmte Fisch hat seinen Namen von der wunderbaren Eigenschaft erhalten, demjenigen, der ihn berühret, einen electrischen Schlag beyzubringen, daß dadurch eine gewiße Fühllosigkeit, Krampf oder zitternde Erschütterung entsteht. Wenigstens soll der Name Torpedo, den die Alten schon gebraucht haben, dieses ausdrücken, und darum haben wir ihn Krampfisch genennt, denn er führt im Englischen und Holländischen den nämlichen Namen, zuweilen aber heißt er auch Stompvisch, und Siddervisch, deßgleichen Trillroch, das ist Zitterroch, und eben dergleichen Eigenschaft wird auch durch den persianischen Namen Lerzmachi, und den arabischen Riaad ausgedruckt.

Es ist dieser Fisch ganz glatt, ohne Stacheln, worinne er also von den rauhen Rochen abweicht. Von oben ist der Körper mit fünf kreißförmigen schwarzen Flecken besetzt, und darum wird er vielleicht in Italien Ochiatella genannt. Ferner sieht man hin und wieder auf dem Rücken durchbrochene Puncte, welche sich nach dem Rande zu in weitschichtigen Reihen zeigen. Der Schwanz ist an beyden Seiten kielförmig. Die Schwanzfloße lauft stumpf aus. Die Haut ist sehr glatt und fleckigt, bey etlichen auf dem Rücken braun und weiß, und nach dem Schwanze zu dunkel gefleckt, unten am Bauche aber weiß. Der Kopf steckt zugleich in dem tellerförmigen Umkreiße des ganzen Körpers. Die Augen sind klein und stehen oben nach dem Rücken zu etwa einen Zoll voneinander. Gleich hinter selbigen sind noch ein paar Oefnungen, die sich im Wasser mit einer Haut schließen, und fast wie ein zweytes Paar Augen aussehen. Das Maul an der untern Seite ist klein, spaltet sich aber sehr weit, und

ist

A.
Scharfe
Zähne.

ist mit einer Reihe kleinen Zähnchen besetzt. An den Seiten des Körpers befindet sich eine Reihe, jede von fünf Luftlöchern, die alle mit einer starken Haut gedeckt sind. Der After zeigt sich am Ende des Schwanzes, und oberhalb dem Schwanze zeigen sich noch ein paar Anhänge oder Fortsätze wie Floßen. In dem Männchen zeigt sich bey dem Anfange des Schwanzes untenher eine fleischigte Floße, welche in eine ein und einen halben Zoll lange kroplichte Ruthe ausgeht, die an der Spitze mit zweyen Oefnungen versehen ist, woraus sich mit leichter Mühe eine fette, zähe Materie drucken läßt. Die Abbildung siehe Tab. VII. fig. 1.

Größe.

In Absicht auf die Größe sind sie gar sehr verschieden, denn man trift einige an, welche nur sechs Unzen, und andere, die achtzehn bis zwanzig Pfund wiegen. Sie sind alsdann wohl zwey Spannen breit, etwa mit dem Schwanze drey Spannen lang, in der Mitte des Körpers zwey Zoll dicke, und nach dem Rande zu je länger je dünner.

Vaterland.

Nach der Anzeige des Ritters ist ihr Vaterland im mittelländischen Meer, und in dem persianischen Meerbusen. Inzwischen fand doch Kämpfer selbige auch in Ostindien, welche von den Europäischen wenig oder nichts verschieden waren. Kolbe merkt an, daß sie auch am Vorgebürge der guten Hofnung gefangen werden, und des Admirals Ansons Reisebeschreibung zeigt, daß sie sich auch an der Küste des Südmeers aufhalten, so wie sie auch zuweilen an andern Küsten gefunden werden.

Eigenschaft.

Sie nähren sich von andern Fischen, und vielleicht haben sie durch ihre krampferweckende Kraft ein Vermögen ihren Raub zu betäuben, und zu fangen, denn es ist gewiß, daß wer sie berührt, auch von einem electrischen Schlage getroffen werde, welcher

cher nach der verſchiedenen Empfindlichkeit der Perſonen, auch minder oder mehr empfindlich, ja ſo gar
ſchmerzhaft und anhaltend iſt, und es verſichern viele
Perſonen, daß dieſe Wirkung nicht nur bey einer
unmittelbaren, ſondern auch mittelbaren Berührung
folge, wenn man ſie zum Exempel mit einem Stocke
anrührt, oder dem Gefäße, w. rinnen ſie aufbehalten
werden, zu nahe kommt; wenigſtens ſcheuen ſich die
Fiſcher ſehr und trauen faſt nicht ihre Netze anzufaſſen,
wenn ſie einen Zitterfiſch ſpühren, oder laſſen lieber ihre ganze Beute im Stiche.

A.
Scharfe
Zähne.

Inzwiſchen hat dieſe electriſche Eigenſchaft manche Naturforſcher rege gemacht, und ſie zur Unterſuchung der Urſachen dieſer beſondern Erſcheinung getrieben.   Da denn aus allen Umſtänden erhellet, daß
es eine gewiſſe Schnellkraft ſey, welche dieſer Fiſch
auf eine erſtaunlich geſchwinde und zugleich heftige
Art jedem Gegenſtande, der ihn berührt, giebt, davon der gegebene Stoß durch ſeine Durchdringlichkeit
eine Betäubung oder ſtarke Empfindung erregt.

Anato-
miſche
Anmer-
tung.

Es beſteht nämlich, nach den Anmerkungen des
Florentiners Lorenzini 1678. das Werkzeug dieſer electriſchen Kraft in ein paar ſichelförmigen und
zugleich faßrigten Körpern (Fibrae motrices) welche ſich zuſammen ziehen und augenblicklich wieder
loß ſchnellen.   Dieſe Körper ſehen in ihrer Oberfläche
einem netzartigen Gewebe gleich, innwendig aber beſtehen ſie aus louter Köchern in der Dicke einer Schreibfeder, die von dem Rücken nach dem Bauche zu ſenk-
recht und dichte aneinander ſtehen.   Jeder Köcher
hält nach ſeiner Länge etwa fünf und zwanzig bis dreiſ-
ſig Zellen, in welchen ſich eine weiſſe und weiche Materie befindet.   Wenn ſich nun der Fiſch platt macht,
ſo zieht er alle dieſe Faſern zuſammen, daß die Köcher
kürzer werden, und läßt ſie auf einmal wieder fahren.
Durch dieſes Schnellen wird der Stoß erregt, obgleich der Fiſch ſeinen Ort nicht verändert.

Uebri-

A.
Scharfe
Zähne.

Uebrigens ist, wie Kämpfer berichtet, ihre Haut dicke, das Fleisch weißlich blau, das Rückgrad knorpelich, ohne Fortsätze, ausgenommen, daß sich von demselben gewiße Sennen nach dem Umfange zu ausbreiten. Das Gehirn hat fünf paar Nerven, das erste Paar senkt sich in die Augen, und das letzte Paar läuft nach der Leber. Das Herz liegt in der kleinsten Brusthöhle und ist feigenförmig. Der Magen ist groß und muskulös, voller stinkenden Unraths. Die Leber hat zwey Lappen, ist dicke, blaßroth und voller Drüsen. Gegen dem Rücken liegt ein durchsichtiger Sack, welcher der Eyerstock des Weibchens ist, worinn sich verschiedene Eyer, in der Gestalt derjenigen, die man in dem Eyerstocke der Hühner findet, zeigen, und auf dem linken Lappen der Leber ruhen. Alle diese Eyer schwimmen in einer durchsichtigen Feuchtigkeit, das übrige aber stimmt mit dem Baue anderer Rochen überein, davon wir das nöthige bey den folgenden Arten anführen werden.

2. Die Stachelroche.   Raja Batis.

2.
Stachelroche.
Batis.

Wir haben oben bey der Einleitung dieses Geschlechts schon gesehen, daß Batos oder Batis die griechische Benennung der Roche sey, welche ihr wegen ihrer rauhen Oberfläche oder wegen der Stacheln gegeben ist, und da wir von der vorigen Art angemerkt haben, daß sie glatt sey, so nennen wir die jetzige die Stachelroche wegen ihrer Stacheln, welche sie, wie aus der fernern Beschreibung erhellen wird, besitzen. Die Engelländer nennen sie Skat, Skait oder Flair; die Franzosen, Requin; die Holländer aber Vleet, und sie ist die eigentliche Raja oder Roche, von welcher durch Kunst die vermeinten Drachen gemacht werden.

Dieser Fisch ist in den Nordischen Meeren sehr gemein, und eine allgemeine Speise in den Oertern,

tern, die an der See gelegen ſind. Ihre Farbe iſt oben weißlich und dunkelaſchgrau untereinander ge fleckt, unten aber ganz weiß. Der Rücken iſt in der Mitte glatt, und am Schwanze befindet ſich eine einzige Reihe mit Stacheln. Der Körper iſt nicht ſo tellerförmig oder ſo vollkommen ſcheibenrund als an der vorigen Art, ſondern ein wenig länglich, hinten etwas zugeſpitzt und mit einem ſehr langen beweglichen Schwanze verſehen.

Zuweilen iſt die Zeichnung des Rückens wellenförmig. Vor den Augen befindet ſich ein Flecken, wie ein Wölkchen, der auch daher Nebula genennt wird, dichte bey ſelbigem ſind zwey groſſe Löcher, und vor dem Maule ſtatt der Naſenlöcher noch einige andere. Einige haben ordentliche Zähne, andere aber nur einen höckerigten Kiefer, und unten zeigen ſich die gewöhnlichen Luftlöcher.

Die gemeinſten ſind zwey bis zwey und einen halben Schuh breit, und handdick, wiewohl man auch etliche von ein bis zweyhundert Pfund fängt. Ihr Fleiſch iſt hart und etwas ſchwer zu verdauen. Sie leben von andern Fiſchen, die ſich in ihren Mägen in einen aſchgrauen Schleim auflöſen, welcher nach Salmiak ſchmeckt.

Der Magen beſteht aus vier Häuten. Die erſte Haut iſt dünne, und mit feinen Blutgefäßen durchwebt; die zweyte iſt dicker, röthlich und fleiſchicht; die dritte ſehr dicke und voller Drüſen; die vierte weiß, ſehr dünne und mit vielen Löchern durchbohrt. Der Ausgang des Magens iſt ein dickes drüſigtes Beſtandweſen, welches durch eine Schließmuskel verſchloſſen wird. Die Leber iſt bey einigen roth, bey andern gelblich, und iſt ein vorzüglich gutes Eſſen. Die Gallenblaſe befindet ſich an der Leber, die Milz liegt in der Krümmung des Magens, die Därmer ſind anfänglich weit, aber am Ende enge. Der Eyerſtock

Linne III. Theil. Q hat

A.
Scharfe
Zähne.

hat eine große Menge Eyer, welche länglich rund sind, und wie bey den Hühnern traubenförmig aneinander sitzen. Doch legen sie nur zwey bis drey, daher sie sich nicht starck vermehren. Diese Eyer stecken in einer Hülse oder Schale, welche sie erst bekommen, wann sie sich schon von dem Eyerstocke abgesondert und in die Mutter eingesenkt haben. Was aber diese Schale betrift, darinn das befruchtete Rocheney steckt, so besteht es in einer braunen pergamentartigen, länglich viereckigten Tasche, die an ihren vier Ecken vier längliche Zacken oder Hörner hat, und mit der Zeit schwarz und hart wird. Wegen besagter vier Zacken oder Füße, wie auch wegen der Schwärze dieser Täschlein pflegte man sie, ehe man

Eyersäckchen
oder
Seemäuse.

ihren Ursprung wuste, Seemäuse zu nennen, und unter diesem Namen findet man sie in verschiedenen Kabinetten. Diese Täschlein werden von den Rochen zur Welt gebracht, und aus selbigen kommt hernach der junge Roche im Meer zum Vorschein.

Verschiedenheit.

Unter dieser Art Rochen zeigt sich einige Verschiedenheit, denn es haben einige Männchen am Rande krumme Hacken oder Stacheln, welche andern mangeln, daher diese Gattung Cardaire genennt wird, nach denen stachlichten Karden, womit die wollenen Tücher gekardt oder gekratzt werden; denn es ist die nämliche Gattung auch so gar am Kopfe und vor den Augen mit Stacheln besetzt, dennoch aber ist sie nicht mit der folgenden No. 5. zu verwechseln. Man findet diese und alle Stachelrochen allenthalben in den Europäischen Meeren.

3. Das Spitzmaul. Raja Oxyrirchus.

3.
Spitzmaul.
Oxyrinchus.

Die obige Benennung ist von der Gestalt des Kopfs genommen, weil derselbige länger als bey den vorigen Arten ausläuft, und sich in ein spitziges Maul endigt. Weil auch dieser Fisch ziemlich schleunig ist, so

nen

nennet man ihn in Italien Raja Mucoſa und Ba-
voſa, oder auch Leiobatos und Laevi - Raja.
Bey den Alten wurde er der Stachel halben Bos und
Bus - Thalattios, das iſt Seeſtier genennt, auch
pflegte man ihn den großen Rochen zu nennen, um
ihn von der kleinern Art zu unterſcheiden. In Marſeille giebt man ihm den Namen Floſſade, und in
Engelland White-Cunt

A. Scharfe Zähne.

Dieſer Fiſch iſt obenher bunt geſleckt, und hat
mitten auf dem Rücken zehn ſtachlichte Höcker, der
Bauch iſt weiß, an dem After befinden ſich zwey Anhänge, vor jedem Auge ſtehet ein großer Stachel.
Sie werden im mittelländiſchen Meere, ſelten
aber in der Nordſee gefangen. Ihr Gewicht wird
nur auf zehn Pfund angegeben. Das Fleiſch iſt
ſchmackhaft und leichter zu verzehren als von den vorigen Arten. Sie werden in der Sonne gedörrt oder
auch geräuchert.

Was die Schleimigkeit ihrer Haut betrift, ſo
iſt der Bauch mit ſchwarzen glänzenden Puncten beſetzt, weswegen ſie von den Fiſchern Lentillade genennt werden. Dieſe Puncte aber ſind lauter Mündungen hohler Cylinder, in welche man ein Borſten-
haar bringen kann; durch ſelbige dringt eine helle lei-
migte Feuchtigkeit hervor, welche die Haut glatt und
ſchlüpferig macht.

Anato-
miſche
Anmer-
kung.

4. Die Spiegelroche. Raja Miraletus.

Weil man eben in Marſeille dieſe Art Miral-
let nennt, ſo hat der Ritter Miraletus daraus gemacht. Es ſoll aber einigermaſſen ſo viel bedeuten,
als ein Spiegelroche, und dieſe Benennung iſt
eben nicht unſchicklich, weil nicht nur der Rücken
nebſt dem Bauche glatt iſt, ſondern auch oben nach
den Seiten zu zwey große violetfärbige und ſchwarz

4. Spie-
gelro-
che. Mi-
raletus.

Q 2 ein-

A.
Scharfe
Zähne.

eingefaßte Flecken befindlich sind, die eine Aehnlichkeit mit den Spiegeln oder den Augen der Papillons haben. In Venedig aber heissen sie Barracol, und in Rom Arzilla.

Sie werden häufig im mittelländischen Meere, noch häufiger aber in der Nordsee gefunden. An den Augen befinden sich Stacheln, und der Schwanz ist mit drey Reihen derselben besetzt, jedoch zeigt sich in Absicht auf die Stacheln nicht nur zwischen den Männchen und Weibchen einer Gattung, sondern auch zwischen den Gattungen selbst einiger Unterscheid, indem man unter hundert kaum zwey findet, die in der Zeichnung oder in der Zahl und Richtung der Stacheln einander vollkommen gleich sind. So findet man unter andern auch eine Gattung, die vom Kopfe bis zum Schwanze zu, eine einzige Reihe Stacheln hat, und auf dem Rücken mit verschiedenen zierlichen Sternchen bezeichnet ist, daher auch selbige Sternroche genennt wird. Der Schwanz deßelben ist kürzer und dünner, der Kopf hingegen dicker als an den übrigen.

An der Küste von Engelland fieng man einmal einen Spiegelrochen, der aber nur zwischen sechs und sieben Zoll breit, und sechs Zoll lang war, deßen Schwanz aber hatte die Länge von vier und einem halben Zoll. Derselbe war oben auf röthlich wie Meersand, und hatte röthlich violette Flecken auf den Seiten, welche ein und einen halben Zoll voneinander stunden. Daß es inzwischen in Westindien auch Rochen von ganz ungeheurer Größe, und beträchtlich langen Schwänzen gebe, solches werden wir hernach sehen, wiewohl noch nicht recht ausgemacht ist, zu welcher Art sie etwa gehören.

5. Die

5. Die Walkerroche. Raja Fullonica.

Der Name Fullonica oder Walkerroche iſt
lediglich von den Stacheln dieſes Thiers hergenommen, die eine Aehnlichkeit mit den Kardenſtacheln
haben, womit die Walker ihre Tücher zubereiten; doch
in Engelland nennet man dieſe Fiſche White-Hor-
ſe, weil ſie, wie die Schimmelpferde, gelblich weiß,
und auf dem Rücken geſprenkelt ſind.

Sie haben den Rücken ganz mit Dornen beſetzt,
unter den Augen befindet ſich nur eine einzelne, auf
dem Schwanze aber eine doppelte Reihe Stacheln,
welche letztere ziemlich lang ſind. Man fängt ſie hin
und wieder in den Europäiſchen Meeren.

B. Roche mit ſtumpfen Zähnen.

6. Der Meeradler. Raja Aquila.

Unter denjenigen, welche ſtumpfe runde Zähne haben, macht der jetzige Aquila, oder wie er gemeiniglich genennt wird, Meeradler die erſte Art
aus. Die Benennung hat von den Italiänern ihren Urſprung, denn in Neapel und Rom wird dieſer Fiſch unter dem Namen Aquilone zu Markte
gebracht. Die Genueſer aber nennen ihn Rospo
oder Krötenfiſch, weil der Kopf einem Krötenkopfe
gleich ſieht. Zuweilen aber muß er auch wohl wegen
ſeines langen Schwanzes Pesco-Ratto oder Ratzen-
fiſch heißen. Der Franzöſiſche Name iſt Tare-
Franc; der Holländiſche, Zee-Arend.

Der Körper iſt glatt und hat einen langen gezähnelten Stachel am Schwanze, mit welchem er andere Fiſche tödet und ſie zur Speiſe nutzet. Der Kopf
ſtreckt ſich etwas mehr hervor als an den andern Arten, die Schnautze geht rund ab, und iſt nicht ſo

eckigt

Q 3

A.
Scharfe
Zähne.

5.
Walker-
roche.
Fullo-
nica.

B.
Stum-
pfe Zäh-
ne.

6.
Meer-
adler.
Aquila.
Tab XI
fig. 4.

**B.
Stumpfe Zähne.**

eckigt als an der vorigen. Die Seiten sind wie Flügel ausgebreitet, und dieses hat zu der Benennung Meeradler Anlaß gegeben. Der Schwanz ist wie am folgenden Pfeilschwanz beschaffen, und einer Spießruthe gleich, hornartig und von schwarzer Farbe wie Fischbein, am Körper einen Zoll dick, und am Ende wie ein Ratzenschwanz etwa zwey Ellen lang. Wir besitzen einen solchen Schwanz von einem americanischen Meeradler, welcher zwey und eine halbe Elle lang und sehr schlank ist. Wenn man jemand miteinem solchen Schwanze auf die bloße Haut peitscht, wozu man diese eben oft gebraucht, um die Sclaven zu paaren zu treiben, so soll er, wie man uns aus Curacao berichtete, schwerlich genesen, welches also ein Gift zum Grunde haben mögte. Hinten auf dem Schwanze befindet sich ein scharfer Pfeil mit einem Widerhacken oder sägeförmig gezähnelt. Die Haut ist sanft, oben bleyfärbig, unten weiß. Das Fleisch aber hat einen widrigen Geruch, so daß er auf vornehme Tafeln niemalen, und bey dem gemeinen Mann nur selten kommt. Im mittelländischen Meere sind sie gemein und nicht sehr groß, in Westindien aber hat man sie zu einer sehr beträchtlichen Größe, ja wohl zwey bis dreyhundert Pfund schwer. Tab. XI. fig. 4.

Anatomische Anmerkung.

Salvianus berichtet, daß der Magen klein, die Därmer groß, die Leber gelblich, und die Milz schwarz seye. Wenn man beym Aldrovand und andern Schriftstellern die Beschreibung der Meeradler einigermaßen verändert findet, so sind es Verschiedenheiten dieser Art.

**7.
Pfeilschwanz.
Pastinaca.
Tab. XI
fig. 3.**

7. Der Pfeilschwanz. Raja Pastinaca.

Pastinum ist eigentlich eine zweyzähnichte Hacke, womit man das Erdreich und die Felder umhackt. Nach diesem Werkzeuge hat man den gegenwärtigen

Fisch

Fiſch Paſtinaca genennt, weil er einen Stachel auf dem Schwanze führt, womit er, gleich mit einer Hacke in den Meeresboden wühlt. Wollte einer lieber die Benennung Paſtinaca von der Paſtinacwurzel herleiten, weil der Schwanz dieſes Fiſches einer lanlan ſchmalen Paſtinacrube ähnlich ſieht, ſo können wir ihm zur Erkenntlichkeit für dieſe Erfindung das Vergnügen laſſen. Die Griechen aber nahmen, wie aus dem Ariſtoteles erhellet, ein ander Gleichniß, und nannten dieſen Fiſch Trygon oder Turteltaube. In Rom heißt er Brucho oder Brucco; in Genua, Ferraza; in Sicilien, Baſtonaga; in Provence, Vaſtrango oder Baſtango; in Bourdeaux, Tare ronde; in Engelland, Fire oder Fire-Flaire und Fieree-Flair, weil er ſo ſchädlich und ſo giftig ſticht. Die Zolländer aber nennen ihn ſeines pfeilförmigen Stachels halben, den er auf dem Schwanze führt, Pylſtaart, und dieſes gefällt uns am beſten, daher wir ihn auch Pfeilſchwanz nennen.

Der Rücken iſt glatt, daher er beym Klein Leiobatus heißt. Auf dem Schwanze befindet ſich ein langer Stachel, der nach vorne zu gezähnelt iſt. Der Körper iſt in der Mitte dick, nach den Seiten zu dünne. Das Maul iſt klein, die Kiefer ſind gekerbet, der Schwanz iſt rund, lang und ſo ſcharf zugeſpitzt wie eine Borſte. Der Pfeil auf dem Schwanze wird jährlich, wie Herr Baſter wahrnimmt, abgeworfen und erneuert, daher es ſich denn öfters ergiebt, daß der neue ſchon da iſt, ehe der alte abgefallen, und dieſes war Urſache, daß man vorher eine beſondere Art von denen machte, die zwey Pfeile auf dem Schwanze führten. Ein ſolcher Pfeil, der auch der Speer genennt wird, iſt zuweilen vier bis fünf Zoll lang, und manchmal zu beyden Seiten mit mehr als achtzig krummen Zähnchen bewafnet. Die Verletzung,

B.
Stumpfe Zähne.

Q 4

wel-

welche durch den Stich dieser Pfeile verursacht wird, ist schädlich, entzündend und kaum zu heilen, doch wird der Fisch, wenn diese Waffen weggeschnitten sind, gegessen. Inzwischen tödet doch derselbe andere Fische durch diesen Pfeil, und die Indianer gebrauchen die abgeschnittenen Pfeile statt der Giftpfeile zu ihren Bogen. Die Größe dieses Fisches beläuft sich im mittelländischen Meere nur auf etwa zehn Pfund. Wer die Geschichte des Ulysses gelesen hat, wird diesen Fisch schon kennen.

Aus dem, was oben von dem Abwerfen der Stacheln gesagt worden, läßt sich schließen, daß der zweypfeilige Fisch des Columna, welcher in Neapel Altavela genennt wird, aufs höchste nur eine Verschiedenheit dieser Art seyn müße. Und obgleich derselbe vor andern als ein schmakhafter Fisch, der ein zartes Fleisch hat, gerühmt wird, so kann doch dieses vielleicht daher kommen, daß der eine Fisch etliche Jahre jünger als der andere ist, welches denn auch den Unterschied der Größe veranlassen kann; denn in den Meeren, wie in Westindien, wo ihnen nicht von so vielen Fischern nachgestellt wird, haben sie Zeit und Ruhe, alt und groß zu werden. Die Abbildung eines Pfeilschwanzes theilen wir Tab. XI. fig. 3. mit.

Uebrigens kann es den neuern Aerzten gleichgültig seyn, daß man in alten Zeiten von den gedörrten Pfeilen dieser Roche Zahnpulver und von dem Oel der Leber eine Wundsalbe, deßgleichen eine Salbe wider den Grind und die Krätze sowohl für Menschen als Thiere gemacht habe.

8. Die Nagelroche. Raja Clavata.

Man hat obige Benennung zu jetziger Art gewählet, weil die Dorne oder Stacheln auf dem Rücken lang

lang und groß, faſt wie die Nägel ſind. In Mar= B.
ſeille heißt er Clavade; ſonſt iſt der Franzöſiſche Stum=
Name Boutlier; Engliſch, Thorn-back, oder pfe Zäh=
Stachelrücken; Schwediſch, Raocka; Hol= ne.
ländiſch, der gemeine Roch. Der Herr Klein
aber nennet ihn Daſybatus.

Dieſer Fiſch, der in dem ganzen Weltmeere aber Größe.
von verſchiedener Größe angetroffen wird, hat auf
dem Rücken vom Nacken bis zum Schwanze wohl
dreyßig große Stacheln, davon diejenigen, die am Na=
cken ſtehen, die größten ſind, auch ſind am Maule,
bey den Augen, zur Seiten und am Schwanze hin
und wieder verſchiedene Stacheln. Der Schwanz hat
zwey Floßen, unter dem After zeigen ſich noch ein
paar Oefnungen. Die Kiefer haben höckerichte
Zähnchen und ſind wie eine Feile beſchaffen, und der
ganze Rücken iſt auf einem blauen Grunde weiß und
grau gefleckt. Dieſe Flecken ſind länglich rund und
von verſchiedener Größe.

In der Nordſee ſind ſie nicht groß. Sie hal=
ten ſich im Meere bey einem ſchlammichten Boden
auf, und werden in Norwegen der Leber halben,
welche einen guten Thran giebt, häufig gefangen,
übrigens gedörrt und verſchickt. In Holland wer=
den ſie als eine delicate Speiſe gekocht, und mit
Senfſauce geeſſen. Die Oſtindiſchen ſind gleich=
falls klein, aber ſo zierlich gefleckt, daß die India=
nerinnen ſich von der abgezogenen Haut Schürze
machen. Hingegen findet man in den America=
niſchen Gewäßern ſo große Nagelrochen, daß man
darüber erſtaunt, wie unter andern aus folgenden
Beyſpielen erhellet.

Man erblickte nämlich im Jahr 1634. an der
Inſel St. Chriſtophel einen Rochen, der etwa nur
einen Flintenſchuß vom Ufer entfernet war. Man
ſandte ſogleich zwey Chaluppen, jede mit funfzehn bis

zwanzig Mann ab, welche die äusserste Mühe hatten, sich seiner zu bemächtigen. Es wurden ihm
eine Menge Harpunen oder Fangeisen in den Leib
geworfen, aber er empfand dieses so übel, daß er
beyde Chaluppen eine weite Strecke ins Meer hinein schleppte, bis er endlich ermüdet von den Matrosen an das Land gebracht wurde. Die Länge war
zwölf Schuh vom Kopfe bis zum Anfange des
Schwanzes; die Breite aber zehn Schuh. Das
Fleisch war so hart, daß es nicht zum essen taugte,
die Leber aber wurde von zehn Matrosen mühsam
fortgeschleppt, bis man sie an dem Orte hatte, wo
sie zerhauen werden konnte.

Der P. Labat erzählet, daß die Negern
in Guadaloupe einmahl einen Rochen mit Harpunen fiengen, welcher in die Breite zwölf Schuh
und acht Zoll, in der Länge aber nur neun und einen
halben Schuh hielte, der Schwanz allein war fünf
Schuh lang, wurde allmählig dünner, und war an
der Spitze noch Daumens dick. Der Körper hatte
in der Mitte die Dicke von zwey Schuh. Die
Haut übertraf in der Dicke eine Ochsenhaut. Diese
Negern machten aus der Leber Oehl oder Thran,
und die besten Stücken Fleisch, die nicht gar zu
hart schienen, wurden von ihnen eingesalzen.

9. Haayroche. Raja Rhinobatos.

Diese Art ist gleichsam eine Mittelgattung
zwischen einem Rochen, und demjenigen Haar-
fisch, welcher gewöhnlich Meerengel oder Pack-
haar genennet wird, und darum nennen wir sie
auch Haayroche, gleichwie Aristoteles und Plinius ihr den Namen Rhinobate gab. Man
glaubte nämlich, daß diese Art durch Vermischung
eines Haayfisches mit einem Rochen entstanden wäre.
Allein

Allein dieſes widerſpricht den Geſetzen der Natur, vielmehr lernen wir hier abermals, wie die Natur in der Bildung ſchrittweiſe von dem einen Geſchlechte zu dem andern übergehe, und keine Lücken laſſe.

B. Stumpfe Zähne.

Da nämlich die Roche breit und platt, die Haayen hingegen lang und dicke ſind, ſo hat dieſe Art die Geſtalt von beyden, iſt länglich und auf dem Rücken mit einer einzigen Reihe Stacheln beſetzt. Der Schwanz iſt breit und hat Floſſen, aber keine Stacheln. Die Schnauze gehet, wie am Oxyrincho No. 3. ſpitzig und dreyeckigt hervor. Das Maul iſt, wie bey den Haayen, unter der Schnauze befindlich; der Bauch aber iſt platter als am Haayfiſch. Statt der Zähne hat der Kiefer runde Höcker. Die Haut iſt, wie am Haayfiſch, rauh, oben braun, unten weiß. Das Vaterland iſt das mittelländiſche Meer und ſie kommen öfters bey Genua und Neapolis vor, wo man ſie durchgängig etwa vier Schuh lang, und zwölf Pfund ſchwer findet. Die Männchen haben am Bauche lange Floſſen, daher man gemeinet hat, ſie hätten Füße wie die Seekälber oder eigentliche Seehunde.

131. Ge-

131. Geschlecht. Haayfische.

Nantes: Squalus.

Geschl. Benennung. Der Name Squalus, welchen **Plinius** diesen Fischen gegeben, ist wohl von Squalor abzuleiten, und er hat vermuthlich mit selbigem auf die grau schwarze und schmutzige Haut dieser Fische gezielet, welche, da sie rauh ist, ohnehin gerne den Unrath aus dem Boden des Meers an sich kleben lässet, denn es mangelt diesen Fischen das schleimigte Wesen der Haut, wodurch dieselbe sonst glatt und schlüpferig ist. Sonst aber werden diese Fische auch gemeiniglich Seehunde genennet, wegen ihrer großen Gefräßigkeit, denn da sie die Schiffe manchmal auf etliche hundert Meilen Wegs begleiten, um nur zu erschnappen, was ausgeworfen wird, so nehmen sie auch mit dem Unrath, und was nur über Bord fällt, vorlieb, ja sie verschlucken Lumpen von Segeltüchern und machen sich nichts daraus, wenn auch gleich manchmal eine Matrosenmütze oder ein Huth mit dabey ist. Man muß aber diese Seehunde von den Meerkälbern, die auch Seehunde heißen, (siehe den ersten Theil p. 198.) wohl unterscheiden, denn selbige werden, wegen der Aehnlichkeit ihres Kopfs mit einem Hundskopf, Seehunde genennet. Doch die allergemeinste Benennung, welche der jetzigen Art von den holländischen Seefahrern gegeben worden, ist Haay, und darum nennen wir sie auch Haayfische. Englisch heißt sie Houndfisch, und französisch Requin und Requien.

Die

Die Kennzeichen des ganzen Geſchlechts ſind,
daß ſie an den Seiten des Halſes fünf Luftlöcher
haben. Der Körper iſt länglich und einigermaſſen
rund. Das Maul iſt in dem Vordertheile des
Kopfs befindlich. Es macht aber der Ritter unter
den funfzehn Arten, welche in dieſem Geſchlechte
befindlich ſind, noch drey Abtheilungen. Die vier
erſten nämlich haben einen ſtachlichten Rücken und
keine Afterfloſſen: an den acht folgenden iſt der
Rücken glatt, die Zähne ſind ſtumpf, und der After hat Floſſen; die drey letztern haben körnigte
Zähne. Wir wollen alſo die Arten vor uns nehmen, und jeder ihre Geſchichte beyfügen.

A. Haaye mit ſtachlichten Rücken ohne Afterfloſſen.

1. Der Dornhaay. Squalus Acanthias.

Die griechiſche Benennung Acanthias, welche ſchon von den Alten dieſem Fiſche gegeben wurde, bedeutet nichts anders als Dornhaay, und iſt
von den Stacheln, welche dieſer Fiſch auf dem Rücken hat, hergenommen, dahero nennen ihn auch
die Holländer Doornhaay oder Speerhaay, die
Engelländer Prickly Dog und Dornhundt,
die Franzoſen Requien, in Venedig Azio, in
Rom aber Scazone.

Die Geſtalt iſt folgende: der Körper iſt geſtreckt
und rund, jedoch etwas höher als die Breite aus-
trägt. Die Haut iſt rauh, von aſchgrauer Farbe,
und am Bauche weißlich. Der Kopf iſt ziemlich
lang, ſo dicke als der Körper, und lauft in eine ke-
gelförmige Schnauze aus, die Naſenlöcher aber
ſtehen vorne am untern Theile. Das Maul befindet ſich gleichfalls unten, und iſt mit breiten Zähnen
ge-

gewafnet, die in verschiedenen Reihen in beyden Kie=
fern stehen.   Die Augen, die ebenfalls an der un=
tern Seite liegen, sind nahe am Maule, und nicht
am Ende der Schnauze befindlich, deßgleichen sind
auch unten zu beyden Seiten vor den Brustflossen
die fünf Luftlöcher zu sehen.   Die Anzahl der Flos=
sen belauft sich auf sieben, nämlich zwey an der
Brust, zwey am Bauche, zwey auf dem Rücken,
und eine an dem Schwanze, welche mehrentheils
knorpelichte Finnen oder Strahlen haben, nur sind
die zwey ersten Strahlen beyder Rückenflossen scharf,
und machen Dorne oder Stacheln.   Der After ist
in der Mitte zwischen den Brustflossen und dem
Schwanze.

Anato=
mische
Anmer=
kung.   Das Herz dieser Dornhaaye ist wie eine
Hirtentasche gebildet.   Die Därmer sind zwey mal
gewunden.   Die Milz lieget am Boden des Ma=
gens, und hat einen Fortsatz, der die Därmer et=
was begleitet.   Die Rückdrüse ist gedoppelt, und
liegt in der Ecke der Windung des Darms.   Die
Weibchen bringen ihre Jungen lebendig zur Welt,
und man findet unter dem Zwergfelle zwey Eyerstö=
cke, aus welchen zwey Eyer zugleich in die Mutter
fallen, welche rund und kleiner als Hühnereyer sind,
aber keinen Unterschied zwischen Dotter und Weiß,
vielweniger eine harte Schale haben.   Das Be=
standwesen der Eyer ist gelblich weiß.   Aus diesen
Eyern wird das Junge, innerhalb der Mutter, aus=
gebrütet, und es nähret sich von der Feuchtigkeit
des Eyes, daher man an dem Nabel der jungen
Haaye noch ein Bläßchen mit solcher gelblichen
Feuchtigkeit antrift.

Lebens=
art.   Sie nähren sich von andern Fischen, Dintenfi=
schen, Seesternen und dergleichen Meergeschöpfen,
und stellen oft eine große Jagd an, indem sie zu=
weilen ganze Züge von viel tausend Heeringen aus
Nor=

Norden gegen die engelländiſchen und holländiſchen Küſten herunterjagen. Wie viel nützliches aber ſie auch in dieſem Falle zur Beförderung der Heringfiſcherey ſtiften, ſo ſind ſie dennoch dem Cabeljau- und Schelfiſchfange hinderlich. Sie haben ein weißes muskulöſes aber dabey trocknes und ſchwer zu verdauendes Fleiſch. Die Leber giebt guten Thran, von der Haut wird der feinkörnigte Chagrin bereitet, ſo wie der grobkörnigte von den Fellen der Seehunde, zum Überzuge der Futterale. Sie werden etwa ein und eine halbe Elle lang, und gegen zwanzig Pfund ſchwer. Man trift ſie ſowohl im mittelländiſchen als andern europäiſchen Meeren an, und die jungen Haaye, die man zuweilen in den Cabinetten findet, ſind durchgängig einen Schuh lang.

A. Stachelrücken.

2. Der Sauhund. Squalus Centrina.

Die Benennung Sauhund iſt theils von dem dicken faſt dreyeckigten ausgemäſteten Körper, den dieſer Fiſch gegen die übrigen hat, hergenommen; theils aber von der Art, ſich in dem dickſten Meerſchlamm herumzuwelzen, und darum wird er auch in Rom Peſco Porco genennet. Die zwey Rückenfloſſen haben jede einen ſcharfen Stachel unter den Strahlen, welcher die übrigen Finnen oder Strahlen kreuzet. Im obern Kiefer befinden ſich drey Reihen Zähne, im untern aber nur eine. Das Fleiſch iſt ſo zähe, daß auch die gemeinen Leute ihn nicht achten, doch giebt die Leber vieles Oel oder Thran, dem man eine heilende und nervenſtärkende Kraft beylegt. Man fängt dieſe Art im mittelländiſchen Meere.

2. Sauhund. Centrina.

3. Der

3. Der Spornhaay. Squalus Spinax.

Er wird also wegen der Stacheln genennet, die er, gleich der vorigen Art, vor den Rückenflossen führet, doch giebt man ihm in Genua den Namen Sagrée. Holländisch heißt er Speerhaay. Der After hat keine Flossen. Die Nasenlöcher stehen am Ende oder in der Spitze des Kopfs. Vor den Augen befindet sich eine Oefnung. Das Maul ist stumpf; der Rücken breit; der Bauch schwarz, und die Oberfläche der Ruthe ist, wie bey den Rochen, rückwärts über einander geschoben. Diese Art kreuzet allenthalben in den europäischen Meeren herum.

Sonst ist noch zu merken, daß die Spornhaaye sowohl, als alle übrige Haayfische, lebendige Jungen zur Welt bringen; daß ferner die Haut des Nachts wie Phosphorus glänze, welches zwar den meisten Seefischen eigen ist; und daß diejenigen, deren Maul, wie an dieser Art, unten ist, allezeit den Unterleib über sich wenden müssen, wenn sie einen Raub verschlingen wollen; und ob sie dieses gleich ziemlich behende zu thun im Stande sind, so hat doch die Natur hierdurch ihrer Gefräßigkeit ziemlich Einhalt gethan: denn ehe sie sich umwenden, entwischt ihnen doch mancher Fisch, der sonst ohnfehlbar ihre Beute würde geworden seyn.

Die Größe der gegenwärtigen Art ist durchgängig in der Länge zwey Ellen, und da der Körper fast rund ist, so ist sowohl die Breite als Dicke etwa zwey Schuh.

4. Der Meerengel. Squalus Squatina.

Plinius pflegte die größern Arten der Haaye, wegen der schmutzigen Farbe der Haut, Squatina

zu

zu nennen; im Griechischen aber führen sie den A. Stachel-
Namen Rinée von der Rauhigkeit ihrer Haut: doch rücken.
weil diese Fische sich manchmal im Wasser in die Höhe
begeben, so werden sie auch wohl, wie in Engelland,
Mermaid oder Seemensch genennt. Der bekannte Name Meerengel aber scheint daher seinen
Ursprung zu haben, daß ihre Seitenflossen nach Art
der Roche ganz breit, und gleichsam wie Flügel auslaufen, welches, wenn sich der Fisch erhebt, leicht
den Gedanken eines Seeengels hat erregen können.
In Genua heissen sie daher Pesce Angelo oder
Engelfisch; in Frankreich, Ange; in Engelland, Angelfish oder auch the Monk oder Meer-
mönch; wegen der Rauhigkeit der Haut aber, File-
Fish oder Feilfisch. Jedoch giebt man ihnen in
Venedig noch den Namen Squaqua und Squaia;
und in Bourdeaux Creac da Buse; in Holland
aber Schoerhaay oder Pakhaay, welches vielleicht
Padde Haay oder Krötenhaay seyn soll.

Die Gestalt hält das Mittel zwischen einem Gestalt.
Haay und Rochen, denn der Körper ist platt und breit.
Der After hat keine Floßen, der Schwanz aber
zwey. Das Maul steht nicht unten, sondern vorne
im Kopfe, und die Nasenlöcher haben zur Seiten
stachlichte Erhöhungen. Im Maule befinden sich sowohl unten als oben drey Reihen Zähne, deren Anzahl sich zusammen über hundert beläuft. Die Sei-
tenfloßen treten, wie am Rochen, weit heraus, und
stellen gleichsam Flügel vor. Die Rückenfloßen sind
klein, der Schwanz ist unten kürzer als oben, und
ihre beyden Floßen stellen einen halbmondförmigen
Cirkel vor. An dem Rande der Brust- und Bauchfloßen sitzen kurze Stacheln. Die rauhe Haut des Rückens ist aschgrau gefleckt, aber am Bauche ist die Haut
nicht nur weiß sondern auch glatt.

Der Meerengel bringt dreyzehn und mehr Junge auf einmal zur Welt, kriecht wie der Roche im

Linne III. Theil.   R   Schlam-

A.
Stachel-
rücken.

Schlamme, und hat ein zähes übelriechendes Fleisch. Der schönste Chagrin wird bey den Türken aus der Haut dieses Fisches gemacht, und die gedörrten Eyer desselben sind eine Arzeney wider den Bauchfluß, deren sich die Fischer allezeit bedienen. Diejenigen, welche sechs Schuh lang sind, wiegen über hundert und funfzig Pfund. Man findet sie nicht nur im Mittelländischen, sondern auch im Nordischen Meere, an den Küsten von Engelland, Frankreich und Holland.

B.
Glatt-
rücken.

B. Haaye mit glatten Rücken, scharfen Zähnen und Floßen am After.

5. Der Hammerfisch. Squalus Zygaena.

5.
Ham-
merfisch
Zygae-
na.

Dieser besondere Fisch hat am Rumpfe einen langen, aber in die Quere gedehnten Kopf, so daß die ganze Gestalt vollkommen einen Schmidhammer vorstellt, daher wir ihn am schicklichsten Hammerfisch nennen können. Allein eben diese wunderbare Gestalt des Kopfs hat zu vielen andern Vergleichungen Anlaß gegeben. So vergleicht man nämlich den Kopf mit einer Wage, oder einem Wagbaum, und nennt den Fisch aus dieser Ursache Wage- oder Balanzfisch; Englisch, the Balance-Fish; und aus eben diesem Grunde wurde er Griechisch, Zygaina; Lateinisch, Libella; Italiänisch, Ciambetta genennt. Unsere Benennung aber kommt mit dem Französischen Marteau oder Schlegelfisch überein. Doch die Franzosen in America heißen ihn Pantouflier. Sonst giebt man ihm in Rom den Namen Jambetta, und in andern Italiänischen Oertern Martello und Pesce Balestra; in Marseille heißt er sogar Judenfisch, weil der Kopf auch einem Schabbasdeckel gleicht, den die Ju-

den

den daſelbſt zu führen pflegen. Die Holländer vergleichen die Geſtalt mit einem Creutz, und nennen
ihn darum Kruishaay.

Der Körper iſt lang und rund mit großen ſtarken Floßen gewafnet. Der Kopf iſt ein Querſtück
am Körper, in demſelben befindet ſich an der untern
Seite das Maul, welches voller ſcharfen Zähne
ſteht. An den Enden dieſes Kopfs ſtehen große Augen, und ſehen zur Seiten aus, das iſt, wenn der
Kopf einen Hammer vorſtellt, ſo ſtehen die Augen an
den Endflächen, mit welchen man mit einem Hammer
ſchlägt. Die Haut iſt aſchgrau, und nicht ſo rauh,
als an den andern Haayfiſchen. Er iſt häufig im
Mittelländiſchen Meere, noch häufiger in dem
Americaniſchen Ocean, aber in der Nordſee
findet man ihn ſeltner. Er wird größer als die vorigen Arten, iſt ungemein ſtark, und ein Erzräuber,
ſo daß ſich die Europäiſchen Fiſcher vor ihm fürchten, doch die Neger an der Africaniſchen Küſte
wiſſen ihn ſchon zu bändigen.

6. Der Schaufelfiſch. Squalus Tiburo.

Eine andere Art, die man in den Americaniſchen Gewäſſern findet, und für eine Nebenart des
Hammerfiſches gehalten hat, wird von dem Ritter
Tiburo genennt, obgleich ſonſt dieſer Name der folgenden Art, vermuthlich nach der alten Italiän-
ſchen Stadt Tibur, gegeben wurde; daß aber dieſe-
zige Art doch ſehr vom Hammerfiſch unterſchieden ſey,
zeigt die Geſtalt des Kopfes, welcher einer Schau-
fel gleich ſieht, daher wir ihn Schaufelfiſch nennen, wie er denn auch bey den Holländern in
Suriname Schop-Haay heißt.

6.
Schau-
felfiſch.
Tibu-
ro.
T. VII.
fig. 2.

Wir geben hier eine Abbildung Tab. VII. fig. 2.
welche nach einem jungen Exemplar von neun Zoll

B.
Glatt-
rücken.

lang genommen ist. An demselbigen war der Kopf platt und dünn, zwey Zoll und drey Linien breit. Ein viertel Zoll breit von den Seitenenden des Kopfs waren die Nasenlöcher befindlich, und die Augen stunden, wie am Schlägelfische an der Fläche der Seitenenden. Das Maul war einen halben Zoll breit, voller Zähne, und hatte eine dicke Zunge. Die Dicke des Körpers war etwa ein Zoll, mehr hoch als breit. Auf dem Rücken befanden sich zwey, und am Bauche fünf Floßen. Der Schwanz hatte eine Floße von drey Zoll lang, welche anders als bey den Schlägel- oder Hammerfischen gebildet ist. Der Ritter beschreibt den Kopf, daß er sehr breit und herzförmig sey.

7. Die Meersau. Squalus Galeus.

7.
Meer-
sau. Ga-
leus.

Galeus ist von dem Griechischen Galee oder Wiesel, wegen der Aehnlichkeit des Kopfs mit einem Wieselkopfe genommen, wozu man aber die Einbildung ein wenig mit zu Hülfe nehmen muß, und darum hieß dieser Fisch auch bey den Alten Mustelus; doch verstand man unter diesem Namen verschiedene Arten, und machte nur einen Unterschied zwischen glatten, stachelichten und gestirnten. Die Engelländer nennen ihn mit den allgemeinen Namen Shark, oder Sea-Hound, und insbesondere Tope; die Franzosen, Requin, doch in Marseille Pal; die Italiäner, Lamiola oder Canosa; die Holländer, Zee-Hond oder rauher Haay; wir aber geben ihm zur Veränderung den Namen Meersau; weil wir ihn bey den Deutschen so genannt finden.

Er ist der gemeinste und der gefährlichste unter den Haajen, der am meisten vorkommt, und die Schiffe am weitesten begleitet. Er unterscheidet sich von den andern vorzüglich darinn, daß die Nasenlöcher

cher vorne dicht am Maule ſtehen, und ſich bey den **B.** Augen gewiſſe Löcher befinden. Der Körper iſt lang **Glatt-** und rund, das Maul hat drey Reihen ſcharfer Zäh- **rücken.** ne, der Rücken iſt braun, der Bauch ſilberfärbig. Man trift oft einige an, die über hundert Pfund ſchwer ſind. Ihr Aufenthalt iſt in den Europäi- ſchen Meeren, deßgleichen im Ocean zwiſchen Af- rica und America. Sie lieben das Menſchen- fleiſch, und fällt jemand über Bord, ſo iſt gleich ein ſolcher Haay zugegen, der ihm einen Arm oder Fuß abbeißt. Er ſtellet großen Fiſchen nach, und wo er hinfährt, begleiten ihn eine Menge kleiner Fiſche, wie Sardellen, die, wie es ſcheint, für ihm ſicher ſind, und ſich vermuthlich mit dem zu ſätti- gen ſuchen, was dieſer Haay von ſeinem Raube übrig läßt.

Die Seefahrer haben manchmal das Vergnü- **Art zu** gen, einen oder mehrere auf der Reiſe zu fangen. **fangen.** Sie werfen eine Kette mit einem ſcharfen Hacken, daran ein Stück Speck oder Fleiſch ſitzt, über Bord und laſſen ſelbige nachſchleppen. Die Haaye beißen ſich dann daran feſt, und werden alſo abgemattet, bis man ſie in der Gewalt hat und abſchlachtet. Die Neger ſpringen ſogar ins Waſſer, tauchen ihnen, wie Labat erzählet, unter den Bauch, und ſchnei- den denſelben mit einem Meßer auf. In Norden ſtellet man ihnen mit Harpunen nach, um die Leber zu erhalten. Sie haben ein zähes Leben, und be- wegen ſich noch, wenn ſie ſchon zerſtückt ſind.

Hieher mögen noch wohl verſchiedene andere **Ver-** Fiſche gehören, welche unter dem Namen Meer- **ſchieden-** fuchs, Meeraffe, und dergleichen, bekannt ſind, **heit.** obgleich dieſelbigen mit einem ſpitzigern Kopfe und di- ckern Rücken oder kürzern Körper beſchrieben wer- den, deren Schwanz auch viel länger, und mit ei- ner ſichelförmigen Floße verſehen iſt. So viel iſt

rich-

B.
Glatt-
rücken.

richtig, daß man in einem sogenannten Meerfuchs einen besondern Bau der Därmer wahrnahm; denn die Mitglieder der französischen Academie fanden an dem Magen eine Art des Zwölfingerdarms, welcher fünf Zoll lang, und nur ein drittel Zoll weit war. Hierauf wurde der Darm breiter, biß er drey Zoll. im Durchmeßer hielte, und streckte sich also achtzehn Zoll weit hinunter, worauf denn endlich ein sieben Zoll langer und glatter End- oder Mastdarm folgte Mithin hatte keine Umwicklung der Därmer statt; damit doch aber die Speisen sich lange genug in den Därmern aufhalten mögten, so hatte die Natur auf eine andere Art gesorgt. Es befand sich nämlich an dem obern Ende des weiten Darms, in dem Darme selbst, ein Zwergfell, welches zur Länge von dreyzehn Zoll in einer Schlangenlinie an der innern Wand des Darms in die Höhe stieg, und gleichsam eine Wendeltreppe vorstellte, deren Stuffen einen Zoll weit voneinander sind. Uebrigens war dieses nämliche Exemplar sehr fleischig, und hatte an etlichen Orten mehr als einen Zoll dick Speck, daher auch die Syracusaner den Meerfuchs, Cyna Piona, oder fetten Hund nennen. Nach etlicher Berichte werden auch diese Fische wohl hundert Pfund schwer.

8. Der Hundshaay. Squalus Canicula.

8.
Hunds-
haay.
Canicu
la.

Dieser ist der Catulus oder Seewolf der Alten. Aristoteles sahe ihn für ein junges der vorigen Art an, und nannte ihn Canicula; Griechisch, Skullia. Beym Ray heißt er Catfisch; in Frankreich, wegen seiner röthlichen Haut, Roussette; in Rom Scorzone; in Venedig, Pesce Gatto; in Engelland, Bounce; in Holland, Bonte Haay.

Er

Er iſt buntfärbig röthlich und ſchwarz gefleckt, hat keine Stacheln, wohl aber Floßen, zwiſchen dem Schwanz und After und an der Schwanzſpitze. Der Rücken iſt breiter als an den gewöhnlichen Haayfiſchen, die Schnautze aber kürzer und ſtumpfer, und ſticht nicht weit über das Maul hervor. Die Haut iſt ungemein rauh. Man findet ihn nicht nur im Mittelländiſchen Meer, ſondern auch in der Nordſee, und er bekommt zuweilen die Länge von anderthalb Ellen.

Unter andern anatomiſchen Anmerkungen, welche bey der Zergliederung dieſes Fiſches ſind gemacht worden, iſt beſonders diejenige merkwürdig, welche den Lauf der großen Pulsader in die Seitenluftwerkzeuge anzeigt. Es ſteigt nämlich die große Pulsader erſt in die Höhe, und theilt ſich ſodann in vier Aeſte ab, welche jede nach einem beſondern Luftwerkzeuge zur Seiten gehen. Der obere aber von dieſen Aeſten zertheilt ſich wiederum in zwey andere, die ſich in die zwey obern Luftlöcher ſenken, ſo daß jedes Luftloch einen Aſt von der Pulsader empfängt. Alle dieſe Aeſte laufen der Länge nach an den knörplichen Rippen der innern Luftwerkzeuge hinunter, und theilen ihre feinen Strahlen den an dieſen Rippen befindlichen Kämmen oder Faſern mit, wodurch ſich denn die Pulsader in unzählige feine Fortſätze verliehret, das Blut aber wird hernach durch andere und von dieſen pulsaderigen Fortſätzen deutlich unterſchiedene Aederchen wieder aufgenommen, und zurück geführet. Alle dieſe letzten Aederchen laufen an dem andern Rande der beſagten knörplichen Rippen und deren Kämmen, wieder in gewiſſe Haupt-Aeſte zuſammen, und ſtürzen ihr Blut in eine große Blutader, welche am Rückgrade liegt, und ſowohl nach dem Kopfe hinauf, als bis in den Schwanz herab ſteigt. Es erhellet alſo aus dieſer Aehnlichkeit des Kreißlaufs mit demjenigen, was in andern

B. Glatt-rücken.

Anatomiſche Anmerkung.

R 4 Thie-

B.
Glatt-
rücken.

Thieren wahrgenommen wird, daß die Natur allenthalben nach gewißen Hauptgesetzen arbeite.

9. Der Sternhaay. Squalus Stellaris.

9.
Stern-
haay.
Stella-
ris.

Die Benennung ist von den großen und kleinen
Flecken entstanden, welche dieser Fisch auf einem
röthlichen oder bräunlichen Grunde hat, sonst aber
unterscheidet er sich von jenen dadurch, daß die Bauchfloßen voneinander abgesondert stehen, und die Rückenfloße sich dicht am Schwanze befindet. Uebrigens
aber ist er buntfärbig und unbewafnet, wie die vorige Art, nur daß sich an diesem solche Flecken zeigen,
die einigermaßen sternartig sind. Es nennen zwar
die alten Schriftsteller diesen Fisch den größten Haay,
allein es fehlet noch viel daran, denn derselbe wird
nicht viel über zwey Ellen lang. Man findet ihn
in den Europäischen Meeren, und fängt ihn vorzüglich häufig an der Küste der Normandie.

10. Das Seehündgen. Squalus Catulus.

10.
See-
hünd-
gen Ca-
tulus.

Er ist klein, dünn und zwey Schuh lang, und erreicht niemalen zwey Pfund am Gewichte, daher
man ihn wohl das Seehündchen nennen kann.
Bey den Engelländern wird er Morgay, oder der
kleine junge Hund; in Italien aber Pesce gatto
oder Rattfisch geheissen.

Der Rücken ist rund gefleckt oder gesprenkelt.
Die Bauchfloßen sind aneinander verwachsen, und
die Rückenfloßen stehen dicht am Schwanze. Der
ganze Kopf ist gesprenkelt, indem sich weiße und
braune Fleckgen auf einem blaßrothen Grunde zeigen.
Die Haut ist nicht sehr rauh, und der Bauch fast
ganz glatt. Es zeigen sich hin und wieder einige Verschiedenheiten, deren Sprenkel in ordentlichen Reihen

hen ſtehen, andere, deren Haut großkörnicht iſt, und B.
abgeſchliffen wird, um ſie zum Ueberziehen der To- Glatt-
backsdoſen, Meſſerhefte und dergleichen zu verwenden. rücken.
Vielleicht haben dieſe Häute eine Aehnlichkeit mit denjenigen, deren wir im I. Theil pag. 205. Erwähnung
gethan haben.

Inzwiſchen iſt dieſer Fiſch ſehr ſchmackhaft und
wird in Italien, wo er wegen ſeines beſondern Ge-
ruchs auch Guatto Muſcaralo genennt wird, fleiſ-
ſig geeſſen. Man fängt ihn aber nicht allein im
Mittelländiſchen Meer, ſondern auch an den
Engliſchen und Franzöſiſchen Küſten, an welchen letztern man ihn nur mit dem allgemeinen Namen Rouſſette belegt, welches der Name iſt, den man
mehrern Arten, wegen ihrer röthlichen Haut, giebt.
Siehe oben No. 8.

11. Der Pferdhaay. Squalus Maximus.

Es wird dieſer Fiſch, nach Pontoppidans 11.
Bericht, Haae-Maeren genannt, und darum haben Pferd-
wir den Namen Pferdhaay gewählet. Daß ihn haay.
aber der Ritter Maximus nennet, iſt nicht ohne Maxi-
Grund, indem er mit den Wallfiſchen, deren Geſell mus.
er in den Nordiſchen Meeren iſt, in Anſehung der
Größe gleichſam um die Wette ſtreitet.

Die Zähne dieſes Fiſches ſind kegelförmig, und
die erſte Rückenfloße iſt die größte. Dit Geſtalt
kommt zwar mit der folgenden Art No. 12. ziemlich
überein, er hat aber weder vor oder hinter den Augen einige Oefnung. Die Afterfloße iſt klein, und befindet ſich in der Gegend, wo oben auf dem Rücken die
hintere Floße ſteht. Die Haut iſt blau und grün melirt.

Wenn, wie man berichtet, die Länge ſich auf
zehn Klafter erſtreckt, und der Schwanz ſchon zwey
Klafter breit iſt, ſo kann man die Urſache einſehen,
warum ihn die Normänner und Straſſe Davis-

R 5 fah-

B.
Glatt-
rücken.

fahrer für eine Art eines Wallfisches und Nordkapers halten. Wenigstens kommt er den Fischern zuweilen unter die Harpune, und liefert vielen Thran, wozu vorzüglich die Leber dienlich ist. Er lebt von Seesternen und Medusenköpfen, dergleichen Geschöpfe nach dem Nordpole zu häufig in dem Meere wimmeln.

12. Der Menschenfresser. Squalus Carcharias.

12.
Men-
schen-
fresser.
Car-
charias.
Tab. XI
fig. 5.

Der Name Canis Carcharias kommt von dem Griechischen Kyon karcharos und bedeutet einen Seehund, der wegen seiner vielen Zähne ein stachlichtes Maul hat, und hievon scheinet die Norwegische Benennung Haae-kiaring herzustammen. Man pfleget aber auch diesen Fisch Lamia; Französisch, Lamie zu nennen, doch geben ihm die Engelländer den Namen White Shark oder weisser Haay. In Holland ist er unter dem Namen Jonas-Haay bekannt, weil man ihn für denjenigen Fisch hielte, welcher den Jonas verschluckte, denn daß es kein Wallfisch gewesen, ließe sich leicht aus der engen Kehle, welche die Wallfische haben, schliessen, indem kann ein Arm durch selbige gehet. Allein, seit dem man Rachelotte gefunden, deren Kehle eine Oefnung von sechs Schuh hoch hatte, veränderte man die Meinung, und wollte einen Rachelot beschuldigen, den Jonas verschluckt zu haben. (Siehe I. Theil pag. 502.) Wir können aber nicht bergen, daß wir doch lieber diesen Carcharias dafür halten, und zwar aus dem Grunde, weil derselbe im Mittelländischen Meere, wo sich die Begebenheit zugetragen, gemein ist, dahingegen die Rachelotte vielmehr Einwohner des Oceans und der Nordischen Meere sind. Hierzu kommt dann auch noch, daß man von Zeit zu Zeit beständig Beyspiele hat, wie Menschen von dieser jetzigen Art Seehunde sind verschlungen worden, und darum nennen wir ihn den Menschenfresser.

Er

Er unterſcheidet ſich von andern Arten durch den flachen Rücken, und hat im Maule viele Zähne, die an den Seiten gerändelt oder gezähnelt, und gleichſam ſägeförmig ſind. Die Rückenfloſſen ſind gleichſam ſpießförmig, aber unbewafner, und die vörderſten ſind faſt mitten auf dem Rücken. An der Bruſt ſitzen die gröſten Floſſen, hingegen hat der After keine, und die Schwanzfloſſe endigt ſich in zwey Lappen. Der Augapfel iſt länglicht und enge. Die Zähne ſtehen in ſechs Reihen hintereinander, und der Fiſch kann ſo viel Reihen in die Höhe richten, als ihm gefällt, oder als er zum Anpacken ſeines Raubes nöthig hat, da inzwiſchen die übrigen mit der Spitze nach dem Rachen zugekehret flach liegen. Jeder Zahn iſt faſt ein gleichſeitiges Dreyeck, an der innern Seite flach, an der äuſſern etwas gewölbt, am Rande, wie geſagt, gezähnelt; und dieſe Zähne ſind es dann, welche auf der Inſel Maltha und ſonſt hin und wieder gegraben, und in den Cabinetten, bey den Verſteinerungen, unter dem Namen Gloſſopetræ, bewahret werden.

Die Haut dieſes Fiſches giebt den gemeinſten Chagrin, doch ſchneidet man auch aus der Länge ganze Riemen, welche gewunden und zu Wagenſeilen gebraucht werden; ſonſt dienet der Fiſch, um aus den fetteſten Theilen einen Thran zu kochen, und die Leber alleine giebt zuweilen zwey bis zwey und eine halbe Tonne von dem beſten Thran; auch iſt das Fleiſch eßbar.

Die gröſten, welche man noch geſehen, ſind neun bis zehn Ellen lang, und können durch zwey Pferde nicht fortgeſchleppt werden. Einen ſolchen fieng man einmal bey der Inſel St. Margaretha, der ſich in die Netze, womit man die Seemakrelen fängt, verwickelt hatte, und mit einer ſegelnden Fe-

louke

louke nach Cannes geschleppt wurde, woselbst man ihn auf hundert Quintalen, das ist (jeden Quintal zu hundert und funfzig Pfund gerechnet,) auf etwa funfzehntausend Pfund schätzte. In dem Magen dieses Fisches fand man ein ganzes ver- recktes Pferd, welches, vermuthlich aus einem Schiffe über Bord war geworfen worden, und um dieser Ursache willen wollten die Einwohner von Cannes das Fleisch dieses Fisches nicht essen, sondern ver- kauften es an Fremde, die von dem Pferde nichts wußten.

Ob nun wohl Haayfische von solcher beträchtli- chen Größe nicht sehr gemein seyn mögen; so giebt es doch andere kleinere, die allezeit im Stande sind, einen Menschen zu fressen, und zum Beweiße theilen wir hier die Abbildung von einem solchen Fische mit, den wir selber gesehen haben, und der, als man ihn durch Franken führte, sowohl hier in Erlang im grünen Baume, als in Nürn- berg und andern Orten öffentlich zu sehen war. Siehe Tab. XI. fig. 5.

Die Geschichte dieses Fisches ist kürzlich fol- gende: Es fiel nämlich im Jahre 1758. ein Matros bey stürmischem Wetter unglücklicher Weise von ei- ner Fregatte im mittelländischen Meere über Bord in die See. Alsbald aber war dieser Fisch bey der Hand, der den schwimmenden und um Hülfe schreyenden Kerl in seinen weiten Rachen nahm, so, daß der Matrose gleich verschwand. Wie nun bereits andere Matrosen in die Chaluppe gesprungen waren, ihrem annoch schwimmenden Kammeraden zu helfen, und der Schiffscapitain inzwischen den Vorfall mit diesem Seehunde sahe, so hatte derselbe so viel Gegenwart des Geistes, daß er ein auf dem Ver- decke stehendes Geschütze auf den Fisch richten und losbrennen ließ, wodurch derselbe auch glücklicher
Weise

Weiſe ſo getroffen wurde, daß er den ſo eben in **B.** den Rachen aufgefangenen Matroſen, gleich wie- Glatt- der von ſich ſpie, der denn in die unterdeſſen ſchon rücken. angekommene Chaluppe lebendig, und nur wenig verletzet, aufgefiſcht; der Seehund aber von den andern Matroſen durch Harpunen und Stricke ſo be- meiſtert wurde, daß ſie ihn an die Fregatte ſchlepp- ten, und daſelbſt in die Quere aufhiengen, um ihn in der Luft zu trocknen. Hierauf beſchenkte der Schiffs- capitain den durch Gottes Vorſehung ſo wunderbar er- haltenen Matroſen, mit dieſem Fiſche, welcher ſodann mit ſelbigem in Europa zur Schau herumzog. Die Abbildung dieſes getrockneten Fiſches, welcher zwanzig Schuh lang, mit gedehnten Floſſen neun Schuh breit, und am Gewichte dreytauſend zwey- hundert und vier und zwanzig Pfund ſchwer war, iſt nach Tab. XI. fig. 5. folgender Geſtalt zu erklären:

No. 1. Die Naſe.

2. Der Rachen mit ohngefehr funfhundert dreyeckigten ſägeförmigen Zähnen, in ſechs hintereinander, theils ſtehenden, theils liegenden Reihen.

3. Die funffachen Seiten - Spiracula oder Luftwerkzeuge.

4. Die zwey langen Seitenfloſſen.

5. Die obere große Floſſe.

6. Die gedoppelte männliche Ruthe, mit zwey beyhangenden Lappen.

7. Zwey kleine obere und untere Floſſen.

8. Der Schwanz.

Aus allen dieſen läſſet ſich wohl wahrſcheinlich ſchließen, daß dieſe Art der wahre Jonasfiſch ſey,

sey, und wir gehen nunmehro zur dritten Abtheilung dieses Geschlechts über.

C.
Mit
körnich-
ten Zäh-
nen.

C. Haayfische mit körnichten Zähnen.

13.
Glatte
Haay.
Muste-
lus.

13. Der glatte Haay. Squalus Mustelus.

Die Engelländer haben diese Art den glatten Haay genennet, weil er in der That keine rauhe Haut hat, und dieses gab die Gelegenheit, ihn auch, wegen des glatten Rückens, mit den Aalruppen zu vergleichen und Mustelus zu nennen. Bey den Franzosen aber heißt er Emisole, und in Rom Pesce Colombo.

Die Zähne sind stumpf; die Schnauze spitzig; der Körper fast rund; der Rücken braun, und die Flossen am Bauche sehr kurz. Er ist nicht groß, etwa fünf Schuh lang, und zwanzig Pfund schwer. und hält sich sowohl in der Nordsee als im mittelländischen Meer, ohnweit den europäischen Küsten, einsam auf, indem er nicht in Gesellschaft herumziehet.

Anato-
mische
Anmer-
kung im
Männ-
chen.

Diejenigen, die ihn zergliedert hatten, fanden, daß die Augen mit einer deutlichen Schließhaut gewaffnet waren. Die Leber, Galle und der Rückendrüsensaft waren zusammen in einen gewissen Beutel gefasset, der sich zwischen dem ersten und zweyten Darm befindet, und mit einer engen Klappe dichte geschlossen ist. Unter dem Nabel befindet sich eine Warze, aus welcher Saame und Urin kommt, die also statt der Ruthe dienet. Ohngefehr drey Querfinger breit vom Zwergfelle entdecket man die überhoden, welche in besondern Windungen, endlich in einen weiten Köcher ausgehen, der sich in die Saamenbläßchen ergießt. Die Hoden selbst sind klein, und

und liegen auf deu Nieren, welche länglicht, oben ſchmal und blaß, unten aber breit, fleiſchicht und roth ſind. Zwiſchen den zwey Saamenbehältern lieget eine weite Hohlader. Das Herz hat die Geſtalt einer Jägertaſche.

Was das Weibchen betrift, ſo ſcheinet die Mutter nicht ſowohl einfach, und in zwey Hörner abgetheilet, als vielmehr gedoppelt zu ſeyn, und ſtrecket ſich vom After an, bis zum Zwergfelle hinauf. Zwiſchen beyden liegt der Eyerſtock in einer dünnen Haut am Rückgrade befeſtiget. Die Eyer ſind daſelbſt von unterſchiedener Gröſe nach Maaßgabe ihrer Zeitigkeit, von einem Stecknadelknopfe an bis zur Gröſe eines Käſes, von Farbe weißlich und rund. Man hat aber zugleich angemerket, daß dieſe Fiſche eben ſowohl lebendige Junge gebähren, als Eyer werfen, denn man hat wohl ſechs lebendige Jungen von einem Schuh lang, zugleich mit großen Eyern in der linken Mutter gefunden, da in der rechten hingegen, ganz kleine Junge befindlich waren, woraus erhellet, daß ſie ſo oft gebähren, ſo oft nur eines oder mehrere Jungen gebildet ſind. Die unbefruchteten Eyer ſind bey ſechs Zoll lang, und gegen vier Zoll breit, wenn man ſie auf eine Fläche hinlegt. Inwendig iſt in der Mitte eine gelblichte Feuchtigkeit in einer beſondern dünnen Haut, welche eine weiße Feuchtigkeit in einer ſtärkern Haut umgiebt. In dieſer letztern Feuchtigkeit ſchwimmet das Junge, und die Haut, mit der gelben Feuchtigkeit, hänget dem Jungen mit einer Schnur am Nabel feſte; iſt aber das Junge ſchon gebildet, ſo ergieſt ſich die übrige Feuchtigkeit des Eyes aus der Mutter durch zwey Oefnungen, die ſich neben der Mutterſpalte befinden, ins Meer; damit aber das Seewaſſer nicht in dieſe Oefnungen eindringe, ſo ſind ſie mit guten Klappen verſehen.

Merk-

C.
Mit körperlichen Zähnen.

Anatomiſche Anmerkung im Weibchen.

C.
Mit
körnich-
ten Zäh-
nen.

Merkwürdig ist aber der Umstand, welchen Augenzeugen von dieser Art Fischen behaupten, daß nämlich die Jungen allezeit ihre Mutter begleiten, und so bald sie irgendwo Gefahr vermuthen, sogleich wieder in die Mutter hinein schliefen sollen. Ist diesem würklich also, so sind diejenigen sechs Junge, die D. Tyson bey der Zergliederung einmal in der linken Mutter fand, vermuthlich nichts anders als eingeschloffene Junge gewesen, und die Natur hätte hier also bey einem Fische den nothwendigen Vortheil angebracht, dessen sich die Beutelraßen zu erfreuen haben.

14. Der blaue Haay. Squalus Glaucus.

14.
Blaue
Haay.
Glau-
cus.

Obgleich der Herr Gronov diese Art mit der vorigen für einerley hält, so setzt sie doch der Ritter hier besonders. Die Engelländer nennen sie Blew-Shark. Sie hat am Hintertheile des Rückens eine dreyeckigte Grube, und bey den Augen keine Löcher.

Es wird dieser Fisch bey sechs oder sieben Ellen lang, ist sehr gefräßig, kommt dichte an die Ufer, schießt aus dem Wasser hervor, und schnappt, wie Rondelet erzählet, nach dem etwa am Ufer stehenden Menschen, der alsdenn vermuthlich mit dem jungen Tobias schreyen möchte: O! Herr! er will mich fressen!

Der Rücken ist blau, der Bauch silberfärbig, die Haut ist nicht sehr rauh, die Zähne sind scharf, das Fleisch ist zähe, aber nahrhaft, und hat einen starken Geruch. Man trift ihn in allen Meeren um Europa herum, an.

15. Der

15. Der Sägefiſch. Squalus Priſtis.

C.
Mit kör.
nichten
Zähnen.

15.
Säge-
fiſch
Priſtis.
Tab. XI
fig. 2.

Die letzte Art der Haaye iſt ein Fiſch mit einer langen beinichten, und an beyden Seiten gezähnelten Schnauze, welche hin und wieder in den Cabinetten als das Schwerdt eines Schwerdtfiſches vorgezeiget wird. Allein es giebt unter den eigentlichen Fiſchen, wie wir in dem folgenden Theile ſehen werden, eine andere Art, deſſen beinichte Schnauze einem Schwerdte oder Degen beſſer ähnlich iſt, daher man billig den Namen der jetzigen Art verändert, und ihn der gezackten Schnauze halben mit Sägefiſch verwechſelt hat. Griechiſch heißt er Priſtis; Lateiniſch, Serra; Schwediſch, Saeg Fiſk; Norwegiſch, Saug-Fisk; Engliſch, Saw-Fish. Obgleich dieſer Fiſch an der langen beinichten Säge hinlänglich zu kennen iſt; ſo thut der Ritter doch auch dieſes Merkmal noch hinzu, daß er am After gar keine Floßen hat.

Uebrigens hat er vollkommen die Geſtalt der Haaye. Die Haut nämlich iſt gleichfalls rauh und chagrinartig, auf dem Rücken befinden ſich zwey Floßen hintereinander, an der Kehle zwey, am Bauche zwey, und die ſiebende macht den Schwanz aus, deſſen oberer Theil ſehr lang iſt. Der Kopf iſt dreyeckigt und glatt. Die Schnauze verlängert ſich in ein breites ungemein langes, und vorne abgeſtuztes glattes Bein, aus deſſen beyden zur Seiten befindlichen Schärfen eine unbeſtimmte Anzahl langer ſcharfer und ſpitziger Zähne heraus treten, und dieſes gewafnete Bein heißt die Säge, oder das Schwerdt, deſſen oberer Theil blou grau iſt, wie der Rücken, und der untere gelblich

Linne III. Theil.   S   weiß,

C.
Mit kör-
nichten
Zähnen.

weiß, wie der Bauch des Fisches.   Siehe Tab. XI. fig. 2.

Die Größe dieses Fisches läßt sich nicht voll-kommen bestimmen, man hat kleine und große, vielleicht nach Beschaffenheit ihres Alters, und aus der Größe der Sägen läßt sich auch nicht allezeit auf die Länge der Fische schließen. Marggraf beschreibt einen von neunzehn Zoll, dessen Schwerdt neun Zoll lang war. Ein Materialist in Am-sterdam besitzt einen, der acht Schuh lang ist, und ausserdem noch eine drey und einen halben Schuh lange Säge hat. Die Dicke dieses Fisches ist ein und einen halben Schuh. Die obere Schwanzfloße ist fast zwey Schuh lang, die übri-ge Floßen sind jede einen Schuh lang. Ja man findet Sägefische, die funfzehn Schuh in die Län-ge haben, und überdas noch eine Säge von andert-halb Ellen führen. Ob nun aber die Größe der Sägen, und die Anzahl der Zähne in selbigen will-kührlich sey, oder ob sich hieraus auf gewisse Un-terarten schließen lasse, solches können wir nicht genau bestimmen; so viel ist richtig, daß wir da ei-nen wichtigen Unterschied vermuthen. Denn wir besitzen ganz kleine mit acht und zwanzig Zähnen an jeder Seite, (wie wir solche in dem Knorrischen Werke Tab. H. IV. fig. 4. abgebildet und beschrie-ben haben,) deßgleichen große über einen halben Schuh breit und zwey und einen halben Schuh lang, mit zwanzig Zähnen an jeder Seite, davon jeder Zahn fast einen und einen halben Zoll lang ist, sodann auch schmälere, die aber über drey Schuh in der Länge haben, an denen nur sechs und zwanzig Zähne sind.

Der eigentliche Aufenthalt dieser Fische ist im Nordischen Meere, wo sie bey Jßland, Spitz-
ber-

bergen und Grönland, die Wallfiſche herum ja-
gen, ihnen öfters mit der Säge den Bauch auf-
reißen, und ſie bis in den Mexicaniſchen Meer-
buſen, ja bis an die Küſte von Guinea herunter
verfolgen. Man ſagt indeſſen, daß ſie von den
Seepflanzen leben, und daß ihnen die Säge dienlich ſeyn ſoll, ſolche abzunehmen und loßzureißen.
Daß ſie aber auch wohl ſelbſt miteinander fechten,
kommt uns nicht unwahrſcheinlich vor, indem wir
eine ſolche Säge beſitzen, woran der Zahn von einem andern Sägefiſche ſteckt, und abgebrochen iſt.

C.
Mit kör-
nichten
Zähnen.

132. Ge-

132. Geschlecht. Seedrachen.

Nantes: Chimaera.

Geschl. Benennung. Daß es keine würkliche Drachen gebe, ist schon vorne bey den fliegenden Eidechsen pag. 72. angezeiget worden. Wenn wir also diese Art Fische Seedrachen nennen, so geschieht es nur, um dadurch eine monströse Gestalt auszudrucken, welches auch die Ursache der Linneischen Benennung ist. Denn Chimaera war bey dem Hesiodus ein monströses Thier mit einem Drachenschwanze, und beym Virgil ein feuerspeyender Berg in Lycien, wo Drachen wohnten.

Geschl. Kennzeichen. Die Kennzeichen, wodurch diese Art von den Haayen unterschieden wird, sind folgende: Einzelne Luftlöcher, die aber vier Abtheilungen haben, und nicht an den Seiten, sondern unter dem Halse stehen. Die obere Lippe ist in fünf Theile abgetheilt, und in den Kiefern stehen unten und oben vorne zwey Schneidezähne. Es kommen aber in diesem Geschlecht nur die zwey folgenden Arten vor.

I. Der Pfeildrache. Chimaera Monstrosa.

I. Pfeildrache. Monstrosa. Die wunderbare Gestalt dieses Fisches gab dem Ritter Anlaß zu obigem Namen; inzwischen wollen wir ihn Pfeildrache nennen, weil er auf dem Rücken einen sechs Zoll langen Stachel führt.

Die

Die Geſtalt des Körpers iſt länglich, wie an den Haanfiſchen, in der Mitte etwa zwölf Zoll im Umfange, und ſilberfärbig oder gelblich. Die Haut iſt glatt, das Maul breit, und hat unten durchbrochene Falten. Die Schnautze iſt ſtumpf. Der Stachel auf dem Rücken iſt innwendig hohl, und an dem Ende ſehr ſcharf und ſpitzig. Die Bauchfloßen ſind viel länger, als an den gewöhnlichen Haanfiſchen. Die erſte Rückenfloße iſt dreyeckigt, die andere ſehr niedrig, und endigt ſich, wo der Schwanz anfängt dünne zu werden, denn derſelbe iſt ſehr lang, und faſt einem Ratzenſchwanz ähnlich, hat aber an der untern Seite Floßen. Daher nennen ihn auch die Norweger Seeratze. Die Männchen haben eine gedoppelte Ruthe, und die Weibchen eine gedoppelte Mutter. Die Leber iſt ſo fett, daß, wenn ſie an einem warmen Orte ſteht, ſie von ſelbſt in ein Oel zergeht, welches die Fiſcher als einen Wundbalſam gebrauchen. Dieſer Fiſch hält ſich im atlantiſchen Meere auf, lebt von Conchylien, die er in den Tiefen des Meers findet, und ſchwimmt zur Nachtzeit herum.

2. Der Seehahn. Chimaera Callorynchus.

Der griechiſche Name Callorynchos bedeutet ſo viel, als eine Haut oder Fell, ſo den Truthähnen bey dem Schnabel herunter hängt, und iſt dieſem Fiſche wegen ſeines ſeltſamen Kopfs gegeben, daher wir ihn auch Seehahn nennen, zumal er bey den Indianern in America auch Pejegallo, das iſt, Poiſſon Cocq, oder Hahnfiſch heißt, wiewohl ihn die Franzoſen Demoiſelle nennen.

Man trift dieſen Fiſch im äthiopiſchen Meere, und an der Küſte von Chili an, wo er gedörrt und alſo verſchickt wird. Der Rücken iſt mit einem

S 3　　　　ſtar-

scharfen Stachel bewafnet, deſſen man ſich bedienen
kann, um Leder durchzubohren; die ganze Geſtalt des
Körpers iſt länglich, mehr hoch als breit, ohne Schuppen, glatt und ſilberfärbig mit einem Goldglanz auf
dem Rücken, deßgleichen befinden ſich zu beyden Seiten
der Rückenfloße kleine Stacheln. Die Rückenfloße
iſt groß, die Bauchfloßen ſind klein. Am After iſt gar
keine Floße, der Schwanz aber hat unten und oben
Floßen, und lauft ſpitzig aus.

Selt-
ſame
Schnau-
tze.

Wir haben oben geſagt, daß dieſem Fiſche, ſeines
ſeltſamen Kopfs halber, der Name Callorynchus gegeben worden. Es iſt alſo billig, daß wir den Bau deſſelben oder vielmehr der Schnautze an ſelbigem etwas
näher beſchreiben. Es verlängert ſich nämlich vorne
an der Schnautze, die mit ſehr vielen Näthen geſtreifte Haut des Kopfs, etwa einen halben Zoll lang, und
dehnet ſich alsdann in die Breite, ſo daß ſie am Ende
zuſammen gedruckt, und von unten, als mit vielen Löchern, zwiſchen den äußern Häutlein, durchbohrt zu
ſeyn ſcheint. An dieſer Haut hänget ſich in die Quere
wiederum ein anderes Stück, welches oben ſchmal, unten breit ausgeſchnitten, und von häutiger Beſchaffenheit iſt. Das Maul iſt gleich unter dieſer Schnautze
befindlich, und hat fleiſchige Lippen, davon die untere länger und breiter iſt, und wenn der Fiſch das
Maul ſchließt, von unten auf über die obere Lippe hin-
ſchlägt. Uebrigens iſt unten an jeder Seite des Kopfs,
dichte vor den Bruſtfloßen, nur ein einziges, und zwar
ſehr enges Luftloch befindlich. Beyde Kiefer ſind mit
rauhen Höckern ſtatt der Zähne beſetzt. Vorne am
Kopfe zeigen ſich unterhalb der Schnautze, breite Naſenlöcher, die Augen hingegen, die eine ziemliche
Größe haben, ſind die Länge hinunter oval.

133. Ge-

133. Geſchlecht. Seeteufel.

Nantes: Lophius.

Lophia bedeutet im Griechiſchen eine kammar‑ Geſchl.
tige Erhöhung in dem Nacken der Thiere, und
weil dieſes Geſchlecht zum Theil oben dergleichen Er‑
höhungen, als auch an den Seiten gewiſſe Hervor‑
ragungen und Fortſätze hat, ſo iſt ihm gegenwärti‑
ger Geſchlechtsname zuerkannt. Nun geben aber
eben dieſe Erhöhungen und Hervorragungen ein wun‑
derliches und zugleich fürchterliches Anſehen, daher
hat man die Fiſche dieſes Geſchlechts mit dem Namen
Seeteufel beleget.

Die Kennzeichen aber, wodurch der Ritter
dieſes Geſchlecht von andern unterſcheidet, ſind fol‑
gende. Hinter den Seitenfortſätzen oder ſogenannten
Armen, ſind einzelne Luftlöcher. Das Maul iſt vol‑
ler ſehr kleinen Zähnchen. Die Bruſtfloßen ſitzen
an den Seitenfortſätzen, und nach dem Artedi ſind
nur drey innere Luftwerkzeuge vorhanden. Man hat
nur eine europäiſche, dann zwey indianiſche Ar‑
ten, welche wir nun näher beſchreiben wollen.

1. Der Meerfroſch. Lophius Piſcatorius.

Der Beyname Piſcatorius iſt dieſem Fiſche ge‑
geben, weil er durch gewiſſe ausgebreitete Werkzeu‑
ge oder Fortſätze am Maule, die Fiſche, die ihm zum
Raube dienen, gleichſam auffiſcht, und ſie alſo fängt.
Der Name Meerfroſch kommt von der Geſtalt her,
da er einige Aehnlichkeit mit einem Fiſchartigen ‑ oder

Geſchl.
Benen‑
nung.

Geſchl.
Kennzei‑
chen.

1.
Meer‑
froſch.
Piſcato‑
rius.

S 4 Ba‑

Baſtardfroſch hat, der zuweilen mit dieſem Fiſche verwechſelt wurde, wie wir ſolches oben pag 64. und 65. angezeiget haben. Deß aber beyderley Benennungen für dieſe Art ſchicklich ſind, wird ſich leicht aus dem Namen ſchließen laſſen, welche derſelben ſonſt gegeben werden; denn ſie iſt der Alten Rana piſcatrix oder Rana marina; dahingegen vorbeſagte Froſchart nur Rana piſcis genennet wird. Uebrigens wurde dieſe Art vom Ariſtoteles Batrachos Halios; und vom Rondelet Galanga genennet. Die übrigen Benennungen ſind in Venedig, Roſpus-Fiſch, das iſt, Froſchfiſch; in der Lombardie, Zatto; in Engelland, Toad- oder Frogfiſch, oder Sea Divel; in Frankreich, Diable de Mer, und Grenouille de Mer; in Marſeille, Baudroi; in Montpellier, eſcheteau; in Italien, Diavolo di Mare, und Marino Peſcatore; in Norwegen, Steen-Ulk; in Holland, Zeeduivel, oder auch Hooſenbek, das iſt, Waſſerſchauſelmaul, weil ſie das Maul abſcheulich weit auffſperren können.

Es iſt dieſer Fiſch an ſeinem abgerundeter Maule, großem Kopfe und flachgedrucktem Körper, wohl zu kennen, jedoch verdient er eine genauere Beſchreibung.

Geſtalt.   Der Rücken iſt dunkelgrau, der Bauch weiß, die Haut glatt. Der Kopf allein macht mehr als die Helfte des Fiſches aus, und der hintere Körper läuft ſchnell und ſpitzig zu, woran eine mittelmäßige Schwanzfloße befindlich iſt. Unter dem Kopfe ſitzen ein paar ähnliche Floßen. Oberhalb dem Naſenbein ſtehet ein langes ſchmales Knörpelbein in die Höhe. Die Augen ſind ſehr groß, das Maul iſt weit, und beyde Kiefer ſind mit gedopelten Reihen oder haufenweiſe geſetzten langen und etwas einwärts gekrümmten Zähnen bewafnet. Der untere Kiefer iſt länger

als

als der obere; der obere hingegen richtet ſich bey
Oefnung des Mundes faſt ganz in die Höhe, da
man eine dicke und faſt ſtachlichte, oder mit vielen
ſcharfen Hacken verſehene Zunge wahrnimmt.

An dem untern Kiefer befinden ſich etliche lange knorpelichte Faſern, die bey ihrer Länge ſehr bieg-
ſam und am Ende etwas zotig ſind. Dieſe Zoten
ſind weiß, hingegen haben die Faſern eine braune
Farbe, und dieſe Werkzeuge dienen ihm zur Fiſche-
rey, welche alſo von ſtatten gehet.

Es ſtehet nämlich der Fiſch im Waſſer unbe- **Fiſche-**
weglich ſtille, wodurch andere Fiſche ſicher gemacht **rey.**
werden, daß ſie ganz nahe an ihn hinſchwimmen, ſodann läßt er ſeine knorplichte Faſern herabhangen,
und lauret mit den großen Augen wie ein grimmiger
Teufel. Wenn nun die weiſſen Zoten an dieſen Faſern ſich im Waſſer bewegen, ſo halten die benach-
barten Fiſche dieſelbigen vor ſchwimmende Victualien,
die mit dieſem Seeteufel wenigſtens keine Gemein-
ſchaft haben, und ſchnappen darnach; in dem nämlichen Augenblick aber ſchnappt dann auch der Seeteufel zu, und fängt ſeinen Raub ganz gemächlich in
ſeinen weiten Rachen auf. Sollte ihm aber dieſer
erſchreckende Kunſtgrif fehl ſchlagen, oder ſein Geg-
ner ihm zum Verſchlucken zu groß ſeyn, ſo ſtößt er
zu, und durchbohret ihn mit oben erwähnten langen
und auf der Naſe befindlichen Knorpelbeine, als mit
einer Harpune, biß er ſich ſeines Raubes ganz be-
mächtiget hat.

Die Abbildung, die hier Tab. VII. fig. 3. mit- **Größe.**
getheilet wird, iſt nach einem Exemplar gemacht,
welches nur einen Schuh lang war, jedoch giebt es
größere, deren Länge auf ſechs bis acht Schuh gerechnet wird, denn der Biſchof Pontoppidan beſaß
einen, der vierthalb Ellen lang war. Diejenigen, deren Länge ſich auf ein und einen halben Schuh er-

ſtreckt,

streckt, haben am untern Kiefer vier Zoll lange Knorpelfasern zum Fischen, woraus denn zu schliessen ist, daß die Fasern der Grossen wohl bis ein und einen halben Schuh lang seyn müsse.

Der Herr Parsons in Engelland beschreibt einen solchen Seeteufel, der vier Schuh drey Zoll lang, und neunzehn Zoll über den breitesten Theil des Kopfes breit war, welcher gegen zween Schuh lange Baartfasern hatte. Die fünffingerigen Flossen, die sie unter dem Kopfe haben, dienen ihnen gleichsam statt der Füsse, um damit über die Sandbänke fortzukommen.

Ihr Aufenthalt ist rings um Europa herum in dem grossen Ocean, doch halten sie sich am meisten in den nordischen Meeren auf, woselbst auch die größten sind.

Anatomische Anmerkung.

An jeder Seite des Kopfes, wo gleichsam die Armflossen hervorstechen, befindet sich ein grosser weiter Sack, welcher in einem vierschuhigten Exemplar über zwey Schuh lang und sechs Zoll weit ist, in welchem sich die drey innern Luftlöcher tief im Maule öfnen. Das Herz ist nicht kegelförmig, sondern fast cylindrisch, unten breit, und mit einem Ohre versehen, welches fast dreymal so groß, als das Herz selbst, und im Umfange wie ein Hahnenkamm eingekerbt ist. Die Gall- und Lebergänge ergiessen sich in einen Köcher, ehe die Galle noch in die Därmer kommt. Mitten an den Magenwänden nimmt man einige knörplichte Körner wahr, die innwendig offen sind, und von aussen Blutgefäße erhalten. Es ist kein blinder Darm vorhanden, und der Enddarm hat viele fleischichte Rippen. Die Nieren sind groß und roth, die Harnblase ist in einem vierschuhigten Exemplare schon grösser als eines Menschen Blase.

An

An jeder Seite des Kopfs befindet sich auch ein kleines dünnes Bläßgen, worinne man ein Gehörbeinchen antrift, welches mit jenen, die bey den Schellfischen gefunden werden, überein kommt. Das Fleisch dieser Fische schmeckt nach Fröschen, denen sie äußerlich sehr ähnlich sehen, wiewohl sie ordentlicherweise nicht zur Speise gebraucht werden, denn sie gehören nur für die Liebhaber.

2. Der Einhornteufel. Lophius Vespertilio.

Mit der Benennung Vespertilio folgt der Ritter dem Raj, welcher der jetzigen Art darum diesen Namen beylegte, weil sie an den Seiten gleichsam Flügel zu haben scheint. Wir aber geben ihr den Namen Einhornfisch, weil vor der Stirn ein zugespitzter langer Fortsatz heraus tritt, der gleichsam ein Horn vorstellt, wiewohl Seba den Namen Seefrosch; Holländisch, Zee-kikvorsch gebraucht, und Curacao als das Vaterland angiebt. Bey den Brasilianern hingegen ist der Name Guacu-cuja üblich.

Der Körper ist, wenigstens vorneher, von oben etwas platt, die Schnautze tritt länglich hervor. Die Augen stehen hoch in der Stirn an beyden Seiten des Horns. Das Horn ist an der Wurzel dick, lauft spitzig zu, hat an einem Exemplare, das einen Schuh lang ist, die Länge eines Zolls, und kann für einen Fortsatz der harten Haut angesehen werden. Die Bauart kommt mit dem vorigen gänzlich überein, nur daß die Haut über und über mit großen und kleinen Stacheln besetzt ist. Diese Stacheln sind kleine scharfe Spitzen, die sich aus der Haut erheben, die Haut aber bildet an der Wurzel jeder Stachel einen vielstrahligen Stern. Der Rücken ist gelblich braun,

der

(Randnotiz:) 2. Einhornteufel. Vespertilio.

der Bauch röthlich weiß. Es wird dieser Fisch nicht geessen, da außer der beinigten Haut, dem knorplichen Gerippe und dem aufgeblasenen Kopfe nicht viel besonders an ihm ist, ja wir halten ihn einigermaßen in Verdacht, daß er sehr schädlich ist, da wir uns durch Berührung dieses Fisches und seiner Stacheln, allezeit eine sehr brennende Entzündung zugezogen haben. Man findet ihn überall in den americanischen Meeren. Unser Exemplar erhielten wir aus Curacao.

3. Die Seekröte. Lophius Histrio.

Es ist dieser Fisch auf einem weissen Grunde zierlich braun gefleckt. Vermuthlich fiel dem Ritter bey dieser fleckigten Zeichnung der Hanswurst ein, weil er ihn Histrio nennt; wir aber geben ihm der breiten platten Gestalt halben, mit den Engelländern den Namen Seekröte; doch die Holländer heissen ihn Kroos vischje, oder Mooßfisch, weil er sich zwischen Africa und America in der sogenannten Kroos-Zee, das ist, in derjenigen Meeresgegend aufhält, wo so viel schwimmendes Seemooß oder Horncorallenmooß angetroffen wird. Valentin nennt ihn Sambiasisch; Klein, Batrachus; Gronovius, Balistes; die Brasilianer, Guaperua.

Die Größe ist selten über vier Zoll. Das Maul hat einen Bart und ist voller Zähne. Der Rücken hat zwey Stacheln. Die Bauchfloßen stehen voneinander abgesondert.

Da der Ritter gewohnt ist, an den Fischen die Strahlen oder Finnen in den Floßen allenthalben
ben

ben zu zählen, um dadurch die Arten etwas genauer
zu bestimmen, so hat er die Anzahl der Finnen in
den Floßen (denn unter Finnen verstehen wir hin-
führo allezeit beiniche oder knörpliche Strahlen,
welche die Fische in ihren Floßen haben,) bey den
vorigen drey Arten der Seeteufel folgender Gestalt
gefunden:

No. 1. Hat in den Rückenfloßen 10.   In den
Brustfloßen 24.   In den Bauchfloßen 5.
In den Afterfloßen 9. und in den Schwanz-
floßen 8. Finnen.

No. 2. In den Rückenfloßen 5.   In den Brustfloßen 10.   In den Bauchfloßen 6.   In
den Afterfloßen keine, und in den Schwanzfloßen 15. Finnen.

No. 3. In dieser Art besitzt die Rückenfloße 1. 1.
12.   Die Brustfloße 10.   Die Bauchfloße 5.   Die Afterfloße 7. und die
Schwanzfloße 10. Finnen.

134. Ge-

134. Geſchlecht. Störe.

Nantes: Acipenſer.

Die Linneiſche Benennung Acipenſer, kommt wohl wie Accipiter von accipio her, weil es gewaltige Raubfiſche ſind, die anpacken können, und iſt die nämliche, womit die Alten ſchon dieſes Geſchlecht der Fiſche belegten, welche aber mit der andern mehr gewöhnlichen Benennung Sturio verwechſelt wurde; daher denn auch dieſe Fiſche franzöſiſch Eſturgeon, engliſch Sturgeon, italieniſch Storione und Sturione, deutſch Störe heißen. Es ſoll aber die deutſche Benennung nicht vom Lateiniſchen Sturio herkommen, ſondern ein niederſächſiſches oder alt deutſches Wort ſeyn, welches von ſtören (herumwühlen) abgeleitet iſt, weil dieſe Fiſche die Gewohnheit haben, in den Meeresboden mit der Naſe den Moraſt herum zu wühlen, wie ſolches auf dem Lande von den Schweinen geſchiehet, wie denn auch die Schnauze dieſer Fiſche recht gut dazu gebauet iſt.

Sie haben zur Seiten einzelne Luftlöcher, welche einer Spalte ähnlich ſehen. Das Maul befindet ſich unter dem Kopfe, hat keine Zähne, und ziehet ſich hinterwerts zurück. Unter der Schnauze befinden ſich vor dem Maule einige Bartfaſern, und man zählt folgende drey Arten.

I. Der

1. Der gemeine Stör. Acipenſer
Sturio.

Dieſe Art iſt bey den Schriftſtellern unter allerhand Namen bekannt, als Silurus, Galeus Rhodius, Oniskus und Oxyrynchus, oder Spitzſchnauze; ja der oberwehnte Umſtand des Wühlens in den Meeresgrunde veranlaſſete den Oppian ſogar, dieſen Fiſch Sus oder das Schwein zu nennen. Der Name Stör aber iſt oben ſchon er-kläret worden.

Er hat in den Rückenfloſſen ein und dreyßig Finnen; in den Bruſtfloſſen dreyßig, in den Bauch-floſſen neunzehn, in den Afterfloſſen vier und zwan-zig, und in den Schwanzfloſſen auch vier und zwanzig Finnen. Dann unter der Schnauze vier Bartfaſern, welche an der Spitze des Unterkiefers herabhangen, und eilf Rückenſchuppen oder Schilde.

Der Bauch iſt platt; die Haut etwas rauh; und die Augenringe glänzen wie Silber. Der Rücken hat fünf Reihen von unbeſtimmter Anzahl ſtachelichter Buckeln, als eine, die mitten über den Rücken gehet, und zu jeder Seite befinden ſich noch zwey Reihen. Mitten am Bauche unter dem Na-bel ſind gleichfalls ſolche Höcker. Das Maul iſt lang, platt und gehet ſpitzig zu. Die Naſenlöcher ſind zu beyden Seiten doppelt. Die Bruſtfloſſen ſind nach vorne zu mit einem ſcharfen Beine ge-wafnet. Die Bauchfloſſen ſtehen kurz am Nabel. Die Schwanzfloſſe iſt geſpalten, und der obere Theil iſt länger als der untere.

Obgleich dieſer Fiſch ein Seefiſch, und in den Tiefen des Meeres zu Hauſe iſt, ſo wird er doch

nicht sehr häufig auf offenem Meere gefangen, sondern in den Mündungen großer Flüße, denn er hat
die Gewohnheit, sich in die süßen Wasser zu begeben, und in große Flüße weit hinauf zu schwimmen,
wo er sich denn so zahlreich versammlet, daß an
manchen Oertern der Störfang sehr beträchtlich ist.
Es ist aber doch ein Unterschied in der Größe. Man
findet nämlich sogenannte Lachsstöre, die nur ein
bis ein und eine halbe Elle lang werden, dann aber
auch solche, die zwanzig Schuh lang sind und über
tausend Pfund wiegen. Die erste Art ist schmackhaft und fett, die andere aber zähe, fasericht wie
Kalbfleisch und schwer zu verdauen.

In Norwegen theilet man sie sogar in vier
Gattungen ein, als Lachsstöre, Makreelstöre,
Heringstöre und Schelfischstöre, welche Benennung sie von derjenigen Art Fische erhalten, die
sie am liebsten fressen; denn sie richten als Raub-
fische unter diesen Arten große Verwüstungen an,
und daß sie nicht etwa mit wenigen vorlieb nehmen, lässet sich aus ihrer Größe schließen, die oft
auf sechs bis zehn Ellen anwächst. Sie sind gefährlich zu
fangen, weil sie durch ihre Länge und Stärke grausame Schläge geben, die Stangen zerbrechen, und
mit dem Schwanze Maulschellen austheilen, daß die
Fischer, welche sie an der Harpune auf den Strand
ziehen, rechts und links umtaumeln. Sobald man
sie aber in der Gewalt hat, werden ihnen Kopf
und Schwanz zusammen gebunden, daß sie in einen
halben Mond gekrümmet sind, wodurch ihre Wider-
spenstigkeit bald vergehet, worauf sie sodann auf
Karren zur Schlachtbank abgeführet werden.

Es ist merkwürdig, daß sie alle, wie die Gänse,
hintereinander schwimmen, und sich oft mit dem Maule
an die Schwänze der andern anhalten, wodurch sie öfters

ters eine ſehr lange Kette ausmachen, und dann
wohl von den Seefahrern leicht für die nordiſche
Waſſerſchlange (ſiehe oben pag. 128. und 129.)
könnten angeſehen werden.

In Flüßen fängt man ſie mit in die Quere
geſpannten ſtarken Netzen, oder mit einem wider
den Strom fortgeruderten Sacknetz. In der See
aber mit Harpunen und Fiſchhacken, die an Schnüren befeſtiget ſind.

Vor Zeiten machte man aus dem Stör ein
großes Weſen, ja er wurde ſo gar zu Severi
Zeit durch gekränzte Diener, mit vorangehender
Muſik, bey großen Gaſtmahlen zur Tafel getra-
gen; allein jetzt macht man ſich bey der großen
Menge anderer niedlichen Fiſche nicht viel dar-
aus, ausgenommen, wenn ſie ſtückweiſe in
Salz gelegt, oder ſonſt marinirt ſind; die kleinen
Lachsſtöre bleiben indeſſen mit einer Senftbrühe ein
gutes Eſſen.

Bey Gertrudenberg in Holland wurden in
vormaligen Zeiten oft in einem Jahre an die neun-
tauſend Störe gefangen, und es ernähret ſich dieſer
Ort noch mehrentheils davon. Bey Bergen in
Norwegen iſt der Fang der Seeſtöre noch ſehr
beträchtlich, wie auch an den preußiſchen Küſten, wo ſie eingeſalzen und von dem Landmanne
verzehret, auch an entfernte Orte verſchickt werden. In Frankreich und Italien ſind ſie zur
Faſtenzeit eine beliebte Abwechslung.

2. Der Sterlet.   Acipenser Ruthenus,

2. Sterlet. Ruthenus. Es ist dieser Fisch in der That wenig von dem vorigen unterschieden, daher er auch von vielen Stör genennet wird. Der Ritter giebt ihm den Namen Ruthenus, weil er eigentlich von Rußland herstammt, und daselbst heißt er Sterlet. Es sind an demselben gleichfalls vier Bartfasern, dahingegen wohl funfzehn Rückenschuppen vorhanden, welche länglich eckig, und von beinigter Beschaffenheit sind. Der Kopf siehet einem Hecht ziemlich ähnlich. Die Haut ist gleichfalls mit fünf Reihen Buckeln besetzt, worauf die Schuppen wie ein Sattel sitzen. Ihre Größe ist oft über vier Ellen, und sie werden im rußischen Reiche, im Wolgastrohm und am Caspischen Meere häufig gefangen. Wir sahen selbst einige, aus deren Körper man sechzehn Hand hohe Scheiben hackte, deren jede eine der größten Schüßeln belegte, und alleine hinlänglich war, für vier und zwanzig Personen aufgesetzt zu werden. Das Fleisch ist etwas hart und schwer, jedoch von einem guten Geschmack.

Cavear. Die Rogen dieses Fisches geben den bekannten Cavear oder das Garum der Römer ab. Sie sind graßgrün und schleimig, wie eine körnigte grüne Seife anzusehen, daher für einem, der sie zum erstenmal essen soll, eckelhaft; geben jedoch hernach eine Delicatesse ab, welche die Eßlust vermehret, und statt der Butter auf Brod zu einer Vorspeise dienet. Diese Delicatesse aber kann man nur in Rußland, wo die Rogen frisch sind, genießen, denn der eingesalzene und gepreßte

te Cavear hat bey weiten das angenehme und er-
friſchende nicht.

Man hat in Italien in dem Poflúß eine Moron-
Art, welche Attilus oder Adella genennet wird, na.
deßgleichen findet man in dem mittelländiſchen
und ſchwarzen Meere Störe, die eine genaue
Verwandſchaft mit dem Sterlet haben. Es wird
das Rückgrad ſolcher Fiſche eingelegt, und als
eine Delikateſſe, unter dem Namen Moronua,
verſchickt. Wenigſtens iſt bekannt, daß ſich die
Sterlette auch auſſer dem Rußiſchen Reiche erhalten, indem der ſchwediſche König Friedrich
der Erſte den Málerſee bey Stockholm damit beſetzen laſſen, wo ſie geheget werden.

3. Der Hauſen. Acipenſer
Huſo.

Huſo iſt vielleicht erſt von Hauſen gemacht, **3.**
und die Benennung Hauſen mag wohl von der Hauſen.
Größe dieſes Fiſches hergenommen ſeyn. Wie und Huſo.
warum aber? Damit laſſen wir uns für diesmal
nicht ein, denn der Fiſch iſt ohnedem bekannt genug. Er hat gleichfalls vier Bartfaſern, aber
der Rücken iſt mit dreyzehn, und der Schwanz
mit drey und vierzig Höckern beſetzt, jedoch ver-
ſchwinden dieſe Höcker bey den alten Fiſchen, und
ſind nur bey den jüngern ſichtbar.

Die Donau und der Wolgaſtrom ſind
der rechte Aufenthalt, ob er gleich auch in der Elbe
und im Meere ſelbſt gefunden wird. Im Jahre
1732, fieng man in der Donau einen Hauſenfiſch,

welcher

welcher fünf und eine halbe Elle lang, und fast
drey Ellen dicke war, und im Wolgastrom
sind sie noch größer, und müssen gleichsam für
Flußwallfische gehalten werden. Man fängt sie
mit Harpunen, die an Ketten befestigt sind, und
hernach durch ein Paar Ochsen an das Land gezogen werden. Die italienischen Fischer locken sie
mit Schalmeyen oder andern musikalischen Instru-
menten am Ufer des Poflusses. Unter allen den
Gattungen, die hieher gehören, ist der rußische
Nelmo der schmackhafteste. Man macht sowohl
daselbst, als auch anderwärts, einen Cavear aus
dem Rogen dieses Fisches, der aber nicht so gut
als der Sterlet-Cavear ist.

Hausen-
blase.   Das vornehmste Product dieses Fisches ist die
sogenannte Hausenblase, welche sehr häufig aus
Rußland in alle Welt verschickt wird. Man
schneidet nämlich die Haut, die Eingeweide, die
Flossen, den Schwanz, und vorzüglich die Luftblase,
in kleine Stücken, lässet sie in warmem Wasser erweichen oder maceriren, kocht diese Masse über
einem gelinden Feuer, bis alles aufgelöset und in
einen Brey verwandelt ist, sodann streicht man
diesen Brey auf Ramen ganz dünne aus, und
lässet ihn fast trocken werden, daß er wie Pergament wird, rollet darauf die Blätter zusammen,
und lässet solche zum Verschicken ganz trocken werden. Da nun die Rußen ihn am dünnsten, weiß-
festen, und fast durchsichtig verfertigen, so ist derselbe vor allen andern berühmt.

Der Gebrauch dieser Hausenblase als eines Leims, ist durch ganz Europa unbeschreiblich
groß. Ohne aber zu rechnen, wie viel damit überall
geleimt und gekittet wird; so werden auch die fal-

schen

ſchen Perlen daraus gemacht, man giebt ſeidenen
Zeugen einen Glanz damit; und die Weinhändler
nehmen ihre Zuflucht fleißig dazu, um unreine
Weine klar zu machen, indem ſie etwas davon in
Wein auflöſen, und ſolches in das Faß ſchütten,
da denn die Hauſenblaſe eine dünne Haut im Faße
macht, endlich durch die getränkte Schwere zu
Boden ſinkt, und auf dieſe Art alles Unreine
auf einmal niederdruckt. Ja es haben auch die
Apothecker denſelben nöthig, um ein Diachylon
magnum oder andere Heftpflaſter, wie auch die
Gelatinam Ichthyocollæ davon zubereiten zu
können, und zuweilen vertritt es ſogar die Stelle
des arabiſchen Gummi.

135. Geschlecht. Hornfische.

Nantes: Balistes.

Geschl. Benennung. Die Griechische Benennung Balistes bedeutet eigentlich ein Kriegswerkzeug der Alten, um die Mauern damit zu zerbrechen. Vielleicht bekommen diese Fische wegen ihrer harten und schildartigen Haut diesen Namen, noch wahrscheinlicher aber daher, weil sie Hörner haben, denn die Mauerbrecher der Alten waren Stangen mit Widderköpfen, womit man in die dicksten Mauern Löcher stieß; wenigstens nennen wir dieses Geschlecht in Rücksicht auf die Hörner Hornfische, und kehren uns nicht daran, daß sie vom Aelian, Seemäuse genennet werden.

Geschl. Kennzeichen. Diese Fische haben einen plattgedruckten Kopf. In jedem Kiefer acht Zähne, davon die zwey vörderen länger sind, auf beyden Seiten aber drey innere an eben so viel äussere angedruckt liegen. Oberhalb den Brustfloßen befinden sich die Luftlöcher, so in einer unbedeckten Ritze bestehen. Der Körper ist gleichfalls gedruckt, und die Schuppen sind mit einer harten pergamentartigen Haut verbunden. Der Bauch geht die Länge herab in der Mitte kielförmig herunter.

Man

Man trift folgende acht Arten an.

1. Das Einhorn. Baliſtes Monoceros.

Dieſer bahamiſche Fiſch hat hinter den Augen ein langes beinigtes Horn, welches er niederle-
gen und aufrichten, auch vor- und hinterwärts
beugen kann, daher ihm obige Benennung gegeben
worden.

Der Rücken hat, auſſer den ſo eben erwähnten
im Nacken ſtehenden Beine, (oder einfachen Finne,)
eine Floße mit ſechs und vierzig oder ſieben und vierzig Finnen. Die Bruſtfloße beſteht aus dreyzehn
oder vierzehn Finnen. Am Bauche iſt eine kleine
Floße vorhanden. Die Afterfloße hat funfzig, und
die Schwanzfloße zwölf Finnen, welche letztere gleichſam kielförmig ſind.

Man findet dieſe Fiſche ſowohl in den aſiatiſchen als americaniſchen Meeren, wo ſie zuweilen an die vier Schuh lang werden, und einer Spin-
del ähnlich ſehen, denn ſie haben einen langen runden Körper, der ſowohl am Kopfe als Schwanze
zugeſpitzt iſt. Die Schwanzfloße iſt nicht geſpalten,
aber am Ende gleichſam gezackt,

Was das Bein im Nacken betrift, ſo erreicht
es, wenn es ſich über den Rücken hin biegt, ohngefähr die Rückenfloße, es iſt aber ſehr mürbe und
zerbrechlich, ſo daß es nicht ſcheint, als ob der Fiſch
ſolches gebrauchen könne, um ſich damit gegen ſeine
Feinde zu wehren. Die Haut iſt bräunlich olivenfärbig, mit bläulich wurmartigen Flecken gezeichnet,
zwiſchen welchen ſchwarze Puncte ſtehen, und ohne

T 4 Schup-

Schuppen. Da man in den Därmen dieser Fische klein zermalmte Steincorallen gefunden, so scheint dieses seine Nahrung zu seyn, jedoch hält man ihn für giftig, oder wenigstens für schädlich.

2. Die Saubürste. Balistes Hispidus.

2. Saubürste. Hispidus.

Da der Körper rauh, und nach dem Schwanze zu gleichsam mit Borsten besetzt ist, so nennt der Ritter ihn des ersten Umstands halben Hispidus, und wir des andern Umstands wegen Saubürste. Es hat dieser Fisch in den Rückenfloßen dreyßig; in den Brustfloßen vierzehn; in den Bauchfloßen nur eine; in den Afterfloßen neun und zwanzig und in den Schwanzfloßen zwölf Finnen; ausserdem aber zwischen den Augen am Kopfe ein etwas niederhangendes Horn oder Finne. Merkwürdig aber ist es, daß die Floßen überall zwischen ihren Rippen oder Finnen an der Wurzel durchlöchert sind. Die Schnautze geht ziemlich spitzig zu, und die einzige Finne, welche die Bauchfloße ausmacht, ist sehr spitzig, und dabey an einer Seite gezähnelt. Auf der Schwanzfloße befindet sich ein runder schwarzer Flecken. Das Vaterland ist Carolina.

3. Der

3. Der Zotenfiſch, Baliſtes Tomentoſus.

Es iſt die Haut des gegenwärtigen Fiſches ſtatt der Schuppen mit kleinen kurzen, nach dem Schwanze zu gekehrten Stacheln beſetzt, zwiſchen welchen ſich kurze biegſame Hervorragungen befinden, die ihn gleichſam rauh und wolligt machen. Darum iſt er Tomentoſus genennt, ſtatt deſſen wir Zotenfiſch ſetzen. Bey den Braſilianern heißt er Pira - aca.

Es ſchreibt ihm der Ritter zwey Hörner zu, und da er das Horn allezeit für die erſte Rückenfloße hält, ſo iſt zu merken, daß es eine ſchmale Floße auf dem Kopfe iſt, die nur eine lange und harte Finne hat, woran bey dieſer Art noch eine zweyte ganz kurze Finne ſteht, die von andern Schriftſtellern überſehen iſt, ſo daß ihn andere Naturforſcher dennoch auch Einhornfiſch nennen.

Da wir aber hier Tab. VIII. fig. 1. die Abbildung aus dem Seba nach einem drey Zoll langen Exemplar beyfügen, ſo wollen wir auch des nämlichen Verfaſſers Beſchreibung hinzuſetzen, um ſich von dieſer Art Fiſche einen deſto deutlichern Begrif zu machen.

Der Körper nämlich iſt an den Seiten ſehr platt, in der Gegend der Afterfloſſe am breiteſten, und nach dem Maule zu ſchmal. Das Maul raget wie eine Schnautze hervor, und iſt mit ziemlich großen Zähnen verſehen, die von den Lippen nicht bedeckt werden. Die Augenringe ſind goldfärbig, der Augapfel aber ſchwarz. Der Rücken iſt ſcharf.

T 5 Ueber

Ueber den Augen raget ein langer spitziger Stachel hervor, hinter welchem sich eine Grube zeigt (vermuthlich zur Scheide, oder um diese Finne darinnen niederzulegen und zu verbergen,) Am Bauche befinden sich kurze dicke Dornen. Zwischen den Augen und Brustfloßen sind die Luftlöcher wie offene schmale Ritzen anzusehen. Besagtes Horn oder Stachel ist nach hinten zu gezähnelt. Die zweyte, oder eigentliche Rückenfloße hat neun und zwanzig; die Brustfloße zehn; die Afterfloße sieben und zwanzig Finnen, und der Schwanz ist abgerundet. Das Vaterland ist America.

Wir besitzen ein Exemplar, das vier Zoll lang und drey Zoll in der Seitenfläche breit ist, von bräunlicher Farbe, welches uns unter dem Namen Schweinfisch aus Curacao zugeschickt wurde, wie sie denn auch von den Portugiesen Peixe Perco genennet werden.

4. Der Pockenrücken. Balistes Papillosus.

<table>
<tr><td>

4,
Pocken-
rücken.
Papil-
losus,

</td><td>

Auch an diesem Fische ist das bewuste Horn, oder die sogenannte erste Rückenfloße, zweystrahlig. Daß er aber obigen Namen führt, ist daher genommen, weil der Rücken gleichsam mit erhabenen Pocken oder Wärzgen besetzt ist; die rechte Rückenfloße hat neun und zwanzig. Die Brustfloße dreyzehn; die Afterfloße ein und zwanzig, und die Schwanzfloße zwölf Finnen. Es ist folglich keine Bauchfloße vorhanden. Vermuthlich kommt dieser Fisch auch aus America.

</td></tr>
</table>

5. Der

5. Der Warzenſchwanz. Baliſtes Verrucoſus.

Die erſte Rückenfloße, oder das ſogenannte Horn hat an dieſer Art drey Finnen. Die zweyte, oder eigentliche Rückenfloße beſteht aus vier und zwanzig; die Bruſtfloße aus dreyzehn; die Af= terfloße aus ein und zwanzig, und die Schwanzflo= ße aus zwölf Finnen; aber ſtatt der Bauchfloße iſt ein einziger, großer, dicker, warzigter Strahl vor= handen; doch dieſes iſt die Urſache nicht, warum er Verrucoſus heißt, ſondern der Schwanz hat zur Seiten eine dreyfache Reihe Warzen, nebſt dem aber auch vier Reihen kurzer zurückgebogener Stacheln, deren Anzahl ſich etwa auf fünf und zwanzig belau= fen mag, und dieſer letztere Umſtand iſt Urſache, daß er von andern als eine Nebenart der folgenden Art gehalten wird. Uebrigens ſind die indiani= ſchen Meere der Ort ſeines Aufenthalts.

(Marginalie:) 5. Warzen= ſchwanz. Verru= coſus.

6. Der Stachelſchwanz. Baliſtes Aculeatus.

Obgleich dieſe Art der vorigen vollkommen gleich ſieht, ſo iſt ſie doch wirklich von jener unterſchie= den, weil ſie zwar an den Seiten vier Reihen zu= rückgebogener, jedoch größerer Stacheln führt, aber keine Warzen hat. Die Anzahl der Finnen iſt in der erſten Rückenfloße acht; in der zweyten vier und zwanzig; in der Bruſtfloße dreyzehn; in der Afterfloße ein und zwanzig; in der Schwanzfloße zwölf, und was die Bauchfloße betrift, ſo iſt ſie wie an der vorigen Art beſchaffen, nur nicht ſo lang,

(Marginalie:) 6. Stachel= ſchwanz. Aculea= tus.

aber

aber glatt, da hingegen das sogenannte Horn vorwärts gezähnelt ist. Die Farbe betreffend, so sind
diese Fische gelblich braun, und haben blaß-schwar-
ze Bänder, welche über die Seitenflächen von dem
Rücken nach dem Bauche zu herunter laufen. Sie
kommen aus den indianischen Meeren, und haben
große sichtbare Zähne, indem selbige nicht mit Lippen
bedeckt sind.

7. Das alte Weib. Balistes
Vetula.

7.
Das al-
te Weib.
Vetula.
T. VIII,
fig. 2.

Die alten Weiber müssen in der Naturgeschichte sehr recht oft herhalten, und allerhand Thiere
mit sich vergleichen lassen, obgleich immer noch ein
großer Unterschied übrig bleibt. Die Vergleichung
ist inzwischen bey gegenwärtiger Art von dem ein-
schlagenden untern Kiefer hergenommen, so daß das
Maul gleichsam einen alten Weibermund vorstellt,
darum auch die Engelländer diese Fische Old Wi-
fe, und die Holländer Oud Wyf nennen, welches der Ritter mit der Benennung Vetula ge-
nehmigt hat, wiewohl sie auch Papageyenschnä-
bel, oder auch Drossel, Holländisch Lyster genennt werden. Bey den Brasilianern heissen sie
Guaperua.

Das Horn oder die erste Rückenfloße hat
gleichfalls drey Finnen, davon die erste lang, die
zwey andern jede wieder kleiner sind. Die zweyte
Rückenfloße hat dreyßig; die Brustfloße vierzehn
bis sechzehn (denn es giebt Abweichungen) die
Bauchfloße, welche in dieser Art allezeit länglich, und
gleichsam kielförmig ist, hat zwölf bis siebzehn und
die

die Schwanzfloße zwölf Finnen. Wobey noch zu
merken, daß die mittlern Schwanzfinnen ſehr kurz,
die äuſſern aber ſehr lang ſind, ſo daß die ganze
Schwanzfloße einen halben Mond vorſtellt. Die
Augen ſind ſtrahlich mit einem großen Ringe. Ueber
die Backen laufen röthliche oder blaue Bänder. Die
Haut iſt grau mit ſchiefen Vierecken geſchuppt. Es
giebt derſelben einige, die ein bis zwey Schuh groß
ſind; und die Verſchiedenheiten, welche zu dieſer
Art gehören, werden bey der Inſel Aſcenſion;
in Carolina; in Südamerica; und ſonſt hin und
wieder in dem großen Weltmeere gefunden. Siehe
Tab. VIII. fig. 2.

8. Der Naſenrümpfer. Baliſtes Ringens.

Die Benennung iſt von dem Zurückziehen der
obern Lefze und der Naſe hergenommen, wodurch die
Zähne des obern Kiefers ſehr weit blos ſtehen, welches an dieſem Fiſch mehr als an allen andern
ſtatt hat, daher er auch von den Holländern
Grynzert genennt wird. In der erſten Rückenfloße, die das Horn vorſtellt, ſind drey Finnen;
in der zweyten neun und zwanzig bis vier und dreyßig;
In den Bruſtfloßen zehn bis ſechzehn; in der Afterfloße fünf und zwanzig bis ein und dreyßig; in
der Schwanzfloße zehn bis dreyzehn Finnen, nach
Beſchaffenheit einer jeden Verſchiedenheit. Bauchfloßen ſind nicht vorhanden, wiewohl Herr Gronov
ein Exemplar mit einer einſtrahlichen Bauchfloße
angiebt.

Tab. IX. fig. 1. iſt ein hierzu gehöriger Fiſch
zu ſehen. Die Zähne ſtehen bloß, die Haut an den
Sei-

8.
Naſen-
rümpfer.
Rin-
gens.
Tab IX
fig. 1.

Seiten des Kopfs ist einigermaßen gefalten, und
über dem Körper bräunlich. Die Länge desselben ist
etwas über sechs Zoll. Die erste Rückenfloße ist aber
nur einstrahlich, und dieser Strahl ist dicke, fünfvier-
tel Zoll lang, hinter sich gebogen, und ungezähnelt.
Die zweyte Rückenfloße hat an diesem Exemplar fünf
und dreyßig; die Brustfloßen jede vierzehn; die
Afterfloße dreyßig, und die Schwanzfloße zwölf Finnen, wobey noch zu merken, daß die Finnen der
Schwanzfloße breit und zackigt sind, so daß der
Schwanz einigermaßen wie ein ausgeschlagener Fä-
cher aussieht. Unten am Bauche befindet sich unter
der Haut ein dickes langes Bein, welches wohl drey
Zoll lang ist, und vom Maule bis nahe am Nabel
ausläuft. Uebrigens ist aus der Abbildung auch zu
sehen, wie platt der Körper an den Seiten ist, welche Eigenschaft alle Fische dieses Geschlechts haben. Das Vaterland ist die Gegend um die Insel
Ascension.

136. Geschlecht. Beinfische.

Nantes : Oſtracion.

Oſtracion iſt der Geſchlechtsname, welchen Geſchl.
Artedi gewiſſen Fiſchen von ganz be- Benen-
ſonderer Bauart gab, die, ob ſie gleich ſehr ver- nung.
ſchieden, und bald glatt, bald ſtachelicht ſind,
dennoch darinnen mit einander überein kommen,
daß ihre Haut ſehr hart, lederartig, und faſt beinigt iſt, derowegen dieſer Geſchlechtsname ſo viel
bedeuten ſoll, als Fiſche mit einer beinigten
oder ſtachelichten Haut. Allein, da auf dieſe
Weiſe verſchiedene Fiſche in eine Claſſe geworfen
werden, welche doch gar ſehr von einander abweichen, ſo hat der Ritter ſie in drey Geſchlechter eingetheilet: nämlich erſtlich in ſolche, deren
Haut hart und glatt iſt, denen er dieſen allgemeinen Namen Oſtracion mittheilet; dann in ſolche, die nur von unten Stacheln haben, welche
das folgende Geſchlecht ausmachen; und endlich
in ſolche, die um den ganzen Körper herum ſtachelicht ſind, welche wir auch gleich nach dem folgenden Geſchlechte zu betrachten finden werden.
So viel iſt richtig, daß dieſe Fiſche eine leder-
artige Haut haben, die, wenn ſie getrocknet iſt,
panzerartig, oder gleichſam beinhart wird, und
darum nennen wir ſie Beinfiſche, wie ſie denn
auch bey den Holländern Beenviſſchen heißen.

Es

Es sind also die Kennzeichen dieses Geschlechts folgende: der Körper ist panzerartig, mit einer gleichsam knochichten Haut bedeckt. Im Maule befinden sich in jedem Kiefer zehn runde, etwas stumpfe hervorragende Zähne. Die Luftlöcher bestehen in einzelnen unbedeckten Ritzen, und am Bauche sind keine Flossen vorhanden. Nun zählet der Ritter zwar neun Arten solcher Fische, zweifelt aber, ob er nicht die Zahl der Arten ohne Noth vermehret habe, weil eben einige derselben noch nicht hinlänglich sind untersuchet worden. Wir wollen sie indessen alle beschreiben.

I. Das Biegeleisen. Ostracion
Triqueter.

Dieser Fisch ist gänzlich dreyeckigt, darum heißt er Triqueter. Nun giebt es aber in Holland gewisse Biegeleisen, womit man die Wäsche biegelt, welche innwendig hohl sind, und mit Torfkohlen angefüllet werden, und weil der Körper dieses Fisches, des platten Bauchs und des spitzigen Mauls halben, das mit dem Bauche fast in einer Fläche stehet, viele Aehnlichkeit mit solchem Biegeleisen hat, so wird derselbige, nebst den zwey folgenden Arten, von den Holländern Strykyzer - Visch, das ist Biegeleisen genennet. Wir geben aber der ietzigen Art diesen Namen nur allein, weil sie unten her am Rande des Bauchs keine Stacheln hat, denn selbige schicken sich zum Begriff des Biegeleisens nicht.

Der Körper dieses Fisches ist dreyseitig, nämlich der platte Bauch und die zwey Seitenflächen,

chen, welche oben in einen scharfen Winkel zusammen stoßen, und den schneidenden Rücken bilden,
so wie auch der Bauch mit den Seitenflächen zwey
scharfe Winkel macht, denn der in die Quere durch-
geschnittene Fisch würde fast ein vollkommenes Dreyeck mit drey gleichen Seiten vorstellen. Das Maul
dieses Fisches stehet mit dem Bauche fast in gerader
Linie, denn der Rücken senkt sich mit dem Nacken
herunter nach der Schnauze zu. Die Schnauze
stehet spitzig voraus, und von selbiger erweitert sich
der Körper sogleich, so wie ein Biegeleisen sich
gleich hinter der Spitze erweitert, verengert sich
aber wieder allmählig nach dem Schwanze zu, der
sich nur wenig über der Grundlinie erhebt, indem der Rücken sich hinten gleichfalls herunter
senkt. Der Rand des Bauchs ist ringsherum glatt,
und hat keine Stacheln, wie die folgenden Arten.
Die Haut ist schwärzlich blau mit unzähligen Wärzchen, wie Chagrin, besetzt, hart und gleichsam
beinigt, jedoch siehet man Spuren von schiefen
quer durchschnittenen Vierecken, oder zusammen
gestoßenen schiefen Dreyecken, welche gleichsam
die Schilde sind, aus denen die Panzerhaut zusammen gesetzt zu seyn scheint. Die Rücken-Af-
ter- und Schwanzflossen haben jede zehn Finnen, aber die Brustflossen bestehen aus zwölf
Strahlen.

Man bringt diese Fische aus den Indien,
und man siehet in den Cabinetten solche, welche
von vier Zoll bis ein und einen halben Schuh
groß sind; deßgleichen röthliche, deren Wärzchen
weiß sind, und die in dem Meere zwischen Africa
und America vorkommen.

2. Das Dreyeck.   Ostracion
Trigonus.

Obgleich die vorhergehende und folgende Art eben sowohl den Namen Trigon und Dreyeck verdient, als die jetzige, so wollen wir doch diese Art allein so nennen, weil sie nicht nur von den Engelländern Triangular - Fish, sondern auch von etlichen Schriftstellern Piscis Triangularis genennet wird. Sie unterscheidet sich aber von der vorigen Art darinnen, daß am Rande des Bauchs, wo der Schwanz angehet, zwen starke Stacheln nach hinten zu hervorragen. Die Schilde der Haut sind sechseckigt, und nehmen sich gut heraus, da der Rand derselben über die innere Fläche etwas hervorragt. Die Rückenflosse hat vierzehn, die Brustflossen zehn, die Afterflosse neun, und die Schwanzflosse sieben Finnen. Die übrige Bauart stimmt mit den vorigen überein, denn es sind keine Bauchflossen vorhanden; weil aber die Schnauze etwas besser hervorsticht, so wird sie von den Franzosen Cochon de Mer, oder Seeschwein genennet. Artedi hat im untern Kiefer acht, und im obern zwölf Zähne gezählet. Die indianischen Meere sind der Ort ihres Aufenthalts. Sie leben von Corallen, wozu sie ihre Zähne brauchen können, übrigens aber ist ihre Mundspalte sehr klein, und zum Verschlucken anderer Fische untauglich.

3. Der

3. Der Pflockſchwanz. Oſtracion

Bicaudalis.

3.
Pflock-
ſchwanz.
Bicau-
dalis.
Tab.
III.
fig. 3.

Es wird dieſe Art zwar vom Herrn Gronov für eine Verſchiedenheit der vorigen gehalten, je, doch findet der Ritter den Unterſcheid der Rücken- ſtrahlen zu groß, um ſie dahin zu rechnen, ande- rer Abweichungen jetzt nicht zu gedenken. Der Name Bicaudalis iſt von den zweyen, am Ende des Bauchs, unter dem Schwanze hervorſtechenden langen Stacheln hergenommen, und um deßwillen haben wir auch den Namen Pflockſchwanz ge- wählet, welcher mit der holländiſchen Benen- nung Prikſtaart vollkommen übereinkommt.

Die Rückenfloſſe hat zehn, die Bruſtfloſſe zwölf, die Afterfloſſe zehn, und die Schwanzfloſſe auch zehn Finnen, doch in dem Tab. VIII. fig. 3. abgebildeten Exemplar hat die Afterfloſſe nur acht Finnen. Der Rücken iſt ſcharf und erhaben; die Augen ſtehen nicht ſo hoch, als in der vorigen Art, und obgleich die Schilde der Haut auch ſechs- eckigt ſind, ſo haben doch die Felder eine Menge kleiner Erhöhungen; und der ganze Körper iſt nebſt dem Schwanze geſteckt, die Grundfarbe aber iſt gelblich braun. Ein Exemplar des Artedi hat- te nur eilf Finnen in den Bruſtfloſſen, woraus dem abermals erhellet, daß man hier auf eine Finne mehr oder weniger nicht zu ſehen habe. Die Länge dieſer Fiſche läuft etwas über einen Schuh hinaus, und ihr Aufenthalt iſt in den indiani- ſchen Meeren.

4. Das

4. Das Dreyhorn. Ostracion
Tricornis.

4. Drey-
horn.
Tricor-
nis.

Dieser dreyeckigte Fisch hat eine breite Stirn, woran zwey Stacheln sind, welche wie Hörner hervorstechen. Ein ähnlicher langer Stachel aber tritt aus der Haut des Schwanzes gerade in die Höhe, und dieses sind denn gleichsam die drey Hörner, woher obige Namen entstanden sind. Die Anzahl der Finnen in den Flossen wird nicht bestimmt. Wollte man aber diese Art zu einer der vorigen schlagen, so müßte sie unter die Biegeleisen-Fische kommen, obwohl die Holländer solche Koekkoekvischen, das ist Guckguckfische nennen. Die Art, welche der Ritter aus dem Seba hieher rechnet, scheinet mehr zur folgenden zu gehören. Die indianischen Meere sind der Ort des Aufenthalts.

5. Der Seeguckguck. Ostracion
Quadricornis.

5.
See-
guck-
guck.
Qua-
dricor-
nis.
Tab.
VIII.
fig. 4.

Die Holländer sagen, daß sie diese Fische der Hörner wegen Kockock nennen, und bey dieser Erklärung bleibt man eben so klug, als man vorher war. Weil aber der Name allgemein ist, so wollen wir ihn doch behalten, und diesen Fisch Seeguckguck heißen.

Die Stirn ist vorne breit und mit zwey Stacheln besetzt, zwey ähnliche Stacheln aber sitzen auch unten am Ende des Bauchs unter dem Schwanze, und dieses giebt zur Linneischen Benennung Anlaß. Vorne her scheint der Fisch viereckigt zu
seyn,

seyn, doch hinten ist er dreyeckigt. Die Rückenflosse hat zehn, die Brustflosse eilf, die Afterflosse zehn, und die Schwanzflosse gleichfalls zehn
Finnen. Das Exemplar aber, das hier Tab.
VIII. fig. 4. abgebildet ist, hat in der Rückenflosse eilf, und in der Schwanzflosse neun Finnen.
Die Engelländer nennen diesen Fisch sogar Hor-
ned Coney - Fish, oder das gehörnte Caninn-
chen. Das Vaterland ist Indien, und besonders die Küste von Guinea.

6. Das Seekätzchen. Ostracion Cornutus.

Der Linneische Name scheint dem indianischen Namen Ikang Setang, das ist Hornfisch, nachzuahmen, wiewohl er in Indien auch Ca-
catocha Capitano genennet wird. Die Holländer inzwischen haben ihn Zeekatje genennet,
welches wir durch Seekätzchen ausdrücken.

Es hat dieser Fisch ebenfalls solche vier Hörner als der vorige; da aber jener einen hohen spitzigen Rücken hat, welcher ihn hinten dreyeckigt
macht, so ist dieser vielmehr viereckigt, weil der
Rücken platt ist, und solche Fische wurden auch
wohl Cofferfische genennet, weil die ausgetrock-
nete Haut ein viereckigtes Cofferchen vorstellet.
In Ansehung der Finnen zeigen sich Verschiedenheiten. Es hat nämlich die Rückenflosse neun bis
eilf, die Brustflosse neun bis zehn, die Afterflosse
neun, und die Schwanzflosse fünf bis zehn Finnen.
Wie es aber mit der Zählung dieser Finnen bey
den verschiedenen Schriftstellern aussiehet, wissen

wir

wir nicht; denn es ist uns bekannt, daß der scharf-
sichtige Linneus auch die kleinsten Finnen zählet,
die von andern wohl überhüpft werden. Der
Aufenthalt dieser Fische ist in den Tiefen des indianischen Meeres. Wozu sie aber ihre harte
Haut und Hörner nöthig haben, ist noch nicht recht
deutlich, eben so wenig, als warum andere keine
Hörner haben.

7. Der Cofferfisch. Ostracion
Tuberculatus.

7.
Coffer-
fisch
Tuber-
culatus.

Da dieser Fisch gar keine Hörner hat, übrigens aber viereckigt ist, so schickt sich der Name
Cofferfisch besser zur dieser, als der vorigen Art.
Der Ritter aber nennet ihn Tuberculatus, weil
der Rücken vier große Höcker hat. Die Alten
nannten ihn Holosteon, welches so viel bedeuten
sollte, als ein Fisch, der fast ganz und gar beinicht
ist. Man hält ihn zwar für einen Indianischen,
jedoch trift man ihn auch im mittelländischen
Meere an, und er mag der Alten Ostracion Ni-
loticus seyn.

8. Der Schachtelfisch. Ostracion
Gibbosus.

8.
Schach-
telfisch
Gibbo-
sus.

Er ist gleichfalls viereckigt und ohne Stachel,
hat aber einen Höcker auf dem Rücken, welches
den Herrn Gronov bewog, ihn für eine Verschiedenheit des Biegeleisen-Fisches No. 1. zu halten;
weil aber die Holländer ihn Doosvisch nennen,
so haben wir Schachtelfisch daraus gemacht.
Das Vaterland ist Indien.

9. Die

9. Die Todtentruhe. Ostracion
Cubitus.

Cubitus soll hier vermuthlich Cubicus seyn, weil dieser Fisch unter allen am besten viereckigt ist. In Westindien werden sie von den Holländern Doodkist, das ist Todtensarg genennet, wofür wir den Provincialnamen Todtentruhe gebrauchen, weil wir ihn in unsern Gegenden von den Liebhabern also haben nennen hören.

Er hat keine Stacheln oder Hörner. Die Schilde sind gleichsam gestirnt und sechseckigt, fallen auf einem erdfärbigen Grunde ins weißlichte, und sind zuweilen mit hirsenartigen Körnern gleichsam besprengt; auch ist der Schwanz etwas gefleckt. Nach Beschaffenheit der Verschiedenheiten haben die Rückenflossen neun bis zehn, die Brustflosse acht bis zehn, die Afterflossen auch acht bis zehn, und die Schwanzflossen zehn Strahlen oder Finnen. Sie sind gleichfalls in den indianischen Meeren zu Hause.

(Randnotiz: 9. Todtentruhe. Cubitus.)

137. Geschlecht. Stachelbäuche.

Nantes; Tetrodon.

Der Name Tetrodon oder Tetraodon heißt so viel, als vierzähnig, und ist diesem Geschlechte gegeben, weil die meisten Fische in selbigem vier Zähne haben; doch die Holländer nennen solche Stekelbuiken, da die meisten am Bauche Stacheln haben, welcher Umstand denn auch unsere Benennung rechtfertigen mag. Weil sie sich aber sehr stark aufblasen und fast rund machen können, so häben sie auch von den holländischen Liebhabern den Namen Opblaazer, oder Bläser, bekommen, welches französisch Boursouflu gegeben wird.

Die Kiefer sind in diesem Geschlechte knochicht, hervorragend, und an der Spitze getheilt. Das Luftloch bestehet in einer einfachen Ritze an den Seiten. Der Bauch ist nur allein stachelicht, da das vorige Geschlecht an der ganzen Haut glatt, und das folgende ringsherum stachelicht ist, welches denn dieses Geschlecht am besten von dem vorigen und folgenden unterscheidet. Es sind aber bey dem jetzigen Geschlechte so wenig als bey dem vorigen einige Bauchflossen vorhanden. Wir finden davon folgende sieben Arten zu beschreiben,

I. Der

1. Der Schildkrötenfiſch. Tetrodon Teſtudineus.

Die Geſtalt dieſes Fiſches, ſo der Geſtalt der Schildkröten einigermaſſen gleicht, iſt an der obigen Benennung Urſache. Es läuft nämlich der Kopf jähe herunter, und recket ſich länglich aus; der Rücken iſt mit krummen weiſſen Näthen bezeichnet, und der Bauch iſt platt. In jedem Kiefer ſind zwey breite Zähne, die aufeinander ſchlagen, wie etwa das ratzenartige Gebiß. Nun ſollte es zwar ſcheinen, als ob dieſer Fiſch am Bauche keine Stacheln hätte, weil man äuſſerlich keine wahrnimmt; allein die Haut iſt an ſelbigem fein durchlöchert, und in dieſen Löchern verbergen ſich die Stacheln. Die Naſenlöcher ragen hervor, der Hals iſt dick, die Luftritzen ſtehen vor den Bruſtfloßen. Der Rücken iſt erhaben rund, und nach hinten zu etwas rauh, ſonſt aber mit einigen Strichen, gleichſam wie ein Netz überwebt. An den Seiten iſt der Körper braun geſprenkelt. Der Nabel befindet ſich nach dem Schwanze zu vor der Afterſtoße. Die Rückenfloße hat ſechs, die Bruſtfloße vierzehn, die Afterfloße ſechs, und die Schwanzfloße neun Finnen. Der Schwanz iſt nicht getheilt. Das Vaterland iſt Indien.

1. Schildkrötenfiſch. Teſtudineus.

2. Der Haſenkopf. Tetrodon Lagocephalus.

Es wurde dieſer Fiſch ſonſt Orbis oder Kugelfiſch genennt, welcher Name aber für andere Arten beſtimmt iſt: ſonſt heiſſen ſie auch Blaſer; allein der Ritter vergleicht ihre Schnautze mit einem

2. Haſenkopf. Lagocephalus. T. VIII. fig. 5.

U 5   Ha-

Hasenkopfe, und nennet darum diese Art Lagocephalus; Indianisch, Ikan kaskasse; Holländisch, Opblaazer. Der Bauch ist mit Stacheln
besetzt, der Rücken aber glatt, und die Schultern
stechen hervor. Siehe Tab. VIII. fig. 5. Man
zählt in den Rückenfloßen neun bis zehn, in den
Brustfloßen funfzehn bis achtzehn, in den Afterfloßen acht bis dreyzehn, und in den Schwanzfloßen
sieben bis zwölf Finnen. Das Vaterland ist Indien.

Cap-
scher
Blaser.
Tab. IX
fig. 2.

Tab. IX. fig. 2. wird ein capscher Blaser
vorgestellt, dessen Original sieben Zoll lang, und in
der Mitte zwey Zoll breit ist, derselbe hatte nur
vierzehn Brustfinnen, und sechs Schwanzfinnen, die
Farbe ist schwärzlich mit weissen Flecken, am Bauche schmutzig weiß, mit kleinen Stacheln besetzt, die
man erst gewahr wird, wenn man mit dem Finger
vom Schwanze nach dem Kopfe zu streicht. Aehnliche Blaserfische kommen auch aus Westindien,
doch wir fanden eine grosse Verschiedenheit in der
verhältnißmäßigen Größe der Blase gegen den Körper. Wir bekamen nämlich aus Curacao lange
Fische, mit einer kurzen runden Blase, und auch
kurze, deren Blase fast den ganzen Körper ausmach-
te. Es ist aber diese Blase nichts anders, als die
abgesonderte und erweiterte Haut des Bauchs, welche vom Kiefer an bis zum After, so dann auch in
den Seiten, bis fast oben an den Rücken von dem
innern Körper abgesondert ist, und viele Luft in diesen Zwischenraum fassen kann, da sich denn dieser
Sack wie eine runde Kugel, die von innen stachlich
ist, auftreiben, und in plattgedruckten Exemplarien mit leichter Mühe in seiner natürlichen Gestalt
herstellen läßt, vorzüglich wenn man die Haut vorher ein wenig naß macht.

3. Der

3. Der gestreifte Stachelbauch. Tetrodon Lineatus.

Dieser Fisch wurde vom Herrn Haſſelquiſt im Nilſtrome gefunden, und ſein Exemplar war eine Spanne lang, jedoch ſoll dieſe Art, wie ihm die Einwohner verſicherten, zu einer beträchtlichen Gröſſe anwachſen. Die Araber nennen denſelben Jahaka, und die Geſtalt iſt folgende:

Der Kopf iſt groß, etwas platt, und ſowohl wie der Körper mit Dornen beſetzt; die Schnautze kurz, dick, ſtumpf und glatt, das Maul aber klein, mit dicken Lippen und vier ſtarken Zähnen verſehen. Die Luftlöcher ſind weit, daß man mit einem Finger hinein kann; der Körper rund mit den Seiten ausgedehnt und fleiſchich; der Bauch beſteht in einem großen weiten Sack von häutiger Beſchaffenheit; die Rückenfloße hat zwölf, in einer andern Art aber eilf, die Bruſtfloße ein und zwanzig, in einer andern Art nur achtzehn, die Afterfloße neun, und die Schwanzfloße eilf Finnen. Die Farbe iſt ſchwärzlich braun, und an den Seiten mit weißlichen Strichen, welche die Länge hinunter laufen, geziert. Alle Floſſen ſind weißlich, den Schwanz ausgenommen. Die Egyptier halten ihn vor giftig, wenigſtens erregen die Stacheln eine Entzündung, wenn man dieſen Fiſch in die Hand nimmt, als ob man Brennneſſeln angefaßt hätte.

Den Wahrnehmungen des Herrn Haſſelquiſt zufolge ſitzt die Zunge mit erhabenen Ecken an der Wurzel, wo ſie, wie bey den Vögeln, gleichſam ausgeſchweift iſt. Der Gaumen iſt glatt, die Leber ſehr groß, von unförmlicher Geſtalt, und mit zwey kleinen

nen

nen Lappen, die unter einem größern hangen, versehen, und gefärbt wie irdenes Geschirr. Die Gallenblase ist enerförmig, und so groß, wie eine kleine Olive. Das Bauchfell ist häutig und stark; das
Herz klein, beinförmig, und mit einem einzigen
Ohr, das größer ist, als das Herz selber, versehen. Bey dem Nabel befinden sich zu beyden Seiten die Nieren, und haben eine länglich enrunde
Gestalt. Die Harnblase liegt zur Seiten der linken Niere, ist enrund und ziemlich groß. Der
aufgeblasene Magen ist häutig, nach einer Seite
hingebogen und groß. Die Milz ist klein, enerförmig, zusammengedruckt, und etwas platt; der
Darm mittelmäßig lang, überall fast gleich weit,
und dreymal gewunden. Was aber den Enerstock,
oder auch die Luftblase betrift, so wurden selbige nicht
gefunden.

4. Der gefleckte Stachelbauch. Tetrodon
Ocellatus.

4.
Gefleck-
ter Sta-
chel-
bauch.
Ocella-
tus.

Dieser Fisch ist ein eigentlicher Blaser, darinn aber von andern unterschieden, daß er an
den Schultern oder Seiten runde Flecken, wie
Augen hat. Nach dem Linne soll sich derselbe
in den süssen Wassern Asiens und Egyptens
aufhalten und giftig seyn; doch wir haben die
nämliche Art, deßgleichen auch eine andere, die
über und über gefleckt ist, aus Curacao erhalten. Sie sind, wenn sie aufgeblasen sind, fast
kugelrund, und haben in den Rückenfloßen zwölf
bis funfzehn, in den Brustfloßen achtzehn bis zwanzig, in den Afterfloßen eilf bis zwölf, und in den
Schwanzfloßen sieben bis acht Finnen. Die Stacheln

cheln ſind klein und kurz, aber am Boden breit.
Wir haben zwar niemal größere, als von vier bis
fünf Zoll bekommen, doch ſollen ſie über einen Schuh
groß wachſen.

5. Der Windbeutel. Tetrodon
Laevigatus.

Dieſer iſt nur von vorneher am Bauche ſtachlich, und wird darum Laevigatus genennt. Er
hat in der Rückenfloße drehzehn, in der Bruſtfloſſe achtzehn, in der Afterfloße zwölf, und in der
Schwanzfloße eilf Finnen. Der Körper iſt groß
und ſtark aufgetrieben, daher wir ihm den Namen
Windbeutel geben, ohnerachtet es in der Natur-
geſchichte daran nicht mangelt. Der Rücken iſt
bläulich, an jeder Seite befinden ſich zwey Linien.
Der Bauch iſt weiß, aber nur bis zu Ende der
Bruſtfloßen ſtachlich. Das Vaterland iſt Carolina.

5. Windbeutel. Laevigatus.

6. Die

6. Die Seeflasche. Tetrodon
Hispidus.

6.
Seefla-
sche.
Hispi-
dus.

Dieser Fisch ist ganz rauh, und allenthalben mit borstenartigen Wärzgen besetzt, daher ihn der Ritter Hispidus nennt. Bey uns führt er gewöhnlich den Namen Seeflasche, wegen seiner länglich aufgetriebenen Gestalt. In der Rückenfloße sind neun, in der Brustfloße siebenzehn, in der Afterfloße zehn, und in der Schwanzfloße gleichfalls zehn Finnen vorhanden. Die Zähne sind mit dicken Lippen bedeckt. Der Aufenthalt ist in den indianischen Meeren.

7. Der Mühlensteinfisch. Tetrodon
Mola.

7.
Mühl-
stein-
fisch.
Mola.
T. VIII.
fig. 6. 7.

Wir kommen endlich an eine Art, die wegen ihrer sehr großen Abweichung wohl verdient hätte, ein besonderes Geschlecht auszumachen, zumal man Verschiedenheiten bemerkt, die als Arten eines solchen neuen Geschlechts hätten können angesehen werden. Es ist nämlich der wegen seiner runden und zugleich platten Gestalt sogenannte Mühlensteinfisch. Der lateinische Name soll zwar hier auf die Unförmlichkeit dieses Fisches zielen, doch wird er bey den Holländern auch Molensteenvisch genannt, und eben diese platte scheibenförmige Gestalt hat noch zu mehrern Benennungen Anlaß gegeben; denn er heißt bey den Italiänern, Pesce Tamburo, das ist, Trommelfisch; bey den Engelländern, Sunfisch,

das

das ist, Sonnenfisch, oder auch Molebute; bey den Franzosen, Lune, das ist, Mondfisch; und bey einigen andern auch Spiegelfisch.

Es ist ein platt gedruckter, fast runder und scheibenförmiger Körper, an dem der Schwanz abgestutzt zu seyn scheint, oder der vielmehr das Ansehen hat, als ob es nur ein abgehauener Kopf eines grossen Fisches wäre, dessen kurze Rücken= und After= floßen zugleich mit der Schwanzfloße in eins verbunden sind.

Der Ritter giebt zwar nur das mittelländische Meer als den Ort des Aufenthalts an, jedoch findet man sie auch in der Nordsee an der englischen und französischen Küste, desgleichen am Vorgebürge der guten Hofnung, und an der africanischen Küste, und dann endlich auch im caspischen Meere. Die Größe ist verschieden. Im Londner Cabinette befindet sich einer, der zwey Schuh lang ist, und im Jahr 1674. schenkte der Großherzog von Toscana einen an Redi, welcher über einen Centner wog, und von diesem Naturforscher also beschrieben wird:

Die Haut war ungleich und rauh, wie Chagrin. Es waren nur vier Floßen mit ähnlicher Haut überzogen vorhanden. Die zwey kleinsten derselben saßen an den Luftlöchern, eine von den großen befande sich mitten auf dem Rücken, und die andere saß unten am Bauche bey dem Nabel; an dem hintern abgestutzten Theile des Körpers, der die ganze Breite des Bauchs hatte, war weder Schwanz noch Floße vorhanden. Unter den Luftlöchern beyderseits waren vier große Oefnungen, und eine kleinere, die aber verborgen saß. Das Maul war ungemein klein. Im obern Kiefer fand man ein krummes schneidendes bei= nich=

nichtes Stück, deßgleichen auch im untern Kiefer, welches statt der Zähne dienet. Der Eingang der Kehle war mit langen, krummen und scharfen Stacheln oder Borsten besetzt. Der Magen war nicht größer als die Därmer, und letztere hatten dicke Wände, liefen in verschiedenen Windungen um, hatten die Länge von acht Faden, und saßen gleichsam in einem Sack oder einer Scheide.

Man sieht hieraus leicht, wie verschieden der Bau dieses Fisches mit der vom Ritter angeführten Art sey, und um die Verschiedenheit dieser wunderbaren Creaturen noch mehr zu bestättigen, so werden hier ein paar Abbildungen mitgetheilt, welche der Herr Professor Burmann in Amsterdam nach ein Paar vom Cap erhaltenen Originalen verfertigen laßen, und die hier Tab. VIII. fig. 6. und 7. vorkommen.

T.VIII.   Fig. 6. nämlich ist auf dem Rücken und an den
fig. 6.   großen Floßen rußfärbig schwarz, dahingegen ist der Bauch schmutzig blau, und ein ähnlich gefärbter Ring zieht sich um die Augen herum, da das übrige weiß ist. Die besagten Floßen sind gleichsam mit der Schwanzfloße verbunden, aber die vier Löcher im Kopfe, welche Artedi entdeckt hatte, wurden hier nicht gefunden, so wie auch der Herr Gronov solche in seinem drey Zoll langen Exemplar nicht angetroffen hat. Am Körper kommen aus der Haut hin und wieder einige gelbliche Fasern hervor. Die Spitzen der Rücken und Afterfloßen sind einen Schuh weit voneinander entfernt.

Ein ähnliches Exemplar des mittelländischen Meers wird von der bononischen Gesellschaft beschrieben, und der Herr Plancus von Rimini brach-

te

te im Jahre 1731. eine ſolche Mola, die vierzehn
Pfund ſchwer war, käuflich an ſich; dieſelbe aber war
noch einmal ſo lang als breit, und hatte eine ſanfte ſilber-
färbige Haut. Im Maule waren keine Zähne, ſondern nur beinichte Kiefer, man fand keine Ohren
noch Naſenlöcher, die Augen waren groß und das
Gehirn klein, in dem letzteres kaum ein viertel Loth
wog. Das Fleiſch war weiß und muskulös, die
Muskeln lagen vom Kopfe bis nach hinten zu in
der Länge, über fächerförmigen Gräten, das Fleiſch
war ſchmackhaft und nicht giftig, hatte aber ſehr
wenig Fett, daher es im Kochen ſehr wenig
Thran gab.

Das andere Bürmanniſche Exemplar, welches T. VIII.
in der Fig. 7. vorgeſtellt wird, hat lanzettenförmige fig. 7.
Rücken- und Afterfloſſen, die aber nicht mit dem
Schwanze vereinigt ſind. Es mangeln auch die Faſern der obigen Art, iſt auch etwas mehr länglich,
und von Farbe ſchwärzlich violet gewölkt, im Maule
aber gelblich.

Vorbemeldter Italiäner, Plancus, beſchreibt
eine ähnliche Creatur, welche im Jahre 1753. gefangen und als ein Monſtrum auf dem Fiſchmarkte
vorgezeiget wurde, indem ſelbiges über vierhundert
Pfund wog. Nachdem er nun dieſes Exemplar
käuflich an ſich gebracht hatte, fand er folgende Um-
ſtände: die groſſen Floſſen waren vom Schwanze abgeſondert, es waren keine Faſern vorhanden, und
ſtatt derſelben ſchien der Umfang des Fiſches am
Rande Falten zu haben. Die Floſſen aber waren nicht lanzettenförmig, ſondern rund und mit einer
harten Haut überkleidet. Die Kiefer hatten ſtatt
der Zähne ein beiniches Weſen, welches in zweyen
getheilet war, und ſcharfe Beinchen beſetzten auch

innwendig die Kehle. Die Augen waren sehr groß,
und hinter denselben befand sich bey der Flosse ein
rundes Luftloch. Die Haut war silberfärbig;
Der Magen länglich, in der Mitte desselben trat
die Galle durch einen Canal aus der Gallenblase herein,
welcher innwendig sieben wie Wendeltreppen gebildete
Klappen hatte. Die Leber wog über zehen Pfund.
Die Gräten waren knorpelich, und mit dünnem Fleisch
bedeckt, welches, da es gekocht war, nicht unangenehm schmeckte.

Aus allen diesen Umständen erhellet dann, daß
diese Fische wohl ein besonderes Geschlecht ausmachen, und sich nicht wohl zu dem jetzigen schicken
wollen.

138. Ge-

138. Geschlecht. Igelfische.

Nantes: Diodon.

Das griechische Wort Diodon, welches ein Geschl. Thier mit zwey Zähnen bedeutet, ist diesem Benen= Geschlecht deswegen zur Benennung gegeben wor= nung. den, weil diese Geschöpfe zwey unzertheilte beinichte Kiefer statt der Zähne haben. Nun findet man zwar bey andern Schriftstellern auch einige Fische aus dem vorigen Geschlechte, die doch vier Zähne ha= ben, Diodon genennt; allein dieses kommt daher, weil selbige nur die zwey Zähne des einen Kiefers rechnen, da hingegen der Ritter alle Zähne zusam= men zählte. Inzwischen haben wir den Namen Igelfisch gewählt, weil diese Fische ringsherum mit langen Stacheln besetzt sind: denn sie werden auch aus der nämlichen Ursache von etlichen Natur= forschern Hystrix; Holländisch Egelvisch ge= nannt, und da diese Stacheln wie Federkiele aussehen, wie am Stachelschweine, so heissen sie auch Feder= kielfische; Holländisch, Pennevischen.

Um also dieses Geschlecht von den zwey vorigen Geschl. zu unterscheiden, so hat man auf folgende Merk= Kennzei= male acht zu geben: Die Kiefer sind knochich, her= chen. vorragend, und unzertheilt, die Luftlöcher wie bey den vorigen Geschlechtern länglich, der Körper ist von allen Seiten mit scharfen beweglichen Stacheln

X 2   besetzt,

beſetzt, am Bauche aber befinden ſich keine Floſſen.
Wir finden nur die zwey folgenden Arten nebſt ihren
Unterarten zu betrachten.

I. Der Kugelfiſch. Diodon
Atringa.

1.
Kugel=
fiſch.
Atringa
Tab. X.
fig. 1.

Atringa oder vielmehr Atinga, iſt der india=
niſche Name, den die Braſilianer dieſen Fiſchen
geben. Wir nennen ſie aber Kugelfiſche wegen
ihrer runden kugelförmigen Geſtalt. Sie kommen
alle miteinander, darinn überein, daß ſie dreyeckigte
Stacheln haben, doch nimmt man drey Verſchieden=
heiten wahr, davon wir die erſte Kugelfiſch; die
andere Seetaube; und die dritte Stacheltaube
nennen, welche wir nun alle genauer beſchreiben
wollen.

A. Der Kugelfiſch. Atinga.

A.
Kugel=
fiſch.
fig. 1.

Es iſt dieſer unter allen am meiſten kugelrund,
und nach der Abbildung, welche hier Tab. X. fig. 1.
aus dem Seba gegeben wird, erhellet, daß die Sta=
cheln aus einem dreyeckigten Fuß oder Boden, jedes=
mal in drey Spitzen aufſteigen. Der Schwanz,
wie auch der Kopf und das Maul ſind klein und kurz,
und der ganze Fiſch etwa ſo groß, wie ein großer le=
derner Spielball. Die indianiſchen Meere, be=
ſonders aber die Gegend, welche das Vorgebürge
der guten Hofnung umgeben, ſind der Ort ihres
Aufenthalts.

B. Die

B. Die Seetaube. Reticulatus.

Die andere Verſchiedenheit wird Reticulatus
genennt, weil die dreyeckigten Wurzeln der Stacheln
ineinander laufen, und alſo eine Art eines netzförmi-
gen Gewebes über die Haut machen.   Der Name
Seetaube aber iſt von dem taubenartigen Schnabel oder Maul hergenommen.   Auſſer der Gröſſe,
welche ſich an dieſer Art über einen Schuh in der
Länge erſtreckt, unterſcheidet ſie ſich noch von der
vorigen durch die Sparſamkeit der Stacheln, welche ziemlich weit voneinander ſtehen, und daher an den
ineinander laufenden Wurzeln zu einem netzartigen
Gewebe mehrern Platz übrig laſſen.   Auch iſt ſie
nicht ſo vollkommen roth, wie obige Art, welches aus
der Abbildung Tab. X. fig. 2. hinlänglich wird zu
ſehen ſeyn.

B.
Seetau-
be.fig.2.

C. Die Stacheltaube. Echinatus.

Die dritte Art endlich hat gröſſere und dickere
Stacheln, deren dreyeckige Wurzeln ſich erheben,
ſo daß die drey Spitzen derſelben auf der Haut zu
ruhen ſcheinen, ſo wie etwa die Fang- oder Fuß-
eiſen oder Fußangeln ſind.   Dieſe werden noch gröſſer als die vorige Verſchiedenheit, und halten ſich
in den indianiſchen Meeren auf.   Der Herr
Gronov hält alle dieſe Verſchiedenheiten für eins,
und vielleicht hängt auch nur die unterſchiedliche
Gröſſe von dem Alter ab.   Wir aber ſtehen
in Zweifel, ob nicht dieſe letzte Art zu der folgenden zu rechnen ſey, und daß mehr oder weniger rund zu ſeyn, nur eine zufällige Sache iſt,
gleichwie man ja auch andere Thiere einerley Art fin-

C.
Stachel-
taube.

X 3 det,

det, davon das eine bäuchiger, und das andere mehr
gestreckt ist.

2. Der große Stachelfisch. Diodon Hystrix.

2.
Große
Stachel-
fisch.
Hy-
strix
Tab. X
fig 3.

Die vorzügliche Länge dieser Stacheln, welche
gleichsam wie Federkiele hervor stechen, haben zu
obiger Benennung Anlaß gegeben. Denn die Holländer nennen ihn Penne-Visch, das ist, Feder-
kielfisch. Das vornehmste Merkmal dieser Art besteht darinn, daß der Körper nicht kugelförmig,
sondern länglich ist, und daß die Stacheln rund sind.
Die Rückenfloße hat nach dem Linne vierzehn, die
Brustfloße zwey und zwanzig, die Afterfloße vierzehn, und die Schwanzflosse neun Finnen, denn
Bauchflossen sind nicht vorhanden. Wir besitzen
ein aus Curacao erhaltenes, zwey Schuh langes
Exemplar, welches von oben schwärzlich blau, unten weiß und auf dem ganzen Rücken mit kleinen
dunkeln runden Flecken, als mit Augen bezeichnet
ist, dergleichen Flecken auch die Flossen und den
Schwanz besetzen. Die Gestalt des Körpers ist kegelförmig. Die Figur, welche Tab. X. fig. 3.
zu sehen ist, schickt sich eben so wohl zu der dritten
Verschiedenheit der vorigen Art, als zu dieser, und
bestätigt nicht nur unsere oben angeführte Meinung, sondern scheint auch von dem Herrn Houttuin für einerley gehalten zu werden, welcher von
der beygebrachten Figur folgende Erklärung giebt;
das Exemplar ist über einen Schuh lang, fast vollkommen kegelrund, die Stacheln auf dem Rücken
sind wie am vorigen Exemplare beschaffen, kaum
einen

einen Zoll lang, doch in den Seiten haben ſie eine
Länge über zwey Zoll, und geben dem Fiſche das Anſehen eines Stachelſchweins (Hyſtrix). Die Dicke des Fiſches iſt an der Bruſt über vier Zoll. Die
Bruſtfloſſen ſind drey Zoll breit, die Rückenfloſſe iſt
zwey Zoll, und die Schwanzfloſſe über drey Zoll
lang. Die Anzahl der Finnen iſt in der Rückenfloſſe wenigſtens zwölf, und in der Bruſtfloſſe vier und
zwanzig. Es iſt alſo dieſer der nämliche Fiſch, der
von den Schriftſtellern Orbis maximus ſpinoſus
genennt wurde, und aus beyden Indien kommt.

Ob nun gleich alle Fiſche dieſer zweyten Art für
einerley könnten gehalten werden, ſo erwähnet der
Ritter doch folgende Verſchiedenheit.

B. Der Stachelkragen. Holocanthus.

Sie weicht von obiger Art darinn ab, daß der
Kopf und der Hals etwas länger iſt, beſonders aber,
daß die Stacheln am Kopfe und am Halſe vorzüglich lang ſind, und gleichſam einen Kragen machen,
dahingegen die Rückenſtacheln viel kleiner, und die
Stacheln am Bauche am allerkürzeſten ſind. Ob
nun dieſe Veränderung von der Begattung der verſchiedenen Arten untereinander entſtehe? und ob nicht
vielleicht ein jedes Individuum ſeinen beſondern
Wuchs und eigene Ausmeſſung der Stacheln habe,
die folglich zur Vermannigfaltigung der Verſchiedenheiten keinen hinlänglichen Grund giebt? (indem
ſonſt zu viele Unterarten gemacht würden,) ſolches laſſen wir jetzo beruhen, und merken nur dieſes an, daß die Federkiele oder Stacheln von dieſen Fiſchen nach Belieben können aufgerichtet oder nie-
dergelegt werden, wodurch ſie, wie es ſcheint, von

Ver-
ſchieden-
heiten.

B.
Stachel-
kragen.

X 4 allen

allen Nachstellungen befreyet sind; denn welcher
Raubfisch mögte sich wohl gelüsten lassen, in diese
Igel einzubeissen? Die Stacheln indeßen sind nichts
anders, als harte Fortsätze der Haut, die in spitzige
Dornen auswachsen, da sie hingegen bey andern
Fischen breite Schuppen werden,

139. Ge-

139. Geschlecht. Meerhasen.

Nantes: Cyclopterus,

Die Benennung Cyclopterus, welche so viel als einen im Kreiße sitzenden Flügel bedeutet, ist den Fischen dieses Geschlechts darum gegeben, weil die Flossen, welche gleichsam die Stelle der Flügel vertreten, in einem runden Kreiße sitzen. Die Holländer nennen solche Fische Snottolf; die Franzosen, Lievre; wir Deutsche aber Meerhasen. Jedoch können wir eben so wenig als die Holländer von diesen Benennungen Rechenschaft geben, ausser daß sie eine ganz ungewöhnliche und unförmliche Gestalt, die man unter den Fischen nicht erwartet, andeuten sollen. *Geschl. Benennung.*

Die Kennzeichen sind ein stumpfer Kopf, Kiefer, die statt der Zähne dienen, oder gezähnelt sind. Die Haut der Luftlöcher ist vierstrahlich, die Bauchflossen aber sind in einen Kreiß gewachsen. Wir finden hier drey Arten nebst einigen Unterarten zu betrachten, wie folget. *Geschl. Kennzeichen.*

X 5   I. Der

I. Der Lump. Cyclopterus
Lumpus.

1.
Lump.
Lum-
pus.

Wir folgen diesesmal mit dem Ritter den Engelländern, welche ihn Lumpfisch, oder auch Sea-Owl, das ist, See-Eule nennen; die Schweden geben ihm den Namen Spuryggfisk; die Schottländer, Cock-Paddle; die Seeländer, Klieft; die Fischer auf Heiligland, Haffpodde; die Holländer, Snottolf und Lump; und die Einwohner der deutschen Seestädte, Seehasen. Es giebt aber dreyerley Verschiedenheiten.

A. Der eigentliche Lump.

A.
Lump.
Tab. XI
fig. 1.

Der Körper dieses Fisches ist mit beinichten Schuppen eckigt gedeckt. Die erste Rückenflosse ist ein Fettklumpe, die zweyte hat ein und zwanzig, die Brustflosse zwanzig, die Bauchflosse sechs, nach dem Gronov aber funfzehn, die Afterflosse zehn, die Schwanzflosse aber neun, und nach dem Gronov zwölf Finnen. Die Schwanzflosse ist von den Rücken- und Afterflossen abgesondert. Was aber die im Kreiße stehende Bauchflosse, die einer hohlen Schüssel ähnlich sieht, betrift, so dient ihnen diese um sich damit an den Steinen anzuhalten. Der Körper ist am Bauche breit und platt, der Rücken hoch und scharf, der Kopf stumpf, die Nasenlöcher stehen einzeln, und ragen hervor. Das allhier Tab. XI. fig. 1. abgebildete Exemplar war ein und einen halben Schuh lang, und hatte im Leben in der runden schüsselförmigen Bauchflosse so viel

Kraft,

Kraft, daß er ſich an einem Steine von zehn Pfund
feſt ſaugen, und wenn man ihn aufhob, denſelben
ſo feſt halten konnte, daß man ihn mit Gewalt von
den Steinen herunter reiſſen mußte. Die Normänner machen einen Unterſchied zwiſchen dem
Männchen und Weibchen, deren erſtes Rogn-
Kal, und das andere Rogn-Kex genennt wird,
weil ſie (und zwar um Pfingſten herum) einen
großen Ueberfluß von Rogen ſchieſſen. Beyde haben eine ſehr unförmliche Geſtalt, eine beiniche
Haut, und eine röthliche, ins grüne fallende Farbe. Die Fiſcher bedienen ſich derſelben, um die
großen Rochen, welche ihnen ſtark nachſtellen, damit zu fangen.

Der Magen iſt weit, und hat an der Mündung viele Angehänge, die ſich in verſchiedene Aeſte ausbreiten; der Canal der Därmer macht, wie
in den vierfüßigen Thieren, verſchiedene Windungen, der Enddarm iſt einen Zoll weit, und über
fünf Zoll lang. Die Leber iſt dreyeckig, und hält
an jeder Seite etwa drey Zoll, von Farbe blaß ci-
tronengelb. Man hat keine Gallenblaſe angetroffen, wohl aber einen weiten Gallengang, der ſich
unmittelbar unter oberwähnten Angehängen in den
Magenmund ergießt.

Die Nieren ſind, nach D. Tyſons Bericht,
merkwürdig. Sie liegen nahe am Zwergfelle, ſind
im Anfange zwey Zoll breit, werden aber bis auf
einen Zoll ſchmäler, und laufen endlich bey einer
Länge von zwey und einen halben Zoll, in einen Körper zuſammen, wo ſie zwey Harngänge, die zur
Harnblaſe führen, abgeben. Die Harnblaſe hat ihren Ausgang bey dem Nabel in ein Gefäß, welches
vielleicht zur Auslaſſung des Samens dient, wozu
dieſer

*Anato-
miſche
Anmer-
kung.*

i

dieser Fisch innwendig ziemlich große Behälter hat. Die europäischen Meere sind der Aufenthalt dieser Art.

B. Der Stachelhase, Cyclopterus Spinosus.

B.
Stachel-
hase.
Tab. IX
fig. 3.

Die zweyte Verschiedenheit war von dem Ritter ehedem unter die Igelfische, Diodon, gesetzt, und bekommt jetzt hier ihren Platz. Es hat nämlich dieser Fisch platte Stacheln, wie Degenspitzen, und einen glatten Bauch, auch ist der Fisch mehr breit als hoch. Das Exemplar, wornach die Zeichnung Tab. IX. fig. 3. gemacht worden, war aus Ostindien, schön caffeebraun, mit weissen feinen Strichen geziert, und hinter den Brustflossen mit runden braunen Flecken gezeichnet.

C. Die Langflosse. Cyclopterus Rarior.

C.
Lang-
flosse.

Auch dieser Fisch kommt aus Indien, weil er aber seltner als jener ist, mag ihn der Ritter Rarior genennt haben. Er unterscheidet sich von jenen durch eine ungemein lange Rückenflosse, daher wir ihn Langflosse nennen, die Seiten sind mit Höckern besetzt. Man trift sie in dem Indianischen Meere an, wo sie so groß wie ein Eimerfaß sind, und will sie auch, wiewohl nicht so groß, an den dänischen und schwedischen Stranden gefunden haben. Wenigstens werden die Männchen bey den Dänen Steenbid, und das Weibchen Quapsoe, in Ißland aber Romaffve genannt. Das Männchen hat rothe Buckel und ein rothes Band unter dem Kinne, deßgleichen eine rothe Leber, ist auch besser und schmackhafter als das Weibchen.

2. Der

2. Der Schnottolf. Cyclopterus Nudus.

Dieſer Fiſch iſt kahl oder nackt und hat hinter dem Kopfe zu beyden Seiten eine einzige Stachel oder Finne an den Bruſtlöchern, die Rückenfloſſe aber hat ſechs, die Bruſtfloſſe ein und zwanzig, die Bauchfloſſe fünf und zwanzig, und die Schwanzfloſſe zehn Finnen. Der Aufenthalt deſſelben iſt in den indianiſchen Meeren. Und damit der Name Schnottolf nicht ganz von uns überhüpft werde; ſo wollen wir dieſe Art mit demſelben belegen, zumal man ſie in Indien und Holland auch ſo nennet.

2. Schottolf. Nudus.

3. Der Ringbauch. Cyclopterus Liparis.

Liparis iſt eine Benennung, die man ſchon bey dem Plinius findet; doch andere Schriftſteller haben den Namen Cyclogaſter gebraucht, welches wir durch Ringbauch überſetzen, und damit auf die ringelförmigen Bauchfloſſen, womit dieſe Fiſche an den Steinen feſt kleben, zielen. In Engelland wird dieſer Fiſch deßwegen auch Sea-Snail, oder Seeſchnecke genennt, weil er wie eine Schnecke mit dem Bauche anklebt. Es ſind an demſelben die Rücken- und Afterfloſſen mit den Schwanzfloſſen verbunden. Man rechnet aber zu dieſen verbundenen Floſſen etwa zwey und vierzig Finnen, die ſogenannten Fiſchohrfloſſen aber haben ſieben, und die Bruſtfloſſe neun und zwanzig Finnen. Der Kopf iſt dick und rund, die Kiefer ſind etwas rauh, die

3. Ringbauch. Liparis.

die Luftlöcher so groß, daß eine Erbse durchgeht.
An der Kehle zeigt sich ein blaulich weisser runder
Flecken, der mit zwölf andern braunen Fleckgen
umgeben ist. Etwa einen Zoll weiter ist der Nabel,
und dann folgt die Afterflosse, welche mit der
Schwanzflosse und Rückenflosse also zusammen hängt,
daß der hintere Körper einem Aalschwanze ähnlich
siehet. Der ganze Fisch ist wie die Schnecken schleimig, und vermuthlich zielt der Name Liparis auf
diesen Umstand, da Lippus ein triefend Auge bedeutet. Er hält sich in den nordischen Meeren auf, wird aber in den Meerbusen und tief
hinauf in den Flüssen gefangen, daher er auch in
den holländischen Meerbusen, und im Y. Flusse
vor Amsterdam zu finden ist. Die Länge ist fünf
Zoll, und die Farbe von oben braun.

140. Ge-

140. Geſchlecht. Schildfiſche.

Nantes: Centriſcus.

Centriſcus ſollte nach ſeinem griechiſchen Ur- Geſchl.
ſprunge eigentlich einen ſtachlichten Fiſch be- Benen-
deuten. Vielleicht iſt dieſer Name von dem Ritter nung.
dem jetzigen Geſchlechte zugeeignet, weil der Panzer
des Rückens hinten in eine lange dorn- oder ſta-
chelartige Spitze auslauft; doch weil eben der Körper,
wenigſtens bey der erſten Art, mit dieſem Schilde
oder Panzer bedeckt iſt, ſo wollen wir ſie mit den
Holländern, Schildfiſche nennen. Da dieſelben
von einer ganz beſondern Bauart ſind, ſo hat man
auf folgende Merkmale acht zu geben.

Der Kopf gehet in eine lange enge Schnautze Geſchl.
aus, die Luftlöcher ſtehen weit offen, und der Kennzei-
Bauch iſt kielförmig mit aneinander ſitzenden Fin- chen.
nen beſetzt. Es ſind folgende zwey Arten zu beſchreiben.

I. Der

1. Der Messerfisch. Centriscus Scutatus.

1.
Messer-
fisch.
Scuta-
tus.
Tab. X.
fig. 4.

Weil der Rücken dieses Fisches mit einem Schilde gedeckt ist, so heist er Scutatus. Er wird aber
sonst auch Messerfisch genennt, weil der Körper
wie ein bäuchiches Brodmesser gestaltet ist, davon
die Spitze den spitzigen Rüssel vorstelle. Auch nennen ihn die Indianer, Ikan Pisau, welches Messerfisch heißt; Holländisch heißt er Mes Visch. Doch
beym Klein findet man die Benennung Amphi-
Silen, weil nämlich Kopf und Schwanz, welcher
gerade ist, auf gleiche Art spitzig auslaufen.

Dieser ganz besondere Fisch ist von oben mit einem knochichen Panzer bedeckt, welcher sich hinten
in einen Stachel endigt, unter welchem der Schwanz
liegt, so daß doch zwischen beyden sich noch Rückenflossen befinden. Was die Finnen betrift, so hat die
erste Rückenflosse drey, die andere neun, die Brustflosse zehn, die Bauchflosse sechs, die Afterflosse
eilf, und die Schwanzflosse neun Finnen oder Strahlen. Die Schnautze, welche fast keine Kiefer hat,
und nicht klaffen kann, scheint die Nahrung lediglich
durch saugen an sich zu ziehen. Unten an der
Schnauze hangen zwey dünne Häutchen, welche bis
zum Bauche hinunter laufen, und wie Gold glänzen,
von da aber erhebt sich die Bauchflosse, und läuft bis
zum Schwanze. Es ist der Fisch nur klein, und
kommt aus Ostindien. Siehe Tab. X. fig. 4.

2. Der

2. Der Schneppenfiſch. Centriscus Scolopax.

Es iſt bekannt, daß man unter einer Schneppe eine ſpitzige Mündung an einer Kanne verſteht, daher auch einige langſchnäbliche Vögel Schnepfen genennt werden. Weil nun dieſer Fiſch ein langſchnäblichtes Maul hat, ſo hat er obigen Namen bekommen, und um der nämlichen Urſache willen nennt man ihn in Genua, Trombetta; in Rom, Soffietta; und in Holland zuweilen auch Trompetenfiſch, weil der Schnabel gleichſam einen hohlen Trompetencylinder macht; doch wird dieſer Name eigentlich einer andern Art der folgenden Claſſe beygelegt, daher man ſie nicht mit jener verwechſeln muß.

Der Körper iſt ſchuppicht und rauh, der Schwanz gerade und gedehnt. Die Floſſen an den ſogenannten Fiſchohren haben drey, die erſte Rückenfloſſe vier, die andere zwölf, die Bruſtfloſſe ſiebenzehn, die Bauchfloſſe fünf, und die Afterfloſſe fünf und zwanzig Finnen. Man beſchreibt ihn als einen vier Zoll langen und über ein und einen halben Zoll breiten Fiſch, deſſen Schnautze einen dritten Theil der Länge ausmacht, davon die Oeffnung mit einem Deckel, der am Unterkiefer ſitzt, geſchloſſen wird, und dieſes letztern Umſtandes halben, ſollte er wohl unter das folgende Geſchlecht gehören können. Hinten auf dem Rücken führt er einen langen gezähnelten Stachel, der zwar nach dem Schwanze zu gerichtet iſt, ſich aber auf und nieder biegen läßt. Vor dieſem langen Stachel ſitzt noch ein kleiner, und hinter demſelben ſind zwey andere kleine Stacheln, welche zuſammen die verſchiedene Zählung der

Finnen in den Rückenflossen veranlassen. Denn, anderer Wahrnehmung zufolge, hat die vörderste Rückenflosse fünf, die hinterste zwölf, die Brustflosse vierzehn, und die Afterflosse achtzehn Finnen. Nach dem Linne sind die Bauchfinnen in dem Kiele des Bauchs verborgen; die Bedeckungen der Luftlöcher sind einblätterig und im Maul trift man keine Zähne an.

Vorher hatte der Ritter diesen Fisch in das Geschlecht der Hornfische geordnet, jetzo aber folgt er dem Beyspiele des Herrn Gronovs, der ihn in dieses Geschlecht brachte. Der Aufenthalt dieser Art ist nicht nur im mittelländischen Meere, sondern sie kommen auch aus Ostindien, und die Finnen oder Stacheln am Bauche werden für giftig, oder wenigstens entzündend gehalten.

141. Geschlecht. Nadelfische.

Nantes: Syngnathus.

Der aus Syn- und Gnathos zusammengesetzte Name bedeutet hier eine Zusammenwach-
sung der Backen oder Kiefer, und ist diesem Geschlechte deswegen beygelegt, weil ihre Kiefer aufeinander festsitzen, und so eine lange und enge Röhre machen. Weil aber diese Fische überhaupt dünn
und lang sind, so werden sie Nadelfische genannt,
müssen aber nicht mit der Meernadel, welche unter die Hechte in der Classe der eigentlichen Fische
gehören, verwechselt werden.

Die Kennzeichen sind, daß das Maul in einen cylinderartigen Rüssel ausläuft, dessen Oefnung
mit einem am untern Kiefer befestigten Deckel geschlossen wird. Ferner sind die Luftwege mit einem
Deckel belegt, und in dem Nacken befindet sich das
Luftloch zur Athemholung. Der Körper besteht
aus Gelenken, und am Bauche sind gar keine Flossen befindlich, auch werfen die meisten lebendige
Jungen. Wir finden folgende sieben Arten zu beschreiben:

Y 2

1. Der

1. Der Blindfisch. Syngnathus Typhle.

Unter den Natterschlangen kam No. 22. ein Typhlus, welchen wir Kleinauge nannten, vor; wir wollen daher gegenwärtigen Fisch auch Blindfisch nennen, ob ihn gleich die Franzosen Aiguille de Mer und Trompette, oder auch in Marseille Ga-gnola; die Engelländer hingegen Needle-Fisch, Hornfisch, und Garvish nennen. Die Hollän-der nehmen ihre Benennung von der Anzahl der sechs Ecken, welche der Körper hat, und heissen ihn Zeskantige Naaldvisch.

Es hat dieser Fisch eine harte Haut, die aus vielen, im Umfange herumgehenden, und mit ei-ner erhabenen Nath gleichsam aneinander gekitte-ten, sechseckigt gebogenen Flächen oder Blättern besteht, so daß der Fisch am obern Körper einen sechseckigten, am untern einen viereckigten und end-lich am spitzigen Schwanze einen runden Umfang hat. Die Anzahl dieser Blätter oder Gelenkenähn-lichen Abtheilungen ist am Körper achtzehn, und am Schwanze sechs und dreyßig; die Brust- Af-ter- und Schwanzflossen sind strahlich aber klein, und nicht anders, als wenn sie im Wasser schwim-men, zu erkennen. Man entdeckt auf diese Art in den Rückenflossen sechs und dreyßig, in den Brust-flossen vierzehn, in den Afterflossen drey, und in der Schwanzflosse zehn Strahlen. Der Herr Gro-nov aber hatte ein Exemplar mit sieben Finnen in der Rückenflosse, neun in der Brustflosse, am After gar keine, und zwölf in der Schwanzflosse, welche Art denn auch hieher gerechnet wird.

Bey der Länge von einem Schuh ist der dickste Theil des Körpers nicht über einen Schwanenkiel

dicke,

dicke, und dieſe ſind wohl die größten, die gemeiniglich gefangen werden; jedoch wird auch bey den
Schriftſtellern von ſolchen Erwähnung gethan, die
eine Elle lang und Fingers dick waren, ſo daß
ſie dann wohl einer Waſſernatter ähnlich zu ſeyn
ſcheinen können, und den Namen Typhle marina
verdienen. Ihr Aufenthalt iſt in der Oſt- und
Nordſee.

2. Spitznadel. Syngnathus
Acus.

Dieſer hat mit dem vorhergehenden, in Abſicht auf den Bau des Körpers und der Haut einerley Beſchaffenheit, nur iſt er länger: der obere Kiefer iſt ſiebeneckig; der untere fünfeckig; und endlich
der Schwanz viereckig. Die Anzahl der Blätter
oder Gelenke beläuft ſich am Körper auf zwanzig,
und am Schwanze auf drey und vierzig. Die Anzahl der Finnen iſt in der Rückenfloſſe ſieben und
dreyßig bis acht und dreyßig, in der Bruſtfloſſe zwölf,
in der Afterfloſſe fünf, und in der Schwanzfloſſe zehn.

Die Weibchen haben hinter dem Nabel auswendig einen langen Sack oder Blaſe, der mit Rogen wie
Rübſamen angefüllt iſt, und in welchem ſich die
Jungen ſchon entwickeln und Leben bekommen. Der
Aufenthalt dieſer Fiſche iſt gleichfalls in der Nordſee und im mittelländiſchen Meere. Sie kriechen
gerne in den naſſen und weichen Sand an den Stranden, wo man ſie öfters ſtecken findet, wenn man mit
einem Spadel eingräbt. Die Fiſcher bedienen ſich
derſelben zur Lockſpeiſe. Auch werden ſie eingeſalzen
und als eine Delicateſſe verſpeißt. Ihre Größe iſt

gemei-

gemeiniglich ein bis zwey Schuh. Wir bekamen
einmal ein Weibchen mit oberwähntem Sack aus
Curacao, welches ein und einen halben Schuh
lang war.

3. Der Corallensauger. Syngnathus Pelagicus.

Es befindet sich ohnweit dem Vorgebürge der
guten Hofnung eine Meeresgegend, welche reich
an Corallenmooß und feinen Horncorallen ist, daher
auch die Gegend von den Holländern Kroos-Zee
genennt wird. In selbiger Gegend hält sich dieser
Fisch auf, und ist wenigstens daselbst von Osbeck
gefunden worden, wo er vermuthlich von den Corallen-
polypen seine Nahrung erhält. Der Ritter nennt ihn
deßwegen Pelagicus, und wir Corallensauger.

Die Brust und Schwanzflossen stehen mit ihren Strahlen ausgebreitet, der After hat gar keine
Flosse, und der Körper ist siebeneckig. Man zählt
in der Rückenfloße ein und dreyßig, in der Brustflosse vierzehn, und in der Schwanzflosse zehn Finnen. Die Gelenke des Körpers sind siebeneckig und
an der Zahl achtzehn, die am Schwanze aber viereckig und an der Zahl zwey und dreyßig.

Obgleich dieser Fisch aus obenerwähnter Meeresgegend kommt, so bekam doch der Ritter einmal
eine ähnliche Art von D. Garden aus Carolina,
die oben am Körper fünf und zwanzig Gelenke, in
der Rückenflosse drey und dreyßig Finnen, und an
dem viereckigen Schwanze auch zwey und dreyßig Finnen hatte.

4. Die

4. Die Meernadel. Syngnathus
Aequoreus.

Dieser Art mangeln die Brust- und Afterflossen, die Rückenfloſſe hat dreyßig Finnen. Die Schwanzfloſſe iſt fächerförmig geſtrahlt, und führt fünf Finnen. Um eine Abbildung von dieſen Fiſchen zu geben, ſo wird Tab. X. fig. 5. eine amboiniſche Meernadel vorgeſtellt, die aber Bruſtfloſſen, und auſſer ſelbigen noch eine andere Art der Dorne oder Stacheln am Körper hat.

4. Meernadel. Aequoreus. Tab. X. fig. 5.

5. Die Seenatter. Syngnathus
Ophidion.

Die runde Geſtalt des Körpers, und der Mangel an Bruſt- Bauch- After- und Schwanzfloſſen, wodurch dieſer Fiſch eine Schlangengeſtalt bekommt, hat zu obigen Benennungen Anlaß gegeben. Jedoch ſind in der Rückenfloſſe vier und dreyßig, und in einem Exemplare des Gronovs zwey und vierzig Finnen vorhanden. In Schweden nennt man dieſe Art Hafs-Nahl; an der Küſte von Kornwall Sea-Adder.

5. Seenatter. Ophidion. T. XII. fig. 5.

Der Körper hat keine Schuppen, ſondern iſt wie die Spuhlwürmer gleichſam geringelt, gegen ſechs Zoll lang und nicht dicker als eine Schreibfeder, der Rüſſel iſt kürzer als an andern Nadelfiſchen, und ihr Aufenthalt iſt in der Oſt- und Nordſee.

Ein ander Exemplar, welches auch den Namen Seenatter führt, iſt Tab. XII. fig. 5. zu ſehen.

6. Der

6. Der Kahlschwanz. Syngnathus Barbarus.

Der Name Barbarus ist vermuthlich von dem Ort des Aufenthalts an der Küste der Barbarey hergenommen. Unsere Benennung aber zielt auf den spitzigen Schwanz, welcher, so wie der Bauch und After, ohne Flossen ist. Der Körper ist sechseckig und die Rückenflosse hat drey und vierzig, die Brust-flosse aber zwey und zwanzig Finnen.

7. Seepferdchen. Syngnathus Hippocampus.

7.
See-
pferd-
chen.
Hippo-
campus
Tab. X.
fig. 6.

Unter allen vorbeschriebenen Arten ist das See-pferdchen eines der bekanntesten, denn es ist nicht leicht ein Cabinet, wo nicht wenigstens eins oder mehrere Exemplaria aufgehoben werden. Die Ur-sache dieser Benennung ist keine andere, als weil der Kopf, zugleich mit dem umgebogenen Halse, einiger-massen die Gestalt eines Pferdekopfs vorstellet. Man muß aber nicht denken, daß sie in dieser Ge-stalt im Meere herum schwimmen, denn daselbst sind sie gerade gestreckt; wenn sie aber sterben; so ziehen sie den Nacken krumm, und rollen den Schwanz um, und in dieser Gestalt werden sie trocken. Inzwischen werden sie auch eben wegen dieser Gestalt, grie-chisch, Hippocampos; lateinisch, Equus marinus; französisch, Cheval marin und Hippocampe; italienisch, Cavallo marino; holländisch, Zeepaardje genennet.

Die Haut ist pergamentartig hart, in Gelen-cke abgetheilt, am Körper siebeneckig, am Schwan-

ze

ze viereckig, auf den Ecken allenthalben bey jedem
Gelenke mit einer ſcharfen hervorragenden Spitze
oder Buckel verſehen; von Farbe im Leben gelblich oder blaulich; getrocknet aber bräunlich oder
ſchwarzbraun. Der breite Theil des Kopfs iſt gleichfalls höckericht; der Rüßel vollkommen cylindriſch.
Am Körper iſt er mit einigen Stacheln, und hin
und wieder mit einzelnen Haaren beſetzt, oder ganz
ohne ſelbigen.

Die Anzahl der Gelenke ſoll nach dem Linne Ver-
am Körper (der breit und bäuchich iſt) ſiebzehn und ſchieden-
am Schwanze fünf und vierzig ſeyn. Allein wir heit.
müſſen hier anmerken, daß uns die Zählung dieſer
Blätter verdächtig vorkommt, um daraus auf dieſe
oder jene Art zu ſchlieſſen; denn bey den vielen
Seepferdchen, die wir unterſuchten, hat die Anzahl niemals eingetroffen. Wir haben große mit
wenigen, und kleine mit vielen Gelenken gefunden,
und auch umgekehrt. Eines von unſern Exemplarien hat am Körper höchſtens nur zwölf, und am
Schwanze vier und dreyſig Gelenke; und da wir
kleine Exemplaria mit breiten, und große mit ſchmalen Gelenken fanden, ſo glauben wir faſt, daß die
Natur hier nur willkührliche Verſchiedenheiten bilde, oder daß ſich auch vielleicht die Anzahl der Gelenke am Schwanze mit dem Wachsthum vermehre,
und wer weiß, ob nicht die Zählung der Finnen
in den Floſſen eben ſo wankelbar iſt? denn der Ritter
giebt in der Rückenfloſſe zwanzig, in der Bruſtfloſſe
achtzehn, in der Afterfloſſe aber vier Finnen an,
denn Bauch- und Schwanzfloſſe ſind nicht vorhanden.
Artedi hingegen zählt in der Rückenfloſſe fünf und
dreyſig Finnen und ferner gar keine. Unſer Exemplar hat nicht halb ſoviel Finnen in der Rückenfloſſe,
und von Bruſt- Bauch- After- oder Schwanzfloſſen

Y 5
iſt

ist gar keine Spur zu finden. Aehnliche Abweichungen giebt auch der Herr Houttuin aus den Bey-
spielen, die Ray und Willoughby hatten, an,
und das Exemplar, welches Tab. X. fig. 6. mitgetheilt wird, hat gleichfalls keine Brustflossen.

Wir erhielten auch aus Curacao ein Weibchen,
welches unten am Bauche einen weiten Sack hatte,
der über einen halben Zoll lang sich beym Schwanze
hinunter senkte, und uns die Vermuthung gab, daß
sie auf ähnliche Weise, wie die übrigen Meernadeln,
eine belebte Bruth zur Welt bringen, ob dieses gleich
von etlichen widersprochen wird.

Was den Gebrauch dieser Fische anbetrift, so
sind sie würcklich eßbar, und werden zum Theil auch
als Arzneymittel betrachtet. Man will nämlich angemerket haben, daß sie den säugenden Weibern die
Milch vermehre, zu Liebeshandlungen reitzen, ausge-
fallene Haare herstellen, den tollen Hundsbiß heilen,
und was dergleichen mehr, deren Untersuchung aber
nicht in unser Fach gehört.

Man findet inzwischen diese Creatur häufig im
mittelländischen Meere, besonders am Strande bey
Pozzuoli und Neapolis, in der Nordsee, und
auch in Indien bey der Strasse Sunda, deßgleichen an den americanischen Inseln und Stranden, ja vielleicht wohl allenthalben in dem Ocean.

142. Ge-

142. Geschlecht. Meerpferde.

Nantes: Pegasus.

Pegasus ist das fliegende Dichterpferd des Parnassus. Da nun die vorige Art von uns Seepferdchen genennt wurde, so wollen wir die Fische dieses Geschlechts Meerpferde nennen; daß aber der Ritter den Namen Pegasus, oder des geflügelten Pferdes gebraucht hat, solches zielt auf die langen, weit ausstehenden Brustflossen, welche die Fische dieses Geschlechts haben, und die ihnen gleichsam wie Flügel dienen: und weil ihr Kopf übrigens mit dem Kopfe des vorbeschriebenen Seepferdchens übereinstimmt, so hat der Ritter diese beyde verschiedene Umstände durch den einzigen Namen Pegasus ausdrücken wollen, der Herr Gronov hingegen nennt sie Cataphractus, oder Panzerfische. *Geschl. Benennung.*

Es haben diese Fische einen rüßelförmigen, langen, und vorne in die Höhe gebogenen Mund. Der obere Kiefer ist gezähnelt, der untere hingegen ist gerade, degenförmig, und schließt in jenen ein. Die Oefnung der Luftwege befindet sich vor den Brustflossen, der Körper ist gepanzert, und mit knochichen Gelenken gleichsam gekerbt, die Bauchflossen stehen tief am Unterleibe. Es sind überhaupt kleine Fische, die etwa die Länge eines Fingers oder etwas *Geschl. Kennzeichen.*

mehr

mehr halten, und man zählt in dem ganzen Geschlechte nur die drey folgenden Arten:

1. Der Seedrache. Pegasus Draconis.

1.
Seedra-
che.
Draco-
nis.
Tab. X.
fig. 7.

Es werden uns die Drachen von den Mahlern mit Flügeln abgebildet, welche in verschiedenen Strahlen bestehen, die vermittelst einer Schwimmhaut aneinander verbunden sind, und deren Spitzen fürchterlich und scheußlich über die Schwimmhaut hinaus stechen; weil nun die Brustflossen dieses Fisches eben so beschaffen und dazu, gleich den gemahlten Drachenflügeln, lang sind, so hat der Ritter demselben den Beynamen Draconis gegeben. In Betracht aber, daß es doch ein im Wasser lebendes Thier ist, wollen wir ihn Seedrache nennen, um ihn von dem Drachen unter den Eidechsen, oder von der kleinen fliegenden Eidechse zu unterscheiden, wie er denn auch bey den Holländern Zeedraakje heißt.

Nach der Abildung, die hier Tab. X. fig. 7. mitgetheilt wird, und nach einem drey Zoll langen Exemplare gemacht ist, sind die Brustflossen sehr lang, und bestehen aus zehn krummen Finnen, deren Spitzen über die Flossenhaut herausragen; die Bauchflossen sind dünne und faßrich, und haben nur eine Finne, die Schwanzflosse hat sieben Finnen.

Nach dem Linne hingegen, sind in der Rückenflosse vier, in der Brustflosse zehn, in der Bauchflosse eine, in der Afterflosse fünf, und in der Schwanzflosse dreyzehn Strahlen. Der Rüßel ist kegelförmig, der Körper aber viereckig, kurz und mit Schilden gedeckt.

Nach

Nach dem Seba hangen unten am Kiefer sechs paar schwärzliche Haare, und über dem letzten Paar stehen die Augen; der Körper ist breit und eckig, und aus dem Nacken kommt die vierstrahliche Rückenflosse, die sehr lang ist; die Brustflossen haben nur sieben Strahlen. Dicht am Schwanze befindet sich oben und unten eine Erhöhung. Die Farbe ist gelblich, und mit dunckelbraunen Flecken schön gesprenkelt. Der Herr Klein nannte diesen Fisch Solenostomus; Herr Gronov hingegen Cataphractus. Der Aufenthalt derselben ist im indianischen Meere, besonders in der Gegend von Amboina.

2. Die Flieger. Pegasus
Volans.

Die vorige Art hatte einen kegelförmigen Schnabel, dieser aber einen degenförmigen, der auch gezähnelt ist, und dieser Umstand scheint den ganzen Unterschied zu machen, oder vielleicht sind auch die Flügel etwas länger, weil sie Volans genennt wird. Man findet sie gleichfalls im asiatischen Meere.

2.
Flieger.
Volans.

3. Der Schwimmer. Pegasus
Natans.

Der Schnabel des jetzigen ist spadelförmig und ungezähnelt, auch etwas abgestutzt, der Körper ist gestreckt, und gleichfalls die Länge herab mit vier Ecken versehen, der Kopf ist glatt, da er an jener Art etwas höckerich ist. Der Körper ist mehr breit

3.
Schwimmer.
Natans.

als

als hoch, und ganz und gar mit beinichen Schilden
gedeckt. Die Brustflossen haben neun, die Bauchflosse nur eine, die Afterflosse fünf, und die Rückenflosse ebenfalls fünf Strahlen. Der Ort des Aufenthalts ist gleichfalls im indianischen Meere.
Wir finden keine Nachricht, ob diese Fische eßbar
sind; so viel aber ist wohl richtig, daß wenigstens
der größte Theil der schwimmenden Amphibien
zur Speise gebraucht wird, dahingegen von den kriechenden und schleichenden der kleinste Theil zur Nahrung für die Menschen dienlich ist.

---

3. B. Mose XI. 12. 29. 30.

**Alles, was nicht Floßfedern und Schuppen
hat in Wassern, sollt ihr scheuen —
die Kröte — der Igel, der Molch,
die Eidechse, die Blindschleiche — die
sind euch unrein unter allen, das da
kreucht.**

Regi-

Register

der

Ordnungen, Geschlechter und Arten.

Dritte Classe,

von den Amphibien.

Linne III. Theil.　　3　　13. Tur-

Register der Ordnungen,

Geſchlechter und Arten.

ß 2   II. Ord-

Geſchlechter und Arten.

B 3   27. Ro

80. Pe-

Register der Ordnungen,

Z 5   III. Ord-

Fig. 3.

TAB II

TAB. III

TAB. IV.

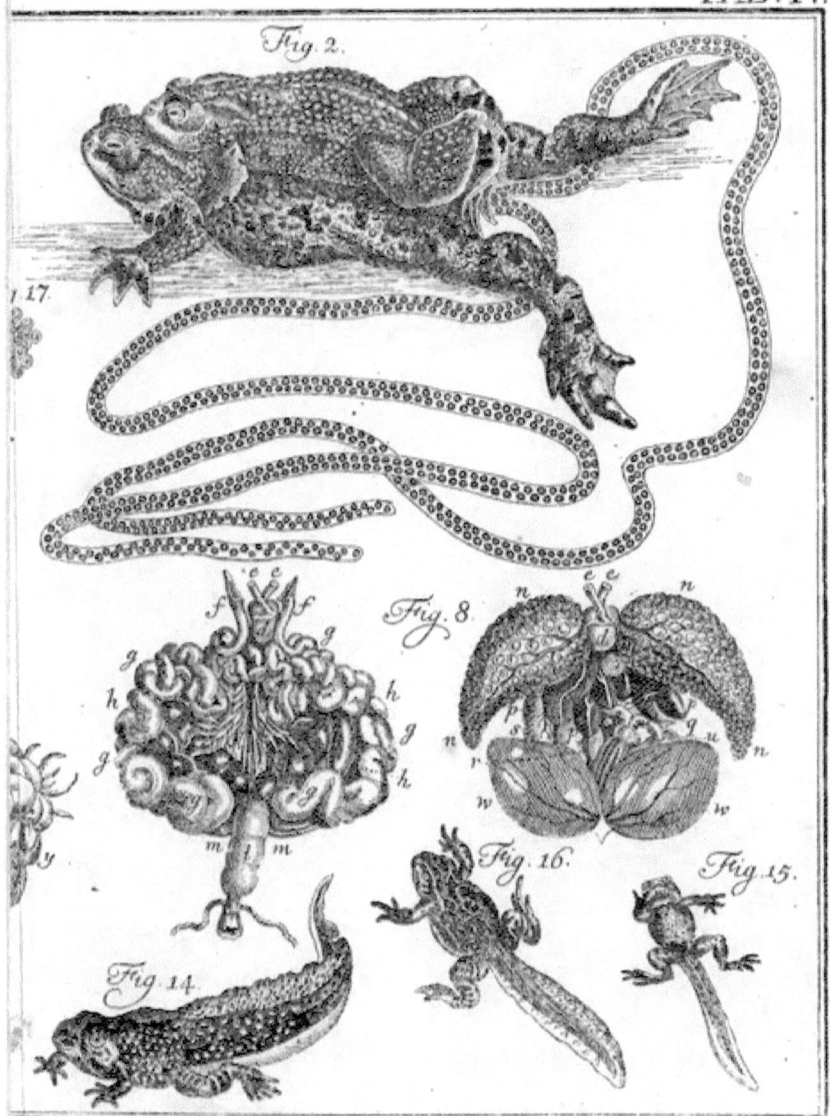

Fig. 2.

Fig. 17.

Fig. 8.

Fig. 16.

Fig. 15.

Fig. 14.

TAB. IV

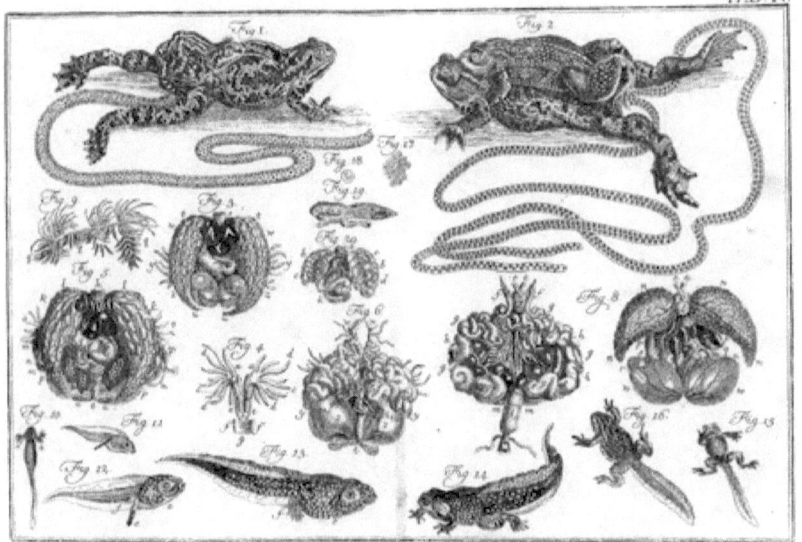

TAB V.

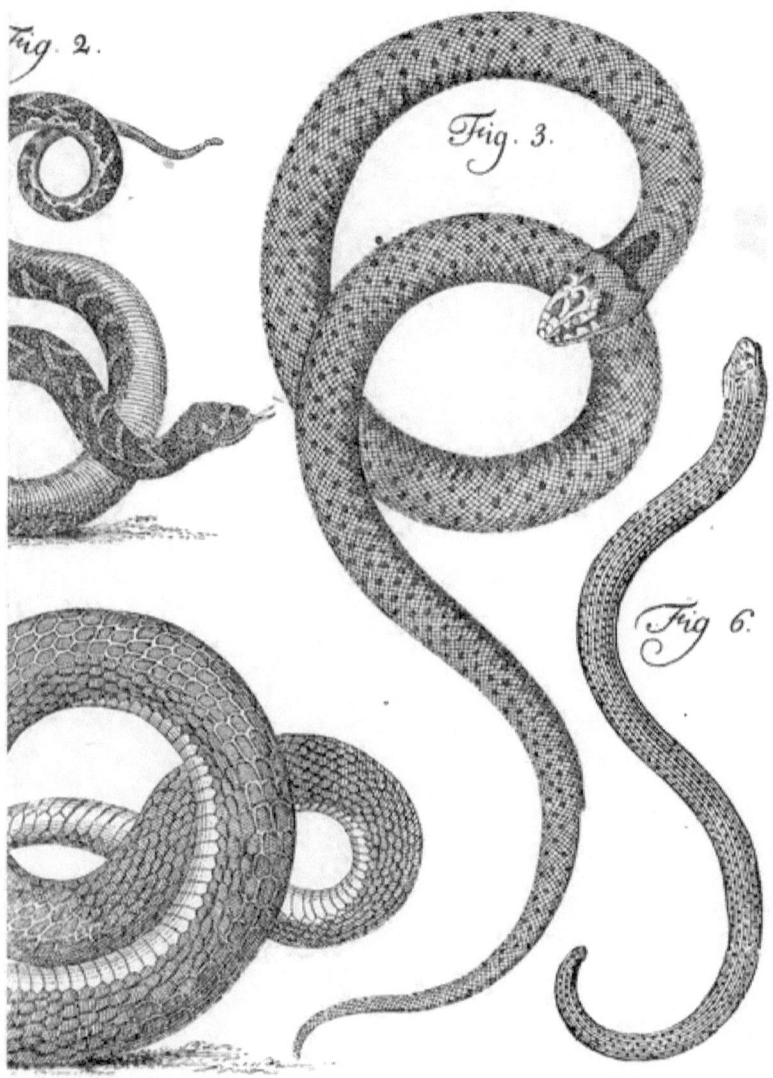

Fig. 2.

Fig. 3.

Fig. 6.

TAB VI

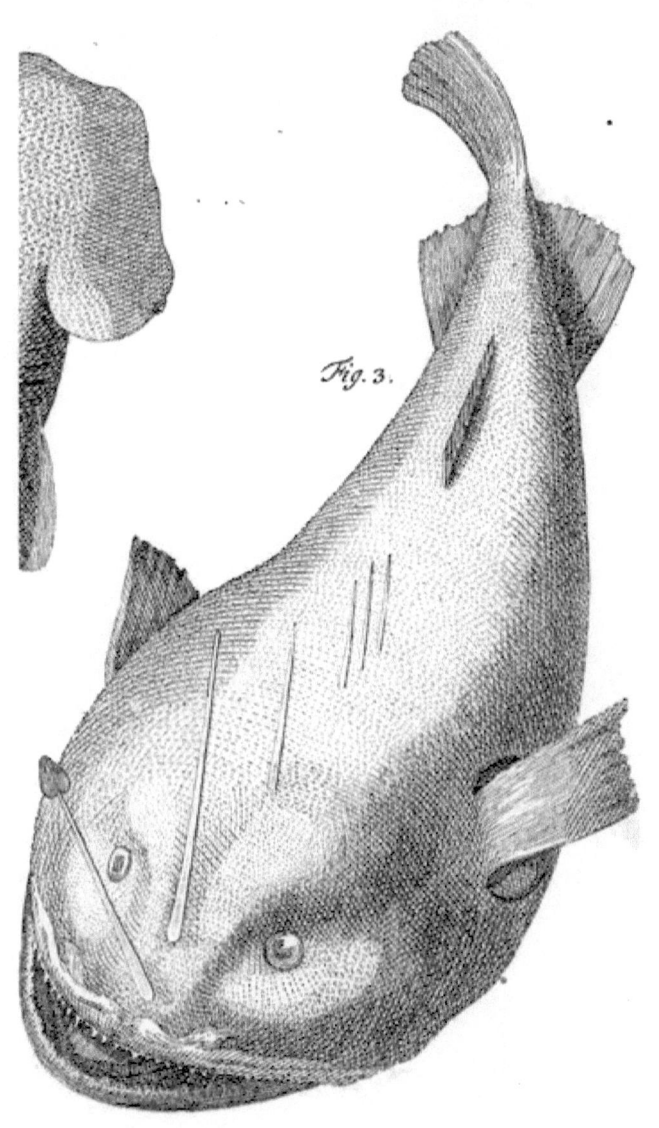

Fig. 3.

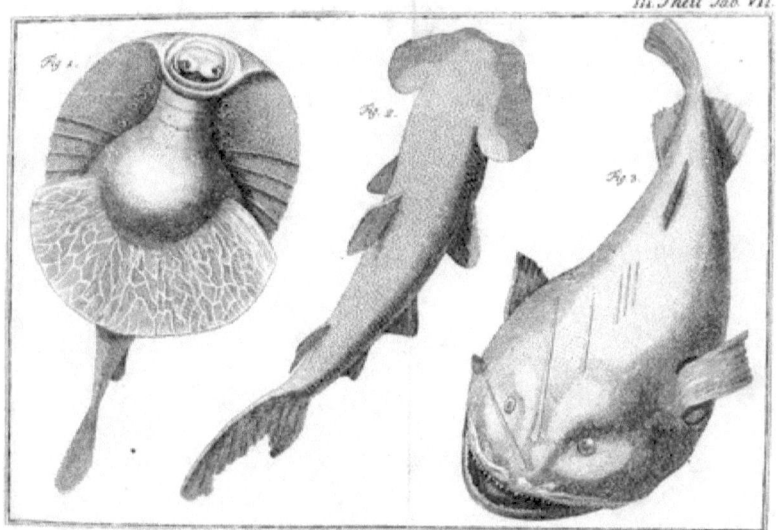

Fig. 3.

Fig. 7.

Fig. 2.

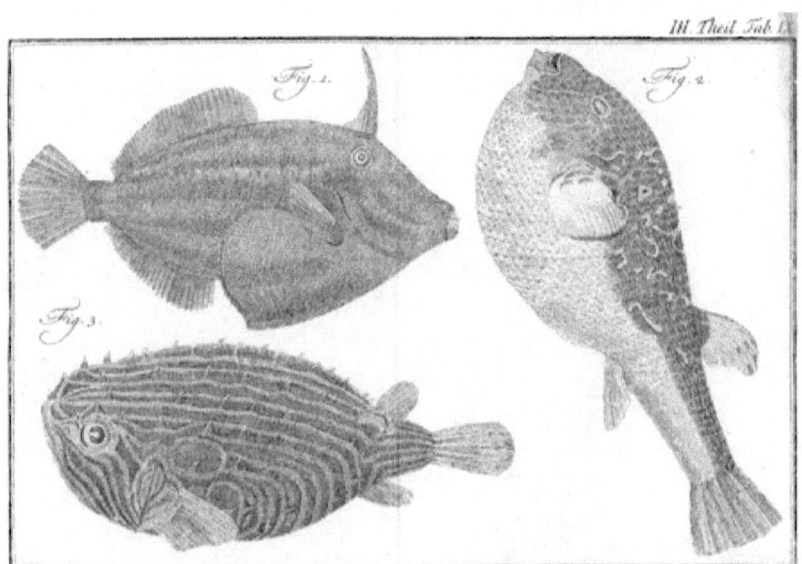

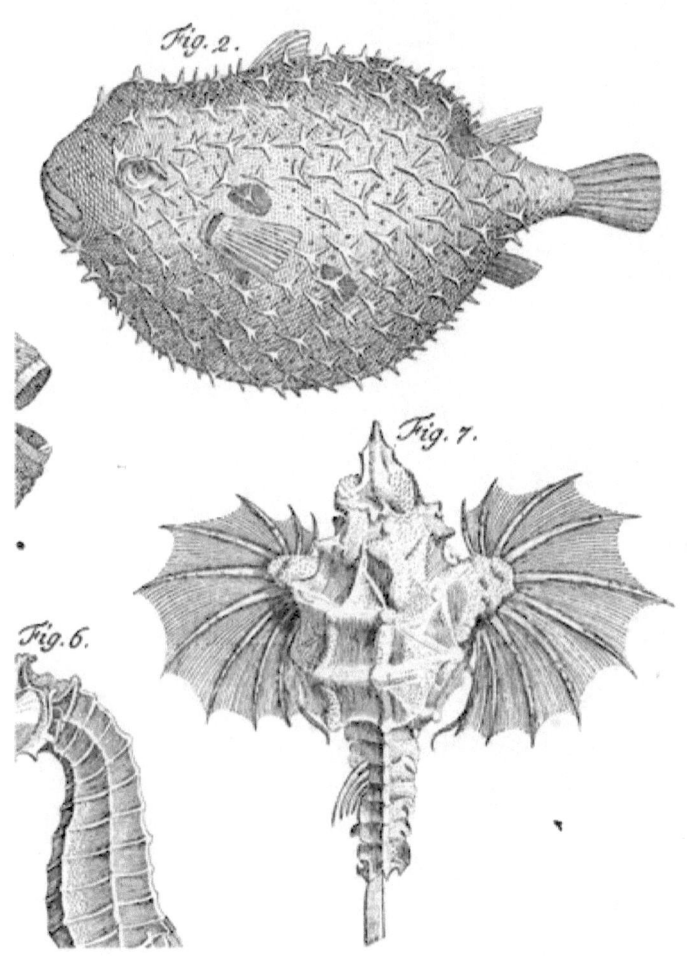

Fig. 2.

Fig. 7.

Fig. 6.

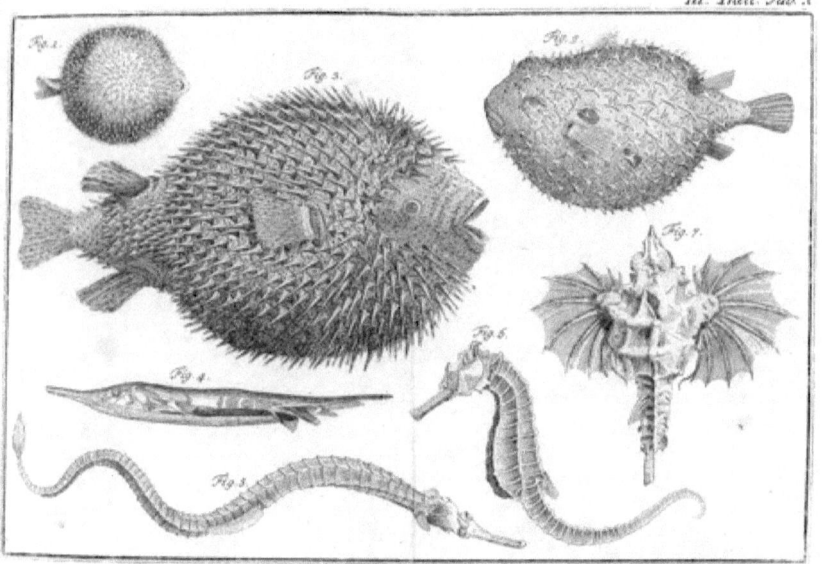

Fig.2.

Fig.4.

Fig.3.

Fig. 2.

Fig. 3.

Fig. 5.

Dritte Claſſe.

Amphibien.

Animalia Amphibia.

Erste Ordnung.

Kriechende Amphibien.

Amphibia: Reptilis.

120. Geschlecht. Frösche.

Amphibia: Rana.

† 18. Der Lachfrosch. Rana ridibunda.

Dieser Frosch ist einer der größten, und wieget nicht selten ein halb Pfund. Er giebt Abends einen Laut von sich, als ob man von weitem einen Menschen stark lachen hörte, und wird ziemlich häufig in der Wolga und im Jaik angetroffen, kommt aber niemahlen auf das Trockene. Desgleichen hält er sich im caspischen Meere auf. In der Gestalt kommt er dem braunen Landfrosche No. 14. nahe, ist aber etwas breiter und kürzer, besonders ist der Kopf sehr breit. Das obere Augenlied ist erhabenrund und mit Poris besetzt, statt des untern Augenliedes befindet sich ein breites eingedrucktes Feld, welches das Auge umgiebt. Die Trommelhäute liegen flach, der Rücken ist mit Poris, und die Seiten sind mit verloschenen Warzen besetzt, untenher aber ist die Haut glatt. Die Börderfüße haben vier Finger, und der Daumen ist an der Wurzel dicke und ab-

18.
Lach-
frosch.
Ridi-
bunda.

M 4

abgesondert, der nächste Finger aber ist kürzer als die übrigen. Die Hinterfüße haben zwischen den Zähen Lappen, und weil sich inwendig eine Haut oder Schwiele zwischen den Fingern legt, scheinen einigermaßen sechs Zähen vorhanden zu seyn. Alle Finger sind an den Spitzen etwas rund aufgetrieben, und haben keine Nägel, sind aber unten an den Gelenken mit Warzen versehen. Oben ist die Farbe aschgrau, und mit vielen großen braunen Flecken besetzt, zwischen welchen wieder kleinere stehen. Die Ruckgradlinie ist öfters gelb oder grünlich. Die hintern Gliedmaßen sind einigermaßen bandirt. Unten ist der Körper weißlich, und hin und wieder mit braunen Striemen bezeichnet. Die Afterbacken sind braun, und haben kleine milchige Flecken. Pallas Reisen.

† 19. Der Abendfrosch. Rana vespertina.

19.
Abend-
frosch.
Vesper-
tina.

Er hat die Größe einer Kröte, aber die Gestalt eines Frosches; jedoch sind die Hinterfüße kurz, daher er beschwerlich hüpfen kann. Der Kopf ist kurz, der Körper von oben mit Warzen besetzt, aschgrau, und mit länglichen, zuweilen in einander fliessenden Flecken von grüner Farbe bezeichnet. Unten ist der Körper weißlich, oder schmutzig-aschgrau. Zwischen den Augen befindet sich allezeit ein zweyschenkeliger Querflecken, der mit der Breite zwischen den Augen, und mit den Schenkeln nach den Nasenlöchern zu stehet. Die Vörderfüße sind vierfingerig. An den Hinterfüssen sind fünf mit einer Haut verwachsene Zähen, wozu noch eine dicke Schwiele kommt, welche der Länge nach gerichtet ist, und den Daumen vorstellet. Der Aufenthalt ist in Rußland. Pallas Reisen.

† 20. Die

† 20. Die Durſtkröte. Rana ſitibunda.

Sie hat die Geſtalt einer Kröte, iſt aber
größer. Der Kopf iſt kurz, zurückgebogen, und
hinter den Augenkreiſen gleichſam mit einer Schnur
zuſammen gezogen. Die Augenlieder ſind einiger=
maſſen fleiſchig. Die obern ſind breit, und nickend,
die untern eng, und mit einer Nickhaut verſehen.
Der Körper iſt kurz, aufgetrieben, und mit brau=
nen erhabenen Puncten, ſo wie der Rücken in den
Seiten mit etwas größeren Wärzchen beſetzt, wel=
che in den Weichen am häufigſten vorhanden ſind.
Die Fußſohlen ſind untenher warzig. Die Vör=
derfüße haben vier Finger mit einen getrenneten
Daumen. Die Hinterfüße ſind halb geſpalten,
und einigermaſſen ſiebenfingerig, indem an beyden
Seiten der Fußwurzel eine Schwiele hervorraget.
Die Farbe iſt untenher ſchmutzig=weiß, oben bläu=
lich aſchgrau, mit vielen theils runden, theils un=
förmlichen ſchwärzlich=grünen Flecken häufig beſetzt.
Man trift dieſe Art in dürren Wüſten am Jaik
ziemlich häufig an, und zuweilen erſcheinet ſie bey
kleinen Städten und Schanzen, liegt bey Tage
in allerhand Höhlen, und ſpringt Abends herum.
Pallas Reiſen.

122. Geſchlecht. Eidechſen.

Reptiles; Lacerta.

† 9 a. Der Sonnenſchauer. Lacerta
helioſcopa.

9. a.
Sonnen
ſchauer.
Helio-
ſcopa.

Dieſe Eydechſe hat die Geſtalt der Barbar-
eydechſe No. 11. iſt einen Finger lang,
und hat die Gewohnheit, mit aufgerichtetem Kopfe,
und eingezogenem Nacken, das Geſicht mehrentheils
der Sonne zuzuwenden. Der Kopf iſt ganz mit
ſchwieligen Warzen beſetzt, hat kaum hervorragende Lippen, und die Naſenlöcher an der Stirn.
Die Augenlieder ſchuppig granuliret, der Hals
gleichſam enge zugeſchnürt, unten mit einer Quer-
runzel verſehen. Der Nacken hat zwiſchen den
Schultern eine rauhe ſchiefe Erhöhung, und ein
daran ſtoſſendes oft ſcharlachrothes Feld. Der
Körper iſt kurz, in den Seiten aufgetrieben, unten mit ſcharfen kleinen Schuppen beſetzt, welche
gleiche Größe haben, oben aber noch kleiner ſind
und hervorragen, wo ſich noch beſonders in
Seiten häufige Warzen zeigen. Der Schwanz
allenthalben gleich ſchuppig, an der Wurzel dicke
und lauft fadenförmig aus. Die Farbe oben iſt
aſchgrau-weiß, und oft mit blauen und braunen
Tropfen beſprenget, unten mennig- und ſcharlachroth, ſelten blaßfärbig. Sie hält ſich in den ſüdlichen dürreſten Sandhügeln Rußlands auf, lauft
ſehr geſchwind, aber nicht ſo ſchlangenartig, wie
der Springer No. 15. **Pallas Reiſen.**

B. Wir-

B. Wirbelſchwänze.

† 19. a. Die Pfeileidechſe. Lacerta velox.

Sie iſt viel kleiner und ſchmächtiger als unſere gemeine Eidechſe, ſiehet ihr aber ſonſt ſehr ähulich. Der Kopf, das ſchuppige Halsband, die Ringel um die Schenkel, und der wirbelige Schwanz kommen mit jener vollkommen überein, daher ſie denn auch zur zweyten Abtheilung, nämlich der Wirbelſchwänze gehöret. Die Farbe iſt oben aſchgrau mit fünf, der Länge nach geſtreckten Strichen, die etwas blaſſer ſind, und von einer Menge feiner brauner Dupfen begleitet werden. Die Seiten ſind mit langen ſchwarzen Flecken beſetzt, zwiſchen welchen glänzende blaue Puncte ſtehen. Der Aufenthalt iſt in den dürren Wüſten Rußlands, wo ſie herum ſtreift, und ſchneller als ein Pfeil fortſcheuſt. **Pallas Reiſen.**

† 19. b. Der Blutſchwanz. Lacerta cruenta.

Sie hat die Geſtalt der vorigen Art, iſt aber wohl dreymal kleiner, und hat einen ſpitzigen Kopf. An den Hals iſt keine Binde, ausgenommen eine Runzel, und ſo mangelt auch die Schenkelſchnur. Der Körper iſt oben braun, unten weiß, über den Nacken gehen ſieben weiſſe Striche, davon vier über den Rücken bis zum Schwanze fortgehen. Die Glieder haben runde Milchflecken. Der Schwanz iſt oben aſchgrau, unten ſcharlachroth, wird aber nach der Spitze zu weiß. Sie gehöret in die zweyte Abtheilung unter die Wirbelſchwänze, und hält ſich in den ruſſiſchen Salzſteppen auf, iſt aber ſelten. **Pallas Reiſen.**

D. Lang-

D. Langschwänze. Leguanartige.

† 41. a. Die Kehlfalte. Lacerta arguta.

41. a.
Kehlfal-
te.
Arguta.

Sie ist kürzer und bäuchiger als die gemeine Eidechse, und hat eine spitzigere Schnautze. Unter dem Halse befindet sich eine große doppelte Falte. Die Schenkel sind sparsam mit verloschenen schwieligen Puncten besetzt. Der Schwanz ist an der Wurzel dick, und lauft schnell sehr dünn und fadenförmig aus. Die Farbe ist oben blau, und mit vielen schwarzen Querbändern besetzt, welche oft zusammen fließen, unten weiß. Diese Querbande sind an der Wurzel des Schwanzes genau abgesondert, und jedes ist mit vier oder fünf augigen Puncten besetzt. Der Aufenthalt ist in den südlichen sandigen Gegenden am Irtis, seltener aber am caspischen Meere. Pallas Reisen.

Zweyte Ordnung.
Schleichende Amphibien.
Amphibia: Serpentes.

125. Geschlecht. Natter.
Serpentes: Coluber.

98. Die Klappernatter. Coluber crotalinus.

In dem königlichen schwedischen Kabinet befindet sich eine große Natter, welche das Ansehen einer Klapperschlange, hervorstehende Augenlieder, und einen herzförmigen Kopf hat. Der Körper ist groß, aschgrau, und mit großen blassen, eins ums andere geordneten, schwarzen Flecken besetzt. Unten ist der Körper gelblich und braun überloffen. Man zählet 154 Schilde, und 43 Schuppen, denn der Schwanz ist nur ⅙ so lang als der Körper, und hat keine Schilde, sondern lauter Schuppen. Eine ähnliche bekamen wir aus Suriname. Bey dem schwedischen Exemplar ist von dem Ritter das Vaterland nicht angemerkt. Linneus.

98. Klappernatter. Crotalinus.

† 99. Die

† 99. Die Schildnatter. Coluber scutatus.

99.
Schild-
natter.
Scuta-
tus.

Sie ist oft vier Schuh lang, und siehet wie
die Ringelnatter No. 41. aus. Sie hat im Maule
keine giftige Werkzeuge, aber in beyden Kiefern,
auf beyden Seiten, eine Reihe spitziger auswerts-
stehender ziemlich großer Zähne, und am Gaumen,
der Länge nach, einen gedoppelten Kamm. Die
Augenringe sind braun. Obenher ist der Körper
schwarz, ohne Glanz, unten sind die Schilde glatt,
und glänzend schwarz, und die Paare stehen eins
ums andere, sind an den Enden gelblich-weiß, und
machen, daß der Bauch gewürfelt erscheinet. Der
Schwanz hat kaum ein und andere weiße Schuppen. Die Bauchschilde decken den Bauch sehr
breit, und fast bis zu zwey Drittel des ganzen
Umfangs, so daß sie in den Seiten eine lange
Falte machen. Die Anzahl der Schilde beläuft
sich auf 190, ohne das große gedoppelte Schild
zu rechnen, welches den After deckt. Der Schwanz
ist leicht dreyeckig gedruckt, und führet ohngefehr
funfzig paar Schuppen. Der Aufenthalt ist im
Jaik, denn es ist eine Wasserschlange, doch gehet
sie heraus aufs Land. Pallas Reisen.

† 100. Die Flußnatter. Coluber Hydrus.

100.
Fluß-
natter.
Hy-
drus.

Sie ist aalförmig gestaltet, etwa drey Schuh
lang, und hat auch keine giftigen Werkzeuge, führet aber im Gaumen einen gedoppelten Kamm mit
zurückgebogenen scharfen Zähnchen. Die Zunge
ist lang und schwarz. Der Kopf klein, und ohne
aufgetriebene Backen. Die Augen sind klein, und
mit einem gelben Kreiß umgeben. Oben ist die
Farbe olivenfärbig aschgrau. Im Nacken ist auf
beyden Seiten eine schwarze Binde, die am Hinterkopfe zusammen laufen, und zwey längliche
schwarze

schwarze Flecken einfassen. Ferner ist der Körper in vier Reihen mit runden schwarzen Flecken besetzt. Die Schilde sind gelblich schwarz gewürfelt, nach hintenzu am schwärzesten. Am Bauche befinden sich 180 Schilde, ohne das einfache Afterschild zu rechnen. Die Schuppenpaare unter dem Schwanze belaufen sich auf 66, und die Schwanzspitze ist gedoppelt. Man trift diese Art in den rußischen Flüssen, (oder im Wolga) bis zum caspischen Meere an, niemahls aber auf dem Lande. Pallas Reisen.

✝* 101. Die Teufelsschlange. Coluber Melanis.

Sie ist wie die europäische Natter No. 15. gestaltet, und auch so groß, im Maule mit Giftwerkzeugen versehen, hat braune Augenringe, und senkrecht spießförmige Augäpfel mit einem silberfärbigen Rande. Der Körper ist dunkel schwarz, ohne Glanz, am Bauche etwas blasser mit dunklen Flecken und glänzend. Die Seiten nach der Kehle zu sind bläulich gewölkt. Man zählet 148 Bauchschild und 27 Paar Schwanzschuppen. Der Schwanz ist kegelförmig und kurz. Sie wird in Mistgruben und in verschütteten und bewachsenen Gegenden am Wolga und Samara angetroffen. Pallas Reisen.

101. Teufelsschlange. Melanis.

✝* 102. Die Waldschlange. Coluber Scytha.

Sie ist anderthalbe Schuh und darüber lang, und der Schwanz hat nur den zehnten Theil der Länge. Der Kopf ist etwas herzförmig, und mit einfachen Werkzeugen versehen. Die Augenringe ziehen ins Goldgelbe. Der Körper ist so dick wie

102. Waldschlange Scytha.

ein

ein Finger, oben dunkel schwarz ohne Glanz, und milchig-weiß und glänzend. Man zählet 153 Bauch-schilde, und 31 Paar Schwanzschuppen. Der Aufenthalt ist den bergigen Wäldern Sibiriens, auch sogar ziemlich weit nach Norden, jedoch ist diese Art nicht so sehr giftig wie andere. Pallas Reisen.

† 103. Die Salzschlange. Coluber Dione.

103.
Salz-
schlange
Dione.

Der Körper ist schmächtig, drey Schuh lang, wovon der Schwanz ohngefehr den sechsten Theil einnimmt. Im Gaumen ist ein vierfacher Kamm vorhanden, aber weiter keine Giftwerkzeuge. Der Kopf ist klein, viereckig und mehrentheils mit brau-nen Näthen gewürfelt. Die Farbe ist oben schön aschgrau, oder weißlich, und mit drey weisseren Strichen der Länge nach gezieret, zwischen welchen eins ums andere braune Striemen oder Würfel, die oft zusammenlaufen, stehen. Unten ist die Farbe weiß, und mit ganz kleinen bläulichbraunen Striemen besetzt, zwischen welche sich zuweilen ganz feine rothe Puncte mischen, man zählet 190 bis 206 Bauchschilde, und 58 bis 66 Paar Schwanz-schuppen. Dieses zierliche Thierchen ist ganz un-schädlich, und hält sich in den Salzsteppen am caspischen Meere, und in dürren Salzfeldern am Irtis auf. Pallas Reisen.

126. Geſchlecht. Aalſchlangen.

Serpentes: Anguis.

† 17. Die caſpiſche Aalſchlange. Anguis miliaris.

Sie iſt ſo dick wie der kleinſte Finger, nur vierzehn Zoll lang, wovon zwen auf den Schwanze gehen. In der Geſtalt kommt ſie dem Zwenkopf No. 13. nahe. Der Kopf iſt greiß, und ſchwarz geſprenkelt. Der Schwanz iſt etwas dünner als der Körper, cylindriſch, ſtumpf, und weißbunt, der Körper ſelbſt aber iſt ſchwarz, in den Seiten mit vielen klaſſen, und nach dem Rücken zu aſchgrauen Schuppen oder Sprenkeln beſetzt. Unter dem Bauche zählet man 170, und unter dem Schwanze 32 Schuppen. Man trift dieſe Art in der Gegend des caſpiſchen Meeres an. Pallas Reiſen.

17. Caſpiſche Aal ſchlange (Miliaris.

Dritte Ordnung.
Schwimmende Amphibien.
Amphibia: Nantes.

134. Geschlecht. Störe.
Nantes: Accipenser.

✝ 4. Der Sternstör. Accipenser stellatus

4.
Stern-
stör.
Stella-
tus.

Er hat die gewöhnliche Größe von vier Schuh, wiegt etwa dreißig Pfund, ist etwas schmächtiger als der gemeine Stör und Sierlet No. 1. 2. und der Umfang des Körpers ist vollkommen fünfeckig. Der Kopf ist scharf mit spitzigen Höcker und gezähnelten Sternchen besetzt. Die Schnauze gehet in spannenlange, knochige, gedruckte, fast dreyeckige Kiefer aus, ist unten schleimig-glatt, am obern Theile aber durch viele sägeförmige Striche rauh. Vor dem Maule sitzen vier Bartflossen wie bey allen Stören. Das Maul ist röhrenförmig, und lässet sich weiter als an andern Arten hervorstossen. Die Gehörlöcher sind sehr groß, und halbmondförmig. Von den Schultern an verdünnet sich der Körper allmählig in eine fünfeckige Länge. Der Schwanz ist rund, und unmerklich sechseckig, die Knöchelchen auf dem

Rücken

Rückenkiel ſind ſpitzig, mitten auf dem Rücken
beſetzen dreyzehn dergleichen Knöchelchen den Kiel,
an den eckigen Seitenreihen aber zählet man der
ſelben jedesmal fünf und dreyſig kleinere auf jedem
Kiele, die zwey Bauchkiele aber haben bis zum
After jedesmal nur zwölf Knöchelchen. Hinter
dem After ſtehen noch drey Knöchel. Ueberdies
iſt der Rücken hin und her noch mit weiſſen ſternförmigen Schwielen von unterſchiedener Gröſſe
beſetzt, und der ganze Körper durch unordentlich
ſtehende Schuppentrümmer rauh. Die Floſſen
ſind länger als an andern Arten, beſonders iſt der
Schwanz am Ende halbmondförmig, und mit den
obern Floſſenlappen lang hervorſtechend. Die
Farbe iſt obenher ſchwärzlich, unterhalb den Seitenknöcheln tropfenweiſe bunt, unten weiß. Dieſe
Art ſteiget zu Anfang des Meymonats in unzählicher Menge aus dem caſpiſchen Meere die Flüſſe
hinan. Die Weibchen ſind in allen Stücken gröſſer
als die Männchen, aber nicht länger. Der Eyer
ſtock wiegt etwa zehen Pfund, und enthält beyläufig dreymal hundert tauſend Eyer. **Pallas
Reiſen.**

N 2   **Vierte**

Vierte Ordnung.
Gehende Amphibien.
Amphibia: Meantes.

Da wir die Amphibien im dritten Theile beschrieben, so haben wir nach der Linneischen Anleitung nur drey Ordnungen angezeiget, als:

   I. Kriechende.   Reptiles.
   II. Schleichende.   Serpentes.
   III. Schwimmende.   Nantes.

so wie sich auch hievor die Zusätze dazu befinden; allein in der Zugabe hat der Ritter noch eine neue Ordnung, welche D. Garden entdeckte, eingeschaltet, wovon wir auch in besagtem dritten Theile pag. 3. Erwähnung gethan haben. Diese Ordnung führet nun bey ihm den Namen Meantes, und sollte seiner Anweisung nach, zwischen den Schleichenden und Schwimmenden stehen. Wir nennen also selbige auch gehende Amphibien, und stellen es übrigens frey, diese Ordnung den schwimmenden nach Gefallen vor, oder nach zu setzen.

    Die Kennzeichen dieser neuen und vierten Ordnung sind, daß sie nicht nur äusserliche Luftwerkzeuge, sondern auch Lungen (Branchiae et Pulmones simul) haben, sodann aber auch mit Füssen als mit Armen versehen sind, an welchen Nägel sitzen. Es ist bisher nur folgendes einziges Geschlecht entdeckt worden:

142. a. Ge

142. a. Geschlecht. Die Sirene.

Meantes: Siren.

Siren, oder Sirene soll, nach der Meynung der **Geschl.** Alten, ein Wunderthier des Meeres seyn, **Benen-** welches halb Fisch und halb Mensch ist, davon es **nung.** mancherley Fabeln giebt. Inzwischen hat man doch auf dem anatomischen Theater in Leyden ein sol- ches Geschöpfe aus Brasilien einmal gehabt, welches aber von dem Ritter nicht für ächt erkannt werden wollen, weil es Ohren und einen engen Hals hatte, und man weiter von den Reisenden keine nähere Bestättigung solcher Geschöpfe ver- nommen. Wovon wir im ersten Theile pag. 203. schon Erwehnung gethan haben, und hier aus dem Bartholin Tab. III. fig. 4. einen Umriß mit- **T. III.** theilen. **fig. 4.**

Nun ist es zwar hier unsere Absicht nicht, zu untersuchen, ob die Syrenen bloße Fabel- tiere, oder wirkliche Creaturen sind, das aber müssen wir doch berichten, daß man sich nicht nur in Holland damit trage, wie im Jahre 1403. bey Edam ein solcher Fisch gefangen und nach Har- lem gebracht worden sey, sondern daß auch wirk- lich jetzo im September 1775 zu Amsterdam im Gasthofe Nieuu Maltha, oder la Ville de Paris, in de Neß, ein solches Geschöpfe vorgezeiget wor- den, welches oben eine Weibsperson, und unten einen Fisch vorstellet, und über drey Schuh lang ist. Dieses Geschöpf ist im Archipelago gefangen worden; und da einige es für ein Artefactum halten wollen, so hat der Besitzer öffentlich zwey

N 3 hun-

hundert Ducaten demjenigen gebothen, der durch
Kunst ein solches Geschöpfe herstellen könnte.

Inzwischen hat der Ritter diesen bekannten
Namen nicht ohne Grund dem gegenwärtigen Geschlecht beygelegt, weil die Merkmale desselben in
folgenden bestehen.

**Geschl.
Kenn-
zeichen.**

Der Körper ist zweyfüßig, geschwänzt und
nackt. Die Füße dienen statt der Arme, und haben Nägel. Wären nun auch Brüste vorhanden,
so müßte es, gleich den Sirenen der Alten, unter die Säugthiere, und vielleicht bey den Seekälbern stehen, allein da dieses nicht ist, da es ausserdem einen nackten Körper und einen Schwanz hat,
auch in Sümpfen wohnet, so macht die Classe der
Amphibien wohl den nächsten Anspruch darauf.
Man hat jedoch bis dahin nur folgende einzige Art
entdeckt:

I. Die Eidechsensirene. Siren lacertins.

**1.
Eidech-
sensirene
Lacer-
tina.**

Dieses Geschöpfe, welches in den sumpfigen
Gegenden von Carolina zu Hause ist, wurde von
D. Garden entdeckt, und von dem Ritter Lin
lange in Zweifel gezogen, ob es nicht vielme
eine Larve von einer Eidechse seyn möchte, da
selbigen so ähnlich siehet. Allein die Klauen an
den Vörderfüßen, und die Stimme, welche dieses Thier von sich giebet, bewogen ihn doch endlich,
es für ein vollkommenes Thier zu halten. Dazu
kam, daß D. Garden um deßwillen auch auf letzterer Meynung bestund, weil er anderthalb Schuh
lange Exemplare antraf, da es doch in ganz Carolina, ausser dem Crocodill, keine einzige Eidechse giebet, welche eine Spanne lang ist.

Um sich nun aber einen Begrif von der wahren Beschaffenheit dieses Thieres zu machen, so
wird

wird ſolches Tab. III. fig. 5. in natürlicher Gröſſe
vorgeſtellet.   Der Körper iſt aalförmig ohne   T. III.
Schuppen, und über eine Spanne, jedoch kaum   fig. 5.
einen Schuh lang.   An den Seiten zählet man
zwiſchen dem Kopfe und After auf jeder Seite vierzig Runzeln.   Der Kopf ſtehet einem Eidechſen-
kopfe gleich, iſt oval, nicht dicker als der Körper,
und nur mit einer nackten Haut bedeckt.   Die zwey
Augen ſind ſehr klein, und wie an den Aalen, mit
der gemeinſchäftlichen Haut gedeckt.   An den Seiten der Schnautze befinden ſich zwey Naſenlöcher.
Die Oberlippen ſind dünn und klein, die Kiefer,
davon der untere kleiner iſt, werden durch die Lippen bedeckt.   Beyde Kiefer, und faſt der ganze
Gaumen, ſind mit einer ſehr großen Anzahl ſpitziger ſcharfer Zähnchen beſetzt, die alle, wie die
Spitzen auf den Katzenzungen, gebogen ſtehen,
und Querreihen machen.   An den Seiten des Halſes zeigen ſich die Luftwerkzeuge, an jeder Seite
nämlich drey; und zwar mit einer Hervorragung,
welche ſonſt in keinem andern vollſtändigen Thiere
ſtatt hat, und ſich in faſerige Aeſte abtheilet.   Die
Oefnungen dieſer Werkzeuge gehen jede in die
Bruſt hinein.   Die Zunge iſt rund und glatt,
gleich hinter dem Kopfe, oder hinter beſagten
Werkzeugen, treten zwey kleine Vörderfüße hervor, die kürzer als der Kopf, mit fleiſchigen Hand-
flächen, und mit vier kurzen Fingern verſehen ſind,
davon der äuſſere der kürzeſte iſt.   Jeder Finger
hat ſeinen kurzen ſcharfen Nagel.   Hinterfüße ſind
gar nicht vorhanden.   Zwey Drittel der Länge
vom Kopfe an, zeiget ſich der After.   Der Schwanz
aber iſt faſt ſo hoch als der Körper, doch an den
Seiten gedruckt, unten und oben mit einer kielförmigen gekerbten Schneide verſehen, und gehet
hinten nicht recht ſpitzig, ſondern abgerundet aus,

Die

Die Farbe ist bräunlich-blau, das Ansehen heßlich, der gedruckte Schlangenkopf gefleckt, das Maul weit, die obere Lippe schlägt über die untere hin. Die Nasenlöcher sind weit, die Augen bläulich, die drey Angehänge der Luftwerkzeuge sehen einigermassen wie rauhe Hundsohren aus, und das Thier hält sich in Sümpfen auf. Man kann also diesem Geschöpfe mit Recht einen eigenen Platz einräumen, bis sich mehrere finden, die ihm im Natursystem Gesellschaft leisten können.

Vierte

Dritte Claſſe, Amphibien.

I. 119. Teſtudo. Schildkröten.

4. Caretta,	Knorr. Delic. Tab. L.
6. Scabra,	Knorr. Delic. Tab. L. I. f. 1.
10. Graeca,	
11. Carolina,	
12. Carinata,	Knorr. Delic. Tab. L. II. f. 1—5.
13 Geometrica	
14. Puſilla,	

I. 120. Rana. Fröſche.

1. Pipa,	Wagner Muſ. Baruth. Tab. VII.
2. Bufo,	Röſel Fröſche Nürnb. 1758. fol.
3. Rubeta,	
15. Eſculenta,	Röſel Fröſche Tab. 13.

I. 122. Lacerta. Eydechſen.

1. Crocodilus,	Knorr. Delic. Tab. L. IV.
	Wagner Muſ. Baruth. T. V. VI.
6. Monitor,	Knorr. Delic. Tab. L. VII.
20. Chamaeleon,	Knorr. Delic. Tab. L. V. f. 2.
	Wagner Muſ. Baruth. Tab. XII.
21. Gecko,	Knorr. Delic. Tab. L. VI. f. 3.
26. Iguana,	Knorr. Delic. Tab. L. III.
47. Salamandra,	Knorr. Delic. Tab. L. V, f. 1.

II. 123. Crotalus. Klapperſchlangen.

3. Duriſſus,	Knorr. Delic. Tab. L. IX. f. 1.

II. 124. Boa. Serpenten.

4. Conſtrictor,	Knorr. Delic. Tab. L. VIII. f. 1-5.

II. 125. Coluber. Mattern.

95*. Myſterizans,	Knorr. Delic. Tab. L. XI. f. 1.

II. 126. Anguis. Aalſchlangen.

13. Scytale,	Knorr. Delic. Tab. L. X. f. 1.

III. 131.

III. 135. Squalus. Haayfifche.
  12. Carcharias,   Knorr. Delic. Tab. H. IV. f. 1.

III. 136. Oftracion. Beinfifche.
  1. Triqueter,   Knorr Delic. Tab. H. I. f. 1.
  6. Cornutus,   Knorr. Delic. Tab. H. III. f. 3.
  8. Gibbofus,   Knorr. Delic. Tab. H. I. f. 2.
  9. Cubitus,   Knorr. Delic. Tab. H. I. f. 3.

III. 137. Tetrodon. Stachelbäuche.
  2. a. Lagocephalus, Knorr. Delic. H. V. f. 6.
     b. Capfcher Blafer, Knorr. Delic. H. III. f. 5.
                              H. fig. 2.

III. 138. Diodon. Igelfifche.
  2. Hyftrix,   Knorr. Delic. H. f. 1.

III. 141. Syngnathus. Nadelfifche.
  4. Aequoreus,   Knorr. Delic. Tab. H. V. f. 3.
  5. Ophidion.   Knorr. Delic. Tab. H. V. f. 1.
  7. Hippocampus, Knorr. Delic. H. VI. f. 5.

Vierte Claffe, Fifche.

I. 143. Muraena. Aale.
  1. Murena,   Knorr. Delic. Tab. H. VII. f. 4.

III. 157. Echeneis. Sauger.
  1. Remora,   Knorr. Delic. Tab. H. VI. f 2.

III. 163. Pleuronectes. Seitenschwimmer.
  7. Flefus,   Knorr. Delic. Tab. H. II. f. 1. 2.
  12. Rhombus,   Knorr. Delic. Tab. H. II. f. 3. 4.

III. 164. Chaetodon. Klippfifche.
  18. Capiftratus, Knorr. Delic. Tab. H. V. f. 5.
  19. Vagabundus, Knorr. Delic. Tab. H. V. f. 4.
                              IV. 179.

www.ingramcontent.com/pod-product-compliance
Lightning Source LLC
Chambersburg PA
CBHW022011110726
47901CB00006B/1473